MAUDIT MANUSCRIT

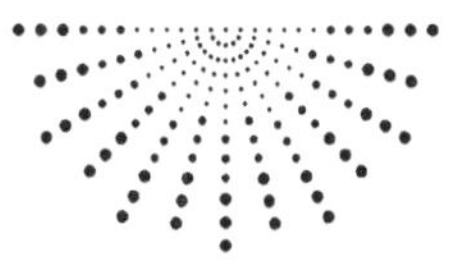

MARIA ELENA ALONSO-SIERRA

Traduction par
DANY MATER THELLIEZ

À ma mère… ma première lectrice, mon premier critique, ma première admiratrice.

PROLOGUE

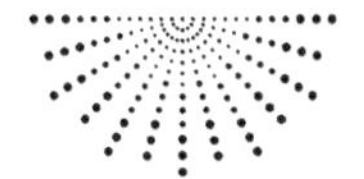

Baie de Monterey, Californie 1997

LE PASSÉ S'ÉTAIT, AU SENS FIGURÉ, PENCHÉ SUR L'ÉPAULE de Gabriela Martinez toute la matinée. Il l'accompagnait maintenant sur le trajet de retour, ricanant comme un ara psychotique de ses piètres tentatives de contenir ses souvenirs.

Bon Dieu, cette bataille ne datait pas d'hier. Depuis quatre ans, Gabriela luttait avec son passé, qui se raillait d'elle, qui la poursuivait à l'improviste, qui l'entravait par des chausse-trappes et qui fondait sur elle perfidement avec une volonté inflexible. C'était du harcèlement pur et simple, implacable, les souvenirs mutants s'insinuant dans sa conscience sans crier gare : une douce caresse qui la faisait frissonner, des yeux gris qui pénétraient jusqu'au tréfonds de son âme, des bras doux ou protecteurs, et, oh mon Dieu, des lèvres qui lui procuraient des sensations qu'elle n'avait jamais ressenties au cours de sa vie de femme mariée.

C'est parce que ce n'est pas ton mari qui t'a procuré ces sensations, ricanait son passé.

Bon, d'accord. Gagné.

Passé : un. Gabriela : zéro.

Elle enfonça la pédale d'embrayage. Il fallait vraiment qu'elle échappe à ce buffet d'auto compassion où elle se servait aujourd'hui. D'un geste sûr, Gabriela rétrograda en seconde et la berline BMW ralentit. Elle vira en direction du sud vers la dernière partie de son trajet de retour, soulagée de ne plus être qu'à quelques kilomètres. Concentre-toi, se dit-elle. Il était temps de sortir de ces conneries du ma-vie-n'est-qu'un-buffet-de-souffrances. Aujourd'hui elle n'avait pas eu le temps de s'apitoyer sur elle-même ni de revivre ses souvenirs. Maintenant que sa réunion avec son imprésario, Jean-Louis, sur la vente aux enchères à venir était finie, elle devait organiser un planning cauchemardesque. Elle n'avait de temps ni pour le passé ni pour ses pensées. Le mieux qu'elle pouvait faire était de rester en seconde, laisser un peu de répit aux freins, et se concentrer sur cette route en descente qui était plus sinueuse qu'un bretzel.

Quels propos courageux, intervint son passé, qui entreprit ensuite de lui rappeler qui était vraiment aux commandes. Parce que les arbres qui bordaient la route, le granit qui émergeait derrière les rideaux de pins, de buissons et de terre sombre lui rappelaient une autre route similaire, un autre trajet similaire il y a quatre ans.

Avec Richard.

Merde.

Encore un point.

Passé : deux. Gabriela : que dalle.

Elle fut transpercée par un regain de douleur en pensant fugacement à Richard, déclenchant une fois de plus une palette d'émotions : du plaisir, de la nostalgie, du chagrin ; certaines étaient pires que d'autres, et toutes étaient liées aux souvenirs qu'elle avait de lui. Les pires étaient la nostalgie permanente engluée dans un sentiment d'abandon, ce qui était injuste aussi. Richard ne lui avait-il pas demandé d'éliminer tous ses doutes avant de le rejoindre, totalement libre et sans aucun regret ? Elle travaillait exactement là-dessus depuis les quatre dernières années, et Dieu seul savait qu'elle avait essayé de sauver son mariage. Mais quelque chose dans sa relation avec son mari avait volé en éclats avant même que Richard soit apparu dans sa vie en 1993. Cela s'était irrémédiablement brisé en France, quand sa vie avait été menacée et avait failli disparaître. Et maintenant, en Californie, leur relation s'était rompue de façon irrécupérable. C'était le point de non retour. Et dans tout cela, le silence assourdissant de Richard était dévastateur. Année après année, elle pensait de plus en plus que l'amour éternel qu'il avait proclamé et le « *je t'aime et j'ai terriblement besoin de toi* » n'étaient que des conneries écrites sur un bout de papier. Elle craignait que Richard ait fait sa vie, se soit marié et ait une famille. Et l'ait oubliée, dit l'affreux chuchotement. Pas comme elle. Et dans ces moments, la Gabriela censée être courageuse se transformait en vraie poule mouillée.

Il pourrait être mort à cause de son travail.

La voiture fit une embardée.

Mince.

Un autre point pour son passé.

Trois à zéro.

Gabriela redressa la BMW et déploya des efforts concertés pour être attentive à sa conduite. Cette dernière pensée l'avait salement ébranlée. Elle appuya sur les freins avant le virage suivant. Ils réagirent plus lentement que d'habitude. Merde. Quoi encore ? Son garagiste avait fait la révision à peine deux jours auparavant et s'était vanté qu'elle roulait à la perfection. S'il avait négligé un truc tout bête, ce serait la cerise sur le gâteau amer de sa vie.

Elle enleva son pied de l'accélérateur et rétrograda pour ralentir la voiture.

Pendant une ou deux minutes, elle fredonna au rythme

du concerto de Vivaldi sur la station de radio classique, dans une piètre tentative de se divertir un peu. Mais ses pensées refusèrent de la suivre sur cette nouvelle voie et retournèrent une fois de plus en territoire familier. Pourquoi diable luttait-elle contre elle-même et contre ses souvenirs ? Pourquoi diable ne *faisait*-elle rien, finalement ? Elle avait sa réponse à Richard, mais maintenant il lui fallait la sienne. Jean-Louis la tannait depuis plus d'une semaine à ce sujet. Mais elle n'était pas certaine que ce soit une bonne idée de le contacter. Pas encore. Sincèrement, elle avait peur de se faire des espoirs, et elle était même carrément effrayée, point. Et depuis cette journée désolante à la Marbrière, elle ne pourrait pas gérer un rejet définitif ou un abandon de la part de Richard aussi. D'ailleurs, elle n'était pas non plus libre de prendre une décision en ce moment. Le cercle était bouclé. Mais pourquoi diable continuait-elle cette mascarade ? Pourquoi diable continuait-elle tous les jours à rendre visite à Roberto ?

La respiration de Gabriela hoqueta tandis qu'elle tentait de réprimer ses larmes. Pensait-elle vraiment que les choses se termineraient bien et qu'elle pourrait être enfin libre ?

La culpabilité n'apporte pas la liberté, lui chuchota le fantôme, la tourmentant mentalement.

Quatrième round, haut la main pour le passé, le méchant passé.

Deux fois merde.

Gabriela soupira. Son âme souffrait comme une entorse qui a besoin de baume chauffant. La culpabilité — une maîtresse de l'enfer. Elle planait comme un minuscule ange vengeur, lacérant chaque jour sa conscience. Coup de fouet. Tu es tombée amoureuse d'un autre homme. Coup de fouet. Tu as donné naissance à l'enfant de cet homme. Coup de fouet. Tu as gardé le secret sur l'identité de cet enfant. Mais le coup final a été de demander le divorce à Roberto le jour où il s'est retrouvé dans le coma.

Les pensées de Gabriela s'arrêtèrent brusquement. *Holà ! Juste une minute*, se dit-elle. *Un peu de franchise.* Elle ne se sentait pas coupable d'avoir demandé le divorce, mais du choix du moment. Gabriela devait en fait être reconnaissante à Roberto d'avoir versé la goutte qui avait fait déborder le vase en restreignant sa liberté. Plus rien ne l'attachait dorénavant à lui, sauf Robertico et Gustavito, leurs deux fils adolescents, et Luisito, son fils de trois ans plein d'énergie. Le fait que Roberto avait pris une maîtresse n'avait même pas contrarié Gabriela — il couchait avec cette femme depuis quatre mois, pour être exact. Le jour de la confrontation, Gabriela avait fini par se rendre compte que son mariage était vraiment mort et que plus rien ne valait d'être sauvé, à part les enfants. Quand Roberto le lui avait avoué, elle n'avait éprouvé aucune jalousie, seulement une infinie tristesse devant ce gâchis. Et si elle était également tout-à-fait honnête avec elle-même, elle n'était restée aussi longtemps avec Roberto que parce que la vie avait repris ses droits, et que l'habitude et le confort avaient remplacé l'amour et la passion.

Et tu voulais t'assurer qu'il ne restait rien de ce mariage, comme Richard l'avait souhaité, avant que tu ne prennes une décision irrévocable, ricana son passé.

Oh, ferme-la, riposta-t-elle en pensant aux caprices du Destin. Actuellement elle n'avait pas d'autre choix que de continuer à faire semblant. Dans l'intérêt de ses enfants, et maintenant pour la succession de son mari, il fallait qu'elle fasse durer encore un peu la mascarade.

Fais amende honorable, lui dit son passé avec réprobation.

Gabriela fit un doigt d'honneur à son passé.

Score : un pour elle.

Les pneus crissèrent sur l'asphalte quand elle prit un

virage trop serré. Surprise, elle écrasa la pédale de frein. La voiture réagit plus lentement qu'avant.

« Mannie, je vais vous tuer si je dois ramener cette voiture dans votre garage. »

Le bruit émis par la ventilation la rassura quand même. Vraiment. Elle appellerait son garagiste et elle lui passerait un savon dans le genre de celui que lui avait passé hier soir, quel était le nom de cet imbécile ? Wickeham. Mon Dieu. C'était tout ce qu'il lui fallait ! Cet homme voulait absolument lui arracher sa version d'un manuscrit médiéval illustré avant qu'il parte aux enchères. Coûte que coûte. Il l'appelait sans cesse, lui demandant avec insistance de lui vendre son œuvre pour une petite partie de la valeur à laquelle elle l'estimait. Il semblait être un harceleur professionnel de première. Il suggérait plus qu'il ne menaçait, ce qui la mettait hors d'elle. Elle ferait mieux de vendre, ou elle allait le regretter. Bla bla bla. Quel culot et quelle arrogance !

Mais là était peut-être la raison pour laquelle elle luttait toujours aujourd'hui contre son passé. Le parallèle avec certains événements d'il y a quatre ans était bien trop proche. Une impression trop forte de déjà vu.

Rien d'étonnant à ce que son passé arbore un sourire narquois. Il avait les chances de son côté.

La route vers le sud était en forte déclivité et sinueuse, et la voiture fit une forte embardée vers la droite. Cela la tira soudain complètement de son auto compassion.

Reprenant son souffle pour se calmer, elle enfonça le frein et s'apprêta à rétrograder en première. La voiture ne broncha même pas. Elle pompa sur le frein, pensant qu'elle avait mal évalué. Rien. Son pied s'enfonça jusqu'au plancher et elle l'y maintint.

Gabriela se tétanisa. L'espace d'un instant, son cerveau refusa de saisir l'étendue du problème qui se posait. Ses muscles se contractèrent et elle retint son souffle. *Non, ce n'est pas possible que cela m'arrive. Il y a une erreur.* Elle relâcha et appuya encore. La pédale de frein patina au ralenti.

Jusqu'au fond. Sans rencontrer aucune résistance.

Elle resta appuyée à fond.

Elle ne s'était *pas* trompée.

Oh. Mon. Dieu.

L'afflux soudain d'adrénaline parcourut son corps telle une bête sauvage affamée se lançant dans une traque. Son cœur cognait dans sa poitrine. Ses yeux allèrent désespérément de gauche à droite dans l'espoir que quelque chose, n'importe quoi pourrait l'aider. Qu'est-ce qu'elle allait faire ? Elle avait un vide de quinze mètres d'un côté de cette route à deux voies, et une muraille de granit de l'autre côté. La circulation serait plus dense plus bas dans la pente. La sueur afflua à l'intérieur de ses coudes et sur sa nuque. Elle avait de gros ennuis.

La voiture accéléra.

Gabriela était en hyperventilation.

Respirez profondément… restez avec moi, Gabriela. J'ai besoin de vous pour me guider.

Richard.

Elle se calma un peu en pensant à la lutte de Richard avec une autre voiture, sur une autre route. Elle enfonça l'embrayage et passa en première. La voiture regimba. Elle se bloqua presque. Sa ceinture de sécurité s'enfonça dans son épaule et dans son torse, et la plainte du moteur devint un grincement métallique alarmant. La voiture avait bien ralenti un peu ? Concentre-toi, bon sang ! L'obstacle suivant, la route devant elle, était effrayant. Elle tournait à angle droit en s'éloignant du vide et virait de nouveau immédiatement vers l'ouest, vers l'océan, et vers la route en bas.

Établis des priorités. Ralentis la bête. Une situation merdique à la fois.

Gabriela dirigea doucement la voiture vers le milieu de

la route pour se donner plus de latitude. « S'il vous plaît, s'il vous plaît, » implora-t-elle, ne s'adressant à personne en particulier. « Faites que je ne croise personne. »

Les pneus hurlèrent quand elle amorça le virage. Ses mains glissaient tandis qu'elle manœuvrait le volant avec des petits à-coups qu'elle se souvenait avoir vu Richard utiliser. Mais la voiture était lourde à manœuvrer, comme un animal pesant pataugeant dans de la boue épaisse, résistant à ses directives et zigzaguant plus près du bord de la route. Elle amplifia ses mouvements sur le volant. L'arrière de la voiture se déporta lourdement vers la droite. Son premier réflexe fut de contre-braquer. Elle réfréna cette impulsion. La conduite préventive lui avait appris que contre-braquer ferait dangereusement partir la voiture en toupie.

Il fallait qu'elle ralentisse la voiture avant d'atteindre le virage suivant, celui qui faisait face à l'océan. Elle saisit le levier du frein à main et le relâcha un peu à la fois en négociant le virage. Une odeur acre s'infiltra dans la voiture, mais elle n'y prit pas garde. Ses yeux scrutaient la route devant elle. Pas encore de circulation en direction du nord. Gabriela déglutit et dirigea la voiture en diagonale vers le côté opposé de la route. Des klaxons hurlèrent derrière elle, les conducteurs essayant désespérément d'attirer son attention.

Elle les ignora et se concentra sur la portion de montagne qui approchait.

Elle ne précipita pas directement la voiture sur le granit, mais racla plutôt tout le côté conducteur contre le rocher. L'acier et le granit se heurtèrent. La voiture cogna une fois, refusant de rester parallèle à la pierre. Son rétroviseur latéral se cassa et heurta sa vitre. Le verre se fissura. Elle grimaça et poussa un cri de frayeur. Mais elle força la voiture à retourner vers le granit. Le métal et la pierre se frottèrent, meulant la carrosserie comme une lime à ongles.

Le volant vibrait, violemment, et avec lui ses avant-bras. *Stabilise la voiture* devint son incantation, malgré ses mains moites qui glissaient sur le volant. Elle accentua la pression qu'elle exerçait sur le cuir du volant. *Oh, mon Dieu. Oh, mon Dieu.* La voiture serait en miettes avant que cela se termine.

D'autres voitures klaxonnèrent, accélérèrent et la dépassèrent en trombe. Elle aperçut brièvement un homme qui gesticulait frénétiquement en appelant sur son téléphone portable. *Il doit penser que je suis cinglée, ivre, ou dopée.* L'ébauche de son rire hystérique se mua en un gémissement larmoyant.

Oh, mon Dieu. Oh, mon Dieu. Si elle ne parvenait pas à arrêter la voiture, elle allait mourir.

CHAPITRE UN

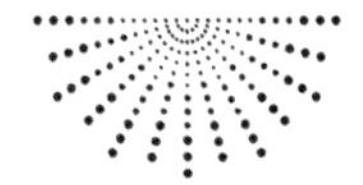

Londres, Angleterre 1997

RICHARD CONTEMPLAIT LE *SAINT GEORGES ET LE DRAGON*, ses pensées retournant vers la femme dont les belles mains avaient créé ce magnifique dessin.

Gabriela.

Son seul amour. Son talon d'Achille.

Sa rédemption.

Son ami Maurice avait raison. Le moment était venu. C'était le moment de la sauver et de la reconquérir.

Il sortit à grands pas de son bureau et s'arrêta près de son assistante.

« S'il vous plaît, appelez un certain père Ramirez à ce numéro, » dit-il, la voix brisée par l'émotion. Il lui tendit le morceau de papier que Maurice lui avait donné quelques instants plus tôt.

Vivian étudia le numéro de téléphone.

« Maintenant ? » demanda-t-elle, étonné. Il devait être quatre heures du matin en Californie.

« Oui. Il attend mon appel. »

« Je vous appelle à l'interphone dès que j'obtiens la communication. »

Richard retourna dans son bureau et s'approcha du bord des fenêtres qui ouvraient sur les rues trépidantes de Londres en contrebas. Une vérification sommaire lui confirma que le temps était toujours aussi froid, triste et gris que la couleur de ses yeux. Il appuya sa carcasse d'un mètre quatre-vingt-dix contre la paroi de verre solide et regarda les entrelacs des véhicules et des personnes semblables à des essaims de fourmis.

C'était incroyable que Maurice, en une visite tellement rapide, ait déclenché un incendie d'espoir, transformant sa nervosité précédente en un objectif qui lui permettrait de se réaliser.

De l'action. Enfin. Il ne manquait maintenant que la sonnerie de début du match de boxe. Mais cette fois, il allait mener un combat acharné et sans merci pour la seule femme qu'il aimait, qui lui manquait toujours et qu'il croyait perdue.

Si elle voulait encore de lui. Si…

Il méditait rarement sur le passé, il l'évitait même à tout prix, mais en ce moment il submergeait son esprit comme un tsunami. Après la débandade d'il y a quatre ans en France, cette première année sans Gabriela avait été cruelle. Son cœur, comme sa voix, en avaient conservé un vide patent ; et quiconque se serait donné la peine de l'ob-server durant toute cette année aurait vu que son regard tout aussi éteint confirmait le vide de son existence. Pendant cette année en enfer, il avait été un homme privé d'espoir et d'illusions, un homme qui avait perdu son âme et sa manière d'être. S'y intercalaient les noirs moments de fureur jalouse à la pensée que Roberto touchait Gabriela et couchait avec elle. Elle lui appartenait, nom de Dieu. Il se rappelait avoir passé sa rage sur les murs, envahi par une fureur meurtrière qui le consumait. Gabriela lui appartenait, elle n'avait jamais appartenu à son mari de cette manière. Et elle ne lui appartiendrait jamais ainsi.

Richard serra les poings. Cela avait été ses heures les plus sombres. En plus des moments de nostalgie amère et dévastatrice, sans parler des innombrables rêves sensuels qui l'avaient tourmenté presque chaque jour. La peau chaude caressant la sienne, le doux parfum de jasmin remplissant ses narines, les lèvres frémissant sous les siennes en réponse à son contact. À la fin de l'année, il était en miettes, découragé face à la noirceur de l'horizon. L'absence de Gabriela avait failli le tuer. Ce manque l'avait rendu imprudent lors de sa dernière mission. Cela avait failli mettre un terme à son séjour terrestre.

De manière fortuite, Maurice, son homologue de l'époque au sein du Renseignement français, était arrivé à l'hôpital où Richard effectuait sa convalescence après une blessure par balle trop proche du cœur. À l'instar d'un archange Gabriel narquois, il lui avait annoncé de bonnes nouvelles vraiment porteuses d'espoir : peut-être le salut, dans une photo de Gabriela sur papier glacé de vingt centimètres sur trente-cinq.

La visite de Maurice l'avait changé. Richard secoua la tête. Non, les paroles de Maurice l'avaient marqué, l'avaient transformé, et ses commentaires restaient gravés dans son cerveau.

« C'est une femme extraordinaire, » lui avait dit Maurice en le morigénant à juste titre, malgré l'expression contrariée de Richard et son désespoir lisible sur son moniteur cardiaque.

« Contre toute attente, » avait poursuivi Maurice, enfonçant le couteau dans la plaie, « et malgré les cauchemars qu'elle a dû faire après l'événement, elle a essayé de reconstruire sa vie à partir des cendres et des souffrances, comme vous le lui aviez demandé, même avec les paparazzi, les journalistes, et les débriefings avec mon unité et la vôtre — qui, au passage, ont été rudes. Surmonter le traumatisme de ses blessures a dû être également un cauchemar, j'en suis sûr. Mais elle poursuit sa route avec ténacité, d'après ce qu'on m'a dit. Elle essaie de recoller les morceaux de sa vie, contrairement à vous. »

Mais Maurice avait lancé sa pièce de résistance par-dessus son épaule, en partant.

« Gabriela se donne une chance, et elle pense que vous serez là en coulisses si jamais elle a besoin de vous. Ne la décevez pas par votre absence comme vous le lui avez promis. » Maurice, dont le sourire rivalisait habituellement avec celui du Joker, ne souriait pas. « Ne ratez pas la nouvelle vie précieuse que vous avez peut-être construite avec elle. »

À ces mots, et pour la seconde fois de sa vie, Richard était allé au-delà de lui-même, au-delà de ses émotions ; il s'était mis à la place de Gabriela et s'était rendu compte qu'elle était plus forte que lui, meilleure que lui, moins égoïste que lui. Il s'était rendu compte qu'il s'était comporté comme un salopard égocentrique, plus soucieux de ses propres blessures que de celles qu'elle avait reçues. Il n'était toujours pas digne d'elle, il n'était pas l'homme qu'elle imaginait, la personne qu'il pourrait être avec elle.

Il espérait avoir changé.

C'était son moment d'inversion.

Il avait cessé de jouer à l'animal blessé, cessé de se culpabiliser de l'avoir laissée. Disparaître de la vie de Gabriela avait été leur seule option à ce moment, la seule option s'ils voulaient se donner une chance d'un avenir constructif ensemble. Il avait demandé à Maurice de garder un œil sur elle et s'était englouti corps et âme dans le travail.

Le silence prolongé de Gabriela l'avait cependant tourmenté, mais il avait résisté.

Sa fureur de travail ces trois dernières années s'était

aussi révélée cathartique. Imitant Gabriela, il avait monté une entreprise lucrative à partir de zéro, quelque chose dont il était très fier. Mais un noyau de frustration le tenaillait toujours, malgré son succès. Il comprenait maintenant que ses consécrations ne seraient pas abouties s'il ne pouvait pas les partager avec Gabriela, la seule femme à susciter en lui des aspirations qui avaient gagné son âme entière.

Il eut un sourire en coin, et son rire résonna soudain dans son bureau. Il n'aurait jamais pensé pouvoir verser à ce point dans le mélodrame. Mais quand même, le Destin était une garce capricieuse, non ? Avant, la méchante Lachesis avait manœuvré de sorte qu'il n'avait pas eu d'autre choix que de laisser partir Gabriela. Maintenant, le Destin revenait pour le deuxième round, lui faisant une nouvelle fois cadeau de Gabriela, la laissant cette fois sur son chemin pour qu'il déballe le paquet cadeau, pour qu'il la reprenne, la chérisse, la possède — un cadeau auquel il ne renoncerait jamais. Voudrait-elle le reprendre ? L'idée folle qui lui était venue à l'esprit il y a quelques secondes fonctionnerait-elle ? Bon Dieu, il allait faire en sorte qu'elle fonctionne. Mais d'abord, il fallait qu'il évalue le risque que courait Gabriela et l'ampleur de la menace. L'étape suivante consisterait à manipuler le prêtre pour le mettre devant le fait accompli. Une fois que Gabriela serait dans son camp, eh bien, le reste ne dépendrait plus que de lui.

Cette fois, il ne resterait pas les mains vides. Sauf si Gabriela en décidait autrement.

CHAPITRE DEUX

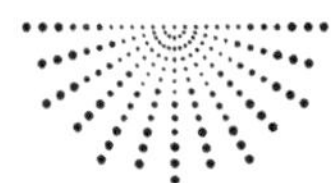

L'homme costaud qui se tenait en face du canapé de Wickeham lui tendit les articles en question.

Bogdan Ljubic était un communiste né, avait grandi en Yougoslavie et était devenu un orgueilleux clandestin en Grande-Bretagne depuis que l'enfer s'était déchaîné chez lui dans les Balkans en 1995.

Sa liaison sporadique avec la DB, les services de sécurité de l'État communiste, s'était avérée payante, durant ces années passées dans l'armée yougoslave et aussi maintenant dans son pays d'adoption. De par son éducation, il était impitoyable, c'était un tyran-né qui se délectait du pouvoir que lui conféraient ses poings, qui les employait maintenant au profit de son employeur, et qui contrôlait sa femme en l'utilisant comme un punching ball pour s'entrainer. Grâce à ces aptitudes, certains emplois lui avaient permis de se maintenir à flot financièrement pendant son périple à travers l'Europe et pendant ses premiers mois en Angleterre.

Cela lui avait amené également son lot d'ennemis. Mais il s'en fichait.

Son physique simiesque (avec des épaules excessivement larges, des bras très longs tombant plus bas que ses genoux, et une pilosité corporelle brun roux pléthorique) lui avait également bien servi. Son torse affaissé démentait le fait que, tel le primate auquel il ressemblait, il était plus fort que la plupart des hommes ; ses biceps et deltoïdes bien exercés étaient entraînés pour le tonus et la force. Pour compléter l'image simiesque, ses yeux ovales aux coins tombants agrémentaient un visage ovoïde, des bajoues tombantes et un menton en saillie coupé par ses lèvres comme par une ligne droite. C'est l'expression de ces yeux qui poussait la plupart des gens à l'éviter. Pour certains, c'était la dernière chose qu'ils voyaient.

« Des nouvelles de votre contact, Monsieur Ljubic ? »

Arnold Wickeham accepta les photos de l'homme qu'il appelait affectueusement son agent d'exécution avec une minutie émanant d'années d'études et d'entraînement intense.

Il s'était fait lui-même et était fier d'entretenir le mythe. Chaque objet dans sa maison, dans son bureau, ou sur lui-même était destiné à faire de l'effet et à être vu. L'intérieur de sa maison ressemblait à une maison modèle du prestigieux magazine architectural Condé Nast. Il était impeccablement vêtu avec des vêtements et des sous-vêtements griffés de haut de gamme. Son discours était mesuré, avec une cadence lente et une intonation parfaite ; l'air de sophistication dont il avait entouré son existence s'était construit au travers d'années d'observations et de répétition. Ce qu'il connaissait de la survie, des affaires de façade, de l'intimidation et de la coercition, il l'avait appris en étant coursier pour Ronnie Kray quand il était enfant à la fin des années 1960. À présent, très peu de gens doutaient de son personnage élaboré respirant le savoir-vivre et l'opulence, et beaucoup seraient réellement surpris en comprenant que Wickeham s'était sorti au prix de luttes d'un environnement rude de l'East End. Pour ces très rares personnes perspicaces entraînées à observer le monde d'un œil critique, il flottait toujours autour de Wickeham une impression d'imposture, quelque chose d'absolument pas authentique, comme s'il était une imitation coûteuse, un produit de bas de gamme qui avait essayé de vaincre sa vulgarité en l'enveloppant d'une façade onéreuse.

Son jeton de signature, une chevalière David Yurman de quatorze carats gravée à la main, étincela sur son auriculaire gauche tandis qu'il consultait les photos d'une maison de style Mission, de son terrain, de ses murs de soutènement et de son escalier. Tandis qu'il tournait chaque photo, il gratta son gros nez charnu, éternelle source de gêne sur son visage tristement décevant. C'était la première chose qu'il remarquait à son réveil et la première chose que ses vis-à-vis remarquaient. Il était profondément marqué par une acné sévère et par la varicelle, ses narines évasées sur ses joues à la même largeur que ses lèvres. Au cours des hivers rigoureux, il gonflait jusqu'à ressembler à un appendice ayant subi de multiples piqûres de guêpes. Ses cheveux bruns assez longs, à la coupe soignée et élégante, recouvraient des oreilles trop longues, encadrant un visage aplati comme si quelqu'un avait essayé d'appuyer dessus pour créer un modèle bi-dimensionnel plutôt qu'un tri-dimensionnel comme il eût été normal. Peut-être son ancien psychiatre avait-il raison de dire que son besoin de s'entourer de tout ce qui était matériellement beau était directement corrélé à sa perception de sa propre laideur.

Perception, mon cul ! Wickeham rit de son propre humour. Le moment où ce charlatan lui avait servi son ridicule euphémisme pour une réalité qui lui était trop familière avait été la dernière fois qu'il était allé chez ce connard. Dommage qu'il ne puisse user de son influence pour le faire suspendre définitivement. Mais il restait toujours de l'espoir.

Wickeham fit une pause, fermant les yeux, presque dans une posture de prière. Se concentrer. Il fallait qu'il se concentre pour élaborer une nouvelle stratégie, pour trouver une motivation supplémentaire pour convaincre Madame Martinez de revoir sa position, parce qu'elle campait fichtrement sur ses positions, même après son récent rappel téléphonique sous-entendant qu'il avait planifié son accident de voiture. Ses lèvres se serrèrent. Elle s'était moquée de son avertissement, et avait carrément éclaté de rire au téléphone. Elle ne rirait pas la prochaine fois qu'il agirait. Elle capitulerait. Elle reculerait de peur.

Ses pensées dérivèrent. Il n'y avait plus de temps à perdre. Depuis qu'il avait posé les yeux sur sa magnifique création, il savait qu'il ne la laisserait pas partir aux enchères. Ce manuscrit ne serait à personne d'autre. Et putain, il voulait…

Voulait…

C'était en fait une description plutôt faible des émotions suscitées dans son psychisme. Au moment où son contact chez Christie lui avait montré deux de ses pages in-folio, son besoin d'obtenir l'œuvre de Madame Martinez avait dépassé le désir. Il parcourut mentalement le glossaire. Ah, oui. Il *convoitait*. Il *aspirait*. Et ce *Livre d'heures* lui appartiendrait.

Il s'humecta les lèvres. Posséder des objets exceptionnels était une obsession dangereuse, il le savait. Cela s'apparentait à de l'aberration, selon son ex-psy. Wickeham n'éprouvait pas souvent cette obsession, mais en de rares occasions des artefacts surgissaient, l'invitant, poussant son besoin de possession jusqu'à la douleur. Et la rareté… La rareté pouvait l'amener jusqu'aux extrêmes. Tel était le manuscrit de Madame Martinez. Non. Pire. Il était unique. Il ne permettrait tout simplement à personne d'autre de l'acquérir. Il ne pouvait pas laisser Madame Martinez faire un fac-similé.

Il faillit écrabouiller la photo suivante dans son poing. Il s'était senti plus qu'offensé par ses excuses. Furieux, en fait. Madame Martinez l'avait informé qu'elle ne referait pas un autre *Livre d'heures*, mais elle avait proposé de lui dupliquer plusieurs folios, de moindre qualité. Une copie inférieure. Même maintenant, après avoir réfléchi à sa suggestion, son esprit bouillonnait d'aigreur. Son offre équivalait à lui faire accepter un tirage lithographique à bas prix en remplacement. Quel culot ! Si elle avait été en face de lui, il lui aurait fait part de son mécontentement. Il avait fait intimider ses cibles par Bogdan pour moins que cela.

Ses poumons se dilatèrent dans un effort pour se recentrer. Il triompherait à la fin. Comme toujours dans de telles circonstances. Mais le choix du moment était d'une extrême importance. La pièce ne devait en aucun cas partir aux enchères. Si c'était le cas, cette œuvre d'art inestimable passerait à des enchérisseurs multimillionnaires d'Arabie Saoudite ou de Hong Kong avec qui il ne pourrait pas rivaliser financièrement, des gens sans discernement qui placeraient son œuvre magnifique dans une chambre forte où elle prendrait la poussière.

Pas lui. Il savait déjà où il l'exposerait, et quels meubles anciens acquérir pour disposer ses pages et sa facture magnifiques. Il s'assurerait que ses pages seraient tournées, que le livre serait bichonné, admiré et montré. Il fallait qu'il agisse avant qu'il soit trop tard, pour faire monter la pression et l'amener rapidement à céder. Ses juristes travaillaient déjà à un contrat de vente indissoluble stipulant qu'elle ne duplique jamais cette œuvre. Rien ne se mettrait en travers de son chemin, et surtout pas elle.

« Je me suis occupé de l'incapable, » dit Bogdan, interrompant ses pensées. « Il n'y aura plus d'erreurs de ce côté. »

Wickeham sourit. Il aimait tellement l'ordre, et ceux qui étaient incompétents, devrait-il dire, devaient disparaître commodément, pour éviter d'honorer durablement la planète. Les cafouillages étaient intolérables quand il payait à prix élevé des services rendus.

« Des preuves ? »

« Elles disparaîtront demain ou sous peu, » répondit Bogdan.

« Et votre disponibilité actuelle ? »

« Quand vous voulez. »

« Parfait. »

Wickeham passa à une autre photo de la zone et pensa que cette Gabriela Martinez était une femme selon son propre cœur. Sa maison était chère et vaste, le terrain encore plus, perché au-dessus du granit du Pacifique face aux rouleaux de la mer. La maison avait très peu de façade sur la rue, un portail de métal était encadré d'épaisses haies impénétrables de deux mètres et demi de ficus parfaitement taillés. L'accès depuis la route était limité. C'était malin de sa part. Et problématique pour lui. Il repéra deux caméras de sécurité en face de la zone. Le reste de la propriété en serait également truffé, il en était certain. C'était encore un défi, mais il aimait tellement les réussir !

La photo suivante attira son attention. La terrasse de la maison était en L, la branche la plus longue était sur la droite. Cette section était en forme de haricot et s'étendait le long des lieux de vie de la maison. La branche la plus courte tournait à gauche, jouxtant une grande piscine rectangulaire fermée par une espèce de construction. Il scruta la structure à niveau unique dont l'architecture coïncidait avec celle du bâtiment principal. Elle était trop grande pour n'être qu'un vestiaire. Une maison d'amis pour héberger les visiteurs ? C'était possible. Mais ce qui l'intéressait était la zone à gauche de la piscine. Encadré par une haie épaisse de ce qui semblait être des lauriers roses, un chemin sinueux d'environ douze mètres reliait cette partie de la propriété à une haie qui bordait l'allée du voisin et la rue au-delà. Privée, mais accessible.

Ses doigts aux ongles parfaitement manucurés et polis passèrent à la photo suivante. Elle montrait le coude de la terrasse, avec un escalier en bois menant devant, par paliers, aux rochers en bas et au-delà. Des zones de granit inégales et plates parsemées de façon aléatoire de ce qui ressemblait à des pins nains tourmentés, s'étendaient sur plusieurs mètres en direction des flots jusqu'à d'énormes rochers lissés et façonnés sans relâche par la mer, sentinelles en souffrance devant l'immensité du Pacifique. Il étudia plusieurs autres photos prises sous des angles différents pour offrir le meilleur point de vue sur la zone. Pas de plage, pense Wickeham, juste un endroit où profiter de la vue quand les flots ne se soulevaient pas pour marteler ce mur rocheux, seule barrière naturelle entre la terre, la mer et la maison. Les couchers de soleil devaient y être vraiment spectaculaires.

Prenant encore quelques moments pour observer les photos, Wickeham se décida finalement pour deux d'entre elles et les tira de la pile. Il écarta les autres en les tendant à son employé silencieux. Il parcourut posément la courte distance de son siège à son espace de travail, un bureau double du XIXe siècle en acajou qui se tenait au milieu de sa pièce de travail. Il ouvrit le tiroir du milieu de l'autre côté du bureau et en sortit sa loupe. Il alluma la lampe de bureau et passa méticuleusement au crible chaque pouce du terrain sur ces photos.

D'abord, il examina le chemin menant de la zone de la piscine à la propriété voisine. Tout au bout, il semblait y avoir une petite ouverture, comme un portail de service. Si c'était une servitude, des possibilités pourraient s'ouvrir. Il retourna ensuite son attention vers l'autre photographie, précisément à la zone au-dessous de la terrasse de Madame Martinez. Un escalier en bois longeait le mur de briques sur les deux premiers mètres, débouchant sur une vaste aire d'observation semi-circulaire contenant plusieurs chaises longues et tables, avec dans l'angle un autre escalier d'un mètre qui finissait sur les rochers en contrebas. Ce serait peut-être délicat d'y accéder, mais pas impossible. Il examina de nouveau la zone avec attention. Aucune caméra de surveillance n'y était placée. Intéressant. Un autre éventail de possibilités lui vint à l'esprit.

Les manœuvres suivantes dans son plan stratégique se mirent à s'assembler plus clairement dans son esprit. Il se tourna vers Bogdan.

« Je pense qu'il est temps d'envoyer à Madame Martinez un message plus personnel. » Il regarda son homme. « Quand avez-vous dit que je peux obtenir des services ? »

CHAPITRE TROIS

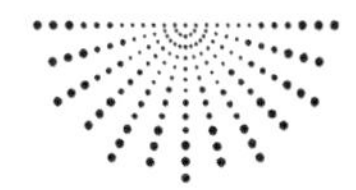

La ligne téléphonique bourdonna doucement.
Richard alla à son bureau, attrapa le téléphone, et entendit
Vivian donner son feu vert à la personne d'outre-mer. Puis
une voix haut perchée lui demanda : « Monsieur
Harrison ? »

« Vous vouliez me parler. »

La voix à l'autre bout soupira de
soulagement : « Enfin. »

« Mon Père, » dit Richard. « J'apprécierais que vous
alliez droit au but. » Surtout si il s'agissait de Gabriela.

Le père Ramirez soupira. « Maurice Nôret, votre
collègue… »

« Ex-collègue. Nous ne travaillons plus ensemble. »

Le prêtre s'éclaircit la gorge. « Et bien, il m'a vraiment
dit que vous seriez impatient, surtout puisque j'ai pris la
liberté… »

Ah oui, pour le moins, pensa Richard, mais à la place il
dit : « Si Gabriela avait besoin de mon aide, ce n'était pas la
peine de passer par des intermédiaires. »

L'intonation de reproche n'échappa pas au père Ramirez, prêtre depuis vingt ans. Sa voix se fit conciliante. « Elle ne sait pas que je vous ai contacté. Elle serait furieuse. »

Furieuse. Ce simple mot, aux lourds relents de rejet, atteignit Richard comme un coup dans le plexus solaire. Il y réagit toutefois immédiatement et viscéralement. Farouchement. Non. Le rejet n'était pas une option. Il refusait d'avaler la pilule, même après tout ce temps, sauf s'il l'entendait des lèvres de Gabriela.

« Par ailleurs, » continua le prêtre, « Gaby ne prend pas cet homme au sérieux, même après l'accident. »

Les muscles de Richard se raidirent. « Quel accident ? »

« Sa voiture a failli plonger de Canyon Road il y a deux jours, voilà. C'est une chute de presque quinze mètres directement sur la route en contrebas. Ce n'est que par la grâce de Dieu et par la protection de Sa Sainte Mère que Gaby est en vie pour le raconter. Honnêtement, je suis encore sous le choc. Je ne sais vraiment pas comment elle a réussi à rétrograder comme une folle, ni ce qui l'a poussée à précipiter la voiture contre le flanc de la montagne jusqu'à ce qu'elle arrête sa course. Bien sûr, » continua le prêtre, ignorant comme ses paroles affectaient Richard, « la boîte de vitesse est détruite, la voiture semble avoir couru dans un derby de démolition. Par la grâce de Dieu, Gaby n'a souffert que de quelques coupures mineures, d'une hémorragie nasale et de bleus et bosses. »

Richard déplaça le récepteur et essuya la sueur de sa main sur son pantalon. Quatre ans plus tôt, quand l'ex-patron de Richard, au prix d'un subterfuge, lui avait fait assurer la protection de Gabriela contre un xénophobe inconnu, il lui avait fallu moins d'une semaine pour découvrir que son mentor et ami, l'urbain et sophistiqué Monsieur Albert Heinige, était le détraqué qui voulait leur mort. Si Gabriela n'avait pas envoyé un chargeur complet de plomb dans le corps de ce salopard arrogant, leurs os blanchis serviraient d'engrais à un pin parasol noueux dans cette gorge au charme sublime des Préalpes maritimes.

Se pourrait-il que quelqu'un essaie à présent de prendre sa revanche sur les événements d'il y a quatre ans ? La sensation moite et froide s'intensifia au creux de son estomac devant la possibilité de ce nouveau scénario, une possibilité qui leur avait échappé, à Maurice et à lui. Avaient-ils commis une erreur tactique en supposant que ce salaud n'avait aucune parenté en vie pour le venger ?

« Qu'est-ce que la police dit de tout ça ? » demanda-t-il.

Le reniflement de dérision du prêtre résonna dans le récepteur avec une précision cristalline. « La police est trop occupée par des crimes plus importants pour se soucier des soupçons d'un prêtre idiot, surtout que l'accident semble avoir été causé par une défaillance évidente des freins. Le policier sur place a même laissé entendre que c'était la faute de Gaby si le véhicule n'avait pas été en état correct de rouler. Je me rends compte que le policier a fait son devoir, mais dans ces circonstances et après ce que je lui ai révélé, il aurait pu attendre avant de lui remettre une citation. »

« Une contravention ? » L'ironie de la situation n'échappa pas à Richard.

Le père Ramirez soupira. « Je sais. Mais je vais vous dire ce que j'ai dit à l'officier. Gaby a fait faire la révision de cette voiture deux jours avant que cela se produise. Ce n'était pas sa faute, et ce n'était pas non plus de la négligence de la part de Mannie. Ce garçon se charge de réparer sa BMW depuis trois ans, et je lui fais confiance quand il affirme que le réservoir de liquide de freins n'avait pas de fuite, et qu'il n'y avait aucun problème dans les tuyaux ni dans le maître cylindre de frein. D'ailleurs… »

« Il ne vous mentirait pas ? » lui suggéra Richard.

Le prêtre ignora le sarcasme. « Monsieur Harrison, mes instincts me disent que quelqu'un a dû trafiquer ses freins.

La synchronisation est trop commode et trop proche pour que ce soit rassurant. C'est pourquoi j'ai contacté votre ami dans l'espoir qu'il vous trouverait. »

« Quelqu'un a trouvé la preuve du sabotage ? » demanda Richard.

« Mannie n'a pas encore contrôlé la voiture. Du moins, pas complètement. »

Richard fit une pause, devinant la réponse à sa prochaine question.

« Faites-moi s'il vous plaît le plaisir de répondre à un peu de curiosité de ma part, Père Ramirez. Où est Roberto dans tout cela ? Pourquoi n'a-t-il pas insisté pour qu'on enquête ? Pourquoi ne fait-il rien pour protéger sa femme ? » Richard ne formula pas ses pensées : que Roberto se bouge le cul pour une fois pour s'occuper de Gabriela… pour la protéger.

« Pourquoi m'appeler ? » finit Richard.

Il y eut un long silence gênant. « Roberto ne peut pas l'aider, » répondit enfin le prêtre. « Et la police non plus ne peut ou ne veut guère aider à ce stade. J'ai demandé à Gaby qu'elle annule des choses, mais… »

« Excusez-moi de vous interrompre encore, mais je ne comprends pas bien. Vous voulez me dire que vous savez pourquoi on la menace ? »

« Bien sûr, » dit simplement le prêtre.

« Ça doit être une blague. » Sa patience s'évanouissait, ses yeux prenant la noirceur et la violence d'un orage.

« Je vais être direct, » dit le prêtre. « Gaby écarte sans cesse les menaces et nos inquiétudes. J'étais au bout de mes cartouches, à essayer de trouver quoi faire. Et puis son agent, Jean-Louis, m'a suggéré d'appeler votre ami Maurice. À son tour il m'a indiqué que vous seul pouviez convaincre Gaby de sa situation difficile. Vous avez sur elle une influence excessive, m'a dit Maurice, bien plus que quiconque de sa famille ou moi-même. »

Richard eut un sourire désapprobateur. Il pouvait faire confiance à Maurice pour dire son mot et pour manigancer une réunion forcée. Pourtant, le prêtre n'avait aucune idée du passé de Richard et Gabriela. Une pointe de suffisance étira ses lèvres. Une influence excessive ? Le prêtre ne contacterait pas Richard s'il avait eu une idée de l'influence qu'il pouvait exercer.

« Je voudrais que vous convainquiez Gaby que les menaces sont réelles, » poursuivit le père Ramirez. « Si elle va en Angleterre pour ces enchères sans lui vendre son œuvre, ce crétin l'a menacée de s'en prendre à elle physiquement. Je le crois. Mais il n'y a pas moyen de la convaincre. Gaby est peut-être adorable, mais elle est aussi têtue qu'une mule. Et après son expérience en France il y a quatre ans, rien ne l'impressionne ou ne l'effraie. Ce n'est pas naturel. »

Pas si vous aviez été là, mon Père. « Connaissez-vous le nom de la personne qui exerce ces menaces ? » demanda Richard.

« Certainement. Ce crétin ne s'en cache même pas, » répondit l'homme avec colère, son intonation plutôt méchante pour un prêtre. « J'espère qu'il pourrira en enfer pour l'angoisse qu'il nous a fait vivre ces derniers mois. »

« Mon Père… »

« C'est un certain Wickeham. Arnold Wickeham. »

Pour la seconde fois de la journée, Richard fut étonné. Wickeham. Comment diable Gabriela avait-elle pu se retrouver impliquée avec lui ? La réputation de cet homme était au mieux douteuse, et des rumeurs évoquaient au pire des méthodes illégales et coercitives pour obtenir ses collections d'antiquités. Il était payé pour le savoir. Il avait eu des démêlés un an auparavant avec le gentleman au sujet d'un meuble ancien recherché. Les procédés de Wickeham avaient été pour le moins peu scrupuleux, mais contre Richard, Wickeham avait perdu les pièces qu'il convoitait. Il s'était agi d'être le salopard le plus retors.

« Il y a environ un mois, » expliqua le prêtre, « ce Wickeham a appelé Gaby pour lui faire une proposition pour son manuscrit médiéval illustré, *Le Livre d'heures.* »

« Que voulez-vous dire par son manuscrit ? Ce volume ne fait-il pas partie de la collection du Uffizi ou quelque autre musée en Italie ? »

Le prêtre pouffa de rire. « Gaby a créé sa propre version du volume ancien en utilisant sa propre calligraphie et ses illustrations. Elle a toujours voulu reproduire la splendeur de ces manuscrits et, par Dieu, elle l'a réussi au-delà de toutes les espérances. Misant sur sa notoriété, elle a décidé de le mettre aux enchères, l'argent de la vente devant financer un fonds de bourses d'études au profit des enfants défavorisés de la paroisse. Il nous a fallu des années pour obtenir le soutien et l'approbation des autorités en place, mais nous avons finalement obtenu le feu vert. »

Des souvenirs défilèrent en un éclair dans le cerveau de Richard. Le fond lapis lazuli, une figurine à une dimension d'une Madone, des touches de peinture dorée, une écriture aux magnifiques circonvolutions. Il avait vu les esquisses sur le bureau quatre ans auparavant.

« Alors elle a fini par le terminer, » murmura Richard, plus pour lui-même que pour le prêtre.

« C'est là que les problèmes ont commencé. »

« Comment cela ? »

« Monsieur Wickeham a appelé Gabriela à peine une semaine après qu'elle ait expédié le volume. Il a affirmé avoir été présent dans la salle des ventes quand le manuscrit est arrivé et son enthousiasme pour la pièce était intarissable. Il a offert de l'acheter immédiatement pour la belle somme de deux cent cinquante mille livres. Gaby a refusé. »

C'était tellement elle, pensa Richard, se rappelant les

étincelles d'entêtement dans ses yeux d'ambre à chaque fois que quelqu'un tentait de la manipuler.

« D'abord, » poursuivit le prêtre, « l'homme a été insistant, mais agréable. Il pensait que Gaby le faisait patienter pour en obtenir un prix plus élevé. Mais il y a deux semaines, il a fini par comprendre le message : que Gaby ne céderait pas. C'est là que les menaces ont commencé. Quand elles sont restées sans effet, cet accident s'est produit. C'était pour servir d'avertissement, vous voyez. Le lendemain matin, Wickeham a appelé Gaby, regrettant qu'elle ait été victime d'un accident aussi malheureux, comme il le formula poliment. Puis il a réitéré son offre généreuse. »

« Et laissez-moi deviner, » compléta Richard. « Gabriela a de nouveau refusé. »

« Oui, ce qui a rendu l'homme fou furieux. » Un profond soupir de lassitude se fit entendre. « Mon fils, les enchères sont seulement dans quelques jours. Nous travaillons depuis longtemps sur ce projet, et par la grâce de Dieu, nous avons accompli un véritable miracle. Mais je préférerais accepter l'offre de cet homme que la voir en danger. S'il vous plaît, Monsieur Harrison, l'aide que je vous demande est simple. Appelez-la. Demandez-lui de transiger. Convainquez-la de se comporter comme la femme logique qu'elle est et d'accepter l'offre de cet homme avant qu'il soit trop tard. Ce n'est pas autant d'argent que ce que le directeur de chez Christie's a dit que la pièce pourrait rapporter, mais deux cent cinquante mille livres, ce n'est quand même pas mal. »

Il y eut un long silence. Par expérience, Richard savait qu'il ne convaincrait pas Gabriela. Elle s'obstinerait même à présent davantage à vendre aux enchères cette satanée œuvre. C'était dans sa nature de résister à la coercition, d'aller résolument dans le mur si cela lui permettait de s'opposer à de la manipulation ou à du vol manifeste.

Richard savait qu'il était inutile d'essayer de la faire agir autrement.

« Permettez-moi de proposer une meilleure solution, » répliqua Richard. « Je dois m'occuper d'affaires commerciales à New York au plus tard en fin de semaine. Je prendrai l'avion pour voir Gabriela personnellement. »

« Vous allez venir ? » demanda prudemment le prêtre. Sa phrase contenait à la fois de l'espoir et une bonne dose de prudence.

« Je connais Gabriela. Il va falloir une rencontre en personne pour la convaincre de ce à quoi je pense. Ne vous inquiétez pas, mon Père, mes arguments l'emporteront. J'ai ma façon de faire. » Le prêtre n'en soupçonnait même pas la moitié. « Où êtes-vous situé exactement ? »

« Gaby est dans la baie de Monterey. Ma paroisse est à environ quinze kilomètres au nord-est. »

« Disons que je vous rencontrerai demain après-midi à l'aéroport de San Francisco. Puis nous pourrons aller en voiture à Monterey et tenter de convaincre Gabriela de ne pas s'entêter pour la seconde fois de sa vie. Si je n'arrive pas à la convaincre de vendre, je vous accompagnerai personnellement tous les deux à Londres. Ma maison en ville est bien protégée et assez grande pour vous loger tous les deux, et mon chauffeur garde du corps sera à votre disposition à chaque fois que je serai appelé pour mon travail. De cette façon, elle sera plus en sécurité. »

Il ne semblait pas venir à l'esprit du prêtre de refuser la suggestion de Richard, ni de réfléchir aux conséquences de son consentement. Ce qui était probablement primordial à ses yeux était de protéger Gaby, du moins c'est ce que présuma Richard quand il accepta immédiatement son plan.

« Mon fils, si vous y parvenez, je vais dire une messe d'actions de grâce tous les jours pendant toute une année. J'ai été tellement angoissé de savoir qu'une menace physique pèse sur elle. Non seulement cela, mais quelle sorte de protection recevrait-elle dans une chambre d'hôtel isolée, avec pour toute compagnie un vieux fou de prêtre ? »

Attention à ce que vous souhaitez, mon Père. « Alors, considérez que c'est fait, » se contenta de dire Richard. « Je vais demander à mon assistante de vous envoyer par courrier électronique les détails de mon vol. » Richard fit une pause. « Vous avez une adresse électronique, je présume ? »

Le prêtre dicta son adresse électronique. « Vous avez compris ? »

Richard répéta ce qu'il avait écrit et reçut un grognement approbateur. « Oh, et mon Père ? » dit-il, baissant la voix jusqu'à un murmure feutré. « Je vous fais confiance pour rester discret sur ma visite prochaine, n'est-ce pas ? »

Il entendit le prêtre déglutir.

« Monsieur Harrison, maintenant que vous allez nous aider, il sera inutile de prévenir Gaby de votre arrivée imminente. Je connais cette enfant mieux qu'elle ne se connaît elle-même. Juste pour preuve, elle est capable de faire ses bagages sur-le-champ et de filer en Angleterre sans garde du corps à ses côtés. Je suis assez sensé pour ne pas tout gâcher en faisant obstacle à la personne même qui est mon seul espoir de la faire changer d'avis. »

« Je suis heureux d'entendre que je suis la réponse à la prière de quelqu'un, » dit Richard.

« Ne sous-estimez jamais la Sagesse Divine, mon fils. Croyez-moi. »

Richard ne se donna pas la peine de répondre. Il raccrocha et s'inclina dans son siège.

Complètement incroyable. La voilà qui recommençait. Parmi toutes les personnes que Gabriela pouvait croiser, il avait fallu qu'elle se heurte à cette vermine de Wickeham. Mince ! Cette femme avait toujours le don d'attirer des salopards cinglés : il se rappelait leur dernière rencontre avec Albert Heinige.

Wickeham, comme Heinige, était encore un de ces égomaniaques arrogants qui considéraient qu'ils méritaient tout, y compris des objets dont d'autres refusaient de se séparer. Pour avoir été en contact avec lui, Richard savait que Wickeham exécrait la concurrence honnête, choisissant la coercition et l'intimidation pour parvenir à ses fins. Mais d'après son expérience, Wickeham renonçait face à une vive opposition. La question était maintenant, pourquoi Wickeham était-il aussi déterminé ? Pourquoi allait-il au-delà des extrêmes avec Gabriela ?

Il appela son assistante. « Vivian ? Faites-moi venir Jeremy au plus vite. »

« Oui, Monsieur, » gazouilla-t-elle. « Tout de suite. »

Richard sourit de son empressement soudain, soupçonnant par ses joyeux papillonnages récents dans le bureau, et par les absences nocturnes de Jeremy de ses appartements, qu'ils étaient en couple depuis peu.

Quelques minutes plus tard, le corps volumineux de Jeremy Hollis remplit l'encadrement de la porte. Il entra avec assurance, sa chevelure couleur champagne à hauteur des épaules tirée comme d'habitude en une queue de cheval.

« Que se passe-t-il, patron ? »

Les lèvres de Richard s'ourlèrent en un sourire amusé. « Laissez tomber le cockney, ces conneries victoriennes, et venez vous asseoir. J'ai besoin de votre avis. »

Jeremy eut un sourire enfantin, ses yeux marrons plissés par l'humour. Il affala sa masse volumineuse sur le siège en face du bureau de Richard et attendit.

Trois ans plutôt, en raison de dommages irréparables aux tendons de ses jambes, Jeremy avait été contraint d'abandonner l'Union de Rugby. Par chance, Richard l'avait abordé juste un mois après qu'il avait reçu son diplôme de formation à la protection des personnalités. L'offre de Richard était simple : occuper les fonctions de chauffeur et de garde du corps. Jeremy avait accepté instantanément, à l'étonnement de ses amis et de sa famille qui n'en croyaient pas leurs oreilles. Ce soudain changement de carrière, et le joyeux enthousiasme avec lequel il avait accepté l'offre de Richard, avaient déconcerté tout le monde. Après tout, existait-il un binôme de travail aussi improbable ? Richard était sophistiqué, mondain, intellectuel et éloquent. La version de Jeremy de l'anglais de la Reine se mêlait au jargon de Rugby. Il n'était pas allé au-delà d'un niveau scolaire secondaire, il était fruste et occasionnellement grossier. Personne ne comprendrait jamais pourquoi Jeremy préférait occuper un emploi qui ne lui offrait pas de blessures invalidantes et ne requérait pas de luttes quotidiennes incessantes contre la douleur.

« Okay. Qu'est-ce qu'il y a de si urgent que je doive ramener mes fesses pronto ? » demanda Jeremy, empruntant l'expression préférée de Richard.

« Vous avez toujours cet ami au CID ? »

« Ouais. Y a un problème ? »

« Pas moi. Une amie. Je veux que vous trouviez tout ce qu'ils ont sur un homme nommé Wickeham. Arnold Wickeham. »

Jeremy fronça les sourcils, ses traits ciselés se durcissant. « C'est pas le mec avec qui vous avez eu une mêlée il y a un an environ ? »

Richard opina. « Le problème actuel est qu'il pratique l'intimidation avec quelqu'un d'autre, une femme cette fois. Je n'ai jamais compris pourquoi traiter avec Monsieur Wickeham requérait de fuir ses mauvaises tactiques d'intimidation. »

« Qui est cette femme ? »

« Gabriela, » répondit-il ; ses mots étaient empreints d'une immense satisfaction. « Gabriela Martinez. »

Richard surprit la réaction de Jeremy à son intonation possessive. L'homme qui lui faisait face n'était peut-être pas allé au-delà de l'école secondaire, mais il ne manquait pas d'intelligence.

« La dame qui a peint ça ? » demanda Jeremy avec admiration et étonnement, le pouce droit pointé en direction du *Saint Georges*.

« La seule et l'unique, » répondit Richard.

« Pourquoi Wickeham s'en prend à elle ? »

« La cupidité, vraisemblablement, ou peut-être l'exclusivité dans la représentation. Je ne suis pas sûr. Mais ça a à voir avec sa mise aux enchères d'un manuscrit sur lequel elle a travaillé les quatre dernières années. C'est un livre exceptionnel. Un original d'après un original, si je me souviens bien de ses mots. »

« Et le mec le veut ? »

« Absolument. Vous vous souvenez de notre escarmouche avec lui l'année dernière ? Ce salopard n'aime pas risquer de perdre ce qu'il convoite dans des offres correctes. Selon le prêtre, ce manuscrit peut rapporter un prix de vente élevé à une association caritative que Gabriela a montée. Monsieur Wickeham a offert d'acheter le livre pour deux cent cinquante mille livres avant qu'il parte aux enchères, mais Gabriela a refusé. Il insiste maintenant vraiment pour qu'elle le lui vende, et de façon ignoble. »

Le puissant sifflement de Jeremy fit écho sur les murs du bureau. « Deux cent cinquante mille livres, hein ? Ça doit être quelque chose, ce manuscrit. » Il frotta la cicatrice en forme de croissant de lune au-dessus de son sourcil gauche, l'un des nombreux souvenirs qui paraient son corps, gravée par le coup de pied bien placé d'un adversaire sur le terrain de rugby. « Je vais appeler Mike et voir ce qu'il peut trouver. »

« Essayez d'avoir une réponse aujourd'hui, Jeremy, parce que nous partons aux États-Unis demain. Après que j'aurai parlé à Gabriela, nous ferons un saut à New York pour conclure le contrat asiatique avec la chaîne Hilton. Elle se joindra à nous pour le retour à Londres, » dit Richard avec certitude. « Pendant le trajet de retour et son séjour dans ma maison, vous serez chargé de sa sécurité quand je ne serai pas disponible. »

« C'est rien du tout, » dit Jeremy.

« Effacez ce sourire arrogant de votre visage, » dit Richard. « Gabriela est obstinée, tête de mule, et intelligente. Il faudra que vous la surveilliez de près parce qu'elle peut disparaître en douce sous votre nez sans que vous vous en rendiez compte. Et croyez-moi sur parole, elle n'est pas facile à rattraper quand elle est dans une de ses humeurs entêtées et fugueuses. » Ses yeux, plus froids qu'un ciel d'hiver, transpercèrent Jeremy. « Si vous me faites défaut, je vous garantis que vous n'aimerez pas les conséquences. »

Jeremy hocha la tête.

« Nous devons faire tout ce qui est en notre pouvoir pour que Wickeham ne mette pas ses sales pattes sur elle. » Richard ferma un instant les yeux. « Elle est spéciale, » confessa-t-il, incapable de contenir le vif besoin dans sa voix.

« Spéciale, c'est spéciale comment ? » demanda Jeremy.

« Très spéciale. » Brusque, sans autre explication. « Faites votre valise. Je vais donner des instructions à Vivian pour qu'elle réserve notre vol de demain. Vous rencontrerez alors Gabriela. »

« Je m'y mets, » dit-il. « Autre chose qu'il faut que je sache ? »

« Non, » répondit Richard. « Rien du tout pour l'instant. »

Jeremy hocha la tête, identifiant le congé silencieux de Richard. Il quitta le confort de son siège sans avoir posé les centaines de questions auxquelles il souhaitait une réponse. Après avoir vu l'intensité du regard de Richard, mais surtout après avoir entendu la possessivité sous-jacente dans sa voix, Jeremy présuma qu'il se porterait mieux s'il gardait les lèvres aussi serrées qu'une mêlée. Il tenait trop à sa peau pour assouvir sa curiosité, même s'il était très intéressé par la relation entre Richard et cette Gabriela Martinez.

Bon, putain, drôlement curieux.

CHAPITRE QUATRE

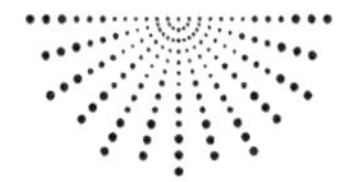

Baie de Monterey, Californie

SE FONDANT COMME UN FANTÔME AU BORD DE L'ÉTENDUE
de sa terrasse en forme de haricot, Gabriela se pencha au-
dessus de la balustrade et regarda les vagues sombres
caresser le littoral déchiqueté au-dessous de sa maison. Elle
se sentait comme une voleuse dans la nuit, se cachant de la
foule des invités — de la foule de ses invités. Mais zut, elle
s'en fichait en ce moment. Le besoin de relâcher la tension
qui bourdonnait en elle comme de l'électricité avait été
dévorant. C'était comme si une main invisible tentait de
l'étouffer, et que rien n'eût pu l'empêcher de s'échapper,
même pas la pensée d'une négligence flagrante ou d'un
faux pas social. Pas ce soir.

Les yeux dorés de Gabriela parcoururent la beauté
saisissante de la mer. Elle leva le visage, jouissant de la
douce caresse de la brise du soir dans ses cheveux qui
s'amusait à l'envelopper d'un tourbillon d'odeurs de pin et
de mer saline. Elle se blottit dans l'étreinte sereine de la
Nature et pensa que chaque froncement de sourcil et
chaque regard réprobateur qu'elle recevrait plus tard

valaient bien ce moment de paix volé. Elle bougea lentement la tête en un mouvement circulaire resserré. La tension finit par relâcher son emprise tenace sur les muscles de son cou.

Mon Dieu, elle était sur les nerfs ce soir, de façon inhabituelle.

« Que diable fais-tu ici, ma chère ? Il gèle ici. »

Gabriela se tourna à peine. D'après le son de la voix de son ami, Jean-Louis était de nouveau agacé. Elle écouta se rapprocher ses pas impatients, et elle sourit affectueusement. Jean-Louis détestait qu'elle disparaisse de ces assemblées ennuyeuses mais nécessaires en son honneur. Il comprenait sa timidité, son besoin d'être seule, et il était étonnamment sensible à ses états d'âme. Cela ne signifiait pas pour autant qu'il approuvait qu'elle se cache.

« N'exagère pas, Jean-Louis. Il fait quatorze degrés, » dit-elle en haussant les épaules. « De plus, j'ai besoin d'une pause dans toutes ces mondanités. »

Sur un « tss, tss, » il lui protégea les épaules dans une étoffe de soie.

« Ma chère, j'aurais pensé que tu serais maintenant habituée à l'effervescence. » Il haussa les épaules dans une routine habituelle. « Mais aujourd'hui je peux comprendre ton besoin de te sortir de là. Mon Dieu, chérie. Vous, les Cubains, vous êtes parfois si bruyants. Ton cousin Enrique. Vraiment. C'est un homme parfait, un expert-comptable de génie, mais sa façon de brailler dans toutes les conversations... » Il soupira avec une mélancolie exagérée. « Pas chic. »

Gabriela rit et se tourna de nouveau face au bruit de la mer.

« Enrique a toujours été bruyant. » Elle posa ses coudes sur la balustrade. « Après avoir été bombardée pendant trente-six ans et quelque par sa voix, on s'y habitue en quelque sorte. »

Jean Louis s'éclaircit la voix et imita sa posture sur la balustrade. Ils demeurèrent dans un silence complice à regarder la lune progresser discrètement dans la nuit étoilée, sa lumière perçant à peine l'obscurité des falaises côtières environnantes et de la mer scintillante.

« Magnifique, n'est-ce pas ? » murmura-t-il.

Le regard de Gabriela embrassa de nouveau l'horizon, y observant le jeu du faible clair de lune et des ténèbres enveloppantes. « Oui, ça l'est toujours, » répondit-elle, l'esprit et le corps à l'unisson de ce paisible environnement.

« Mais la vue n'est pas la seule raison de ta présence ici. » Jean-Louis se tourna, scrutant le beau profil délicat de son amie. « Alors, qu'est-ce qui te tracasse aujourd'hui ? Ce n'est pas ton magnifique cousin, ni la soirée, n'est-ce pas ? »

Sans détacher ses yeux de l'horizon, elle murmura : « Non. »

Jean-Louis soupira dans la fraîcheur du soir. « J'ai l'impression que ta réponse ne va pas me plaire. »

Son ami, et agent, était comme une antenne radio, toujours réceptif à ses états d'âme du moment. Rien d'étonnant. Ils avaient vraiment vécu la souffrance, le traumatisme et l'agitation qui avaient suivi quand elle avait frôlé la mort il y a quatre ans. Pendant le chaos, Jean-Louis était resté son fervent soutien, à la fois dans son amitié et dans la gestion de sa carrière, guidant Gabriela à un moment de sa vie où elle aurait tout envoyé par dessus bord. Jean-Louis l'avait protégée férocement des paparazzi, de la presse affamée et de la curiosité répugnante de ceux qui cherchaient à apercevoir la femme courageuse qui avait tué en état de légitime défense. Et parce qu'il était au courant de toute cette tourmente, Jean-Louis et Gabriela partageaient ce secret, celui qui avait transformé la vie de Gabriela en un paradis sur terre, malgré une culpabilité infernale.

Observant son visage expressif et pensant qu'elle allait lui répondre par une excuse, Jean-Louis la réprimanda.

« S'il te plaît, » dit-il avant que Gabriela laisse échapper un soupir. « Ne t'avise pas de m'insulter en me faisant une réponse idiote. Ça ne marche pas avec moi. »

Gabriela garda le silence, observant le paysage au-delà de la terrasse. Immédiatement contrit, Jean-Louis lui pressa affectueusement l'épaule, en prenant garde à ses récents hématomes.

« C'était totalement déplacé, » s'excusa-t-il. « Pardonne-moi, mon amie. Je suis moi-même à cran. Ce sont tous ces problèmes avec ce crétin de bourgeois qui te préoccupent, non ? »

Elle eut un rire rauque. « Non. Après ce que j'ai traversé, ce crétin ne me préoccupe pas. C'est juste que… Je ne sais pas, depuis l'accident j'ai cette impression dont je n'arrive pas à me débarrasser. »

Elle haussa légèrement les épaules, tentant d'ignorer son malaise comme si ce n'était pas important. Pourtant, l'impression qu'elle devait se préparer à une attaque invisible persistait. Tout au fond d'elle, Gabriela pressentait que cette sensation, bien que discrète, approcherait d'un cataclysme. Et elle en avait plus qu'assez des événements cataclysmiques. Il la tiraillaient dans leurs griffes jusqu'à mettre à nu son moi le plus vulnérable, aussi vulnérable qu'elle l'avait été il y a quatre ans.

« Je suppose que mes pensées tournent autour d'une hantise, » avoua-t-elle finalement. « Mais on dirait que je n'arrive pas à m'en débarrasser. » Elle ne pouvait pas non plus avouer qu'elle était submergée par la nostalgie ressuscitée par cette complication qui s'ajoutait au chaos actuel de sa vie, une complication qu'elle n'était pas encore en mesure de gérer.

« Ne t'inquiète pas. » Gabriela glissa un bras autour de la taille de son ami et le serra brièvement. « Cette humeur sombre passera. Cela passe toujours, comme tout, d'ailleurs. »

« Tout n'est pas passé, » dit gravement Jean-Louis. « Et cela ne peut pas continuer comme ça. »

Gabriela s'écarta brusquement, laissant à Jean-Louis la vue sur son dos rigide. « Le mieux est l'ennemi du bien. »

« Ma chère, tu assumes trop de responsabilités sur tes frêles épaules, » dit-il, l'inquiétude et la frustration palpables dans sa voix. « Tu n'es pas Superwoman. Tu ne peux pas gérer tout cela seule. »

Comme elle ne répondait pas, il se tourna face à elle, les pieds écartés comme un shérif face à une épreuve de force.

« Gabriela, Roberto est dans le coma à proximité, dans la maison de ta défunte belle-mère. » Jean-Louis fit un bref signe de croix. « Que Dieu ait son âme. Tu gères les affaires de l'entreprise en son absence, tu finalises ce projet caritatif avec le père Ramirez, tu es complètement investie dans les activités de tes enfants, dans ton propre travail, et tu es quand même persuadée que tu vas gérer toute seule ce paranoïaque et ses menaces voilées ? Mon Dieu, sois réaliste ! Tu as besoin d'aide. Nous avons besoin d'aide. »

Gabriela échangea un regard avec Jean-Louis, les yeux étincelants.

« Je sais le genre d'aide que tu veux que je recrute. » Elle enfonça ses mains dans ses cheveux. « Cela ne suffit pas que Wickeham me traque, mais je dois aussi supporter que tu me traques ? » Elle fit face à la mer et agrippa la balustrade à s'en faire mal aux mains. « Je ne peux pas. Je t'ai dit cela il y a une semaine, et tous les deux jours tu m'as fait cette suggestion. » Elle se tourna, le regard bouleversant de vulnérabilité. « Je ne peux pas faire ce que tu me demandes. Pas maintenant. D'ailleurs il y a eu quatre ans de silence. Il se pourrait qu'il ne… »

Elle avala sa salive et secoua la tête. Qui essayait-elle de tromper ? Ses choix, en ce moment, étaient très réduits.

Bon Dieu. Elle n'en avait pas. Pas de la façon dont son cœur souhaitait les résoudre. Si elle pouvait les résoudre.

« S'il te plaît, s'il te plaît, mon ami. J'ai besoin de temps. »

Jean-Louis resta silencieux, pensant à son amie déraisonnable et fière qui combattait toute seule le monde et ses démons passés. Il l'enserra dans ses bras, et son profond soupir s'exhala dans la brise, délivrant un message à la fois de résignation et de frustration. S'il existait quelqu'un qui comprenait la réticence et la vulnérabilité de Gabriela, c'était lui. Mais avec les événements qui échappaient à tout contrôle, surtout après ce qui lui était arrivé sur la route deux jours auparavant, Jean-Louis comprenait aussi qu'il fallait agir immédiatement. Avec un peu de chance, après sa discussion avec le père Ramirez, le bon prêtre avait pris les choses en main. Pourquoi Gabriela devrait-elle assumer seule cette nouvelle menace, alors que quelqu'un était tout à fait capable de l'aider, et en même temps de lui apporter le bonheur qu'elle méritait depuis longtemps ?

Il modifia et écarta différentes stratégies. Si le prêtre n'avait rien fait d'ici demain, il donnerait une chance de plus à Gabriela. Franchement, il en avait assez de la souffrance stoïque et silencieuse de Gabriela. Elle méritait mieux.

« D'accord, » dit-il, cédant en apparence à ses désirs. « Mais engage au moins des gardes du corps supplémentaires pour la semaine prochaine. »

Gabriela le regarda, un peu impatientée. « Tu ne dramatises pas un peu ? Cet imbécile aboie mais ne mord pas. »

Jean-Louis renifla, écœuré. « Et comment expliques-tu que ce crétin soit au courant de ton accident et fasse toutes sortes de sous-entendus là-dessus, si ce n'est pas lui qui l'a mis en scène ? Hein ? Explique-moi cela. »

« Tu m'étonnes, mon ami, surtout après ce que nous

avons traversé en France. J'aurais été choquée si Monsieur Wickeham n'avait pas entendu parler de mon accident. Les tabloïds l'avaient certainement ébruité avant même que j'arrive à l'hôpital. » Et avaient placardé son visage tuméfié sur toute la une. Elle secoua la tête, sa chevelure bordeaux balayant ses joues. « Non. Cet homme est simplement bien renseigné et il l'utilise à son avantage. Il est obsessionnel, mais certainement pas dangereux. »

Jean-Louis n'était pas convaincu. Il ouvrit la bouche pour émettre son opinion, mais un éclat de lumière et de musique déchira la pénombre de la terrasse, coupant littéralement leur conversation.

« *Oye, prima,* » brailla Enrique de la porte menant à la salle de séjour. « Qu'est-ce que tu fiches à te cacher ici ? Tu es censée te mêler aux autres et t'amuser. Les gens se demandent déjà où diable tu as disparu. Et Henderson s'en va. »

De la musique latine faisait vibrer l'air sur la terrasse, dominant les conversations et les rires. En rythme avec le tempo effréné de la chanson, Enrique s'avança vers eux, sa carcasse compacte d'un mètre quatre-vingt écartant l'obscurité. Ce soir, il avait l'air élégant et raffiné dans son costume de soie noire italien, sa couleur sombre mettant en valeur sa peau claire. Comme d'habitude, le col de sa chemise était négligemment ouvert, dévoilant la chaîne en or préférée d'Enrique dont l'épaisseur pesait autour de son cou, tandis qu'un bracelet assorti plus large entourait son poignet droit. Sa Rolex préférée en or ornait son poignet gauche. Sa voix de stentor en harmonie avec les paroles de la chanson, Enrique poursuivit sa danse vers Gabriela, les bras tendus. Il l'attira doucement dans leur étreinte, ses hanches se balançant au rythme de la *guaracha.*

« Vous devriez avoir honte, Juancito, » dit-il en lançant à Jean-Louis un sourire désarmant, ses yeux marron plissés d'humour malicieux. « Vous êtes censé empêcher ce genre de situation. Vous savez combien Gabriela aime se renfermer dans sa coquille comme un bernard-l'hermite. »

Jean-Louis leva les yeux au ciel. « Mon Dieu, » siffla-t-il. « Même ici il faut que cet homme crie. »

Gabriela sourit. « Allons, Jean-Louis, tiens-toi bien. »

« Ouais, JL. Tenez-vous bien, » ironisa Enrique, faisant tournoyer Gabriela en un cercle étroit. Sa chevelure châtain clair, que la mousse avait parfaitement rigidifiée, n'était pas ébouriffée par la brise du soir.

« Vous êtes un mufle, Monsieur Macho, » dit Jean-Louis en reniflant, son regard malicieux contredisant le ton offensé de sa voix. « Et pour vous, c'est Jean-Louis. » Il fourra ses mains dans les poches de son pantalon et leva le menton, feignant la belligérance. « Et nous avions une conversation très agréable et tranquille jusqu'à ce que vous arriviez à grand fracas. »

Enrique fit pivoter Gabriela sur place, la fit plonger en arrière, maintenant la position pendant trois secondes, son ventre saillant, qu'Enrique revendiquait en plaisantant avoir gagné par un dur labeur et de la bonne chère, cognait contre le torse de Gabriela.

« Tu vas laisser ce type se moquer de moi, *prima* ? » demanda-t-il, la faisant virevolter en une nouvelle pirouette serrée.

Gabriela rit. « Absolument. Ça t'apprendra à l'appeler Juancito, ou JL. »

Jean-Louis ricana. « C'est impensable que vous fassiez partie de cette famille distinguée, et encore moins que vous ayez décroché une épouse aussi douce et aussi instruite avec votre manque de subtilité, *Kique*. »

L'emploi que fit Jean-Louis du surnom d'Enrique sonna comme une insulte.

« Beatriz, douce ? » Le rire franc d'Enrique noya la musique qui les environnait. « On parle ici de la même femme ? Celle dont le caractère s'embrase aussi vite qu'une allumette qu'on frotte ? » Gabriela sourcilla. Enrique rit plus fort et fit virevolter Gabriela pour terminer la danse.

Jean-Louis croisa les bras et agita un doigt en direction d'Enrique. « Votre épouse a peut-être du tempérament, mais elle ne beugle certainement pas dans une conversation. Eh bien, inutile d'essayer de terminer la nôtre, » dit-il à Gabriela. « Quand tes oreilles ne pourront plus supporter le niveau sonore de ton cousin, rentre. Je ferai déjà tes adieux à Henderson avant que tu les fasses. » Il se retourna et se dirigea vers la porte.

« Salut, *Juancito*, » lui cria Enrique, incapable d'y résister. Jean-Louis écarta la dernière pique d'Enrique d'un geste grossier de la main et rejoignit les invités à l'intérieur.

« Quand vas-tu cesser de l'appeler comme cela ? » Badine, elle tapa le bras d'Enrique. « Tu sais qu'il déteste les surnoms. »

« Je sais. » Enrique haussa les épaules. « Mais je ne peux pas résister à l'envie de provoquer ce *maricón*. Hé, » se plaignit-il quand la poussée inattendue de Gabriela le fit trébucher.

« Je t'ai dit mille fois de ne pas définir Jean-Louis comme cela, » dit-elle, son regard furieux virant à l'or bruni.

« *Ay, prima*, détends-toi. J'aime bien ce type. Tu sais bien que je n'y mets pas de mauvaises intentions. »

Elle le frappa assez fort pour faire mal.

« *Coño, chica*. Tu n'es pas drôle ces derniers temps. »

Gabriela haussa le sourcil et changea de sujet.

« Et tu es ici parce que ? »

Enrique se pressa contre la balustrade, s'appuyant des deux mains. Son expression se fit grave. « Henderson recommence, Gaby. »

« Pour entrer en Bourse ? » Gabriela n'en croyait pas ses oreilles. Henderson était fou de croire qu'elle ouvrirait la société simplement pour qu'il puisse engloutir l'entreprise de Roberto par une prise de contrôle hostile mais parfaitement légale. Tant que l'entreprise resterait privée, elle serait en mesure de gérer.

Enrique secoua la tête, écœuré par l'orientation que prenaient les choses. « Hiroshi a mentionné au passage que Henderson, comme le vautour qu'il est, tournoie autour de notre direction depuis les deux dernières semaines. Il fait de la promotion auprès de nos dirigeants, agitant la carotte l'air de rien et en catimini. »

« Je suppose qu'il a découvert la date de notre Conseil d'Administration ? » dit Gabriela, déprimée.

« Henderson sait que tu vas te battre bec et ongles pour rester privée, donc ses armes visent nos dirigeants. Roberto étant invalide, Henderson fait le pari qu'il peut dresser les ambitions personnelles de nos cadres contre leur loyauté à l'entreprise et te marginaliser. » Ses poings frappèrent la balustrade en une frustration croissante. « *Coño, prima,* il est bel et bien en train de nous piéger ! À moins que Roberto ne sorte miraculeusement du coma avant le Conseil d'Administration, je crains que nous soyons foutus. » Enrique frissonna dans la fraîcheur du soir. Il n'exprima pas sa crainte que Roberto finisse comme un légume ayant perdu son intégrité.

Gabriela appuya ses paumes sur ses paupières brûlantes. Clint Henderson, le PDG d'une des entreprises de pétrole et de plastique les plus puissantes des États-Unis, voulait la société de Roberto et était très déterminé. En bon prédateur, Henderson devinait que quelque chose d'important se dessinait : trop de juristes de RGM travaillaient sur une recherche de brevets ultra-secrète. Cela signifiait que Henderson devait paralyser le vaisseau fondateur avant que Gabriela puisse l'amener au port, parce que si Gabriela réussissait à breveter la dernière invention de Roberto, tous les acteurs de l'industrie devraient se démener pour se mettre à niveau — s'ils le pouvaient.

Gabriela poussa un soupir de lassitude et se blottit davantage dans la chaleur de l'étole, les yeux rivés sur la lune argentée partiellement engloutie. Elle avait envie de hurler, de pleurer, de frapper et de faire du mal devant cette injustice. Elle était fatiguée, désespérée, désabusée, inquiète, et elle ne se sentait pas à la hauteur. Et surtout, elle avait peur, craignant de ne pas pouvoir garder la société de Roberto bien longtemps. Elle ferma les yeux. Mon Dieu, elle avait besoin de temps, davantage de temps que Henderson lui en accordait, et elle craignait que si elle n'obtenait pas ce temps, RGM Plastics Inc., le rêve et le triomphe de son mari, son héritage pour l'avenir des enfants, lui file entre les doigts.

Et elle ne serait jamais libre.

« Où en sommes-nous ? » demanda-t-elle calmement.

« Hiroshi s'en fiche de toute façon. Il vous a accordé dès le début sa fidélité, à Roberto et à toi. Mais Novell est indécis. Ce n'est qu'une question de temps avant qu'il cède aux sirènes de l'expansion. Lennox suinte la loyauté et le soutien, mais au bout du compte il sera le premier à vendre, si l'offre est correcte. »

« Je le sais. » Gabriela tourna un regard cynique vers son cousin. « Lennox pense qu'il m'a dupée, mais je l'ai épinglé pour ce qu'il est des mois avant que Roberto s'en rende compte. Il est comme ces correcteurs thermiques : le vrai secret qu'il cache ne se révélera que si vous le touchez correctement. » Le soupir de Gabriela déborda de résignation. « Oui, il est assez cupide pour se rallier à Henderson. Nous ne pouvons pas dans ce cas le poursuivre pour rupture de contrat ? »

Enrique émit un reniflement riche de moquerie. « Ce serait jeter de l'argent par les fenêtres en frais de justice et perdre un temps précieux. »

Elle s'écarta de la balustrade. Elle fit les cent pas, ses talons claquant sur le sol de pierre et résonnant dans un écho fébrile et creux. « Des nouvelles des juristes sur le brevet ? »

« Non. Mais je vais m'occuper d'eux demain à la première heure. Je mets tout en œuvre pour aboutir avant ce fichu Conseil d'Administration. »

Gabriela agita les mains en signe de dénégation. « Ne les pousse pas à la précipitation, Enrique. L'entreprise ne peut se permettre aucune erreur quant à ce dépôt et cette recherche de brevets. Il y a trop de choses en jeu. »

« Merde. » Enrique enfonça ses mains dans les poches de son costume. « Si seulement nous avions connu plus tôt les plans de Roberto, Henderson serait maintenant en train de ramper, et à l'agonie. »

« C'est ma faute. J'aurais dû m'intéresser plus tôt aux affaires de Roberto. »

« Hé, *prima*, ne t'en fais pas. » Enrique lui offrit le réconfort de son bras, c'était bien peu, il le savait, mais c'était plus qu'elle n'avait en ce moment. Cadet de quelques mois de Gabriela, il avait toujours joué le rôle d'un grand frère protecteur. Il l'avait sans cesse taquinée quand ils étaient enfants, il lui avait appris à jouer au Monopoly et aux dames, et l'avait directement mise en garde contre les mains baladeuses des garçons quand ils étaient adolescents. À présent il assumait pour moitié la responsabilité de la gestion de l'entreprise de Roberto, une entreprise dont ils ignoraient tous les deux presque tout.

« Qui aurait deviné que Roberto ne se rétablirait pas rapidement de son coma après l'accident ? Ou qu'il avait laissé du travail en suspens sur son ordinateur chez lui ? Mince, tu as accompli des miracles compte-tenu de ta situation. Même la famille est stupéfiée par la façon dont tu t'es mobilisée, et à quelle vitesse ! »

Gabriela sourit doucement et posa sa tête sur son épaule. « Peut-être ai-je commis une erreur en suivant les désirs de Roberto. Peut-être aurais-je dû parler au comité de direction de ce nouveau brevet… De son état d'avancement. »

Il la relâcha aussi soudainement qu'il l'avait étreinte.

« Tu es folle ? Si tu parles du brevet à cette pipelette égoïste de Lennox, toute l'industrie sera au courant avant la prochaine pause café. » Il la saisit par les épaules. « Si tu souffles un mot de ce qui arrive vraiment à Roberto, tout le monde te lâchera. Ne te défausse pas de ton seul atout. »

Gabriela posa ses mains sur celles de son cousin pour le rassurer. « Je suis tentée, mais je vais attendre. D'ailleurs, tu connais les mises en garde des avocats : si nous ouvrons la bouche, l'information relative au brevet tombera immédiatement dans le domaine public. Je ne veux absolument pas faire cadeau de l'invention de Roberto à quiconque s'en emparera. »

« Surtout pas à ce requin d'Henderson. Laisse-le mariner dans son jus pendant les prochaines dix-sept années. » Il l'embrassa légèrement sur la joue. « Nous ferions mieux de rentrer. »

La porte-fenêtre de la terrasse s'ouvrit et Jean-Louis passa la tête, le volume de la musique et des conversations étant tombé à présent à un niveau plus tolérable.

« J'ai fait sortir la mêlée, ma chère. » Il la fit rentrer d'un signe impatient. « Venez, venez, venez. »

Gabriela hâta le pas tandis que Jean-Louis ouvrait en grand la porte pour qu'elle entre. Elle cligna des yeux plusieurs fois pour s'accommoder à la lumière soudain éblouissante et vit que, comme il l'avait dit, le petit groupe d'associés et d'amis avait déjà été raccompagné vers la sortie.

« Mitchell salive littéralement à la possibilité que vous acceptiez leur invitation à l'exposition estivale, » murmura Jean-Louis, prenant garde à ne pas se cogner contre les assiettes et les serviettes à cocktail dépassant de la table basse.

« Il est si pressé ? »

Jean-Louis haussa les épaules. « Il subit probablement un déficit important après le fiasco de son événement au musée. Nous devrions attendre avant de lui donner une réponse, pour négocier un marché plus intéressant. »

Gabriela soupira. « Merci, mon ami, » dit-elle, montrant la porte fermée.

« De rien, » acquiesça-t-il en souriant. De concert, ils s'écroulèrent sur le canapé. Elle se débarrassa de ses chaussures, étendit les bras sur le dossier du canapé, laissa aller sa tête en arrière sur les coussins moelleux, et ferma les yeux avec soulagement. Tel un colibri, Beatriz allait et venait, rassemblait des objets, et filait vers chaque tasse, chaque assiette en papier sale, chaque fourchette, cuillère et serviette froissée dans la pièce. Grincheux, Enrique suivait sa femme avec un sac poubelle ouvert pour qu'elle puisse se débarrasser rapidement des ordures.

« Laissez cela, vous deux, s'il vous plaît, » dit Gabriela. « Lupe a promis qu'elle m'aiderait à faire le ménage demain. »

« Ce n'est pas un problème. » La voix douce de Beatriz flottait à travers la pièce. « Nous avons presque terminé de toute façon. »

Gabriela sourit. Beatriz était la pause dans une conversation, la musique relaxante dans la vie d'Enrique. Elle était douce, distinguée, et ses traits étaient délicats, ses cils épais soulignant son doux regard de chiot. Ses boucles à hauteur des épaules ressemblaient à de la soie couleur chocolat et encadraient son visage de Madone raphaélite. Mais la douceur changeante de Beatriz dissimulait un tempérament qui, les rares fois où il s'enflammait, possédait la furie d'une éruption du mont Saint Helens. À chaque fois qu'elle s'épanchait, tout le monde dans la famille était assez intelligent pour rester à distance, surtout Enrique.

« Viens, Bea, » se plaignit Enrique en suivant sa femme

dans la cuisine. « J'aimerais rentrer avant le lever du soleil. »

« Oui, Beatriz, » cria Jean-Louis depuis son perchoir près de Gabriela. « Votre mari a besoin d'un sommeil réparateur. »

Enrique laissa échapper à voix haute « *Cabroncito,* » tandis que Beatriz déclarait calmement : « Moi aussi. » Gabriela donna à Jean-Louis un coup de coude.

« À quelle heure avez-vous prévu de vous rencontrer demain ? » demanda-t-elle, frottant l'un contre l'autre ses pieds fatigués. De la cuisine, les récriminations d'Enrique contre Beatriz s'intensifiaient, assurant un bruit de fond.

« Un peu après onze heures. Il faut que je finalise les derniers changements dans l'agenda. »

Gabriela hocha la tête et entendit Enrique aboyer un ordre à Beatriz. Des débordements indignés comme « marre » et « troglodyte, tyran macho » parvinrent jusqu'à elle. Gabriela grimaça.

« Apporte l'agenda, d'accord ? Nous pourrions décider d'une date précise pour Mitchell. Et dis à Julien de te donner le cadre pour la *Vierge à l'enfant.* Je veux voir si les teintes d'or conviennent finalement. »

Jean-Louis opina, lui donna un rapide baiser sur la joue et se leva. « Va te reposer, ma chère. Tu as l'air épuisée. »

Elle eut un faible sourire et s'étira comme un chat paresseux. « Je vais essayer, » dit-elle tandis que Beatriz sillonnait la salle de séjour comme un blaireau exaspéré. Gabriela ramassa ses chaussures, se leva et suivit dans le vestibule un Jean-Louis amusé.

« Cette femme est énervée, » dit Enrique, haussant les épaules. Son expression d'indignation et de mâle exploité et incompris rappela à Gabriela celle de son fils de trois ans.

Jean-Louis lui donna une claque dans le dos. « Bon retour, mon ami. » Son ricanement pétilla comme un grondement. « À demain. » Il rejoignit sa voiture en riant.

Beatriz réapparut, son sac sur le bras, le dos droit, les épaules raides. Gabriela l'étreignit affectueusement.

« Même si cette brute le mérite, ne l'étripe pas, hein ! »

« Les hommes. » Le regard de Bea croisa celui d'Enrique, qui lançait des éclairs glaciaux. « Les dégâts de la testostérone. Je ne sais pas pourquoi nous les supportons. »

Immunisé contre ses flèches glaciales, Enrique l'enveloppa dans ses bras et lui câlina le cou. « Parce que vous nous adorez et que vous ne pouvez pas résister à la beauté de nos corps ? »

« Espèce de prétentieux, » cracha Beatriz, mais ses yeux fondaient.

« Dehors, » ordonna Gabriela en les poussant dehors par la porte d'entrée. « Dehors, vous deux, avant que je vomisse. »

Enrique gloussa et tira sa femme vers leur Lexus. « Je t'appellerai demain après avoir parlé aux avocats. » Il s'arrêta près de la portière ouverte. « J'espère qu'ils auront de bonnes nouvelles pour nous. Dans tous les cas, je te tiendrai informée. Bonne nuit, *prima.* »

Pas aussi optimiste qu'Enrique, Gabriela leur fit un signe de la main du haut du perron et regarda les feux arrière de la voiture disparaître dans la nuit d'encre. Un moment plus tard, le soir se tut et le murmure des vagues se brisant sur la côte chanta sa berceuse à la nuit. Elle ferma la porte et la verrouilla. Un à un, les élastiques qui maintenaient en place son masque de compétence cédèrent, mettant à nu son épuisement.

Il lui restait un rituel à accomplir, le plus dur, le plus épuisant.

Fatiguée, elle mit ses sandales, emprunta le sentier retiré du pool house au portail à l'extrémité de sa propriété, et tapa le code de sécurité déverrouillant le portail vers la maison de sa belle-mère. Elle traversa l'allée vers une porte à l'arrière, en procrastinant quelques secondes pour rassembler ses forces intérieures.

Elle frappa doucement à la porte.

« Comment se passe votre service de nuit cette semaine, Melanie ? »

« Ennuyeux, » chuchota l'infirmière de nuit. « Comme tout le monde dort, nous les vampires n'avons rien d'autre à faire que somnoler. » Elle éternua et s'excusa. « Comment se fait-il que vous passiez ce soir ? Je ne vous attendais pas avant demain. »

« Les choses se sont terminées plus tôt que je pensais, et demain je n'aurai peut-être pas le temps pour une visite. Comment va Roberto ? »

« Oh, à peu près pareil. Olga lui a donné un bain aujourd'hui et l'a habillé dans son nouveau pyjama. Il a écouté une cassette audio pendant sa séance avec le kiné, et Sœur Mary Margaret a décoré la pièce avec les nouveaux dessins des enfants que vous avez envoyés. Demain, ils auront quelque chose de nouveau à raconter à leur père, surtout ce coquin de Luis. Je suis sûre qu'il va en mettre plein les oreilles et plus encore à Roberto. »

Gabriela sourit. Son bambin était un moulin à paroles, il parlait à cent à l'heure depuis l'âge précoce de deux ans où Luisito avait découvert l'immensité du monde des mots hors de son vocabulaire limité au non. La suite est connue, comme l'a dit quelqu'un autrefois.

« Écoutez, » demanda Gabriela. « Je suis désolée de vous imposer cela si tard, mais cela vous ennuierait-t-il que je parle un peu à Roberto ? »

« No problemo, » répondit-elle joyeusement.

« Merci. Je vous en sais vraiment gré. »

« Hé, je vous en prie. Cela va m'aider à réduire l'océan de caféine que je vais devoir avaler ce soir. »

Gabriela suivit l'infirmière dans la chambre de Roberto. Le doux soupir du respirateur artificiel, inspirant et expirant à la place de Roberto, emplissait l'air. Gabriela tira une chaise près du lit, évitant de regarder la sonde gastrique obscène qui sortait de l'abdomen de Roberto. Elle comprenait que son imagination galopait à chaque fois qu'elle voyait ce tube de plastique, mais elle ne parvenait pas à se débarrasser de l'image d'un serpent fouisseur se nourrissant voracement des entrailles de Roberto.

Elle regarda le visage de Roberto en s'asseyant. Ses yeux se remplirent de compassion mêlée d'une dose de rancune et d'une tonne de regrets. *Il a fallu que tu me fasses encore ça, hein, Roberto ?* livra son cerveau, mais ses lèvres ne remuèrent pas. *Il a fallu que tu fiches en l'air le peu de bonheur que j'aurais pu engranger après ce matin-là.*

Elle soupira. Il était un peu tard pour les récriminations. Les choses étaient ce qu'elles étaient, et aucune idée chimérique ne pourrait changer le passé. Mais les choses auraient été tellement différentes si Roberto était allé directement au travail au lieu d'aller voir sa maîtresse ce matin-là. Déjà, il aurait évité le carambolage de six voitures ce jour-là. Il n'aurait pas été catapulté sous un camion d'assainissement par un pirate de la route qui fuyait la police. Roberto n'aurait pas subi un traumatisme crânien sous l'impact de l'os contre deux tonnes d'acier renforcé. Son corps n'aurait pas été dépossédé de sa force, ni son visage de ses émotions. La course poursuite qui s'était terminée par l'arrestation du criminel sur l'autoroute avec à peine une égratignure avait privé ses enfants d'étreintes bourrues, d'une voix taquine, de mots d'encouragement ou de conseils. Jour après jour, Roberto gisait impassible, son corps autrefois vigoureux et sain se dégradant un peu plus chaque semaine, ses muscles se contractant à force de n'être plus sollicités, se tordant un peu plus chaque jour, le rétractant lentement vers l'intérieur comme une fleur se flétrit.

Gabriela cligna des yeux, qui étaient secs. Question épineuse. Elle connaissait les statistiques et les probabilités, elle savait ce que les médecins lui avaient lâché, au moins ceux qui la pressaient sans cesse de prendre une décision quant à leur patient en état de mort cérébrale. Ils n'avaient jamais été à court d'histoires de cas pour étayer cette pression grandissante, n'omettant jamais dans leurs compte-rendus l'état des rares survivants. Ils avaient souligné sans modération le pourcentage élevé de ceux qui se réveillaient pour finalement mener une vie végétative avec des capacités physiques restreintes.

Elle savait que l'état de Roberto se dégradait, et qu'elle serait bientôt confrontée à une nouvelle décision qu'elle n'était pas encore prête à prendre. Diable ! Qu'elle n'était pas encore disposée à prendre. Cela reviendrait à assassiner son mari. Elle ne pouvait tout simplement pas le faire.

Donc, comme chaque jour, et à l'occasion le soir, elle relata doucement et patiemment à Roberto ses activités de la journée ainsi que celles des enfants. Elle lui exposa ses projets pour le lendemain, lui parla d'Henderson et lui décrivit brièvement le parcours pour les enchères à venir. Sa voix ânonnait comme un disque oublié, teintée tantôt d'humour, tantôt d'enthousiasme feint. Ce n'était que pour ses enfants qu'elle continuait à parler à son mari, qui ne traitait plus les stimulus qu'en mode entrée. Seule la foi faisait encore danser une faible flamme dans son cœur, dans l'espoir que son mari se remettrait miraculeusement… dans l'espoir que la décision finale lui serait épargnée.

« Quelque chose ? » demanda Mélanie depuis la porte.

« Rien. » Elle quitta la pièce. Sa voix contenait un regret sincère.

« Hé, ne perdez pas espoir. Vous verrez. Roberto pourrait nous surprendre un de ces jours. Ça s'est déjà produit. »

Gabriela doutait d'avoir cette chance.

Mon Dieu, elle était fatiguée, tellement fatiguée. Tout ce qu'elle voulait était se recroqueviller et se cacher dans un coin tranquille de l'oubli et y pleurer pendant cent ans. Elle se sentait au-delà de l'espoir perdu, la colère, la rancune ou la culpabilité. Elle ne ressentait que le devoir. Pour le meilleur ou pour le pire. Cela demeurerait toujours et l'accompagnerait dans son parcours pénible jusqu'à ce qu'il ne lui reste plus de choix.

Peut-être ce soir pourrait-elle dormir et échapper à ses soucis avec des doses de REM. Elle ouvrit le portail et se dirigea vers sa maison pour se reposer, pour dormir.

Elle aurait suffisamment de temps demain pour tuer le dragon.

CHAPITRE CINQ

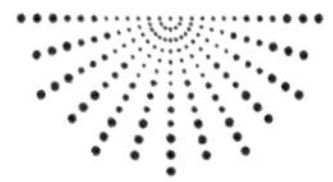

Un Jeremy pensif s'avança nonchalamment vers le bureau de Vivian, ses yeux se plissant de plaisir en la voyant. Il se laissa tomber sur un siège pivotant et se mit à tournoyer en décrivant des demi-cercles, restant dûment silencieux tandis qu'elle notait des instructions par téléphone. La longue chevelure couleur carotte de Vivian dissimulait son joli visage timide.

« Bonjour, Mademoiselle Lindsay, » la salua-t-il quand elle eut reposé le récepteur. « Et comment allez-vous par cette matinée humide et maussade ? »

« Aussi bien que la dernière fois que vous m'avez vue, Monsieur Hollis, » répondit-elle, un pétillement amusé dans ses yeux bleu ciel. « Quand était-ce... il y a quatre heures ? »

Un éclair des plaisirs récemment partagés élargit leurs sourires. Étonnant, ce qu'avait accompli une rencontre de hasard à Piccadilly le mois dernier et que n'avaient pas réussi trois années de travail ensemble. Cela avait été comme une révélation. Pour Jeremy, la vue du petit gros au sourire chevalin qui tenait avec possessivité Vivian par les épaules l'avait rendu malade. Vivian, réciproquement, s'était indignée de la vilaine amazone qui tripotait sensuellement Jeremy de ses mains avides et massives. Dès le lendemain, dans un consentement mutuel et enthousiaste, ils étaient devenus très, très intimes.

« Le patron t'a donné les nouvelles instructions ? »

« Il vient de raccrocher. Je devrais avoir les billets en fin d'après-midi. » Du doigt, elle lui fit signe de s'approcher. « Qu'est-ce qui se passe avec le patron, Jem ? » demanda-t-elle. « Le mystérieux visiteur du Continent ce matin, le voyage soudain. Bizarre. »

Jeremy observa Vivian pensivement, se demandant combien il devrait divulguer.

« Sais pas, Viv, » répondit-il enfin, lui caressant la joue d'un doigt calleux. « Je te tuyauterai quand je saurai ce qui se passe. » Il avait intérêt à être sûr avant de trahir le patron, surtout après avoir vu les émotions qui avaient traversé le visage habituellement impassible de Richard.

« Malheureusement, le bizarre se transforme en répugnant, » dit-elle, ses yeux bleus reflétant ses paroles. « Franchement, Richard n'est pas fait pour une femme comme ça, » finit Vivian avec une franchise inhabituellement brutale.

Jeremy, pensant à Richard et Madame Martinez, fut pris au dépourvu.

« C'est April, » réagit Vivian à son regard avec un soupir exaspéré.

Jeremy grimaça et admit son point de vue. April Cranfield était une jeune et belle créature, mais malveillante et gâtée. Personne ne l'aimait au bureau. Saupoudrez le mélange d'une personnalité manifestement égoïste et intrigante, et on aboutit à un résultat final plutôt odieux.

Quand même, ces qualités ne constituaient pas un handicap pour jouir d'une femme intimement. Cela avait impressionné Jeremy. April, tel un animal en chaleur, collait Richard partout : en voiture, chez lui, et Dieu sait où d'autre. Il n'avait connu qu'une occurrence sur des centaines où Richard avait succombé. Mais après ce soir-là, April avait été plus acharnée, proposant encore plus d'activités hors programme agréables qui auraient fait saliver un homme normal. Pourtant, Richard avait refusé toutes ses avances. Non, c'était plutôt comme s'il n'avait pas du tout été tenté. Son patron était resté impassible, complètement insensible, et lors d'une rare occasion, Jeremy avait entrevu des moments de dégoût. Nom de Dieu, Jeremy n'avait pas compris ça. Il aurait collé April, sa quéquette raffolant d'une femme aussi accommodante.

Mais le Richard qu'il avait vu dans le bureau quelques moments plus tôt, le Richard qui pouvait murmurer le nom d'une femme avec une sensualité palpable et caressante, eh bien, maintenant il comprenait ce Richard. Pour la première fois, il comprenait son manque d'enthousiasme pour une certaine méchante Mademoiselle Cranfield.

« Oui, » poursuivit Vivian, mécontente. « La seule et l'unique va prochainement nous gratifier du plaisir douteux de sa présence. Elle est en train de monter. »

Jeremy leva un sourcil et essaya de ne pas sourire. « Elle t'a prise à rebrousse-poil, chérie ? »

« Oh, va te faire foutre, espèce d'hypocrite. Je ne suis pas la seule chez qui elle exacerbe le pire. Tu répètes tout le temps qu'elle est impolie, gâtée, égoïste, autoritaire, odieuse, et possessive avec les biens qu'elle ne possède pas encore. »

« Mais tout simplement superbe, » interrompit Jeremy avec un sourire en coin.

Vivian lui leva le majeur avec désinvolture. « Je te le dis, Richard a intérêt à surveiller ses arrières avec celle-ci. J'ai du flair pour sentir les ennuis. Il y a quelque chose de troublant dans son obsession pour le patron, surtout qu'il n'est à l'évidence pas intéressé. »

Les portes de verre fumé séparant le bureau principal de la suite directoriale s'ouvrirent dans un bruissement d'air.

« Prépare-toi. Elle arrive. »

Une blonde sculpturale fit son apparition. Un riche manteau d'hermine noire enveloppait son corps de mannequin jusqu'à mi-mollet. Des cheveux blonds permanentés, parfaitement coiffés sur le côté, tombaient coquettement sur ses minces épaules et couvraient à demi un visage anguleux aux yeux verts félins. Ses lobes d'oreilles arboraient des boucles en perles aussi grosses que des œufs de poules de Cornouailles et sa bouche pleine et attirante était laquée délicatement d'un ton pêche pâle princesse Borghese. L'effet d'une April Cranfield sur de simples mortels était toujours sensuellement troublant, un outil puissant qu'elle utilisait sans vergogne à son avantage.

Jeremy se leva courtoisement à son approche, son expression mauvaise de retour en force. Vivian fronça le nez et essaya de ne pas étouffer avec le parfum musqué horriblement fort qui précédait toujours April comme une mauvaise nouvelle.

« Ne vous dérangez pas, Mademoiselle Lindsay » : la voix suave et étudiée d'April arrêta Vivian qui atteignait l'interphone. « Je vais m'annoncer moi-même. »

Vivian eut un sourire forcé. *Et bon après-midi aussi, espèce de garce.*

April fit glisser son manteau de ses épaules en un mouvement fluide et étudié, dévoilant un ensemble pantalon de créateur en soie argent, riche par la qualité de l'étoffe et par son coût. Presque dédaigneusement, elle jeta son manteau en direction de Jeremy. Ignorant l'offense, Jeremy s'inclina avec des manières exagérément impeccables, déposa le manteau sur le siège récemment libéré aussi dédaigneusement qu'il lui avait été jeté, et était sur le point d'ouvrir la porte du bureau lorsque Richard sortit.

Face à l'invasion du parfum familier, il s'arrêta brutalement.

« April. »

Des yeux prédateurs dévorèrent l'élégante silhouette de Richard. Il était vêtu aujourd'hui d'un costume croisé Armani en soie aussi gris que ses yeux. Un désir évident envahissait le regard d'April. Comme toujours, la présence de Richard était d'une puissance saisissante, ses yeux magnétiques et glacés de faune mettaient en valeur son visage énergique avec juste ce qu'il fallait de vulnérabilité. Richard respirait la sensualité virile et évoquait à ses yeux des images sans fin de la bacchanale. C'est ce qu'elle voulait avec lui. Seulement lui. Personne d'autre que lui.

« Oh, Richard. » Le murmure d'April se fit rauque et dramatique. « Je voulais tellement vous surprendre. Maintenant c'est gâché. »

« Peut-être que c'était le parfum, » ironisa Vivian.

Richard arqua le sourcil. Son assistante haussa les épaules innocemment.

« Allons dans mon bureau, » proposa Richard en se retournant, prêt à suivre le sillage de parfum écœurant.

« Monsieur Harrison » ; la voix de Vivian lui parvint. « N'oubliez pas que vous avez une réunion importante à quatorze heures trente avec l'équipe de marketing, Monsieur. Dans une demi-heure, pour être exacte. »

Richard se retourna légèrement, le regard débordant d'humour. « Préparez les chiffres des ventes du mois dernier pour la réunion, et vous, » dit-il en pointant du doigt Jeremy, « arrêtez de reluquer et entrez dans la mêlée. »

Vivian et Jeremy entendirent tous deux le rire étouffé comme Richard entrait dans son bureau. Cet homme était vraiment loin d'être idiot.

« Je ne vous attendais pas, April. » Richard ferma tranquillement la porte et se tourna vers la mince silhouette. « Pourquoi êtes-vous ici ? » demanda-t-il en manière de salutation.

April fit la moue, reconnaissant une fois de plus les symptômes de l'indifférence. Depuis qu'elle avait fait sa connaissance lors d'un des nombreux cocktails donnés par son père, elle était comme possédée. April n'avait jamais rencontré quelqu'un d'aussi puissamment fascinant que Richard, ni d'aussi peu passionné. Habituée à ce que les hommes soient à sa remorque comme une traîne de mariée, April avait pensé à tort que sa beauté et le partenariat d'affaires proche entre son père et Richard joueraient à son avantage. Elle avait vite reconnu son erreur. Richard n'avait pas été impressionné et était resté obstinément indifférent, presque subtilement désinvolte, dirait-elle, bien qu'il soit finalement devenu son amant une semaine auparavant. Enfin, un amant d'un soir, pensa-t-elle, mécontente. Elle grimaça. Richard n'avait pas voulu renouveler la performance, malgré ses manigances. Son mur protecteur d'indifférence la maintenait à distance, ce qui en conséquence aiguisait son appétit pour lui jusqu'au paroxysme, et la rendait prête à tout pour arracher un engagement à un homme dont elle savait instinctivement qu'il s'y refusait.

« C'est tout ce que je vais recevoir comme salutation ? » minauda-t-elle.

Richard haussa le sourcil. « Je travaille, April, et j'ai une réunion dans moins d'une demi-heure. Je vous ai dit de ne pas m'interrompre au travail. » Il atteignit son bureau et s'assit sans l'attendre.

« Oh, chouette. Vous vous comportez exactement comme papa quand je lui rends visite. »

Richard retroussa sa lèvre. En fait, son père avait probablement une attaque à chaque fois qu'elle se pointait à son bureau. April, l'enfant unique gâtée de vingt-sept ans de ce veuf respectable, pourrait ruiner un cheikh arabe avec toutes ses dépenses et exigences inconséquentes.

« C'est parce que, à l'inverse de vous, nous travaillons pour gagner notre vie. Je répète, pourquoi êtes-vous ici ? »

April se pencha en avant. « Vous avez lu le *Times* ? »

Devant sa dénégation, elle se recula, surprise. « Vous ne savez vraiment pas qui vient à Londres ? »

Les yeux de Richard se plissèrent quand April désigna l'illustration à sa droite.

« *Elle,* » dit-elle dans un souffle d'enthousiasme. « Madame Martinez arrivera bientôt à Londres. C'est dans tous les journaux. N'est-ce pas formidable ? »

Richard changea d'expression et son visage devint insondable. Le sujet de Gabriela était tabou, surtout avec elle. April, trop absorbée dans ses stratagèmes, le remarqua à peine. Ce n'est que le silence prolongé de Richard qui l'amena à le regarder de plus près. Elle soupira.

« Franchement, Richard. Ne soyez pas aussi, aussi vous. Ce n'est pas parce que vous avez le privilège de la connaître personnellement que nous ne mourons pas d'envie de faire sa connaissance. »

Richard inclina la tête et posa son menton sur son pouce, le regard insondable. *Et je parie que je sais précisément pourquoi tu meurs d'envie de faire sa connaissance.* Il se rappelait les chamailleries continuelles et jalouses d'April parce qu'elle ne possédait pas une peinture originale signée de Gabriela depuis le moment où elle avait posé les yeux sur le dessin dans le bureau de Richard. En effet, April ne voulait pas n'importe quelle illustration de Gabriela. Après tout, son père pouvait largement se permettre de lui acheter une douzaine d'œuvres de Gabriela. Non. April voulait son *Saint-Georges.* Eh bien, il n'avait pas l'intention de s'en séparer—jamais. Tout comme April n'avait absolument aucune chance de convaincre Gabriela de lui dessiner le même. Trop de souvenirs. Trop de souvenirs sanglants.

« Et c'est précisément pourquoi je suis ici, » lui dit-elle avec un doux sourire. « J'allais voir mon père quand j'ai pensé : Richard peut nous aider à organiser une soirée en son honneur. Une soirée privée, bien sûr, et de bon goût. Vous n'auriez même pas à vous soucier des détails ennuyeux, puisque je demanderais à la secrétaire de papa de gérer le tout. Bien sûr, il faudrait que vous m'aidiez à sélectionner les invités puisque vous connaissez personnellement Gabriela Martinez. »

Une lueur diabolique éclaira les yeux de Richard, qui prirent une teinte d'argent fondu. April piquerait vraiment une crise de rage si elle se doutait à quel point il connaissait Gabriela personnellement.

« Il faut que nous soyons très sélectifs, » poursuivit-elle, oubliant ce qu'il pouvait penser. « Seuls les investisseurs les plus influents et le gotha des mécènes caritatifs devraient recevoir des invitations. »

Richard arqua le sourcil.

« Oh, Richard, » dit-elle avec une moue provocatrice, l'exaltation irradiant de ses yeux tandis qu'elle se penchait avec avidité. « Dites oui. Après tout, même vous devez admettre que c'est une idée tout simplement formidable de se rencontrer avant les enchères caritatives. De toute façon, la plupart des amis de papa vont enchérir pour son manuscrit, et cette réception serait le moyen parfait pour Madame Martinez de promouvoir son œuvre dans le milieu même qui enchérira. C'est tout simplement parfait. Papa meurt d'envie de faire sa connaissance. »

« April, sauf si elle a changé radicalement depuis la dernière fois que je l'ai vue, Gabriela a une forte aversion pour les soirées privées. » Ça ressemble davantage à de la répugnance, pensa-t-il, surtout après la débâcle d'une autre soirée quatre ans auparavant.

April écarta l'argument d'un geste négligent de la main. « Vous pouvez la persuader, j'en suis sûre. » Elle se glissa avec agilité sur le bureau, se penchant jusqu'à faire apparaître une bonne partie de son décolleté, le visage à peine éloigné d'un pouce de celui de Richard. « Je vous ai connu plus persuasif, » murmura-t-elle d'une voix rauque. « Qui mieux que vous, un vieil ami, pourrait la convaincre ? »

Richard se dégagea du baiser d'April avant qu'elle puisse engloutir sa bouche pour rassasier sa faim. Impavide, il se demanda comment il avait pu avoir des relations sexuelles avec une femme qui ne l'intéressait pas, sauf pour cet unique moment de satisfaction physique dont il regrettait les suites. En fait, il avait plutôt éprouvé de la répulsion. Richard n'avait pas besoin de femmes tellement centrées sur leur propre satisfaction qu'il n'y avait aucun jeu sensuel. Aucune interaction. April avait tout refusé, à part le chevaucher rudement jusqu'au point de l'émasculation. La sensualité s'était muée en une rude bataille où il l'avait écartée de lui d'une poussée avant même l'orgasme. Richard savait que d'autres hommes se satisferaient d'une relation aussi charnelle et auraient poursuivi toute la nuit jusqu'à épuisement. Un autre que lui se demanderait s'il n'avait pas laissé son cerveau — et d'autres parties de son corps – dans la limousine ce matin. Pas lui. Il n'était pas du tout tenté. Ni hier. Ni aujourd'hui. Ni demain.

Pas après avoir fait l'amour à Gabriela. L'acte avec une autre femme, surtout April, était tout simplement différent. Ce n'était pas qu'il se fût complètement abstenu. Il avait eu ses moments de désir. Il les avait satisfaits. Mais ils avaient été rares et espacés. Et jamais avec une femme comme April.

Intéressant, pensa-t-il. Richard Harrison n'était plus le même.

« Je dois vraiment me préparer pour une réunion dans quelques minutes. » Il essuya lentement le rouge à lèvres de sa bouche avec un mouchoir, une pointe de dégoût dans les yeux. « Je vais suggérer vos plans à Gabriela quand je la verrai, seulement parce que je sais que Lord Cranfield apprécierait vraiment de la rencontrer. »

April sourit de satisfaction, ses yeux manifestant le triomphe dans sa manipulation. Richard ne lui rendit pas son sourire, détectant les pensées d'April. Il se demanda quand elle apprendrait que personne ne l'influençait, surtout pas elle. Une seule femme intègre, naïve et désintéressée, aimante et passionnée, s'était révélée une adversaire redoutable. À la fin, cela n'avait pas collé avec elle.

« Je vous vois ce soir chez Monty ? » demanda-t-elle avec indifférence, ignorant les pensées de Richard, le planning de la soirée primant maintenant qu'elle avait obtenu ce qu'elle voulait de Richard.

« Je crains de devoir décliner, » dit Richard en allant lui ouvrir la porte.

Elle colla son corps contre son pelvis et se frotta en ondoyant contre lui avant qu'il puisse l'en empêcher.

« Papa sera tellement déçu de ne pas vous voir ce soir. »

Il rompit le contact. « J'en doute. »

Avec un rire rauque, April lui fit une bise chaste sur la joue.

Richard plaça sa paume au creux de ses reins et la fit littéralement sortir de son bureau. Il en avait eu assez.

« Je ne peux pas vous offrir les services de Jeremy aujourd'hui. Il me fait une course importante. » Il ramassa le manteau d'hermine d'April et le lui mit habilement. « Voulez-vous que Vivian vous demande un taxi ? »

Vivian, qui avait eu un sourire narquois en tapant sur l'ordinateur, tapa encore plus vite sur le clavier, l'image parfaite du zèle au travail qui ne souffre aucune interruption.

« Ce ne sera pas nécessaire. Edmund m'attend en bas. » Sous ses cils tombants, elle guetta la réaction de Richard à cette information.

Richard se contenta de regarder, connaissant son jeu.

Comment pouvait-elle s'attendre à ce qu'il éprouve de la jalousie alors qu'il n'avait aucun amour pour cette fille capricieuse ?

« Transmettez mes salutations à Lord Cranfield, s'il vous plaît, » dit-il. « Et dites à Edmund de conduire prudemment. L'état des routes est déplorable aujourd'hui »

April eut un sourire figé en disparaissant à travers les portes bruissantes.

EDMUND HUSHER, riche par son héritage et par son patronyme ancien, n'était pas un pair du royaume, mais il était amoureux de l'une d'entre eux. Il était amoureux d'April Cranfield depuis qu'il avait vue marcher sur le podium au défilé de mode caritatif trois ans auparavant. Depuis lors, il la suivait comme l'épagneul malade d'amour qu'il estimait être, lui offrant amitié, réconfort, thérapie, et sexe de substitution. Il la comprenait bien, acceptait toutes ses excentricités, fermait les yeux sur son narcissisme occasionnellement cruel, et l'aimait pour ce qu'elle était, défauts inclus. Il souhaitait, dans un désespoir pitoyable, que sa présence constante l'attire plus près de lui. Il voulait de la stabilité, même si c'était à la April, mais en l'état actuel des choses, il peinait à y parvenir.

Il attendit que les feux changent de couleur et se dirigea vers l'entrée du bâtiment, où il se gara en double file. April l'avait appelé cinq minutes plus tôt, la voix aussi glaciale qu'un hiver suédois. Elle lui avait ordonné de se bouger le cul et d'amener la voiture devant l'entrée. À son intonation, soit Richard avait repoussé ses avances, soit il l'avait humiliée en public, ou les deux. Edmund devinait qu'elle bouillonnait. Il était également sûr qu'au moment où il viendrait la chercher, il serait la cible de sa vindicte.

Des semaines plus tôt, les rebuffades de Richard

s'étaient maintes fois traduites par une April en manque et excitée. Exigeante. Il espérait qu'aujourd'hui au moins le résultat amènerait à de la baise satisfaisante plutôt qu'aux affreux moments de silence qu'il avait connus dernièrement. Intercalés entre ces moments, il y avait eu ceux où elle l'avait émoustillé sans merci juste pour que sa libido soit abattue brutalement quelques instants plus tard par des piques humiliantes assurant le flétrissement de sa virilité.

Presque comme si il était le destinataire de quelque chose qu'on avait fait récemment à April.

Edmund était fatigué d'être la cible de sa méchanceté.

Il saisit le parapluie et courut vers l'entrée du hall. Il était grand et assumait avec maladresse sa haute taille en raison d'une constitution mince et de muscles qui semblaient avoir été étirés par un chevalet de torture médiéval. Des boucles en forme de virgules dissimulaient une calvitie prématurée et sa peau, occasionnellement sensible au soleil, souffrait d'éruptions d'acné embarrassantes. Un nez doux, une mâchoire saillante, des yeux couleur caramel pâle lui conféraient une amabilité de chérubin qui se mariait bien avec sa personnalité affable. Cela attirait les dames. Et avait attiré April, quand il avait eu le courage de l'aborder. Une bénédiction au début, mais la perception de sa délicatesse physique et ce qui en lui était rassurant, sain, fiable étaient devenus sa malédiction dès le moment où ce Harrison avait fait son apparition. Edmund avait été supplanté par Harrison, le mâle alpha, dès le moment où April avait posé les yeux sur l'Américain. Depuis, elle bavait devant lui comme une chienne en chaleur.

Dernièrement, cela le contrariait beaucoup de devoir ramasser les miettes de l'autre homme.

Il voulait avoir son propre bien.

Mais April avait sa façon d'être, et il était trop pressant, trop en demande. Elle ne faisait qu'une bouchée de lui. Il aurait voulu qu'elle le désire autant qu'il la désirait. Il ne savait pourtant pas comment l'attirer vers lui.

« Un peu plus, et j'aurais dû imposer à des étrangers de me ramener chez moi. »

Un regard sur son visage intima à Edmund de se taire. La couvrant bien avec le parapluie, il la conduisit à la voiture et l'y installa avant que les éléments puissent la déranger. Il démarra quand la chaussée fut libre.

Le silence se fit dans l'automobile. Edmund la regardait de temps à autre, n'appréhendant pas complètement son humeur. April semblait être en transe, les yeux dans le vague, regardant fixement devant elle comme si elle se concentrait sur un monologue intérieur accessible à elle seule.

« Vous allez bien ? » demanda-t-il, un peu soucieux.

April hocha la tête et continua de regarder dans le vide.

« Richard a-t-il accepté votre plan ? Va-t-il parler à cette madame Martinez d'une éventuelle soirée ? »

« Vaguement. »

Rien d'autre. Après cinq autres minutes de silence, Edmund abandonna.

April était toutefois en train de réfléchir et de planifier furieusement. Il y avait eu quelque chose de différent chez Richard aujourd'hui. Quelque chose qui n'allait pas. Elle en avait eu un aperçu quand il avait essuyé son rouge à lèvres. Quelque part, sur un plan purement primaire et émotionnel, April soupçonnait que Richard était bien au-delà de la perte d'intérêt pour elle. Il l'avait déjà perdu. Mais cela ne se produirait jamais.

Elle avait d'autres plans.

Elle avait déjà enjôlé l'assistante de son père pour qu'elle appelle Richard cet après-midi de la part de son père et l'invite à dîner demain. Toutefois, Lord Cranfield ne serait pas présent. Il était à York pour affaires, et ne rentrerait pas avant plusieurs jours.

Richard n'avait pas besoin de savoir cela aujourd'hui.

Bien sûr, il arriverait chez elle le lendemain soir et constaterait sa ruse. Mais elle admettrait qu'elle l'avait piégé, elle verserait quelques larmes, prendrait l'air contrit et le supplierait de lui pardonner. Elle lui proposerait son whisky préféré, préalablement additionné d'une très faible dose de MDMA que l'un de ses amis glauques lui avait fourni (et dont les effets étaient garantis), et elle se mettrait dans un registre émotionnel.

Le nez d'April se chiffonna de dégoût. Non, enfin, cela pourrait le dégoûter plus vite que le temps voulu pour que la substance agisse sur lui. Ce qu'elle ferait, ce serait d'exprimer ses sentiments doucement, en regrettant qu'il ne les partage pas. Elle pourrait demander un peu plus de temps, ou peut-être de l'amitié ? Le concept pourrait fonctionner si elle incluait quelque part dans sa requête les mots *par souci pour papa*. Richard l'aimait vraiment et l'admirait. Il pourrait gober son mélodrame si elle agissait ainsi.

Mais une fois que la drogue aurait agi, elle l'attirerait dans sa chambre, y ferait entrer le vidéaste peu recommandable qu'elle aurait engagé. Le coin de ses lèvres se souleva de satisfaction. Pendant une semaine, elle avait harcelé son amie Sara Sheffield pour obtenir un nom. Sara le lui avait fourni à contrecœur, mais elle avait averti April qu'elle nierait totalement avoir été à la source du nom de cette racaille. Trop de choses étaient en jeu, surtout depuis que le spectacle de Sara *Parlons-en !* était devenu le dernier talk show au goût du jour en Grande-Bretagne. April s'en fichait, tant que l'homme enregistrait chaque ébat avec Richard, chaque orgasme, chaque déviance qu'elle pourrait fournir. Et elle s'assurerait que chaque acte soit sans préservatif. Ses règles s'étaient terminées un peu plus de deux semaines auparavant, donc elle se trouvait dans une situation propice.

Elle simulerait l'indignation, la culpabilité et le désespoir quant à la vidéo de chantage qu'elle recevrait. Les lèvres d'April se retroussèrent. L'imagination prit le relais, lui fournissant différents scénarios dans sa confrontation avec Richard. Il faudrait que son comportement alterne entre rester courageuse dans son désespoir, mais avec des moments de colère face à toute cette injustice. Il faudrait aussi qu'elle feigne l'incrédulité face au contenu de la vidéo, diffamatoire. Elle jouerait la victime, la femme innocente salie et blessée par une société inefficace et médisante.

Son sourire fit place à un froncement de sourcils. Et si la vidéo ne persuadait pas Richard de se conformer à ses machinations ? Elle ferait bien alors de s'assurer que sa grossesse soit certaine.

Elle jeta un coup d'œil à Edmund et réfléchit.

Eh bien, si la vidéo et la grossesse ne forçaient pas la main de Richard, alors les tabloïds feraient le reste, si Richard se montrait obstiné.

CHAPITRE SIX

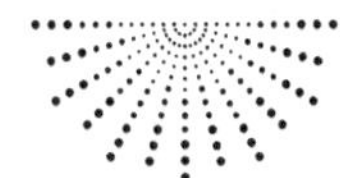

RENTRER ENFIN CHEZ LUI FUT LE DÉDOMMAGEMENT D'UNE après-midi par ailleurs infernale.

Richard alla au bar et versa une dose de whisky dans un verre. Berçant le liquide ambré entre ses mains, il mit en route le dernier CD de Sting, s'effondra avec soulagement dans le canapé de cuir et reposa ses pieds sur la table basse. Les variations mélodiques particulières de la musique flottèrent dans la pièce comme la plus douce des brises, la mélodie obsédante de l'amour perdu lui rappelant pour la énième fois la femme qu'il avait tellement tenté d'oublier toute la journée.

Il s'était bercé d'illusions.

Il avala une longue gorgée, savourant le goût malté, sentant le liquide se frayer un chemin ardent dans son estomac. Il savait qu'il allait devoir se battre et prendre les armes pour elle, il savait qu'il avait besoin de la toucher et de la convaincre que leur amour était toujours vivant. Mais l'était-il ?

Il prit une autre longue gorgée de whisky et fixa son environnement sans le voir. La vraie question était si elle l'aimait toujours. L'essentiel était là, ainsi que son après-midi d'enfer. Quelle serait la réaction de Gabriela à l'instant où il réapparaîtrait dans sa vie, en intrus une fois de plus ? Le seul moyen d'obtenir une réponse objective était de la prendre par surprise, parce que sa première réaction lui fournirait une foule de renseignements. Gabriela avait toujours eu un visage incroyablement expressif où les émotions s'inscrivaient très facilement. À cet instant de choc et de vulnérabilité, il saurait ce qu'elle ressentait réellement. Malheureusement, son aune de mesure de Gabriela datait de quatre ans. Il se pourrait qu'elle ait changé, et cette pensée avait rempli d'amertume son humeur pendant toute sa journée de travail.

Il avala le reste de son whisky et fila à sa chambre d'un pas vif et résolu, comme son humeur. Il se doucha, enfila une salopette usée, un pull de laine multicolore et retourna dans la salle de séjour. Il attrapa le téléphone et composa rapidement le numéro des appartements de Jeremy. Après avoir écouté la double tonalité pendant dix secondes, il renonça. Il appela son portable, mais obtint encore la sonnerie irritante. Soit Jeremy l'avait mis en silencieux pendant qu'il parlait avec son ami du CID, soit il l'avait oublié dans la voiture.

Mais où diable était Jeremy ?

Le téléphone sonna sous sa main.

« Monsieur Harrison ? » demanda une voix calme et inconnue. À sa confirmation, l'homme poursuivit. « Mon nom est Michael Morris. Je suis l'ami de Jeremy. »

Bien, bien, bien, pour que quelqu'un du CID prenne personnellement contact, c'est qu'il y avait un enjeu important dans la collecte de renseignements. Le dossier sur un certain Arnold Wickeham était probablement une lecture plus intéressante que Richard l'aurait soupçonné au départ.

« Bonjour, Monsieur Morris. Je m'étais attendu à un appel de cette grande carcasse que vous appelez votre ami. »

« En fait, » répondit l'homme de sa voix calme et posée, « je l'ai renvoyé vers vous dans l'espoir que vous vous joindriez à moi pour une bière. Malheureusement, Jeremy n'a pas voulu entrer dans les détails quant à votre intérêt précis pour Monsieur Wickeham. L'imprécision de cette requête m'a amené à me demander pourquoi une personne avec votre bagage considérable et, dirai-je, intéressant, se renseigne sur le type en question. »

Richard eut un large sourire. Il était impossible de ne pas apprécier un inspecteur disert qui exprimait ses demandes avec un savoir-vivre aussi impeccable.

« Et étant de nature légèrement curieuse, » répliqua Richard, « vous aimeriez obtenir quelques réponses autour d'une bière pendant que nous échangeons des renseignements ? Je présume que le sujet en question présente davantage qu'un intérêt éphémère. Un intérêt personnel, peut-être ? »

Un rire franc lui parvint cette fois à l'autre bout de la ligne. « C'est très perspicace de votre part, Monsieur Harrison. Je vois que votre réputation est méritée. »

« Était, » rétorqua-t-il. « Je me suis retiré depuis longtemps, et je compte bien que cela dure. »

« En effet. Mais comme vous le savez, chassez le naturel et il revient au galop. Cela va donc hélas avec notre formation. »

Richard haussa les épaules. « Vous avez peut-être raison, » concéda-t-il. « Quand et où projetez-vous notre rencontre ? »

« Il y a un petit pub, le *Lyons Den*, au coin de Fenchurch et Middlesex. C'est un endroit animé, très prisé des gens de Rugby. Il y a eu plus d'un moment mémorable où Jeremy et moi nous sommes soûlés dans ce pub. » Il gloussa. « Bien plus que je ne m'en souviens. Quoi qu'il en soit, je vais nous réserver une table et des chaises, bien sûr. Nous ne pourrions pas converser agréablement sans cela. »

« Très bien. Je vous retrouverai là-bas dès que Jeremy rentrera. »

Moins de cinq minutes plus tard, la voix de Jeremy grésilla joyeusement au téléphone, s'excusant d'avoir été bloqué dans la circulation à Piccadilly Circle et prévenant Richard qu'il serait à la maison dans dix minutes, dès que cet idiot de policier donnerait le signal. Richard menaça de l'exclure de toute conversation s'il n'était pas là dans huit minutes. Jeremy arriva en six minutes. Vingt minutes plus tard, ils entraient dans un pub à la façade en acajou et en vitraux, dont l'intérieur débordait de joie et de bonhomie aux causes naturelles et artificielles. Jeremy, dont la masse produisit une ouverture appréciable dans la cohue, ouvrit la voix vers un coin bondé où un petit homme gardait deux chaises vides, comme promis.

« Hé, Mike, » rugit Jeremy par-dessus le brouhaha en agitant ses bras musclés. Richard sourit. Jeremy pensait-il vraiment qu'il passerait inaperçu avec un corps de linebacker de cent-quinze kilos ?

La personne en question leva les yeux, légèrement intéressée en entendant brailler son nom. Il se leva, sa mince constitution accentuée par ses vêtements négligemment amples.

Michael Morris s'avéra être une surprise. Et déjà, il avait l'air étonnamment jeune et BCBG, avec sa chevelure cendrée à la coupe élégante et son visage qui n'était pas gâché par des cicatrices, des boutons ni une moustache. Il avait de grandes dents à la disposition parfaite, encadrées à présent en une perfection étincelante par un sourire amical. Sa poignée de main quand il salua Richard était ferme, assurée ; son regard vif respirait l'intelligence et la patience.

« Ravi de faire votre connaissance, Monsieur Harrison. »

Richard sourit. « De même pour moi. »

« Puis-je vous commander de la bière ? » demanda poliment Morris tandis qu'ils s'asseyaient.

Richard secoua la tête. « Non, merci. Je ne suis pas encore habitué au goût de la bière tiède dans mon estomac. Je vais plutôt prendre un whisky, carrément. Pourquoi n'allez-vous pas nous chercher une tournée, Jeremy ?

Jeremy se mit à protester.

Richard lui fit les gros yeux. « Vous pourrez entendre toute l'histoire savoureuse quand vous reviendrez. Allez ! »

« Une stout pour moi, s'il te plaît, Jem, » répliqua Morris. « Et passe ma commande de nourriture. Mon estomac est presque collé à ma colonne vertébrale. »

« Rude journée ? » demanda poliment Richard.

Des yeux bleus attentifs considérèrent Richard avec humour. « On peut dire ça. Embourbé dans les rapports et davantage de recherches que je ne peux traiter. Et vous ? »

Question piège. « Pareil, » répondit franchement Richard, gratifiant Morris d'un regard pénétrant. « Je ne suis pas connu pour ma patience, vous savez ? »

Morris hocha la tête en signe de compréhension. « C'est compréhensible, bien que ce soit nécessaire quand on a affaire à des variables inconnues. » Il pencha la tête sur le côté, réfléchissant. « Si vous me permettez d'avoir l'audace de demander, votre intérêt est-il strictement d'affaires, ou personnel, ou les deux ? »

« Personnel. Et le vôtre ? »

« Professionnel et personnel, comme vous l'avez déjà deviné. Dans mon cas, malheureusement, le personnel fait inopportunément obstacle au professionnel. » Il haussa les épaules.

« Alors, laissez-moi compléter, » répondit Richard. « J'entre dans la danse et hop, je mets fin à votre dilemme. Votre intérêt personnel à résoudre les choses se transforme miraculeusement en une priorité professionnelle requérant sa résolution. Plus de conflit d'intérêt, c'est exact ? »

« C'est parfaitement exact, » approuva sincèrement Morris. Il semblait ennuyé et, gribouillant légèrement sur la table avec son index, il demanda bien trop négligemment : « Si vous me pardonnez encore une légère indiscrétion, je suis assez curieux de savoir pourquoi précisément vous vous êtes retiré, monsieur Harrison. Ou est-ce un sujet qui fâche ? »

« Richard, s'il vous plaît. Et, non, c'est de notoriété publique. J'ai failli me retirer définitivement de la vie quand une balle s'est logée trop près de mon cœur. »

La main de Richard frotta machinalement la cicatrice sous sa chemise, le regard déconnecté du présent mais concentré sur un passé bien vivant.

«Par consentement mutuel, » poursuivit Richard, émergeant de ses souvenirs. « Et pour maintenir la réputation unique de mon employeur, mon ex-patron et moi avons décidé que le mieux était que je parte. Pour ma part, je suis enchanté. »

« Vous semblez avoir effectué la transition remarquablement bien. D'après ce que Jem me dit, vous vous êtes construit un petit empire très rentable en même temps qu'une excellente réputation et des relations considérables, surtout parmi nos citoyens les plus nobles. Un exploit, ajouterais-je. »

« Vous avez vraiment fait vos devoirs aujourd'hui, » dit Richard. Ses yeux se plissaient d'amusement.

« Tout-à-fait, » approuva Morris, la même expression dans les yeux. « Néanmoins, cela a été hautement satisfaisant. »

Une ombre démesurée boucha le peu de lumière dans leur coin.

« Et voici ! » dit Jeremy qui planta avec efficacité les boissons devant la personne correspondante. Étrangement, les niveaux de bière et de whisky étaient arrivés intacts.

« Vous pouvez poser ça là, » dit Jeremy au serveur

affairé en désignant un endroit devant Morris. L'homme déposa soigneusement une assiette chargée du sandwich au roast beef le plus épais que Richard ait jamais vu. Des frites dorées l'encadraient dans un halo débordant et soigné. Pour compléter encore le voyage dans la tradition britannique typique, du Yorkshire pudding renflé de rôti de bœuf et de sauce était posé sur une seconde assiette.

Richard contempla le festin débordant. Puis il tourna vers Morris un regard spéculatif.

Jeremy intercepta son regard et rit.

« Michael peut engouffrer ça comme si demain n'existait pas. »

Le regard de Morris alla de l'un à l'autre avec une patience résignée. « Je n'arrive pas à comprendre pourquoi toutes mes connaissances m'asticotent sur mes habitudes alimentaires, vous ne savez pas ? Après tout, il faut que je sustente ma maigre carcasse après avoir fourni une dure journée de travail. » Morris mordit avec enthousiasme dans l'épais sandwich. « La nourriture intellectuelle, » dit-il entre deux bouchées, « requiert pas mal de nourriture matérielle. »

Son expression de régal absolu fit sourire les deux autres hommes. Il s'essuya la bouche avec la serviette et accorda toute son attention à Richard. « Pourquoi précisément vous intéressez-vous à des renseignements sur Monsieur Wickeham ? »

Le regard perçant de Richard se posa sur Morris. « Aujourd'hui, j'ai reçu un appel très intéressant d'un prêtre qui s'inquiète beaucoup pour la sécurité d'une amie commune. Cela semble arrogant, mais ce fils de pute de Wickeham est en train d'empiéter sur un territoire qui peut se révéler très dangereux pour lui. Moi, en particulier, je ne suis pas amusé par la tournure que prennent les événements. Je n'apprécie pas que quiconque menace ce qui m'appartient. »

Morris mâcha une autre bouchée avec une patience pensive. « Je considère que vous avez déjà rencontré le gentleman en question ? » s'enquit-il.

« Pour son plus grand malheur, » répondit Richard, les yeux brillant d'une vilaine satisfaction. « Gabriela et moi, ça remonte à longtemps. D'après mon expérience personnelle, je peux vous dire que c'est une femme sacrément têtue. Elle méprise toute forme de coercition ou de manipulation, et elle a prouvé une fois de plus qu'elle les combattra quand elle sera confrontée à une situation potentiellement dangereuse. C'est une des raisons pour lesquelles elle ne voudra pas vendre. »

Morris leva le sourcil. « Donc la dame en question a refusé l'offre de Wickeham ? »

« C'est exactement ça, » dit Richard, sa bouche se tordant en un rictus. « Je pars demain en Californie pour la convaincre d'accepter que je l'escorte à Londres. La connaissant, je ne vais même pas perdre mon temps à essayer de la convaincre de vendre. Une fois à Londres, elle séjournera chez moi, ce qui garantira quelque peu sa sécurité. De plus, Jeremy me remplacera comme garde du corps quand je ne serai pas disponible. Néanmoins, je pense qu'il faut que je sois préparé. Je déteste les surprises quand j'affronte un adversaire, surtout que je dois avoir un comportement parfait vis-à-vis des autorités locales. » Le rictus se mua en un méchant sourire. « C'est vraiment malheureux que je n'aie plus carte blanche pour agir comme je l'entends. »

Morris prit une longue gorgée de bière et s'essuya la bouche avec un soin méticuleux. « Cette Gabriela… Serait-ce par hasard Gabriela Martinez, l'illustratrice ? Celle qui vient à Londres pour mettre aux enchères une réplique d'un manuscrit médiéval ? »

Morris sourit devant l'air sardonique de Richard. « Je paraphrase, vous savez, mais d'après le Times c'est l'une des plus belles pièces d'artisanat que le monde moderne a jamais connues. Et après avoir vu le manuscrit en question, je ne peux qu'être d'accord avec leur analyse. »

« Tu l'as vu ? » demanda Jeremy.

Morris finit ses frites et se rinça la bouche avec une gorgée de bière. Puis il attaqua avec empressement le Yorkshire pudding, comme s'il n'avait pas mangé un sandwich qui aurait fourni à l'homme le plus faible une réserve d'énergie d'une semaine.

« La direction de Christie´s nous a contactés la semaine dernière pour établir une sécurité complémentaire le jour des enchères, » dit-il aux hommes. « Le bruit court que la famille royale pourrait y assister. Pour la duchesse d'York, c'est une certitude. Puisqu'il est de notoriété publique que ma femme est une fervente admiratrice des illustrations pour enfants de Madame Martinez, mon département m'a affecté à ce projet. » Il dévisagea les deux hommes de son regard posé. « C'est vraiment un ouvrage extraordinaire, vous savez. Les couleurs, les détails, la calligraphie sont merveilleux, même au-delà de ma capacité à le décrire. Elle a même été fidèle dans la reproduction de la qualité de l'encre et du parchemin anciens, du moins c'est ce que le directeur de Christie´s a expliqué. » Il regarda Richard. « Vous l'avez vu ? »

Le regard de Richard changea. « En partie. En vérité, je n'ai vu que les étapes initiales provisoires du manuscrit. C'était, comme vous le dites, saisissant. »

Jeremy secoua la tête, sa queue de cheval fouettant son cou dans une danse répétitive. « Pas étonnant que ce mec cupide veuille mettre ses sales pattes sur cette pièce-là avant que d'autres le fassent. Il en tirerait probablement une fortune auprès d'un collectionneur privé. »

« En fait, Jem, tu n'es pas très loin de la vérité. C'est habituellement le modus operandi préféré de Monsieur Wickeham. »

Le regard de Richard se fit aigu. « Que voulez-vous dire ? »

« Laissez-moi vous raconter une petite histoire, » dit Morris, faisant signe au barman pour une autre tournée. « C'est l'histoire de ce petit couple âgé… »

« Bon Dieu, Mike. Fais-la courte, hein ! » interrompit Jeremy. « On n'a pas tout ce putain de temps ce soir. »

Morris sourit et cita : « *Mais de tous les fléaux, Ciel miséricordieux, ta colère peux envoyer ; sauve-moi, oh, sauve-moi de cet ami sincère.* »

« Toi et tes putains de citations, » dit Jeremy, écœuré. Il infligea à son ami une poussée qui aurait pu abattre un tronc d'arbre.

« Eh bien ? » La voix de Richard était dangereusement douce.

Morris observa pensivement Richard, son humour se dissipant rapidement. « Comme je le disais, » poursuivit-il avec une solennité posée, « ce couple âgé — très apprécié, d'humbles pairs du Royaume, ajouterais-je — a eu le malheur d'entrer en contact avec Monsieur Wickeham lors d'une de leurs activités sociales. Sans se douter de la propension prédatrice de leur nouvel ami, ils lui ont ouvert sincèrement leur amitié et leur domicile. » Il prit une longue gorgée et repoussa au centre de la table l'assiette qu'il avait terminée. « Comme à son habitude, Monsieur Wickeham avait déjà élaboré soigneusement une machination pour mettre la main sur ce qu'il convoitait, et il opérait en étudiant les faiblesses et les points forts de sa victime, ainsi que ses goûts et ses dégoûts. »

« Et des squelettes dans le placard qui pourraient se révéler utiles dans ses entreprises de manipulation, » répondit Richard avec une expression cynique et entendue.

« Exactement, » dit Morris.

« Alors qu'est-ce que ce salaud voulait ? » demanda Jeremy, fronçant farouchement les sourcils de colère.

Le regard de Morris se vida de toute expression, les lèvres serrées comme s'il avalait une potion écœurante. « Tout le monde savait que l'épouse du vieux monsieur était l'heureuse propriétaire d'un croquis à la craie de Rubens qui était dans sa famille depuis de nombreuses générations. Il était également entendu qu'il n'était pas à vendre. »

« Un mot qui ne semble pas dissuader cet homme. » Le dégoût de Richard s'insinua dans ses paroles, au souvenir de sa querelle passée avec Monsieur Wickeham.

Morris acquiesça et finit sa bière. Son regard se fit dangereusement glacial.

« Depuis que les yeux avides de Monsieur Wickeham se sont focalisés sur ce dessin, il a entrepris de détruire méticuleusement la vie de sa victime. Vous voyez, le vieux monsieur avait deux choses contre lui : on avait diagnostiqué Alzheimer chez sa femme un an auparavant, et son état se dégradait rapidement, et il aimait aussi à l'occasion parier sur les chevaux. La maladie de sa femme avait quelque peu jugulé cette habitude, jusqu'à ce que Monsieur W entre en scène. Le gentleman a été encouragé puis poussé (très discrètement, dois-je ajouter) à se soulager du stress et des frustrations de son existence malheureuse avec l'exaltation des paris sur les chevaux. Il était entendu que ce vice mineur serait caché à sa famille. Vous savez, un secret entre deux vieux potes et toute cette merde. Lentement, presque imperceptiblement, le vieil homme s'est mis à accumuler les dettes, des petites, vous savez, facilement couvertes par de petits prêts de son pote dévoué, Monsieur Wickeham. »

« Putain, ce vieux type n'a pas eu l'intuition d'un arbitre qui évalue mal un appel à transfert, » dit Jeremy.

Richard garda le silence, le frottement continu de ses paumes gardant son verre de whisky au chaud. Il connaissait le genre d'arnaque que des types sans scrupules dirigeaient contre des personnes âgées sans défense et naïves, les membres de la société qui avaient le plus à perdre.

« Quand les choses ont commencé à se gâter, le sens de l'honneur du monsieur s'est manifesté. Il ne pouvait plus continuer à demander à Monsieur Wickeham de le renflouer, donc… »

Jeremy l'interrompit. « C'est plutôt que son bon sens a fini par l'emporter. »

Richard foudroya son chauffeur d'un regard glacial. Jeremy se tut.

« Donc, » poursuivit Morris, « ce gentleman est allé hypothéquer la maison familiale. Il s'est sevré pendant un moment. S'est occupé de sa femme, refusant de céder à la tentation, toujours à l'insu de sa famille, jusqu'à ce que Monsieur Wickeham l'appelle pour l'inviter à une petite rencontre à Ascot. Comme vous pouvez le supposer, les paris ont repris de plus belle.

« Malheureusement, l'accumulation des dettes s'est aggravée et accélérée. Quand elles ont atteint plus d'un million de livres, voici qu'arrive Monsieur Wickeham pour la curée. Il s'est présenté un jour, chagriné et désolé, feignant de ne pas savoir quoi faire, le ratissant jusqu'à la dernière goutte. »

« Je suis sûr que même un acteur shakespearien ne serait pas parvenu à déjouer sa représentation, » dit Richard.

Morris acquiesça. « Monsieur Wickeham a expliqué qu'il était tellement désolé, mais que de mauvais investisse-ments lui avaient forcé la main, et que donc il fallait qu'il récupère le million de livres, ou presque, qui était dû. Le vieil homme a été dévasté. Il a supplié et imploré, deman-dant un délai pour qu'une chance se présente avec de l'argent. »

« Et Wickeham a malheureusement refusé, feignant

d'être complètement brisé par ce concours de circonstances, » dit Richard.

« Pas seulement, mais il a subtilement laissé entendre que si ce gentleman ne payait pas, et vite, il serait contraint de divulguer les événements aux tabloïds, qui dévoreraient vivant le vieil homme. La nouvelle provoquerait un horrible scandale social, et ce serait une immense peine pour lui et pour sa famille. Néanmoins, Monsieur Wickeham suggéra une possibilité de solution à ce dilemme. »

« Laisse-moi deviner, » dit Jeremy. « Si ce type se séparait gratuitement du Rubens, ça renverrait le prêt dans la ligne de but. »

« Précisément. Pourtant, Wickeham ne s'était pas attendu à ce que cet homme renverse les rôles. Le pauvre gars a été tellement content quand il a entendu l'idée de Wickeham qu'il s'est mis à faire des plans pour vendre l'œuvre au plus offrant. Wickeham avait d'autres plans. »

Richard et Jeremy échangèrent des regards entendus. Ils avaient déjà été témoins de ces manœuvres de Wickeham, un an auparavant.

« Mais il y a encore mieux, » poursuivit Morris. Il prit une expression sinistre.

« Quand Wickeham a compris ce que le vieux type voulait, ce salopard l'a aidé dans ses plans, lui a suggéré des contacts, a pris des photos, et a même pris des rendez-vous avec différents marchands d'art pour les consulter. Mais le jour même où le vieil homme est allé voir un de ces marchands, Wickeham est allé voir son épouse. Il a offert avec sollicitude à l'infirmière de compagnie débordée une pause dans ses fonctions, faisant remarquer qu'il serait heureux de rendre visite à l'épouse du vieil homme. L'infirmière n'a même pas mis en doute cette demande. Après tout, Wickeham était un visiteur fréquent et un ami de la famille. »

« Je suis sûr qu'il a compté là-dessus, » dit Richard.

« Il a emmené la femme promener dans les jardins, » poursuivit Morris. « Une fois hors de vue, son malabar s'est mis au travail sur cette pauvre chose. D'après l'infirmière, la vieille femme était tellement hystérique quand elle est rentrée de sa promenade que tout le monde a pensé qu'elle avait eu un violent épisode psychotique, vous savez, qui faisait partie de sa démence et tout ça. Elle a passé une semaine à l'hôpital, mais le mal était déjà fait. »

« Qu'est-ce que vous voulez dire exactement ? » demanda Richard.

« Les ecchymoses sont d'abord sorties sur son torse. Il y avait aussi des brûlures sur son ventre. Les méthodes persuasives de Wickeham, j'en suis sûr, dont il avait chargé ce bandit. Nous supposons qu'il l'a torturée jusqu'à ce qu'elle finisse par signer un acte de vente contraignant pour le Rubens. »

« Fils de pute, » dit Richard.

Morris opina. « Donc, cet après-midi là, Monsieur Wickeham est devenu le propriétaire légal d'un croquis de Rubens qui, incidemment, a rapporté plus que le triple de la somme qui lui était due lors de sa vente à un collection-neur privé. C'était LE coup pour Wickeham : pas de taxes, un discret transfert monétaire électronique vers un compte dans un paradis fiscal du Pacifique Sud, et plus de cent pour cent de bénéfices. »

« Merde, » souffla Jeremy. « Sacrée mise en scène. » Il fit une brève pause puis ajouta comme une réflexion après coup. « Et qu'est-ce qui est arrivé au vieil homme, Mike ? »

« Il s'est suicidé une semaine plus tard, après qu'une source anonyme a révélé, très discrètement, si je puis ajou-ter, le problème de jeu de l'homme et comment il avait mis toute sa famille, y compris sa femme souffrante, en état de banqueroute financière. Des photos de sa débauche ont aussi été publiées à côté de celles de sa femme atteinte de démence. Malheureusement, il s'est suicidé dans l'illusion erronée que l'assurance garantirait les soins de son épouse depuis quarante ans. »

« Pas dans ce genre de cas, » commenta Richard.

« Oui. » Morris parla d'une voix plate. « Maintenant Megan doit occuper deux emplois, doit accepter des visites de la propriété, et doit aussi la louer afin de maintenir les soins infirmiers privés que requiert l'état de la vieille femme, sans parler des droits de succession qui se sont abattus sur la maison familiale. »

« Megan ? » siffla Jeremy. « Ta cousine Megan ? » Au hochement de tête de Morris, Jeremy laissa échapper : « Nom de Dieu. » Il était horrifié.

« Les parents de votre cousine ? » demanda Richard.

« Non. Sa tante et son oncle, mais c'est comme s'ils avaient été ses parents. Les parents de Megan sont morts quand elle avait treize ans. Sa tante a alors pris la relève. »

« Je vois, » commenta Richard en étudiant ce jeune homme au regard posé mais blasé. Oui, il ne comprenait que trop bien sa requête silencieuse. Et connaissant Gabriela, elle serait tout feu tout flamme pour coincer ce salopard.

« Je n'offre aucune garantie, sauf que je vais parler à Gabriela et lui exposer votre cas. Il y a quatre ans que je l'ai vue pour la dernière fois. La seule promesse que je vais vous faire est que j'essaierai. Soit elle va vous aider à coincer ce salopard, soit elle ne le fera pas. »

Morris acquiesça. « C'est tout ce que je demande, pour l'instant. Cependant, permettez-moi de vous avertir sur Monsieur Wickeham. Bien qu'il ne figure pas dans les registres criminels de notre société, le bruit court que ses employés y figurent. Malheureusement, tout ceci est du ouï-dire, vous savez. »

« Par exemple, toutes les plaintes ou les preuves disparaissent de façon inquiétante ? » demanda Richard.

« Exactement. Tout le monde n'a pas la force morale de

choisir entre un séjour prolongé à l'hôpital, la mort ou le silence. Si j'avais le choix, même moi je choisirais le silence. En tout cas, » poursuivit Morris, « en dépit de mes désirs personnels et de mon souhait de voir cette tumeur cancéreuse derrière les barreaux, je dois vous adresser une honnête mise en garde. Le piégeage et la capture doivent se faire dans la légalité. Monsieur Wickeham est aussi glissant qu'une anguille. Il n'y a pas de faille dans son armure en ce qui concerne notre département. Si l'affaire n'est pas soigneusement et scrupuleusement documentée par des procédures correctes du département, le juge nous rira à la figure. »

« J'ai bien mentionné que je me comporterai de façon irréprochable.»

« Tant que vous connaissez les règles. »

« Compris, » dit Richard. « Cependant, je vous retourne la pareille et je vous avertis à mon tour que si ce salopard fait ne serait-ce qu'un faux mouvement ou met ses menaces à exécution, je m'en fiche de vos règles. En ce qui me concerne, Monsieur Wickeham devient un gibier. Et en tant que gibier, je vais le traquer par tous les moyens possibles, légaux ou non. »

« Je ne peux pas être un bon gars et fermer les yeux sur des illégalités , Richard, » prévint Morris.

« Qui a dit que vous alliez en voir ? » dit Richard, son regard minéral soulignant ses propos.

Jeremy se frotta les mains, son regard jubilant allant de l'un à l'autre des deux hommes. « Qu'est-ce que je vais être heureux de frotter le visage de cet enfoiré dans la poussière ! J'ai pas assommé un salopard depuis qu'on a joué contre Cardiff. »

« Démon assoiffé de sang, hein, Jem ? »

Il rit. « C'est juste des bons souvenirs, Mike. »

« Bon, je suis au regret de mettre fin à la fête, » commença Morris en se livrant à un nouvel étirement bruyant. « Mais je suis extrêmement fatigué et ma femme va me faire la peau si je ne me pointe pas bientôt au cottage. De plus, j'attends le dessert avec impatience. »

« Comment vont Caroline et les jumelles ? » demanda Jeremy.

« Les jumelles vont on ne peut mieux. C'est Caroline qui est à bout de forces. » Son visage se fendit d'un sourire affectueux. « Ces vilaines petites diablesses sont le pire cauchemar des parents. C'est stupéfiant où des petites jambes de quatre ans peuvent déambuler et ce que des petites mains affairées peuvent déterrer. Hier, les jumelles ont filé dans le jardin et ont arraché les précieux pétunias de Caro de leurs pots pour décorer leur chambre, avec la terre et tout. Caroline a failli faire une attaque d'apoplexie. »

« Pourquoi les fleurs ? » demanda Jeremy.

« Elles jouaient à Alice au pays des merveilles et avaient besoin des pétunias pour finaliser le scénario dans le jardin, » répondit Morris. « Elles ont dit à leur mère qu'elles ne pouvaient pas chanter à des fleurs en papier. Qu'elles n'écouteraient pas si ce n'étaient pas des vraies. » Il pouffa de rire. « D'ailleurs, il est temps que j'aille profiter de ma femme et de mes enfants. »

Ils se levèrent tous les trois en même temps. Morris tendit la main et secoua celle de Richard. « J'attends de vos nouvelles avec impatience. »

« Pouvons-nous vous déposer quelque part ? » proposa Richard.

« Ma voiture est garée près de la porte. Un petit privilège accordé à un humble fonctionnaire. » Il eut un large sourire.

« Venez, Jeremy. » Richard le fit avancer d'une poussée. « Il est temps que nous y allions aussi, sinon Vivian va vous faire la peau. »

Morris regarda son ami avec humour. « Comment ça ? Il y a de l'amour dans l'air ? »

Jeremy vira au cramoisi. « Eh bien, on a discuté un peu d'une liaison, » murmura-t-il à sa poitrine, le visage rougissant encore plus.

« Dieu Tout Puissant, » s'exclama Mike, scrutant le visage gêné de son ami et s'en amusant. « La flèche de Cupidon a enfin frappé. Il faut que je rencontre la femme qui a fait tomber la montagne puissante et inébranlable. »

« En fait, » coupa Richard, amusé par le trouble croissant de Jeremy. « C'est une jolie petite rousse, avec un caractère assorti, mais dévouée, intelligente et efficace. Une femme bien, sous tous les rapports. »

La bouche de Jeremy se relâcha jusqu'à former un O d'étonnement. Richard n'était pas du genre à encenser aveuglément. Il était impatient de le dire à Vivian.

« Dans ce cas, pourquoi ne venez-vous pas tous les deux pour souper quand tu rentreras, Jem ? Caro sera ravie de faire sa connaissance. »

« Au moins elle va arrêter d'essayer de me brancher avec toutes les filles du putain de coin, » grommela-t-il.

« C'est ma douce Caro. C'est une romantique invétérée. »

Richard sourit et dépassa Jeremy qui leur tenait la porte du pub ouverte. La froide soirée d'avril mitraillait de pluie leurs visages. Ce soir, la pluie avait l'étoffe de flèches.

« Fichu temps, » grommela Morris en se voûtant dans son imperméable. Sans ajouter un mot, il enfonça sa tête dans son corps, les salua d'un signe de la main et descendit les dernières marches en courant vers sa voiture. Jeremy et Richard l'imitèrent en vitesse.

« Qu'est-ce que vous voulez faire maintenant ? » demanda Jeremy en claquant la porte de la limousine. Il secoua la tête comme un épagneul mouillé.

« Rentrer. À mon atelier. »

Le regard de Jeremy croisa celui de Richard dans le rétroviseur. « Il vous est venu une nouvelle idée de meubles ? »

Richard se frotta le visage, sa lassitude émotionnelle se traduisant dans la lenteur du mouvement de ses mains. « Non, » finit-il par répondre en sondant la nuit par les vitres de la limousine. « Je veux travailler sur un cadeau. »

Le silence s'ensuivit tandis qu'ils traversaient les rues fréquentées de Londres. Après quelque temps, la voiture se glissa par le portail en direction de la porte de derrière. « Autre chose ? » demanda Jeremy en freinant en douceur.

« Allez à vos appartements. Je suis sûr que Vivian vous attend avec impatience. »

« Ah, patron. On se calme. »

Richard rit. « Bonne nuit, Jeremy. Que le marchand de sable passe ! »

Il n'entendit pas Jeremy marmonner, écœuré, à propos de ses amis et employeurs qui citaient la putain de Bibliothèque Royale tandis qu'il rentrait la voiture dans le garage.

Richard tourna lentement et pénétra dans une vaste pièce où s'étageaient des outils dans une organisation méticuleuse et avec une précision symétrique sur des fixations murales. Les machines plus volumineuses étaient régulièrement espacées entre les tables et les bancs. Richard s'arrêta au milieu et huma l'odeur familière de son atelier. Quand il avait acheté cette maison, il avait choisi cette pièce pour la convertir en un paradis pour menuisier. C'était son refuge. Il lui avait permis de conserver la raison. C'est ici qu'il donnait forme à toutes les idées que son esprit échafaudait. C'est ici qu'il venait pour se détendre, pour réfléchir, ou simplement pour construire des objets pour se faire plaisir. C'est ici que le parfum aromatique du pin, du cèdre et de l'érable se mêlait aux rudes odeurs de térébenthine, de colle, de teinture et de peinture. Ces odeurs étaient comme de vieilles amies : chaleureuses, reconnaissables, familières.

Richard déposa négligemment son imperméable sur une chaise et enfourcha le tabouret de travail, fourrageant parmi des bouts de bois dans une boîte. Il choisit un morceau d'érable sans défaut. Tandis que Richard caressait la surface rugueuse du bois, son esprit rabotant, découpant et façonnant déjà le bois vivant, son cœur battait la chamade. Il frotta machinalement son ancienne blessure, écartant le malaise, et sélectionna une mèche à toupie, l'esprit déjà occupé par la forme du jouet. Ce qu'il allait fabriquer requérait de la concentration, une touche spéciale, de l'imagination, et des doigts habiles. Il fallait que ce soit exceptionnel. Il le fabriquerait pour le fils de la femme qu'il aimait ; pour un petit garçon encore inconnu… le sien.

CHAPITRE SEPT

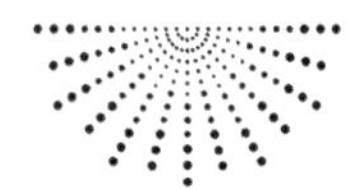

DEHORS, SUR LA TERRASSE, GABRIELA PLAÇA SA DERNIÈRE œuvre, une interprétation de style byzantin d'une Vierge à l'enfant, à côté du cadre que Jean-Louis avait dévoilé quelques instants plus tôt. La Vierge les fixait d'un regard grave qui exprimait la patience, la sainteté, la sagesse et l'acceptation lasse et douloureuse d'une destinée à fendre l'âme.

« Qu'est-ce que tu en penses ? » demanda Gabriela.

Les rayons du soleil de midi scintillaient dans leur petit coin, mettant Gabriela au défi de négliger des défauts ou des imperfections tandis qu'elle reculait pour examiner la toile et le cadre.

« Je pense que le saupoudrage cuivré que Julien a ajouté à la feuille d'or sur le cadre a fait l'affaire. » Jean-Louis inclina la tête. « La teinte de l'or est un peu inappropriée, mais c'est à peine perceptible. »

Gabriela acquiesça. « Les nuances sont subtiles. Je pense que personne ne verra les différences. » Elle alla vers la chaise et plaça précautionneusement le cadre sur la toile. « Ça fait bien, non ? »

« Incroyable, » approuva Jean-Louis. « Mon Julien a encore réussi. »

Gabriela sourit et passa les doigts amoureusement sur les courbes et les surfaces planes du cadre. Julien, l'associé et l'amant de Jean-Louis, avait réussi une fois de plus. Les textures de l'artisanat de Julien appuyaient sur le bout de ses doigts, en un contact chaleureux et plein. Son sourire s'élargit. « Je pense aussi. »

« Tu sais, ma belle. » Une lueur rusée éclaira le regard de Jean-Louis. « Au lieu d'exposer ça à la galerie comme prévu, pourquoi ne le donnons-nous pas à Mitchell pour qu'il l'expose au Centre des Arts ? »

Tandis que Gabriela réfléchissait, Jean-Louis insista. « Chérie, Mitchell va littéralement saliver sur ce projet. Imagine : son artiste la plus emblématique non seulement a accepté d'exposer ses œuvres cet été, mais elle lui fera l'honneur de sa dernière oeuvre de toute beauté. »

«Une première mondiale ? » Gabriela se mordit la lèvre pour contenir son amusement.

« Avec la promotion et la publicité gratuites. Pense à tout l'argent que tu vas économiser. »

Gabriela rit de plaisir. « Tu es précieux, mon ami. Que ferais-je sans toi ? »

« Tu resterais une artiste populaire, sans grande renom-mée, c'est certain, » répondit Jean-Louis, les lèvres incur-vées en un sourire malicieux. Il contourna Gabriela, souleva précautionneusement le cadre, le posa prudem-ment sur ses chaussures de sport et saisit l'une des sacoches de protection en tissu que Julien avait fournies. Il couvrit amoureusement le cadre coûteux.

« Et à propos d'expositions… » Jean-Louis inclina le cadre fragile contre la chaise longue. Il attrapa la toile pour répéter l'opération. « Nous devons fixer une date. »

Gabriela étendit la main en arrière et prit son gros agenda sur la chaise. À présent qu'elle devait jongler entre son emploi du temps et celui de Roberto, elle l'avait toujours à portée de main. Avec de rapides mouvements elle feuilleta des pages et étudia un moment son calendrier de travail de l'été.

« Pourquoi pas dans deux mois, le 25 juin ? » Elle regarda Jean-Louis, attendant sa validation. « C'est une semaine après notre retour de mon exposition à Monaco et deux jours avant le début du camp de vacances des enfants. Quant à RGM Plastics, juillet est toujours un mois calme. Rien ne devrait me perturber à partir de cette date. »

« Je vais appeler Mitchell cet après-midi et régler ça. Nous pourrons décider plus tard quelles pièces envoyer à San Francisco. Si je donne la liste à Cristina et Alex avant notre départ à Monaco, ils pourront tout emballer et expédier pendant que nous serons là-bas. »

« Ça me semble très bien. »

Jean-Louis s'étira, faisant craquer ses articulations. « À propos… »

« *Mami,* » appela une voix aiguë dans la maison. Gabriela et Jean-Louis se regardèrent en souriant.

« Le petit monstre est arrivé, » dit affectueusement Jean-Louis, qui pouffa de rire.

Gabriela se retourna à temps pour voir son bambin s'arrêter en dérapant de l'autre côté de la porte fenêtre entre la salle de séjour et la terrasse. William Washington III, qui suivait ses enfants comme leur ombre, plus connu sous le nom de Spike en raison de ses choix capillaires, le suivait tranquillement. Gabriela sourit, s'accroupit, s'arc-bouta et ouvrit les bras. Son fils la repéra et jaillit immédiatement de la porte de la terrasse, la visant comme un missile balistique. Il se jeta dans ses bras chaleureux. « *Mami. Mami.* Je suis rentré. »

Jean-Louis rit et ébouriffa les cheveux lie-de-vin de Luisito, la réplique de ceux de sa mère. « Tu dois absolument faire quelque chose à propos des hommes qui hurlent dans ta vie, ma belle. »

Gabriela gloussa, et étreignit son fils. Elle se leva et le fit tournoyer, chatouillant son cou avec son nez. Luisito partit d'un fou rire.

« Bonjour, Monsieur Washington, » dit-elle, son regard se tournant vers le garde du corps de son fils qui approchait. Son regard était imprégné de la même chaleur enveloppante que sa voix. Cet homme assurait depuis quatre ans la sécurité de ses enfants avec l'instinct protecteur féroce d'une ourse pour ses petits. Elle avait eu de la chance de le trouver. Elle le savait. Elle n'avait jamais oublié.

« Bonjour, m'dame, » répondit Spike avec courtoisie et professionnalisme, toujours subjugué et juste un peu amoureux de cette femme qui dégageait de la chaleur et de l'ardeur. Il serra la main de Jean-Louis. « Monsieur. »

Gabriela s'arrêta de tournoyer et se concentra sur le visage de son fils, à peine à un pouce du sien. Ses yeux gris pailletés d'or débordaient de bonheur, d'enthousiasme et de secrets à raconter. Elle regarda, toujours un peu stupéfaite de la ressemblance de ses yeux avec d'autres yeux — des yeux cyniques, blasés, dont les regards l'avaient autrefois caressée, possédée jusqu'à ce que la raison ait fui, jusqu'à ce que…

Écartant la douleur qui lui pinçait le cœur et le désir qui renaissait dans son corps, elle s'assit sur le siège le plus proche. Son fils était de plus en plus lourd. « Comment s'est passée ta journée à l'école ? » demanda-t-elle.

Comme il ne fallait jamais le prier, Luisito jacassa sur son professeur qui avait été malade ce matin, sur l'incident du crayon de couleur où Stephie avait frappé David (il avait refusé de lui rendre son marqueur parfumé). « Et j'ai écrit mon nom en entier, sans aide, » annonça fièrement Luisito.

« Génial, Minus. » Gabriela serra son fils. « Tu es si malin. »

Luisito hocha la tête, approbateur. « Et j'ai peint comme toi, *mami*. Avec mes mains. C'était du smooshee. J'ai bien aimé. Je peux le faire ici ? Et Allison a fait pipi dans sa culotte. »

« Mon Dieu, » se moqua Jean-Louis. « Quel désastre. »

« *Mami*, j'ai faim. Je peux manger maintenant ? Je peux donner à manger à Zip ? Il a aussi besoin d'un bain. Il sent mauvais. »

« Seulement quand tu auras déjeuné, » accorda-t-elle.

Le hurlement de joie de son fils fit tressaillir Gabriela. Elle le déposa sur le sol mais le retint avant qu'il puisse filer. « Mets ton maillot de bain avant de laver Zip. Pas de maillot de bain, et pas de bain pour Zip. C'est compris ? » Gabriela attendit que son fils acquiesce et lui fit répéter ce qu'elle venait de lui demander. Quand il lui eut répété ses instructions, elle lui fit un rapide bisou sur la joue. « C'est bien. Maintenant, file à la cuisine. Lupe a dû préparer ton déjeuner. »

Luisito se dégagea de son étreinte en se tortillant et se précipita vers la cuisine. « Lupe. Lupe. Je suis rentré. » Sa voix pointue émettait assez de décibels pour percer jusqu'aux oreilles du voisin.

« N'oublie pas de dire s'il te plaît et merci, » lui rappela-t-elle à voix haute, mais avec l'impatience typique des enfants de trois ans, il disparut par la porte de la cuisine, oubliant les instructions de sa mère. Gabriela regarda Lupe apparaître, attraper Luisito dans ses bras et déposer son corps gigotant sur la chaise du comptoir de cuisine.

Gabriela soupira. Être aussi insouciant, aussi absorbé dans son propre monde au point de ne pas toucher la réalité, pensa-t-elle avec nostalgie. Elle se tourna, faisant face aux hommes. Son sourire disparut.

Voyant son expression, Jean-Louis se prépara. Il savait ce que signifiait son regard. Spike se contenta d'attendre.

« Je suis heureuse que vous soyez là tous les deux, »

commença Gabriela. « J'en ai assez de ce sale type. J'ai vu ce matin sur l'identification des appels que Wickeham a appelé hier pendant que la fête battait son plein. Je crois toujours que cet homme n'est qu'un ballon de baudruche sans consistance, mais je ne peux plus ignorer son insolence. »

« Il était temps, » murmura Jean-Louis. Il se mit à arpenter la terrasse dans un effort pour maîtriser la terrible appréhension que la mention de cet homme lui occasionnait toujours.

« A-t-il laissé des messages, m'dame ? Des menaces ? » demanda Spike, son attitude professionnelle dissimulant son indignation. Il admirait cette cliente, avec sa chevelure aux nuances de vin et son regard solaire, sa dignité et son amour pour autrui. Une personne aussi réservée, aussi talentueuse, mais surtout aussi bienveillante ne devrait pas être affligée par la malédiction des épreuves de Job.

« Non, et j'en suis soulagée, » dit-elle. Wickeham avait-il déjà prononcé des menaces ? Pas vraiment. Des sous-entendus, des paroles voilées, des remarques insolentes, oui. « Du harcèlement. C'est ce qu'il fait réellement. Pouvez-vous trouver ce qu'il faut pour enregistrer les conversations téléphoniques de cet homme ? Je pense qu'il est temps de traîner en justice ses fesses de Britannique snob. »

« Je vais trouver les nouvelles procédures légales, » dit Spike en griffonnant rapidement une note dans son agenda. « Mais je vous suggère de commencer à enregistrer ses conversations. Avertissez-le d'abord. »

« À quoi ça servira ? » demanda Jean-Louis.

« À rendre les preuves recevables par le tribunal, » dit Spike.

« Franchement, j'en ai assez des manigances de Wickeham, » dit Gabriela. « Je m'en fiche qu'il soit averti. Ça va peut-être le forcer à renoncer. »

Jean-Louis arrêta de faire les cent pas et lui fit face. Son regard soucieux en disait long, transmettant silencieusement une peur ancienne, mais surtout une appréhension grandissante qu'une situation similaire, comme ils en avaient déjà affrontée, se prépare.

« Et s'il ne renonce pas, Gabriela ? »

Gabriela se détourna du regard entendu de son ami. « Monsieur Washington, pourriez-vous vous débrouiller pour rester en permanence avec les enfants, à compter de demain ? Je vous paierai vos heures supplémentaires habituelles. »

« Et vous, Madame Martinez ? Je devrais organiser une escorte de vingt-quatre heures sur vingt-quatre pour vous, surtout aussi près des enchères. »

« Il a raison, ma belle, » dit Jean-Louis. « Herb Bryce s'est remis en chasse. »

Gabriela grimaça à la mention du paparazzi qui la suivait comme son ombre. L'homme était tombé amoureux de son visage, mais surtout de l'argent qu'il gagnait à chaque fois que les tabloïds placardaient les photos qu'il faisait d'elle sur leurs unes sordides.

Quatre ans plus tôt, Monsieur Bryce s'était agrippé à elle et était vite devenu un harceleur permanent patenté et non dissimulé. Pour lui, une pancarte « Défense d'entrer » sur sa propriété faisait affront à ses droits du Premier Amendement. Son interprétation de la vie privée était que tous les coups étaient permis. Photo. Veiller à prendre la célèbre Martinez à un moment délicat. Tourner. Saisir des images d'elle en train de moucher le nez de son fils. Clic. Imprimer des photos de son corps en sueur quand elle s'entraîne au gymnase. Si l'avocat de Gabriela n'avait pas infligé une injonction à l'entreprenant Monsieur Bryce, stipulant qu'il ne pouvait pas l'approcher à moins de cinquante mètres, et ses enfants à moins de cinq cents mètres, Gabriela se serait attendue à voir l'homme sauter du placard de sa salle de bain pour la photographier dans la douche.

« Est-ce que Monsieur Moment Kodak est déjà en train d'attendre allongé au portail ? » demanda-t-elle avec lassitude.

«Étonnamment, non, » dit Spike. « Il doit se faire la pause café ou quelque chose de ce genre. »

« Dieu soit loué pour sa miséricorde, » murmura-t-elle.

Spike ne fit pas de commentaire. « M'dame, je vous suggère quand même de me laisser vous affecter un autre garde du corps. Juste par précaution supplémentaire. »

Gabriela secoua la tête. « Je ne crois pas que ce sera nécessaire. Julien a demandé à Christie's de nous donner une protection de Scotland Yard pendant notre séjour là-bas. Et l'hôtel a garanti ma vie privée autant qu'ils le peuvent. »

« Je ne sais pas, Gabriela, » dit Jean-Louis. « Ce crétin a modifié les choses. Je ne suis pas sûr que Julien, moi-même ou le père Ramirez soyons une protection suffisante maintenant, même en t'encadrant constamment. » Il se tourna vers Spike, son angoisse visible. « Pourquoi ne parlez-vous pas à Julien ? Il s'est occupé des détails de sécurité outre-atlantique. Discutez avec lui de tous les problèmes que vous pourriez estimer importants. »

« Je vais faire ça, » dit Spike. « Des changements dans les horaires de cet après-midi, m'dame ? »

Gabriela secoua la tête. « Non. »

« Alors excusez-moi, » dit Spike en retournant sur ses pas dans la maison, le téléphone portable immédiatement collé à l'oreille.

Gabriela alla au bord de la terrasse et observa la vue. Le Pacifique était agité, le ressac sous sa terrasse frappait le rivage à coups redoublés. Elle appuya ses coudes sur la balustrade et ses lèvres s'incurvèrent, moins par auto-dépréciation que pour sourire. Elle éprouvait de l'empathie pour ces rochers proches du rivage. Elle se sentait battue, comme eux.

« Chérie, » dit Jean-Louis, gardant une voix douce comme s'il s'approchait d'un faon craintif. « Nous avons besoin d'aide, et vous savez de laquelle je parle. »

Le silence répondit à la place de Gabriela, mais ses mains s'agrippaient à la balustrade à lui blanchir les phalanges.

« Gabriela, nous ne pouvons pas balayer la situation d'un haussement d'épaules, plus maintenant, plus après cet accident. » Jean-Louis poursuivait, persuasif. « Ce Wickeham est potentiellement un psychopathe – peut-être pas aussi meurtrier que Heinige, mais quand même une menace très réelle. »

La prenant doucement par les épaules, il la fit tourner pour lui faire face. À part Julien, son compagnon de vie, il n'admirait et n'aimait personne autant que la femme qu'il tenait. « Ma belle. Il faut que nous fassions intervenir Harrison. S'il te plaît. Appelle Maurice. Trouve-le. »

Les yeux d'or de Gabriela se fixèrent sur ceux de son ami. Il y avait de l'hésitation. Non exprimée, mais elle était là.

Contrarié, Jean-Louis leva les bras au ciel et jura. Quelle femme obstinée, obstinée. Il saisit la balustrade au lieu de lui faire entrer du bon sens en la frappant, et la fusilla du regard.

« Quand vas-tu abandonner cette vieille culpabilité injustifiée ? Ta peur ? Tu ne peux pas continuer comme ça, mon amie. Ton niveau de stress est en train de te détruire. » Comme Gabriela restait silencieuse, Jean-Louis colla son visage près du sien. « Mais la vraie question n'est pas là, hein ? »

« Jean-Louis… » prévint-elle.

« Le pardon. C'est ce qui est en jeu ici. Tu as toujours volontiers pardonné aux autres, mais quand il s'agit de toi tu ne le fais pas. C'est aussi simple que ça. Dis-moi, mon amie, je suis curieux. Quand cesseras-tu de t'auto flageller ? Tu vas t'infliger encore combien d'années de punition ? Quand est-ce que tu en auras assez ? »

Gabriela broncha, et Jean-Louis sut que ses paroles avaient porté. Il vit la vulnérabilité déchirante dans ses yeux, et pour la première fois il y lut de la résignation. Une capitulation ? Jean-Louis suivit son instinct et insista.

« Nous avons besoin de l'aide de Harrison, » dit-il. « Et au fond de toi, je pense que tu te rends compte que nous avons aussi besoin de lui. » *Toi plus que quiconque.*

Gabriela ferma les yeux et essaya de respirer. L'inéluctable lui traversait l'esprit, lui déchirant le cœur. L'inévitable ne pouvait plus être repoussé. Elle serra les poings. Elle sentit venir la panique, dont la main familière et cruelle lui enserrait les poumons et le cœur jusqu'à ce que la douleur devienne intolérable. Des larmes brûlèrent ses paupières comme de l'acide et elle vibra des tremblements qui gagnaient ses muscles tendus. Non. Non. Non. Elle ne laisserait pas cette faiblesse s'emparer d'elle et la noyer. Avec brutalité, elle trancha dans ses émotions, en déconnectant son corps de son cerveau. Elle ouvrit les yeux et fixa la mer, combattant ses démons et récitant sa litanie : une seconde à la fois, une seconde à la fois, jusqu'à ce qu'elle ait repris le contrôle.

« Je vais appeler Maurice ce soir, » dit-elle enfin doucement. Le vent se leva et dispersa ses paroles dans l'air parfumé.

Le réflexe premier de Jean-Louis fut de l'entraîner dans son bureau et de la forcer à appeler Maurice, mais il réfréna son impulsion. À cet instant, Gabriela avait besoin de souffler. Pourquoi gâcher une bonne chose en assiégeant Gabriela ?

« Bon. Je pense que je vais aller prendre quelques enchiladas de Lupe. Je suis affamé. Et toi ? »

Gabriela secoua la tête. « Pas encore. »

Jean-Louis lui étreignit les épaules pour la rassurer et l'abandonna à ses pensées. En arrivant à l'entrée de la cuisine, il s'arrêta et se retourna pour regarder son amie – son amie solitaire et tourmentée. D'un simple regard il sut qu'elle était déjà concentrée sur elle-même, programmant, préparant, redoutant. Mais comment pouvait-on se préparer à ce que Gabriela avait à faire ?

Secouant la tête, il pénétra dans la cuisine ouverte. Il pria Dieu qu'ils n'auraient pas à regretter leur décision de contacter Harrison.

LE TERMINAL de l'aéroport de San Francisco était une ruche humaine bourdonnante, mais le prêtre aux cheveux foncés, debout comme une sentinelle près de la zone de sortie du hall des arrivées du terminal international, n'y prenait pas garde.

Le père Francisco Ramirez remuait fébrilement, ajustant son col de prêtre pour apaiser un sentiment étrangement suffoquant qui avait peu à voir avec sa tenue, mais plutôt avec la sortie des passagers en face de lui. Ses yeux noirs restaient fixés dessus. Il était tendu. Sans savoir pourquoi, il était inhabituellement nerveux. Il baissa les yeux, dégoûté, sur la pancarte qu'il avait faite. Il avait l'air absolument ridicule, à se comporter comme un directeur de croisière stressé fraîchement embauché. N'avait-il pas revêtu sa soutane ce matin pour que Harrison puisse le repérer de loin au milieu de la foule ? Non, se moqua le prêtre, serrant la pancarte. Il avait fallu qu'il aille griffonner le nom de Harrison sur un stupide carton de vingt centimètres sur vingt-huit pour insister sur l'évidence. Il en faisait trop. Il en faisait vraiment trop.

« Tu es un sacré idiot, Frankie, » marmonna-t-il.

A ses mots, plusieurs têtes se tournèrent dans sa direction. Son malaise monta de quelques crans.

Le tourbillon soudain d'activité à l'intérieur de l'espace des douanes déplaça son attention. Il se concentra tandis qu'une file de passagers se mettait à sortir. Il écarta immédiatement le premier couple qui sortit : un homme et une femme qui se dirigèrent vers sa droite pour saluer un ami qui les attendait. Immédiatement derrière, plusieurs hommes d'affaires japonais se ruèrent en avant, dépassant une femme élégamment vêtue. Elle tenait en l'air une perche avec un minuscule parapluie en papier rouge à son extrémité. Le père Ramirez compatit. Elle aussi se sentait peut-être idiote.

Deux passagers apparurent ensuite, deux hommes, tous les deux costauds, l'un plus grand que l'autre, conversant avec l'aisance et la familiarité d'une amitié de longue date. L'homme de gauche ressemblait en taille et en envergure à un défenseur de deuxième ligne. Ses cheveux blonds étaient retenus en une queue de cheval. Malgré sa présence volumineuse, c'est l'homme de droite qui retint l'attention du père Ramirez. Plus grand, doté du corps souple et bien entraîné d'un gymnaste, l'homme se mouvait avec une assurance naturelle, pas acquise. Le père Ramirez remarqua les angles vifs dans son visage énergique et anguleux. Cet homme exhalait une imposante aura de puissance. Il se démarquerait au milieu d'une foule.

Comme les hommes approchaient, le profil bien marqué de Richard se précisa, et à chacun de ses pas une vague sensation de familiarité s'empara du prêtre. Il regarda plus attentivement, l'inquiétude s'insinuant dans ses entrailles pour la première fois depuis qu'il avait contacté Richard. Il ne reconnaissait pas cet homme ni son compagnon, et pourtant plus il regardait, plus l'impression persistait. Mais il ne parvenait pas à en identifier exactement la raison.

À présent inexplicablement certain de l'identité des hommes, le père Ramirez s'avança. Ce léger mouvement amena un regard aussi froid et intense qu'un ciel d'hiver à se focaliser sur le prêtre et ensuite sur le panneau de carton. Et c'est la vue de ces yeux qui contenaient à présent une expression cynique et amusée, qui occasionna au père Ramirez un choc comme il n'en avait pas connu en cinquante-cinq ans d'existence.

« Vous avez vu le diable, père Ramirez ? » demanda Richard, s'amusant de la stupeur totale dans le regard du prêtre. Il tendit la main pour le saluer, mais en l'absence de retour il répéta : « Vous êtes bien le père Ramirez ? »

Le père Ramirez ne put que regarder fixement. D'après ce que Roberto avait révélé, et le peu que Gabriela avait livré quand ils étaient arrivés d'Europe quatre ans auparavant, Richard Harrison avait été un garde du corps compétent, professionnel dans son travail. À aucun moment de leur description ils n'avaient suggéré que l'homme pouvait être dangereux, pour l'amour du Ciel, comme le père Ramirez le comprenait maintenant qu'il était en face de Richard. Les yeux. Ses yeux le trahissaient. Et à cause de cette omission, non, à cause de l'omission de Gabriela, le père Ramirez s'était, eh bien, trompé dans sa décision de retrouver Richard. Son face-à-face en vrai avec l'homme, cet homme sûr de soi et potentiellement dangereux, le força à reconnaître qu'il avait commis une grave erreur tactique.

« Oui, » croassa finalement le père Ramirez, s'extirpant de son immobilité. Il serra la main de Richard et s'éclaircit la voix, tandis que son cerveau scandait follement : *Sainte Mère de Jésus, Sainte Mère de Dieu.*

« Enchanté de faire votre connaissance, » dit Richard en se tournant vers Jeremy à sa droite. « Voici Jeremy Hollis, mon garde du corps. Dites bonjour au *padre*, Jeremy. »

« Ravi de vous rencontrer, mon Père. » Jeremy échangea une poignée de mains avec le père Ramirez. « Ne vous inquiétez pas pour le patron. C'est toujours un choc de rencontrer Richard. »

Le regard du père Ramirez alla d'un homme à l'autre comme un ivrogne dont la réalité s'altère à chaque verre. Un choc. Comme c'était approprié, mais pas pour les raisons que croyait cet homme.

« Contrôlez votre grande bouche, Jeremy, » dit Richard, observant le prêtre. Quelques centimètres plus petit que Richard, le visage buriné par le temps, les soucis et les sourires. Des yeux noirs comme le puits de l'enfer, la naissance des cheveux qui reculait comme un littoral érodé vers les oreilles du prêtre. Il était trapu, et sa peau se relâchait aux endroits où l'âge et la pesanteur avaient gagné la bataille.

En observant le père Ramirez, Richard comprit la réaction de l'homme à sa présence. Le prêtre comprenait probablement à présent qu'il avait ouvert une boîte de vermine. *Fais attention à ce que tu demandes.* Le regard de Richard ne faiblit pas. Son sourire se refroidit de quelques degrés.

« J'aimerais rester à bavarder, mon Père, mais je crois que des affaires plus urgentes nous attendent. » Richard scruta rapidement le couloir et se tourna en direction des locations de véhicules. « On y va ? »

Ils se mirent à naviguer à travers les couloirs bondés, évitant adroitement des touristes pressés, des voiturettes de golf acheminant des employés au travail, et des promeneurs qui faisaient du lèche-vitrine.

« Comment s'est passé votre vol ? » demanda le père Ramirez, qui ne tenait pas à entretenir une conversation polie mais dont la simple courtoisie exigeait qu'il le fît. Il allongea le pas sur celui des autres hommes. Son choc initial virait lentement à une sainte colère contre Gabriela.

Elle avait menti pendant quatre ans – d'accord, par omission – mais c'était quand même une tromperie. Comment avait-elle osé ne pas se confier à lui ?

« Sans accroc, mais long, » répondit Richard. « Du nouveau depuis que nous nous sommes parlé ? »

« J'ai demandé la même chose à Gabriela ce matin. Sa réponse a été : « Pas exactement, » » dit le père Ramirez.

« Qu'est-ce que c'est que cette réponse bancale ? » laissa échapper Richard. Il descendit de la navette avec les hommes et se dirigea vers les location de limousines. Il darda un autre regard sur le prêtre.

« Au moins, elle envisage une protection pour les enfants vingt-quatre heures sur vingt-quatre, » expliqua le père Ramirez.

« Et pour elle-même ? » demanda Richard.

« J'en doute, » répondit le prêtre, dégoûté.

Jeremy se hâta en tête pour s'occuper de leurs réservations.

Richard grogna ; il ne comprenait que trop bien la frustration du prêtre. Elle lui avait fait cela quatre ans plus tôt.

« Eh bien, il faudra juste que nous la fassions changer d'avis. N'est-ce pas, mon Père ? »

Le père Ramirez avala sa salive. La dureté du ton de Richard et sa certitude étaient sans équivoque, et il savait maintenant quelle arme de choix Richard utiliserait pour garantir la coopération de Gabriela. Oh, Jésus Christ. Qu'ai-je fait ?

« J'ai fait le nécessaire pour la limo, » annonça Jeremy. « Elle nous attend dehors. »

« Ma voiture est dans le parking, » protesta le père Ramirez . « Vous n'avez pas besoin de dépenser pour une location. »

Jeremy fit à Richard un sourire amusé. Ignorant le prêtre, il jeta le sac de Richard sur son épaule, puis ramassa le sien. Il disparut à travers les portes automatiques.

« Laissez-moi vous expliquer quelque chose, père Ramirez, » dit Richard en suivant Jeremy. « Ma limousine n'est pas une frivolité. C'est une nécessité. À cause de mon domaine de travail précédent et du succès que j'ai engrangé dans mon travail actuel, j'ai marché sur certaines plates-bandes. »

Richard fit signe au prêtre de le précéder à travers les portes bruissantes.

« Ce bébé est personnalisé pour le confort et équipé d'améliorations sophistiquées quant à la sécurité, » dit Richard, désignant la limousine noire brillante dans laquelle Jeremy chargeait leurs bagages. « Où que je voyage à l'étranger, j'en demande une. Chez moi, j'ai la mienne. »

Richard ouvrit la porte arrière pour le prêtre. Le père Ramirez aperçut le vaste espace et le cuir soyeux. C'était une invitation.

« Montez, mon Père. Nous allons vous conduire à votre voiture, puis nous vous suivrons jusqu'à la maison de Gabriela. » Ce n'était pas une demande. C'était un ordre.

Le père Ramirez monta à regret et se mit à prier.

HERB BRYCE EN AVAIT RAS-LE-BOL – même s'il n'y avait personne pour le remarquer. Patiemment et soigneusement, il déballa le sandwich à la dinde que sa femme lui avait préparé ce matin, contrôlant délibérément sa respiration. Ses doigts travaillèrent à aplatir la feuille d'aluminium sur son pantalon en une parfaite symétrie.

Bryce mordit prudemment dans le sandwich, gardant un silence absolu, impoli même. Il ne ressentait aucune honte. Il savait qu'il manquait de classe. Il s'en fichait. Il continuait seulement d'ignorer le novice boutonneux à qui on l'avait enchaîné depuis une semaine. Pourquoi devrait-il s'encombrer de mondanités alors que le petit merdeux était assis à même pas un mètre de lui, à engloutir de la nourriture comme un animal mal élevé, inconscient d'avoir fichu en l'air deux bonnes heures de surveillance à cause de sa gloutonnerie ?

Bryce continua de mâcher, impassible en apparence, mais il lançait mentalement des imprécations à son patron à des centaines de kilomètres. Il ne comprenait toujours pas pourquoi Johnson lui avait collé ce trou du cul, ni les raisons de sa décision. « Enseignez les ficelles à Marvin. » La voix amadouante de Johnson résonnait dans le cerveau de Bryce. « Vous êtes le meilleur dans le domaine… guidez-le. Le gosse a du potentiel. »

Potentiel, mon cul. L'acidité dans l'esprit de Bryce remuait celle de son estomac. Ce gosse n'y comprenait rien, s'ennuyait facilement, et n'était lamentablement pas préparé pour débuter dans le travail de surveillance. Cet après-midi avait été un excellent exemple de l'incompétence du gosse. Ils avaient perdu un temps précieux à chercher de la nourriture pour cet idiot. Ce petit enfoiré savait depuis deux jours qu'ils allaient camper devant la maison de Madame Martinez aujourd'hui, et qu'une fois en position, Bryce n'abandonnerait pas son poste – s'il avait été seul. Mais cet abruti ne comprendrait jamais la patience et les sacrifices requis pour gagner des photos lucratives à la une, même si cela crevait les yeux. Non. Marvin, Le Baratineur, avait la gâchette facile, n'avait aucune notion du temps, aucune subtilité, et ne cesserait jamais de chanter ses propres louanges assez longtemps pour se détourner de son image dans le miroir. Il ne remarquerait jamais quoi que ce soit qui en vaille la peine.

En version traduite, cela signifiait que Marvin n'avait pas l'instinct. Au mieux, il aurait un avenir médiocre comme paparazzi. Mais ce serait son problème, à ce débutant. Quant à ce soir, ce trou du cul sortirait de sa vie et aurait une autre affectation d'ici demain matin.

Bryce ajusta sa casquette de baseball Padres sur ses cheveux dégarnis et prit lentement une autre bouchée du sandwich à la viande. Il mâcha lentement, méthodiquement et patiemment, faisant descendre la nourriture consciencieusement mâchée avec quelques gorgées de thé au citron. Il équilibra son poids sur le capot de sa Mercedes déglinguée et se concentra sur la vue qui s'encadrait dans l'un de ses appareils photo montés. C'était mieux que de regarder Marvin, L'Animal, arracher alternativement des morceaux graisseux de son poulet rôti et les engloutir avec du soda baveux dégoûtant.

Bryce s'essuya les doigts sur une serviette en papier avant de régler la mise au point de son téléobjectif. La vue sur l'allée partiellement dissimulée de Gabriela et sur sa porte d'entrée, les seules choses visibles à travers le portail métallique et les arbres et buissons placés stratégiquement, devint plus nette. Toujours pas d'activité. Bien. Avec un peu de chance il n'avait rien raté d'important en perdant du temps pour Marvin, Le Glouton.

Bryce avala encore du thé, prit une autre bouchée de son sandwich, et se tourna vers son autre appareil photo, celui dirigé sur la route d'approche. Avec une patience née de son entraînement comme sniper dans la force armée, il se concentra sur le travail, sur la chasse. Autrefois, à l'armée, il avait traqué un ennemi qui était aussi patient et prédateur que lui. À présent ses proies étaient des célébrités, des gens inoffensifs qui heureusement ne ripostaient pas, sauf par l'intermédiaire de leurs avocats.

Bryce haussa mentalement les épaules. Ces légers inconvénients étaient les risques du métier. Au moins, traquer Gabriela Martinez chez elle était toujours une bonne affaire. Là-bas il pouvait marcher, s'étirer les jambes, profiter du paysage, du calme, de la discrétion. Sauf…

« Mec, je dois pisser, » pleurnicha le fléau de ses pensées.

Sans se donner la peine de se retourner, Bryce désigna un buisson à même pas trois mètres. « Voilà ta salle de bains. »

« Merde. Tu veux plaisanter, » dit Marvin quand il regarda l'endroit que Bryce avait désigné.

« Si tu restes près du buisson et que tu vises bien, personne d'autre que nous ne le saura. »

« Vous me faites marcher. »

Bryce haussa les épaules et plissa les yeux à l'approche d'une voiture. Elle filait sur une autre route. « Comme tu veux. Soit tu abandonnes ta pudeur, soit tu pisses dans ton pantalon. C'est toi qui choisis. »

Après seulement une brève hésitation, Marvin décida que l'appel de la nature était plus fort que sa pudeur. Il se mit debout et ronchonna en se rendant aux toilettes de la Nature.

« Quelle connerie ! » se plaignit Marvin en défaisant la fermeture éclair de son pantalon. « J'ai complètement perdu mon putain de temps. Nous devrions être à LA, à chasser du vrai gibier, et pas au milieu de nulle part, à chasser une satanée femme fantôme. »

Bryce savait que son sarcasme passerait inaperçu, mais il ne put résister. « Ouais. Un tel gâchis de tes talents, hein ? »

Il fit la mise au point sur une autre voiture qui approchait. Dans la lumière déclinante de l'après-midi, elle était encore trop loin pour qu'il puisse identifier le conducteur, mais le vert forêt d'une berline Saturn fonctionnelle lui était vaguement familier. Tandis qu'elle ralentissait, Bryce se déconnecta des pleurnicheries incessantes de Marvin. Une seconde plus tard, il la reconnut brusquement : la voiture du prêtre. Son instinct se mit alors en surrégime. Une seconde voiture, une limousine, suivait la voiture du prêtre comme un bambin suit sa mère. Bryce abandonna les restes de son déjeuner sur le capot de la voiture et régla l'appareil photo sur la limousine qui approchait. Plaques d'immatriculation génériques, remarqua-t-il. Il les vérifierait plus tard. Il déplaça sa mise au point sur le conducteur, mais distingua à peine son visage en raison des vitres fortement teintées. Il ne perdit pas de temps sur le passager, qui serait bien gardé derrière un mur de la même teinture noire impénétrable.

L'estomac serré et le souffle court, Bryce fit la mise au point et appuya, le déclenchement de l'obturateur émettant des déclics incessants et ronronnants. Ses doigts experts poursuivirent cette danse synchronisée jusqu'à ce qu'en l'espace de quelques secondes il eût pris la plaque d'immatriculation, la limousine, le conducteur flou, et le visage du prêtre. Il continua de mitrailler tandis que les voitures s'arrêtaient au portail de Gabriela.

« Marvin. Prends ton appareil photo ; tape à la fenêtre de cette limousine. On va voir si tu obtiens une réaction. »

Pour une fois, Marvin ne fit pas de suggestion et resta muet.

Bryce continuait de photographier, évaluant les résultats des actions de Marvin. Il n'y eut pas de réaction de la limousine. Son cœur battit de joie à se rompre quand il vit le garde du corps de Gabriela courir vers le portail. William Washington III n'était jamais de service de portail, sauf si c'était absolument nécessaire.

Bryce sourit de joie, prenant photo après photo des voitures qui s'éloignaient de Washington fermant le portail, de lui avertissant Marvin de reculer, de sa course de retour vers la maison. Bryce changea d'appareil photo, fit la mise au point. Les deux voitures s'arrêtèrent, mais personne ne bougea. Bryce continua de mitrailler pendant que Washington parlait rapidement au conducteur de la limousine, bloquant le visage du chauffeur à la vue de Bryce. Il prit encore des photos de Washington pointant sur le côté et des voitures roulant silencieusement derrière un mur massif de verdure. Il s'arrêta quand elles furent hors de vue.

Bryce sourit, satisfait. La célèbre Martinez avait un invité, et il ou elle était introduit par une entrée privée latérale. Cela ne pouvait signifier qu'une chose : elle voulait garder cette visite secrète.

Bryce se frottait les mains d'aise. Quelque chose d'important se passait, et il venait d'en capturer chaque détail sur son appareil photo.

Malgré le trou du cul, il avait décroché le gros lot. Une fois de plus.

CHAPITRE HUIT

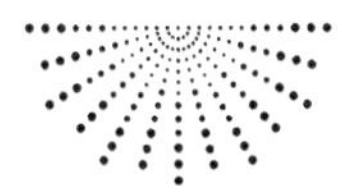

L'EXPRESSION SUR LE VISAGE DE RICHARD QUAND IL descendit de la limousine ne pouvait être vue que comme orageuse. Il s'approcha d'un pas décidé du père Ramirez, ses yeux ne déviant jamais du prêtre. Il ignora également l'homme baraqué qui se tenait près de lui.

« Eh bien, *padre*, » dit doucement Richard. « Il semble que tous les détails n'ont pas été communiqués la dernière fois que nous nous sommes parlé. Auriez-vous l'obligeance de me préciser ce que signifie tout cela ? »

Le prêtre haussa les épaules. « Oh, lui, c'est le moindre de nos problèmes. Vous venez de faire la connaissance de notre parasite local, Herb Bryce. » Le père Ramirez se tourna vers Spike, qui avait basculé en mode circonspect à côté de lui. « Vous pouvez baisser la garde, Monsieur Washington. Voici Richard Harrison, l'homme qui a sauvé la vie de Gabriela il y a quatre ans. »

Les yeux de Spike scrutèrent Richard en une évaluation rapide, éclairés d'une lueur spéculative. C'était donc l'homme qui avait risqué sa vie pour Madame Martinez. Tout le monde dans sa famille avait son mot à dire sur son aide, sur son courage – tout le monde, sauf Gabriela. Pour la première fois de ses quatre années dans cet emploi, Spike comprenait enfin la tristesse profonde qui habitait les yeux de Gabriela. Les yeux de Richard racontaient la suite.

« En fait, elle a sauvé la mienne, » dit Richard. Il dirigea son regard sur cette masse de muscles d'un mètre quatre-vingt-dix. L'homme était en forme et méchant, ses cheveux étaient coupés courts et hérissés, mais soignés. Il respirait l'assurance, une aura de compétence qui prévenait « létal si on m'énerve. » Richard mit fin à son examen et devina : « Marines ? »

« SEALs, » répondit Spike. « Et vous ? »

« Le Renseignement. »

Spike hocha la tête. « Ça cadre. »

« Alors, qui est l'abruti dehors ? »

« Un paparazzi, » dit Spike. « Pour des tabloïds. »

Jeremy s'arrêta à côté des hommes. « Je vous ai dit que j'ai le nez pour ces types. Putain de paparazzi. »

Merde. Une sangsue de journaliste pour compliquer la situation était la dernière chose que Richard aurait souhaitée.

« Et il est dehors pourquoi ? »

« Curiosité morbide, » laissa échapper le père Ramirez.

Le regard de Spike fut direct. « Le profit, » dit-il à Richard en lui tendant la main. « William Washington III. Spike comme diminutif. Garde du corps de la famille Martinez. »

Richard échangea une poignée de main avec Spike, heureux que Gabriela ait engagé un garde du corps compétent pour protéger sa famille. Il se tourna vers Jeremy. « Voici Jeremy Hollis, votre homologue à mon service. » Richard regarda les deux hommes, le prêtre et le garde du corps, qui, depuis les quatre dernières années, en savaient plus que lui sur la vie de Gabriela. Un violent sentiment de jalousie le traversa. « Vous m'avez expliqué qui c'est. Pouvez-vous expliquer pourquoi ? »

« Cet homme en Europe, celui qui est mort. Comment s'appelait-t-il ? » demanda le père Ramirez.

« Heinige. Albert Heinige, » répondit Richard.

Le prêtre acquiesça et poursuivit son explication. « La mort de cet homme a élevé Gabriela au statut de célébrité. D'une façon ou d'une autre le bruit s'est répandu qu'elle était avec ce Heinige quand il a été tué. Des reporters de tabloïds et de tous les corps de presse d'Europe l'ont traquée pour obtenir des photos, des interviews. Il ne se lassaient pas d'elle, comme si ils avaient découvert la version moderne de Jeanne d'Arc, avec ses détracteurs et tout le reste. » Le prêtre frémit. « Ça a été des mois d'enfer. Pendant plus de deux mois, le visage de Gabriela a été placardé sur les unes de tous les tabloïds et de la presse à scandale d'Europe. Cette serpillière de Bryce travaillait pour « La célèbre Martinez », surnom de Gaby. Le nom est resté, et voilà où nous en sommes. »

Richard était consterné. La presse à scandale ? De toutes les recherches qu'il avait faites pour s'informer sur Gabriela, elle n'en avait pas fait partie. Merde. Et les tabloïds ? Il ne lisait jamais les saletés des tabloïds et n'aurait jamais imaginé que Gabriela puisse les alimenter. Maurice n'en avait absolument pas fait mention quand il avait rendu visite à Richard à l'hôpital un an plus tard. Et son salaud d'ex-patron ? Seldon l'avait maintenu tellement occupé que les séjours de Richard aux États-Unis étaient devenus de plus en plus courts. Il était entre les jungles de Colombie et de l'Équateur quand cela semblait s'être produit. Pourquoi Maurice n'avait-il pas gardé le secret et protégé Gabriela en l'absence de Richard ?

L'image soudaine de son beau visage surgit dans son esprit, ses yeux baignés de souffrance et de désespoir, son visage meurtri par la sauvagerie et la brutalité d'Heinige, sa voix qui suppliait : « Ne me quitte pas. » L'amertume de son abandon le transperça.

« Herb Bryce faisait partie de la horde de paparazzi qui apparaissaient comme des mauvaises herbes près de Gabriela, » poursuivit le père Ramirez, la voix teintée de dégoût et de tristesse. « Il a obtenu les meilleurs clichés grâce à son ingéniosité. Le visage de Gabriela a fait sa renommée et a passablement engraissé son fonds de pension. »

« Et même si elle est une simple citoyenne, elle est suffisamment connue pour que Bryce puisse jouer avec les limites du harcèlement, » dit Spike à Richard. « Et quand un événement important se produit, ce type se pointe comme une éruption d'herpès. »

Le père Ramirez se racla la gorge, gêné. « Eh bien, pour abréger, d'autres photographes sont partis traquer d'autres histoires, d'autres visages. Malheureusement, pas Herb Bryce. Maintenant que la vente aux enchères approche, il a établi son campement à la porte de Gabriela et il n'en ratera pas une jusqu'à ce que tout soit fini. »

« C'est dommage que le fiasco du Heaven's Gate ne fasse plus la une, » dit Spike. « Nous avons eu un court répit grâce à eux. Permettez-moi de vous faire entrer. »

Spike s'avança vers une haie taillée de deux mètres, avec au milieu une ouverture obturée par un portail de fer forgé. Spike l'ouvrit et leur fit signe d'entrer. « Est-ce que Madame Martinez vous attend ? »

Richard planta son regard dans celui du prêtre. « Non. C'est une surprise. »

Le père Ramirez avala sa salive. Ce n'était pas une surprise. C'était une exécution.

Spike ferma la grille tandis que le père Ramirez ouvrait la marche. « Je vais vous emmener d'abord à la cuisine. Vous devez avoir faim après ce long vol. »

Les lèvres de Richard se serrèrent en une ligne sombre. Faim. Quel adjectif pertinent, et qui était pourtant loin de définir son désir, son besoin de voir, de toucher, de posséder cette femme. « Si cela ne vous ennuie pas, j'aimerais un peu d'intimité. C'est la première fois que nous nous rencontrons depuis quatre ans. »

Le père Ramirez approuva d'un brusque hochement de tête. Il reconnut sa couardise. Il ne voulait pas récolter des morceaux du feu d'artifice quand il exploserait. Et il exploserait. Par sa faute.

« Ah, patron, » se plaignit de Jeremy. « J'ai une fringale. »

Richard pouffa de rire. « C'était sûr que vous auriez faim. »

« La dernière fois que j'ai vu Madame Martinez, » dit Spike en les rattrapant, « elle travaillait sur la terrasse. »

Spike conduisit le groupe à travers une pelouse soignée qui s'étendait vers l'horizon sur la moitié d'un hectare. Richard fit une rapide inspection de la propriété environnante. Une floraison de saules pleureurs, de glycines, de cerisiers, de jacarandas, de cornouillers et d'autres arbres qu'il ne put identifier parsemait la pelouse, l'explosion de couleurs des fleurs s'assortissant en buissons et en éclaboussures à la toile vert intense de la pelouse et au ciel bleu. En bordure de la propriété, une barrière de pierre divisait l'horizon. Des oiseaux et des mouettes chantaient en contrepoint du silence, et en arrière-fond Richard entendait le murmure de la mer qui battait sans relâche le rivage.

Spike s'arrêta près d'une porte fenêtre sur sa droite et l'ouvrit. « Vous pouvez accéder à la terrasse depuis la cuisine. Par ici. »

Suivant de près le prêtre, Richard pénétra dans une immense cuisine rectangulaire faite de carreaux couleur de terre, de bois clair, d'acier inoxydable et de soleil. Un îlot surélevé ornait le centre de la cuisine, évier et comptoir d'un côté, de hauts tabourets de l'autre ; au centre, toute une batterie de cuisine était accrochée à une suspension en fer forgé. Des poutres de bois encadraient les trois grandes lucarnes au plafond, et des pots d'argile colorés contenant toutes sortes d'épices se serraient sur les rebords de fenêtres.

Une femme qui coupait des légumes dans un coin s'arrêta devant l'intrusion de tant de monde dans ce qui était clairement son territoire. Petite, des cheveux d'ébène épais et raides, elle observa les arrivants avec des yeux curieux couleur chocolat aux coins relevés. Les dents d'un blanc nacré, elle sourit au père Ramirez qui s'approchait.

« Bonjour, Lupe, » la salua-t-il, saisissant un bâtonnet de carotte parfaitement découpé. « Pouvons-nous débouler pour le déjeuner ? »

Lupe lui tapa la main. « C'est le dîner, » dit-elle. « Si vous voulez déjeuner, Padre, il me reste des enchiladas que je peux vous réchauffer. »

Croquant bruyamment son bâtonnet de carotte, le père Ramirez se tourna et tendit le bras vers Richard. « Lupe, voici Richard Harrison, un vieil ami de Gaby. Richard, Lupe Serrano. La meilleure cuisinière à l'ouest du Mississippi. » Il fit un clin d'œil.

Richard lui serra la main. Jeremy, pour ne pas être en reste, surtout que cette femme serait sa source de nourriture, s'avança. « Jeremy Hollis, m'dame. À votre service. » Son ventre gargouillait pendant qu'il lui serrait la main. « Puis-je aussi avoir des enchiladas ? »

Lupe gloussa et désigna les tabourets face à elle. « Prenez place. Vous aussi, Monsieur Harrison. Padre. Je vais faire chauffer les enchiladas en un rien de temps. »

Richard secoua la tête. « Je passe mon tour pour l'instant. »

« Elle est en train de travailler au bord de la terrasse. Nous serons ici si vous avez besoin de nous. »

Spike regarda Richard inspecter encore rapidement la pièce avant de se concentrer sur la porte ouverte de la terrasse. Il vit son corps immobile, comme un chat prédateur qui capte l'odeur de sa proie, tous ses sens en éveil, contrôlant son niveau d'adrénaline. L'expérience avait appris à Spike à évaluer rapidement à la fois l'homme et le contexte. À cet instant, elle l'avertissait qu'ils avaient ici une situation, une situation grave. Inversement, son instinct lui soufflait aussi que Richard était peut-être le catalyseur dont cette famille avait besoin, dont Madame Martinez avait besoin : un champion.

Lentement, comme un homme qui s'avance vers une destinée incertaine, Richard franchit le seuil et se dirigea vers la direction indiquée par Spike. Son cœur frémissait de tension, et il frotta son pouce contre sa cicatrice dans un geste d'apaisement. Il scruta la terrasse, remarquant à peine les détails. Ses sens s'aiguisèrent quand il captura un mouvement au loin à droite. Là-bas. Elle était là-bas, dans le coin le plus éloigné, près de la balustrade, lui tournant le dos, se concentrant en tamponnant de la peinture à l'huile sur une toile avec un gros pinceau. Elle portait une ample salopette de menuisier et une chemise bleu clair en Madras flottait négligemment dans la brise et couvrait son haut en élasthanne de forme tube. Elle était plus mince que dans ses souvenirs, sa chevelure lie-de-vin était encore plus longue, négligemment retenue en queue de cheval, des mèches duveteuses s'échappant de la pince pour venir chatouiller son visage.

Il s'approcha en entendant la musique qui flottait sur la terrasse, sa voix rauque d'alto fredonnant en même temps que l'artiste latino-américain chantant mélancoliquement sur un CD. Il reçut un violent coup dans le ventre. Du déjà vu, parlons-en ! Comme lors de leur première rencontre, et pourtant c'était tellement différent. À la différence de leur première rencontre, la saveur de Gabriela était maintenant gravée dans son ADN. Sa mémoire lui livra une fois de plus aisément son parfum, la douceur de sa peau, de sa bouche et de son corps, le contact de sa chevelure soyeuse sur sa poitrine. Comme un somnambule, Richard parcourut silencieusement le sol dallé, la dévorant littéralement du regard. Et en raccourcissant la distance entre eux, Richard eut sa réponse finale. Il ne pourrait jamais étancher sa soif de cette femme. Elle offrait la lumière à ses ténèbres, la plénitude à son néant, sa grâce salvatrice à son âme perdue et meurtrie. Son visage s'altéra en pensant aux années gâchées. Il ne referait pas la même erreur. Cette fois il ne s'effacerait pas comme le héros altruiste qu'il avait joué quatre ans auparavant. Il se battrait bec et ongles pour elle. Les enjeux n'étaient plus les mêmes.

Gabriela se recula de son travail et rejeta de son bras les mèches de cheveux autour de son visage. Richard sourit de son mouvement d'impatience, comme si ses cheveux l'enquiquinaient en l'empêchant de se concentrer sur son travail.

Il attendit que le chant des voix fît une pause.

« Gabriela. »

Le corps de Gabriela s'immobilisa en entendant son nom prononcé avec douceur. Pendant un moment, elle resta à écouter, puis secoua la tête comme un chien mouillé. *Tu es tellement idiote*, lui dit son esprit. Écœurée, elle donna un coup de couteau au bleu de ceruleum sur sa palette. Son esprit l'avait trompée une fois de plus. Elle barbouilla la peinture sur la toile, se rendit compte de ce qu'elle avait fait, et siffla. Depuis qu'elle s'était mise d'accord avec Jean-Louis pour appeler Maurice plus tard ce soir, elle était complètement stressée. Pendant toute l'heure de midi, son esprit avait envisagé toutes les scènes possibles, chaque émotion possible sous son égide. Elle avait basculé de la rage à l'indifférence, à la fierté, mais la nostalgie avait fini par l'emporter haut la main. Quels que soient ses efforts pour l'éviter, elle ne pourrait jamais échapper au besoin terrible qu'elle avait de lui, un besoin plus profond que l'instinct de respirer.

Les paroles de la chanson qu'elle avait mise sur une

impulsion tourbillonnaient autour d'elle, la tourmentant. Le chanteur, de sa voix poignante de ténor, racontait le moment de sa rencontre avec sa bien-aimée, son sang s'échauffant dans l'anticipation, ses nerfs fourmillant dans l'attente de la séduction. Ses paroles faisaient écho à ses propres aspirations coupables, à ses désirs. *Oh, mon Dieu. Comment viendrait-elle à bout de cette journée ? Comment trouverait-elle le courage de faire ce qui devait être fait ?*

« Gabriela. »

Cette fois, la voix la pénétra et prit forme. Elle l'appelait, familière et totalement réelle, une entité vivante qui caressait sa peau et lui donnait la chair de poule. Ce n'était pas le produit de son imagination, il n'y avait pas d'erreur. Elle sentait Richard, ses terminaisons nerveuses soudain électrisées, secouée par sa prise de conscience. La panique fit battre fort son cœur. L'espoir et l'amour la firent se retourner lentement, tellement lentement.

Elle cligna des yeux, pensant que sa vue la trompait, mais la haute silhouette de Richard était figée devant elle, sa chevelure châtain coiffée par la douce brise, le regard intense, la clouant sur place et la caressant tout à la fois. Les braises d'espoir irrationnel furent attisées comme un incendie. Pendant un moment où elle baissa sa garde, ses yeux reflétèrent son espoir, sa joie, mais surtout son amour désespéré pour lui.

Richard regarda ces puissantes émotions se succéder sur son visage, et il fut frappé de soulagement. *Je t'ai eue.* Elle avait toujours eu un visage tellement expressif, tellement beau. Maintenant, quoi qu'elle fasse et surtout dise, il connaîtrait la vérité. L'amour était là, et il brillait comme un phare.

« Bonjour, Gabriela. »

« Richard. » Sa voix se brisa d'émotion. « Richard, » répéta-t-elle comme une débile, s'étranglant cette fois sur son nom, comme si elle avait un poing dans la gorge. Une explosion de souvenirs l'environnèrent. La souffrance, la colère, la trahison s'abattirent en elle. L'amour absolu, l'amour ardent la suffoqua. Tout son corps se mit à frissonner, ses muscles tremblant comme ceux d'une paralytique, ses doigts se refermant comme un étau sur la palette. Elle voulait courir, se précipiter dans ses bras, pleurer quatre années d'angoisse et de souffrance ; l'embrasser, se fondre en lui ; le frapper avec quelque chose, n'importe quoi, jusqu'à ce qu'il ressente la souffrance qu'elle avait ressentie.

À la place, elle ne fit rien, figée comme une biche qui va rencontrer son destin.

Le regard de Richard la transperçait, envoûtant, spontané, un regard qu'elle connaissait bien. En une manière de se protéger, le visage de Gabriela devint un masque d'indifférence. Une chose qu'elle avait apprise de cet homme : il ne faut jamais montrer de vulnérabilité. Richard sauterait dessus et l'utiliserait à son avantage.

« Bonjour, Gabriela, » répéta Richard en réduisant l'espace entre eux. Des odeurs familières, comme la peinture à l'huile et la térébenthine, entouraient Gabriela d'une brume vaporeuse et chatouillaient les narines de Richard. Il ne quittait pas son visage des yeux, et pour une fois il fut incapable de lire les émotions derrière ses yeux d'or. Cela ne lui plaisait pas. Il n'aimait pas la façon dont elle avait claqué la porte par laquelle il avait toujours pu lire son âme. D'un mouvement délibéré, il s'approcha et enleva ses doigts de la palette qu'elle tenait devant elle comme un bouclier. Il déposa avec précaution son kaléidoscope multicolore de peintures sur une chaise voisine et s'approcha plus près.

« C'est le genre d'accueil que tu me réserves, mon cœur ? » Il fallait qu'il la secoue, qu'il fasse tomber le masque qui était aussi efficace qu'un mur entre eux. Richard se pencha plus près, les lèvres frémissantes, son intention évidente.

Gabriela haleta et sauta en arrière. Il avait perdu la

tête ? Pensait-il qu'il pouvait faire irruption ici comme s'il n'y avait pas eu ces quatre années, comme si rien n'avait changé ?

« Qu'est-ce que tu t'imagines ? »

Il sourit comme le prédateur qu'il était. Bon. Prudence. Les yeux de Gabriela brûlaient. Il préférait se brûler que se heurter au vide de son regard inexpressif.

« Je te salue comme il faut. Même moi je dis bonjour avec un bisou, mon amour. »

« Ne m'appelle pas comme ça. » Elle l'avait cru autrefois et lui avait fait confiance. Mais il l'avait abandonnée, avait disparu de la surface de la terre pendant quatre années de silence. Pouvait-elle encore lui faire confiance ?

Il lut le message aigre dans ses yeux et le sentir tirailler son cœur. C'était tout ce qu'il méritait. Mais maintenant que l'opportunité était venue frapper à sa porte, il n'allait pas se dérober ni se détourner, plus jamais. Surtout après avoir vu l'amour dans ses yeux.

« Qu'est-ce que tu fais ici ? » demanda-t-elle, à présent méfiante. Elle recula d'un pas, plaçant son chevalet entre eux comme une barrière.

« On m'a invité. » Richard sourit, la secouant davantage.

Les yeux de Gabriela se plissèrent. Si cette après-midi avait été une prestation fallacieuse de son agent sournois pour l'amener devant le fait accompli, elle allait l'étrangler.

« Pas toi, c'est triste à dire. » Richard s'approcha de nouveau d'elle, feignant d'étudier sa peinture. Des bleus puissants et des verts vifs bondirent de sa toile comme s'ils se disputaient la suprématie avec des rouges passionnés. Il pencha la tête, réfléchissant. Ce chaos n'était pas son style habituel. Il y avait là du désespoir, et aussi quelque chose d'indéfinissable.

Gabriela recula encore d'un pas, entre hostilité et méfiance face à l'examen que Richard faisait de son travail.

Il était trop intelligent et manifestait trop d'empathie – il avait toujours été là où il s'agissait d'elle.

« Qui ? » Elle parlait de façon aussi impolie que possible, pour détourner son attention. « C'est Jean-Louis ? »

Richard se tourna légèrement. « Pourquoi ne m'as-tu pas appelé, Gabriela ? »

« Quoi ? »

« Si mes souvenirs sont bons, je t'ai dit autrefois de me contacter si jamais tu avais besoin de moi. Pourquoi ne l'as-tu pas fait ? »

Le cœur de Gabriela s'arrêta, pour repartir comme un dératé. Ces mots. Dieu, ces mots dans sa lettre quatre ans auparavant. « Qui dit que j'ai besoin de toi ? »

Richard se pencha en avant jusqu'à ce que leurs visages soient à quelques centimètres. Gabriela se recula, mais se heurta à la balustrade. Richard la suivit, lui coupant littéralement tout moyen de fuir, l'emprisonnant de ses deux bras contre la balustrade.

« Pourquoi ne m'as-tu pas appelé ? On s'en prend encore à toi. D'après ce que j'ai entendu, tu es loin d'être de taille, une fois de plus. Tu as besoin de mon aide pour sortir de ce merdier, une fois de plus. Ce que je ne comprends pas, c'est pourquoi il a fallu que ce soit le père Ramirez qui m'informe de ton problème. »

« Le père Ramirez ? » dit en écho Gabriela, surprise. Et elle qui pensait que Jean-Louis l'avait trahie. « Il t'a appelé ? »

« C'est Maurice. Lui, à son tour, m'a contacté. Imagine ma surprise quand j'ai découvert que tu étais de nouveau en danger. »

« Je ne suis pas en danger, » se moqua-t-elle, avant de revoir sa déclaration. Elle était bel et bien en danger, mais pas du fait de Wickeham. L'homme en face d'elle était le vrai danger.

« Permets-moi d'avoir un autre avis. Après que le père Ramirez m'a expliqué ce qui s'est passé, j'ai enquêté un peu de mon côté. Les réponses que j'ai obtenues n'ont pas été encourageantes. Wickeham ne joue peut-être pas dans la même cour que Heinige, mais il est connu pour devenir violent si on s'oppose à lui. »

« Quelle connerie. » Elle repoussa son torse, peu disposée à rester prisonnière plus longtemps. Richard bougea obligeamment, pour le moment. « Cet homme n'est que du vent. De plus, je ne suis plus la femme naïve et vulnérable que j'ai été. J'ai un formidable garde du corps qui gère la sécurité et le bien-être de ma famille. »

« J'ai fait sa connaissance. » Richard approuva d'un sourire. « Bon choix. »

« Eh bien, je suis ravie que tu approuves, » dit-elle, la voix dégoulinant de sarcasme. Avec autant de nonchalance qu'elle put mobiliser, elle contourna Richard, ramassa sa palette et frappa les peintures qu'elle tenait. Avec les mêmes mouvements saccadés, elle tamponna le paysage qu'elle avait commencé ce matin. « Donc, comme tu le vois, tu es venu ici pour rien. Remercie ton patron de ma part, mais ce n'était pas la peine de m'envoyer encore son meilleur homme pour le travail. Je n'ai plus besoin de protection gouvernementale. Je l'assure moi-même. »

Avec une rapidité dont elle ne se souvenait que trop, Richard étreignit sa main et l'immobilisa. Elle ne se donna pas la peine d'arracher sa main. Ce serait impossible. Elle attendit son prochain mouvement, fixant sa toile d'un regard vide.

« Gabriela. » Elle fut surprise par la moquerie dans sa voix. Elle croisa son regard, sans comprendre comment il réussissait toujours à avoir l'air en même temps amusé et sérieux. « Je ne dépends plus de Seldon. Depuis trois ans. Je suis un agent libre. »

Elle fut soufflée. « Tu es un mercenaire, maintenant ? »

Cette fois l'amusement de Richard fut à son comble. Ses yeux se plissèrent et son rire de gorge explosa. Avec un sourire qui fit danser son regard, il la tourna lentement face à lui, lui enleva la palette de la main et le pinceau des doigts, et remit le tout à sa place. Elle retira vivement ses mains avant qu'il ne lui vienne d'autres idées.

« J'ai démissionné, Gabriela. Démissionné. » Il pouffa de rire en voyant son expression. Elle rougissait de gêne. Au moins, cela n'avait pas changé. « Je m'occupe toujours d'antiquités, mais maintenant je fabrique aussi des copies de mobilier ancien pour des hôtels et des entreprises exclusifs. C'est une profession plutôt lucrative, j'ajouterais. »

« Alors, pourquoi… »

« Parce que le père Ramirez me l'a demandé, et parce que je suis en compte avec ce Wickeham au nez en choufleur. Je peux attester personnellement que ce salopard ne lâche rien. »

Gabriela manifesta sa surprise. Richard anticipa sa question suivante. « Il y a un an nous nous sommes pris la tête sur l'acquisition de deux chaises de style Restauration. Wickeham avait approché le propriétaire d'un petit magasin d'antiquités deux mois avant que j'entre en scène. Pendant cette période, le commerçant a été cambriolé, ses créanciers ont tapé à sa porte, et il a été victime d'un accident dans le métro. Il n'existe toujours pas de preuve que Wickeham ait été impliqué dans les mésaventures du commerçant, mais après avoir parlé avec Morris … »

« Qui est Morris ? »

« Un ami de mon chauffeur. Du CID. » Devant son air perplexe, il expliqua : « La police britannique. »

« Ça cadre. » Elle alla au bord de la terrasse. Elle tourna le dos au Pacifique, appuya ses paumes sur la balustrade chaude et s'inclina en arrière. « Qu'est-il arrivé à l'antiquaire ? »

« Moi, » sourit-il en s'arrêtant à côté d'elle. « Le temps

que Wickeham se rende compte que j'étais entré dans le jeu, le commerçant avait une avance financière conséquente pour calmer ses créanciers, détenait un contrat contraignant, et avait emballé et expédié les pièces à mes acheteurs. »

Gabriela sourit. Elle ne put s'en empêcher. C'était si bon d'entendre que Wickeham s'était pris une gifle et une défaite. « Tant mieux pour toi. »

« Ce qui m'amène à la raison de ma présence ici. Le père Ramirez a voulu que je te persuade de vendre… »

Gabriela se pencha en avant, le regard farouche. « Je ne vais pas vendre mon manuscrit à ce gros dégueulasse, surtout après que je lui ai offert de lui faire un ou deux folios à la place. »

« Tu as fait ça ? »

« Bien sûr que oui. Je ne suis pas une imbécile. Mais il a carrément refusé. Il est devenu mauvais, insultant, en fait. Il veut celui-ci et rien d'autre. Eh bien, qu'il aille se faire foutre. Je ne vais pas dépouiller les enfants d'une partie de l'argent qui leur est dû de ces enchères. Et je ne vais pas non plus créer un autre manuscrit comme celui-ci, jamais. »

« Je sais. Je ne suis pas venu ici pour te dissuader. »

« Alors, pourquoi es-tu venu ? »

« Pour te ramener. »

Elle sursauta. « Quoi ? »

« Pendant la durée de cette vente aux enchères, tu seras mon hôte, chez moi. À l'hôtel tu seras facilement reconnaissable et vulnérable. Pas chez moi. Je t'accompagnerai à tout ce à quoi tu devras assister, et mon garde du corps t'accompagnera à ma place quand je ne serai pas disponible. »

Gabriela fixa Richard ; sa stupéfaction devant indicible, et comportait une bonne dose de prudence. « Tu as perdu la tête ? Je n'irai pas chez toi. Point. » Elle se mit à faire les cent pas, mais se tourna immédiatement face à lui. « Tu te prends pour qui ? Tu as un sacré culot pour débarquer ici et proposer et disposer comme si tu en avais le droit. »

« Ah, mon ange. Il ne faut vraiment pas que tu t'aventures sur ce terrain. »

Le corps de Gabriela s'immobilisa soudain. Le regard de Richard insinuait un secret partagé, son sourire était un sourire de satisfaction, et il semblait lancer un défi. *Jésus. Ce n'était pas possible qu'il sache, si ? Non, non, non. Pas encore. Oh, s'il vous plaît, Dieu, pas maintenant.* Gabriela se mit à transpirer, mais elle n'abdiqua pas. « Je ne vais pas changer mes plans, Richard, quels que soient tes souhaits. Tu ne vas pas me dicter comment gérer ma vie. »

Le sourire de Richard s'élargit. Mais avant qu'il pût exprimer ses pensées, un cri perçant assourdissant déchira l'air. Dans un mouvement instinctif, Richard poussa Gabriela derrière lui, la coinçant entre la balustrade et son corps. Il se tendit, en alerte, prêt, scrutant la terrasse à la recherche d'un danger ou de menaces. Elle était vide. Ses yeux scrutèrent l'entrée de la cuisine, mais il ne vit rien qui clochait. Spike était détendu, conversant vivement avec Jeremy. Le père Ramirez se tenait calmement près du tabouret de Jeremy, une expression amusée éclairant ses traits en les écoutant. Tout le monde mangeait.

Gabriela tenta de repousser le mur humain devant elle. Elle avait reconnu le cri perçant. « Richard, pousse-toi. »

Richard n'y prêta pas attention, la maintenant littéralement coincée. Ce bruit strident aurait-il pu être une mouette ? Il scruta rapidement le ciel. Aucun oiseau ne planait au-dessus d'eux.

« Richard. » Gabriela le poussa. « Pousse-toi. »

Un autre cri perçant éclata, plus près cette fois.

« Pousse-toi de mon chemin. » Elle le poussa plus fort cette fois, jurant mentalement et priant pour que les choses ne se déroulent pas comme cela.

Richard entendit les cris perçants qui se rapprochaient

en nombre et en distance. Ils furent suivis par un beuglement très masculin, « Viens ici, petit monstre ! » et des aboiements excités. Des aboiements ? « Mais qu'est-ce que c'est ? »

Au bord de la terrasse, juste à leur l'opposé, un boulet de canon humain compact jaillit à leur vue, des petites jambes pédalant à une telle allure que Richard pensa que le petit enfant allait trébucher à tout instant. À côté de cette petite tornade, un golden retriever sautait et aboyait, la langue salivant de béatitude et la queue fouettant l'air de joie. Derrière, et gagnant du terrain, un homme accroupi, les bras levés au-dessus de la tête en une menace feinte, scandait sans cesse : « Viens ici, viens ici. »

Richard était médusé, regardant l'homme et le chien courir après le petit garçon, dont les cris de joie continuaient à fendre l'air. Son corps hésita soudain dans l'attente, sous l'emprise.

Gabriela ferma les yeux. C'était bien de leur fils de faire une entrée aussi théâtrale, avec chien et tout. C'était également troublant comme elle sentait toujours les changements d'humeur chez cet homme qui se tenait si immobile devant elle. Un instant plus tôt il avait été en alerte face à une menace, et maintenant sa vigilance semblait différente. De l'attente. Elle poussa pour s'extirper de derrière Richard, pensant à s'échapper, souhaitant que le sol s'ouvre et l'engloutisse, mais souhaitant surtout être n'importe où, n'importe où sauf ici.

Richard tendit le bras et attrapa l'avant-bras de Gabriela, compromettant sa fuite. Il ne quittait pas des yeux le petit garçon et ses pitreries animées autour de la terrasse. L'homme à sa poursuite continuait de mimer un monstre, les bras toujours levés au-dessus de sa tête, zigzaguant comme un orang-outang ivre derrière le garçon hilare.

Le cœur de Gabriela s'arrêta au contact de Richard.

Elle ferma les yeux et lutta violemment contre les émotions qui l'agitaient. « Lâche-moi, » supplia-t-elle doucement.

Le regard de Richard se déplaça. Lentement, caressant sa peau comme un sculpteur à la recherche de défauts, il abaissa sa main jusqu'à ce qu'il puisse entrelacer ses doigts avec les siens. Il sentit ses tremblements, et entendit sa respiration saccadée. Les yeux de Gabriela bougèrent à regret de leurs doigts enlacés à son visage. Il capta la tourmente qui agitait son corps et la souffrance que reflétaient ses yeux couleur whisky, et il ne put s'empêcher d'être ravi que son contact crée encore un tel bouleversement chez elle. Cela créait toujours le chaos chez lui.

« S'il te plaît, » supplia-t-elle.

« Non. Plus jamais. »

« *Mami*, pourquoi ce grand monsieur tient ta main ? »

Gabriela sursauta comme si on l'avait frappée. Elle baissa les yeux vers son bambin, qui regardait leurs mains enlacées, à peine à cinquante centimètres d'elle. Zip jappa, sa queue battant plus vite qu'un mixer tandis qu'il allait du petit garçon médusé aux adultes médusés, poussant d'abord Gabriela de sa truffe humide, puis se glissant entre la main libre et la jambe de Richard, quémandant une caresse. Il fut complaisant quand Gabriela tira, tentant de libérer sa main, mais l'homme obstiné resserra sa prise, l'attirant encore plus près de lui.

À ce moment, Jean-Louis se rendit compte que l'homme qui se tenait si près de Gabriela ne faisait pas partie de sa famille. Il s'arrêta net et ajusta son regard.

« Putain, » souffla-t-il en reconnaissant Richard Harrison, le beau gosse dangereux d'un mètre quatre-vingt-dix sorti du passé de Gabriela, qui se tenait sans bouger près de Gabriela. Il cligna des yeux de stupéfaction. « Putain. »

Zip aboya de nouveau d'excitation. Luisito regardait toujours les tentatives discrètes mais vaines de sa mère pour extraire sa main de la prise de Richard.

Gabriela sentait à présent un bouillonnement d'hystérie se frayer un chemin vers la surface, faisant trembler ses muscles, lui coupant la respiration. Jamais dans ses rêves ou dans ses cauchemars les plus fous elle n'avait envisagé une situation comme celle à laquelle elle était confrontée. Elle avait envie de hurler dans le vent comme un personnage fou de dessin animé, et en même temps de s'arracher les cheveux et de crier à l'injustice de tout cela à en perdre la voix.

« Eh bien, c'est moi en chair et en os, » dit Richard, l'amusement sous-jacent dans son sarcasme. « Le directeur de la galerie d'Heinige, n'est-ce pas ? » Il gratifia Jean-Louis d'un examen froid. « Jean-Louis. C'est exact ? »

« C'est mon agent maintenant. » Elle essaya encore de libérer sa main de son étreinte, mais échoua.

Le regard de Richard alla du visage consterné de Gabriela à celui stupéfait de Jean-Louis. « Intéressant, tu ne trouves pas, Gabriela ? Il semblerait que les vieux pions de la fin de partie précédente se soient réunis pour un nouveau match. » Richard jeta un coup d'œil vers la cuisine où quatre visages regardaient avec des degrés différents de curiosité et d'inquiétude. Il arqua un sourcil et sourit. « Plus quelques nouveaux joueurs pour démarrer, » corrigea-t-il.

Luisito, à la façon typique des bambins de trois ans, et inconscient de la tension qui environnait les adultes, se plaça entre Richard et sa mère, tirant sur leurs mains enlacées dans un nombrilisme jaloux. À chaque fois que l'attention de sa mère glissait de lui à un autre, Luisito donnait des coups, ou interrompait jusqu'à ce qu'il fût de nouveau le centre de l'attention. Avec résolution, il délogea la main de sa mère de celle de ce grand inconnu et la remplaça par l'une des siennes. Il saisit ensuite la main de l'étranger avec son autre petite main, et entreprit une série de pressions et de tiraillements jusqu'à ce que les adultes se concentrent sur lui.

« *Mami, mami*. Balance. Balance. »

Il rigola d'avance en se pendant entre eux comme une nouille molle, ses jambes potelées pliées, ses genoux embrassant presque le sol. Il jaillit immédiatement en l'air et exécuta une volée de sauts et de rebonds saccadés dans une tentative évidente de forcer les adultes à jouer à son jeu préféré. Pendant les secondes suivantes il alterna entre poids mort et acrobate, ses cris aigus faisant écho à ses demandes : « Balance. Balance. »

Richard regardait, fasciné, la dynamo miniature qui secouait sa main en demande croissante. Il sentait la petite paume vibrer de chaleur et de vie contre la sienne, et il sentit ses poumons brûler et sa poitrine se comprimer. Il était en train de se noyer, si l'on pouvait se noyer dans un océan d'émotions au milieu d'une après-midi californienne parfumée. Ses doigts s'enroulèrent autour de la main minuscule de Luisito avec l'admiration et les précautions d'une mère berçant son nouveau-né. Ses yeux s'émerveillaient de ce miracle de la vie qui réclamait leur attention, un moment mou entre Gabriela et lui-même, le moment suivant rebondissant comme un ressort. Il regarda, fasciné, ses yeux enregistrant des détails marquants sur cet enfant : ses cheveux, un duvet soyeux lie-de-vin comme ceux de sa mère ; ses lèvres pleines de bébé qui souriaient en toute innocence, lui rappelaient la femme qui se tenait si raide à ses côtés. Il nota la bonne mine du visage excité, qui se tournait d'abord du côté de sa mère puis du sien, et le sourire malicieux qui ressemblait tant au sien. Encore plus remarquable, Richard vit des yeux identiques aux siens, qui se riaient de lui dans une attente innocente, parsemés de poussière d'or héritée des yeux de sa mère, mais sans le froid cynisme des yeux de Richard.

La fascination se mua en fierté, et la fierté en une

possessivité farouche et ardente. Cet enfant, ce miracle était *le leur*, le sien et celui de Gabriela. Il n'aurait pas eu besoin d'un test ADN pour le prouver. Son instinct le lui prouvait. Les yeux de l'enfant le prouvaient. Luisito était *à lui*. Le savoir déclencha une nouvelle vague de possessivité farouche comme il n'en avait jamais ressenti, sauf avec Gabriela. Son regard se releva et se riva à celui de Gabriela, avec une expression de triomphe brutal difficile à cacher.

Gabriela avala sa salive et subit une autre secousse de son fils. *Oh, mon Dieu. Oh, mon Dieu.* Elle ne se trompait pas dans le message qu'elle lisait dans les yeux de Richard. Il soupçonnait… bon Dieu, qui trompait-elle ? D'instinct, et l'instinct de Richard était pratiquement infaillible, il savait. La seule chose dont il avait besoin était une confirmation de sa part, mais c'était une pure formalité.

« *Mami,* » gémit Luisito. « Balance. »

Gabriela rompit le contact visuel et regarda leur fils. « Luis… »

« Qu'est-ce qu'il veut dire par balance ? »

La question de Richard généra un sourire de résignation maternelle de la part de Gabriela. « Il veut que nous le soulevions du sol et que nous le balancions d'avant en arrière. Comme une balançoire. À chaque fois qu'il met deux adultes dans cette position, le coquin ne rate jamais une occasion de jouer à son jeu favori. »

« Alors ne décevons pas notre petit gars. » Avant qu'elle puisse s'y préparer, Richard, prêt, souleva le bras de Luisito. Elle l'imita rapidement et tint l'exquis bambin en l'air entre eux. Le rire enchanté de Luisito résonnait autour de la terrasse. « On compte jusqu'à trois ? »

Gabriela acquiesça, le cœur battant, fondant. Combien de fois avait-elle visualisé ce moment ? Combien de fois avait-elle vraiment rêvé, avec culpabilité, de Richard partageant un moment de jeu avec leur fils ? Tandis qu'ils se mettaient à balancer Luisito d'avant en arrière entre eux, Gabriela regardait à la dérobée cet homme, qui avait involontairement causé autant de chaos, de joie, de passion et de souffrance dans sa vie, traiter leur fils avec soins, son regard typiquement cynique reflétant une telle admiration que c'en était douloureux. Richard, qu'elle aimait toujours, agissait comme si il était né pour prendre une part active à la vie familiale. C'était comme si le monde froid et brutal dans lequel il avait navigué pendant la plus grande partie de sa vie d'adulte s'était effacé à la vue de leur enfant.

Gabriela ferma les yeux sur le tableau merveilleux que Richard et elle formaient en balançant Luisito d'avant en arrière entre eux. Cette image avait beau être ce à quoi elle aspirait au fond de son cœur, c'était un rêve.

« Okay, minus. Ça suffit. » Elle fit signe à Richard de baisser son bras et s'agenouilla auprès de son fils tandis qu'ils le posaient sur le sol. « Maintenant, Luisito, » et elle lui ébouriffa affectueusement les cheveux. « J'ai du travail à finir. Dis merci à Richard. »

Luisito s'approcha plus près de sa mère, les yeux rivés sur cet inconnu qui envahissait son territoire. « Je dois lui serrer la main ? » demanda-t-il en chuchotant à voix haute.

Richard s'accroupit pour être au niveau des yeux de l'enfant, son enfant, se rappela-t-il. Merde. Il était encore sous le choc. « Seulement si tu veux, » dit-il, en attendant.

Luisito observa Richard pendant une ou deux secondes ; son visage était un poème de réflexion sérieuse. Puis, en un clin d'œil, il laissa échapper : « Bonjour, » et sourit. Il tendit sa petite main en avant comme il avait vu son père, ses frères et sa mère le faire souvent avec des inconnus. Richard la prit et le laissa secouer son bras de haut en bas avec une vigueur enfantine.

« Tu es qui ? Moi, c'est Luisito. Tu connais Zip ? » Il désigna Jean-Louis, qui était encore sonné par le choc de trouver Richard parmi eux. « C'est mon ami. Il est bête. Tu aimes bien peindre ? J'aime bien les dinosaures. Tu veux les voir ? »

Richard se mit à rire, amusé de ne pas pouvoir placer un mot. À ses côtés, Gabriela eut un soupir résigné.

« D'accord, Monsieur le moulin à paroles. » Elle étreignit son fils pour mettre fin à son bavardage, et évita le regard de Richard. « Maintenant, file à la cuisine pour que Lupe puisse te donner une collation. » Gabriela le tourna vers l'entrée de la cuisine et lui tapota le derrière. « Et emmène Zip avec toi. »

Devant la promesse d'une collation, Luisito oublia les adultes. Sans insister davantage, et avec Zip qui jappait tout près derrière lui, il couvrit rapidement la distance entre sa mère et Lupe, qui se tenait coincée entre Spike et le père Ramirez dans l'encadrement de la porte de la cuisine. Un homme que Gabriela ne reconnut pas tendait le cou derrière, n'en perdant pas une.

« Il y a des choses qui ne changent jamais, » murmura Richard à Gabriela.

Gabriela se tourna, levant les sourcils en une question silencieuse.

« La nourriture, » dit-il en pouffant. « Tout le monde bondit à la mention de quelque chose de comestible. »

Gabriela ne répondit pas. Elle fit signe d'avancer aux hommes qui se tenaient comme des statues de sel sur le seuil de la cuisine. Ils demeuraient enracinés à leur place. Son signe suivant fut plus emphatique, et même un peu désespéré. Non seulement elle voulait qu'on discute et qu'on se débarrasse du sujet désagréable qui avait ramené Richard dans sa vie, mais elle avait aussi besoin d'utiliser les hommes comme un bouclier contre la proximité de Richard. Ce scénario était trop intime, trop dangereux pour elle.

Le sourire de Richard, debout près d'elle, montrait clairement qu'il n'était pas dupe de ses manœuvres.

Jean-Louis finit par sortir de son inertie et se dirigea vite vers Gabriela et Richard. Il ne savait pas s'il devait sourire de soulagement ou pleurer pour son amie. Il avait entrevu la farouche satisfaction de Richard en regardant Luisito, et avait vu dans ses yeux qu'il l'avait identifié. Eh bien, pensa-t-il, quoi qu'il puisse arriver, il est grand temps. Trop de secrets, qui causaient trop de souffrance depuis bien trop longtemps. Il était temps de se débarrasser de tout ce poids au fond du Pacifique, de panser les blessures, et de vivre au lieu d'exister.

« Bienvenue, Monsieur Harrison. Vous devez avoir une perception extrasensorielle. » Jean-Louis ignora le sifflement d'avertissement de Gabriela et examina Richard du haut en bas, les mains sur les hanches. « Gaby décide enfin de vous contacter, quoi, il y a à peine deux heures, et voilà, vous êtes ici. »

« Oh merde, » marmonna-t-elle, et elle sentit le regard de Richard se focaliser sur elle comme un rayon laser.

« Tu allais me contacter ? » demanda doucement Richard.

Gabriela refusa de répondre. Son regard se concentra sur les hommes qui s'approchaient enfin d'eux.

« Bien sûr que oui, » dit joyeusement Jean-Louis. Il ignora complètement les flèches mortelles que lui décocha Gabriela. « Les choses dégénèrent largement, à mon avis. Elle a fini par se rendre compte cet après-midi que nous aurons besoin de vos compétences. »

« Tu allais me contacter ? » répéta Richard, mais comme elle ne répondait pas, il insista : « Gabriela ? »

« Oui. » Son regard plongea dans le sien, provocateur. « J'allais appeler Maurice, pour voir s'il pouvait te trouver et demander ton avis. Satisfait ? »

Le sourire de Richard ne pouvait être décrit que comme prédateur. « À peine. » Il se tourna vers le groupe qui approchait. Ce n'était pas le moment d'avoir leur confrontation – et confrontation il y aurait, pensa-t-il. « Eh bien, Jeremy, vous vous êtes gêné pour demander du supplément ? »

Jeremy rougit en réaction à la boutade de Richard. « J'avais une fringale, » expliqua-t-il de nouveau.

Richard gloussa et se tourna vers Gabriela. « Cette piètre excuse qui me sert de garde du corps est Jeremy Hollis. Ancien joueur de rugby professionnel, avec un appétit qui rivalise avec le sourire de Maurice. »

Gabriela sourit et tendit la main à ce jeune inconnu dont le visage était marqué par les combats.

« Bienvenue chez moi, Monsieur Hollis. »

Jeremy déglutit, surpris par la femme pétillante qui se tenait face à lui. Il finit par comprendre l'âpreté du ton de Richard hier au sujet de Madame Martinez. Sa possessivité. Elle n'entrerait peut-être pas dans la catégorie magnifique à tomber raide d'April Cranfield, mais cette femme donnerait du fil à retordre à cette enfant gâtée. Madame Martinez était belle d'une manière terrestre, avec des yeux dans lesquels on pourrait se noyer. Elle avait l'air vif et vulnérable, envoyant un puissant signal aux gènes prédateurs guidés par la testostérone de la gent masculine, pensa Jeremy. April, en revanche, était comme un trophée – parfaitement soignée et coiffée, mais figée et froide, destinée à être possédée un moment, puis remisée et gardée comme un agréable souvenir. Non, Monsieur, pensa Jeremy. Madame Martinez était une femme pour qui un homme se battrait pour la chérir, la choyer, la protéger, l'aimer, à la différence des émotions rigides que la beauté froide et éthérée d'April suscitait.

« Enchantée, m'dame, » dit-il en lui serrant la main. Il perçut le regard entendu de son employeur. Richard comprenait ce que Jeremy ressentait à cet instant. Il avait déjà vu ce type de réaction face à Gabriela.

Le père Ramirez tapota le dos de Jeremy en camaraderie amicale. « Ne vous sentez pas trop coupable, Monsieur Hollis. Le diable lui-même ne pourrait pas s'arrêter à une seule des enchiladas de Lupe. »

Gabriela gloussa mais eut pitié de la gêne croissante de Jeremy. « La nourriture de Lupe vous fait ça à tous les coups. De plus, mes enfants mangent comme si demain n'existait pas, sans parler de tous les autres membres de la famille qui passent chez moi à l'improviste pour se faire nourrir. »

« À propos de famille, » dit Richard avec un intérêt feint. « Où est ton mari, ma chère ? Roberto utilise-t-il encore son travail comme un bouclier derrière lequel se retrancher ? »

Ce fut comme si une bombe avait explosé parmi eux. Tout le monde se figea, sauf Jeremy. Richard les regarda à tour de rôle, déconcerté par leurs réactions.

Le visage de Gabriela prit une expression butée que Richard connaissait bien. « Ça ne te regarde pas, » dit-elle d'un ton glacial.

« Gaby, » intervint le père Ramirez, consterné par son impolitesse.

« Toi, » et Gabriela se tourna vers lui. « Comment as-tu pu me faire ça, Frankie ? Comment as-tu pu me faire ça dans le dos sans m'en avertir d'abord ? »

Le père Ramirez ne céda pas, sa propre colère montant. « Jeune femme, n'essaie pas de me pointer un doigt accusateur, alors que c'est toi qui aurais dû faire ton mea culpa il y a des années. »

« Holà. Attendez une minute. » Le regard de Richard alla du visage cramoisi de Gabriela au regard acéré du père Ramirez. « Frankie ? »

Jean-Louis rit. « Faudra que je raconte ça à Julien. »

Gabriela détourna son regard noir du prêtre vers Richard. Ses lèvres frémirent de l'incrédulité amusée de Richard et elle soupira, sa colère s'atténuant un peu.

« Ce traître, » insista-t-elle, regardant de nouveau le père Ramirez sans beaucoup de chaleur, « est mon cousin, Francisco Luis Ramirez, fils de Humberto et Maria Eugenia Fornez de Ramirez, mieux connu dans la famille sous le nom de Frankie. Le neveu aîné de ma mère. »

« Mince, que je sois damné ! » Richard observa le prêtre avec un regain d'intérêt.

« D'habitude, je ne m'adresse pas à lui comme cela... » commença-t-elle.

« Sauf quand tu es en colère contre moi, » l'interrompit le père Ramirez.

« Eh bien, cela va dans les deux sens. Tu ne m'appelles jeune femme que quand tu es énervé. »

« Exact, » admit-il, prenant une expression sérieuse. « Tu aurais dû me dire, Gaby. » Sa voix était accusatrice et peinée.

Gabriela haussa les épaules. « Ça importe peu maintenant. » Elle se laissa tomber sur le siège le plus proche, leva ses pieds et les posa sur le coussin, et entoura ses mollets de ses bras. Elle appuya avec lassitude sa joue sur un de ses genoux et regarda son cousin. Elle soupira. « Tu ne m'as pas non plus vraiment laissé le choix, » dit-elle à Jean-Louis, le regard farouche.

Jean-Louis lui envoya un baiser, nullement intimidé par son regard. « J'ai fini par la persuader de laisser un professionnel gérer cette racaille d'Anglais, » dit-il à tout le monde à la ronde.

Richard eut un sourire désapprobateur. « C'est bien de savoir qu'on a besoin de vous, mais surtout qu'on vous veut. » Il scruta les hommes autour de lui. « Vous n'êtes pas d'accord, messieurs ? »

Spike sourit, saisissant l'ironie de la situation. Jeremy, impatient, traîna les pieds et demanda : « Alors, quel est le coup d'envoi ? »

« Le coup d'envoi ? » répéta Gabriela, visiblement perplexe.

« N'y fais pas attention, » commenta Richard. « Le vocabulaire de Jeremy est un méli-mélo de jargon de rugby et de conneries de cockney victorien désuet. Ça prend un moment pour le déchiffrer. »

« Que savez-vous de la situation ici ? » demanda Spike.

« Pas grand-chose, » répondit Richard. « Du moins, rien de plus après l'incident avec la voiture de Gabriela, et vaguement certains des appels téléphoniques. »

Gabriela soupira. « Dieu. Vous radotez vraiment, les gars. Vous ne pouvez pas suggérer sérieusement que ma voiture a réellement été sabotée. » Elle regarda les visages des hommes et étrécit les yeux. « Vous croyez vraiment, » répondit-elle, convaincue, surtout après avoir vu les différents degrés de culpabilité sur les visages de Jean-Louis et du père Ramirez. « Qu'elle l'a été ? »

« Enfin, Gaby, » commença le père Ramirez

« Je n'y crois pas, » explosa-t-elle. Elle jaillit de sa position assise pour faire face aux hommes. « Quand l'avez-vous découvert ? Plus important, pourquoi ne me l'a-t-on pas dit ? » Son regard balaya les hommes debout devant elle, dont les expressions allaient d'un léger malaise à de la culpabilité, à de la vacuité. « Combien de fois vous ai-je dit que je n'ai pas besoin d'être protégée ? »

« Il n'y a aucune preuve, Madame Martinez, » dit Spike. « Mannie effectue le contrôle ce soir. Je vais le rencontrer quand il fermera boutique. Mais les résultats pour un sabotage de voiture sont souvent minces, surtout après un accident. Nous avons des soupçons seulement à cause des avertissements au téléphone. »

« En d'autres termes, » intervint Richard. « C'est mort, en ce qui concerne des preuves, à moins que ton mécanicien puisse trouver quelque chose d'évident. Tout le reste n'est que supposition. N'importe quel juriste digne de ce nom ne ferait qu'une bouchée de vos allégations de sabotage, si jamais vous engagez des poursuites. » Il regarda Spike. « Je vous accompagne ce soir. »

Spike exprima son accord à Richard d'un brusque hochement de tête. « Et même si Mannie trouve quelque chose, » dit Spike, « cet homme peut prétendre que c'est nous qui avons mis en scène l'accident. Après tout, la voiture n'a pas été immédiatement mise en fourrière par la police. »

Gabriela leva les mains au ciel, de plus en plus contrariée. « Je n'y crois pas. Je ne peux pas croire que ça puisse m'arriver encore. » Elle grinça des dents et arpenta la terrasse comme une lionne en cage. Elle s'arrêta et se tourna face à Spike. « S'il s'avère que c'est exact, je veux qu'on sorte mes enfants d'ici. » Sa voix était aussi intense que son regard. « D'ici la fin de la semaine. Je vais simplement dire à ma mère que Herb Bryce se comporte de façon plus intrusive que d'habitude. Elle voudra garder les enfants auprès d'elle au lieu de les chaperonner ici à la maison comme cela avait été initialement prévu. Il faut que j'appelle les écoles et que je dise à Lupe... »

L'étreinte solide de Richard l'empêcha de se précipiter dans la cuisine. Il la força à se retourner face à lui. « Il n'y a aucune raison de perturber les vies de tes enfants à cause de ce que tu viens d'entendre. Nous pouvons nous tromper. Et nous partons bientôt pour Londres via New York. »

« Je te sais gré de vouloir partager la vie de mes enfants pendant la durée de ton séjour, mais je ne vais pas attendre l'éventualité que cet homme ne devienne pas complètement psychotique. Ou as-tu oublié comme les choses peuvent mal tourner en quelques jours ? »

Richard serra les mâchoires, se rappelant la semaine d'enfer quatre ans plutôt. La maintenir entière et intacte avait été une saloperie, surtout que Richard, à l'époque, avait travaillé à l'aveugle, n'ayant aucune idée de qui était l'auteur de tous les incidents.

Richard lut le sarcasme sur le visage de Gabriela. Bon Dieu. Il avait envie de passer davantage de temps pour connaître son fils. Et elle le savait. Inversement, il était impossible de fuir la logique derrière son inquiétude pour la sécurité des garçons. Il ne savait pas encore jusqu'où irait Wickeham pour mettre la main sur le manuscrit de Gabriela. Zut, il l'avait même placée dans le même dilemme quatre ans auparavant quand il avait exigé que les enfants soient mis sous garde protectrice. Il était temps de reconnaître ses erreurs.

« D'accord, » cracha Richard. « Nous allons mettre les enfants hors de tout danger possible. Il faudra prévenir Roberto. »

« Laisse Roberto en dehors de ça, » dit-elle avec agressivité. « Ce n'est pas la peine qu'on le mêle à ça. » L'expression de Richard suscita son rapide : « Ne déterre rien. Nous avons tous commis des erreurs il y a quatre ans. Alors, abstiens-toi. »

Richard se senti floué. Il était d'humeur exécrable, et qui mieux que Roberto pouvait être la cible de son dédain ? L'absence de son mari et son manque d'intérêt pour la sécurité de Gabriela avaient été établis dans le passé. Il ne semblait pas que cela ait changé. « D'accord. Mais il reste toi. »

« Oh, non. » Elle se recula, agitant les mains pour accentuer sa dénégation. « Tu ne vas pas encore me piéger là-dedans. Je ne change pas d'hébergement, d'itinéraire ni de dispositif de sécurité. Hum hum. »

Ce fut la pagaille générale sur la terrasse, tout le monde sauf Richard argumentant ou persuadant. Le visage de Gabriela se fit rebelle, une expression que Richard ne connaissait que trop. Jeremy était le seul à rester désorienté au sein de la mêlée.

« Arrêtez. Arrêtez, » dit-elle, l'exaspération pointant dans sa voix. « Rien que vous direz ne me fera changer d'avis. » Elle croisa les bras pour souligner ce point.

« Mais, ma belle, » insista Jean-Louis. « Tu n'as même pas entendu ce que Monsieur Harrison a déniché sur ce crétin. »

« C'est exact, Madame Martinez, » ajouta Spike. « Ces renseignements pourraient être essentiels, et nous forcer à changer de plan et de stratégie sécuritaire. »

« Eh bien ? » Elle regarda le père Ramirez. « Tout le monde semble avoir son opinion. Donne-nous la tienne. »

« Tout ce que je veux est ta sécurité. » Son visage était sombre. « Quoi qu'il en coûte. »

« Nom de Dieu, » dit-elle.

CHAPITRE NEUF

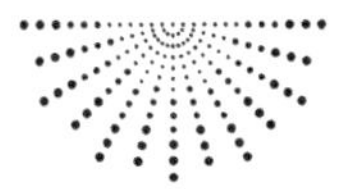

LE BRUIT SUR LA TERRASSE DE GABRIELA ATTEIGNIT LE niveau d'un vol d'oies qui venaient d'atterrir et vociféraient pour se plaindre du temps. Tout le monde parlait, posait des questions, persuadait et discutait avec elle et entre eux pour modifier la sécurité, pour vendre le manuscrit, pour annuler les enchères, pour les retarder... tout le monde, sauf Richard. Il se tenait au bord de la mêlée, regardant la scène environnante d'un œil amusé. Le pauvre Jeremy continuait à regarder en silence, encore plus déboussolé qu'avant.

Gabriela soupira. Cela devenait ridicule, c'était presque du niveau d'un vaudeville. Elle garda le silence, son regard allant d'un homme à l'autre, jusqu'à ce que les yeux de Richard rencontrent les siens, véhiculant un message tellement identique à ses propres pensées qu'elle ne put s'empêcher de lui répondre par un sourire. Sans la quitter des yeux, il lui tendit lentement la main en une invitation télégraphiée : *on va faire ça ensemble. Joins-toi à moi. Je vais prendre soin de toi. Fais-moi de nouveau confiance.* Sa requête contenait aussi un sérieux défi. Elle identifia son défi jusqu'au plus profond de ses terminaisons nerveuses.

Gabriela fixa la main de Richard et réfléchit aux implications de son acceptation. Si elle acceptait, elle ne pourrait plus revenir en arrière. Son âme et son esprit oscillaient dans des mouvements ambivalents : *oui, fais-lui confiance… oh, mais non, pas maintenant.* Et pourtant, malgré toutes ses pensées contradictoires, une chose demeurait certaine : sa présence ici avait modifié son univers, l'avait en quelque sorte stabilisé, l'imprégnant d'une impression de confiance et d'espoir qu'elle n'avait pas éprouvée depuis longtemps. Elle ne se sentait plus seule. Sa vie et sa sécurité seraient assurées par ses mains compétentes. Ses émotions ? Eh bien, sur ce point il faudrait qu'elle avance avec une extrême prudence. Cette fois-ci il fallait qu'elle ait la garantie que Richard reste à ses côtés sur le long terme. Sa confiance ne pourrait pas aller au-delà, jusqu'à ce qu'elle soit certaine qu'il s'engageait totalement auprès d'elle, mais surtout de leur enfant et de ses autres enfants.

Richard l'observait toujours d'un regard entendu, sa main tendue ne bougeait pas et l'invitait.

Gabriela prit sa décision. Elle alla lentement près de lui, lui toucha la main dans la plus rapide des caresses, mais ne la prit pas dans la sienne. Son message était clair : ensemble, mais pas unis, pas encore.

Les lèvres de Richard s'incurvèrent en acceptation de la frontière subtile qu'elle avait placée entre eux, mais son regard contenait une tout autre promesse. Le match était ouvert, les yeux de Richard lui parlaient, et il comptait être le gagnant, quel que soit le nombre de parties, et quelque sanglant soit le combat. Gabriela savait instinctivement qu'elle pourrait finir perdante si elle ne prenait pas garde à rendre coup pour coup.

« Les gars, » dit-elle, exaspérée. « Ça suffit. Nous pouvons discuter de cela plus tard. Richard doit aller à son hôtel et… »

«Permets-moi de ne pas être d'accord, » interrompit Richard.

« Tu t'es invité chez moi ? »

Le sourire de Richard fut éloquent.

Jean-Louis agita les mains pour renvoyer tout le monde dans les cordes. « Il faut que nous en discutions maintenant, chérie. On ne peut plus retarder. Si Spike trouve ce soir des preuves de ce que nous soupçonnons, alors Julien va devoir modifier les dispositions de sécurité. » Jean-Louis examina le corps de Richard d'un air entendu et sourit soudain. « Ce n'est pas que je m'inquiète trop de ce côté, hein ! Oh, là. »

Le regard de Gabriela aurait pu désarmer le plus costaud des hommes. Jean-Louis le reconnut avec un pincement de lèvres et lui envoya un baiser.

« Idiot, » siffla-t-elle.

« Gamine, » rétorqua-t-il.

« Tu sais que je te comprends parfaitement, hein ? » dit Richard.

Gabriela l'ignora.

Spike vérifia sa montre. « Il est presque l'heure d'aller chercher les enfants. Vous voulez que je montre leur chambre à Richard et Jeremy ? »

« Ça va aider, Monsieur Washington, » répondit Gabriela en vérifiant sa montre-bracelet. « Poursuivons ceci dans mon bureau dans dix minutes. J'apprécierais que nous puissions en discuter avant que les enfants arrivent. Je ne veux pas les mêler à cette agitation, si je peux l'éviter. »

Gabriela n'attendit pas que les choses se produisent. Elle attrapa simplement Jean-Louis et le père Ramirez par la main, pivota et les tira vers une pièce dont la porte fenêtre était à quelques mètres à gauche de l'espace de la cuisine.

« Eh ben, on s'est fait proprement débarquer, » dit Jeremy.

« Vous croyez ? » grimaça Richard.

Spike n'avait aucune idée à quel débarquement Jeremy pensait, mais il constata que ces deux-là étaient assez malins pour comprendre que Gabriela les avait habilement congédiés jusqu'à ce qu'elle se concerte en privé avec sa famille sur ses problèmes. Il partit en direction de la zone des invités, tourna le coin vers la zone de la piscine et se dirigea vers la pool house.

Richard examina la structure à un étage qui émergeait devant eux et ressentit encore une impression de déjà vu. Même si le style architectural était Mission Espagnole, la zone lui rappelait l'étage principal de la maison de Gabriela en France, sans balustrade pour l'encadrer. Des jardinières en terre cuite pleines de bougainvilliers en fleurs roses, rouges et blancs étaient placées à chaque extrémité dans le périmètre du coin salon dallé en face de la piscine. Dans l'angle droit, un espace bar avec un four en briques et un barbecue était à disposition à côté d'un espace repas informel entouré de chaises longues et de sièges colorés. La partie dallée centrale était reliée par une porte fenêtre à un espace de vie dans la maison. Tout était coloré et de bon goût, comme elle.

Richard suivit Spike dans une pièce décorée de couleurs chaudes et de meubles en rotin conçus dans un style plage de Key West. Une petite cuisine ouverte avec son coin repas encore plus petit bordait l'espace au loin à droite. À gauche, sur le mur du fond, une ouverture donnait sur un couloir.

Spike le lui montra. « Le couloir ouvre sur des chambres Jack et Jill, avec une salle de bain complète entre les deux. J'ai posé vos valises dans l'une des chambres. Je prendrai l'autre. Vous pouvez échanger votre lit selon le côté que vous préférez. »

Les lèvres de Richard se relevèrent. Spike poursuivit sa visite réduite en fonction de ses priorités. « Les alcools sont dans l'armoire derrière la table de petit déjeuner. De la bière, des en-cas et des douceurs pour le petit déjeuner se trouvent dans le frigo. »

Jeremy se mit à explorer l'endroit, mais Richard resta immobile et silencieux.

Spike interpréta correctement le langage corporel de Richard. « Je loge ici quand mes responsabilités exigent que je reste proche de la famille. »

Richard secoua la tête. « Je ne voulais pas dire… »

« Si, vous l'avez dit. »

Richard admit l'affirmation. « Est-ce la règle ? »

« Tous les invités ont logé ici depuis que je suis à son service. Aucune exception. »

« Proche, mais pas mélangé, » répondit Richard.

« Vous avez pigé. » Spike observa Richard pendant une seconde. « Madame Martinez est très très soucieuse de sa vie privée. Même avec sa famille, » ajouta-t-il. Il était habituellement muet sur ce qui concernait son employeuse, mais il fallait que cet homme soit au courant.

Cette information surprit Richard. « Elle n'était pas comme ça avant. » Elle était davantage comme un livre ouvert pour lui et pour les autres, pensa-t-il.

« Ça a peut-être été vrai il y a un moment. Mais je comprends qu'elle ait changé après son expérience d'il y a quatre ans. »

Richard prit un air peiné. « Nous avons tous changé, » répondit-il, et il en resta là. « Venez, Jeremy, » dit-il en se dirigeant vers le bâtiment principal. « Il faut qu'on fasse avancer la mêlée. »

Une fois dans son bureau, Gabriela se tourna vers les deux hommes qu'elle y avait traînés.

« Si je connais Richard, nous n'avons pas beaucoup de temps. Donc, écoutez… »

« Tu aurais dû t'adresser à moi immédiatement, Gaby, » la gronda son cousin. « Il y a des années que tu aurais dû faire ton mea culpa. »

Elle se tourna vers son cousin. L'explosion de Frank n'aurait pas pu survenir à un pire moment, pensa Gabriela. Elle était à court de temps.

« Et alors ? » siffla-t-elle, tentant de contenir sa colère et de ne pas crier. « Tu aurais ramené Richard ici de n'importe quel endroit perdu où il était pour qu'il répare ? Tu aurais dit à Roberto que j'avais rompu mes vœux de mariage ? Que Luisito n'était pas son fils ? »

« Ce n'est pas… »

Pour changer, le regard de Gabriela fut méprisant. « Avec tout le respect que je te dois, Frankie, je ne te devais aucune explication, ni à quiconque de la famille. »

« Par l'enfer, » jura le père Ramirez entre ses dents, « je suis ton confesseur depuis toujours. » L'accusation était claire, mais la déception encore plus.

Gabriela haussa les épaules. « C'est la raison même pour laquelle je ne te l'ai pas dit. Je ne voulais pas être jugée ni plainte. »

Son cousin semblant chercher un véritable débat, Gabriela balaya sa prochaine réponse d'un revers de la main.

« Tu veux une réponse sincère ? À ce moment-là, tout ce que je voulais était oublier l'enfer que j'avais vécu. Pour guérir. » Elle avait aussi voulu faire son deuil de la perte de Richard et atténuer sa douleur, plus que tout ; elle avait désespérément cherché à panser ses plaies en privé, et à absorber le choc de sa grossesse. Tout ce qui s'était passé avec Richard était trop intime pour être partagé. Trop précieux.

« Comment as-tu pu ne pas me faire confiance ? »

déclara-t-il. « Pire. On dirait que j'ai été le dernier à savoir. » Il regarda Jean-Louis avec méfiance. « Vous le saviez, n'est-ce pas ? » demanda-t-il d'un ton accusateur.

Jean-Louis haussa les épaules dédaigneusement, minorant l'accusation du prêtre. « Bien sûr. »

« Bien sûr qu'il le savait, » interrompit-elle, levant les mains au ciel en signe d'exaspération. « Il a été le seul à savoir. Il avait rencontré Richard. Il lui a suffi d'un regard à notre fils pour comprendre. Je n'ai pas eu à lui dire quoi que ce soit. » Jean-Louis avait aussi gardé son secret, pensa-t-elle, reconnaissante pour son silence et son soutien. Jusqu'à présent, il ne l'avait jamais jugée. Roberto ? Eh bien, il avait été tellement occupé à monter son entreprise qu'il l'avait à peine remarqué. Il ne s'était probablement pas rappelé à quoi ressemblait Richard, tellement il avait été absorbé par son projet fétiche à l'époque en France.

« Ça n'a plus d'importance maintenant, » dit-elle en voyant la lutte pour une résolution entre le prêtre et le cousin indigné. Elle lui pressa l'avant-bras et ses yeux s'emplirent de tristesse.

« Je sais qu'à tes yeux je suis une pécheresse, mais je ne regrette pas mon fils avec Richard. Je ne regretterai jamais ce qui s'est passé entre nous. »

Le père Ramirez soupira. Il lui pressa la main et secoua la tête.

« Quoi qu'il en soit, nous avons maintenant un problème plus urgent, » dit-elle. « Il faut que tu me promettes de ne rien dire à Richard de l'état réel de Roberto. Rien du tout, » finit-elle.

Jean-Louis scruta son visage et fronça les sourcils. « Pourquoi pas ? » demanda-t-il, se méfiant de sa réponse. « Il faut qu'il sache ce qui se passe. »

Gabriela secoua la tête dans une énergique dénégation. « Non, il ne faut pas. Fais-moi confiance. »

« Alors, au nom de l'enfer, qu'est-ce que nous sommes

censés dire ? » La révolte de son cousin était manifeste dans son emploi percutant du mot « enfer ».

« Nous nous en tenons à ce que nous avons dit à tout le monde : Roberto a eu un accident et il est en ce moment en convalescence à côté. Ni plus ni moins. »

« Mais, chérie… »

Gabriela vit du mouvement au bord de sa terrasse, et regarda Richard ouvrir la marche vers son bureau, le visage résolu, les lèvres figées.

« Il y a trop de choses en péril ici, surtout le brevet, » dit-elle, les nerfs en pelote, en sachant que les autres hommes arriveraient bientôt. Plus important, elle connaissait Richard. Il sentait la tromperie ou les omissions à des kilomètres. « Nous ne pouvons rien dire. Pas tant que les juristes n'auront pas effectué la recherche de brevets et n'auront pas la garantie de leur application. » Son regard alla d'un homme à l'autre. « Vous devez me le promettre, » répéta-t-elle, plus insistante cette fois.

« Et tes enfants, Enrique, Julien ? » demanda Jean-Louis.

« Nous leur dirons que Richard n'a pas à connaître la gravité de l'état de Roberto, exactement comme nous l'avons fait avec tout le monde. Les enfants en ont l'habitude. Je me chargerai de Richard. »

Elle croisa mentalement les doigts et pria Dieu pour que sa déclaration se vérifie.

Les hommes étaient presque arrivés à la porte.

« Promettez-moi, les gars. » Elle attendit, le cœur battant. « Promettez. » Son dernier mot fut prononcé avec véhémence, avec une pointe de désespoir.

Les deux hommes acquiescèrent de la tête, néanmoins mécontents d'avoir accepté. Le ventre de Gabriela se détendit. Une autre catastrophe avait été évitée, espéra-t-elle. Elle se tourna vers son bureau, le dos vers la porte, se composant un visage avant que les hommes entrent.

Richard analysa la scène devant lui. On dirait des voleurs préparant un braquage, pensa-t-il. Certains sont contents du plan, d'autres non.

« Vous avez fini de comploter ? » demanda-t-il, sur un ton neutre mais entendu.

Gabriela leva les yeux après avoir bricolé sa panoplie sur son bureau, et son cœur s'emballa. Jésus, voir enfin Richard, dynamique, vigoureux, lui fit comprendre combien il lui avait manqué. Il avait l'air, il avait l'air… à croquer. C'est ce qu'elle avait toujours pensé, même la première fois qu'elle l'avait vu torse nu dans sa chambre d'amis en France et dans la maison sécurisée. Son visage explosait de la chaleur qui envahissait ses joues, et elle baissa rapidement les yeux. Elle ne voulait pas que Richard voie son désir, son besoin.

« Pourquoi ne pas nous parler de ce que tu sais sur ce type ? » Elle fit le tour du bureau, s'assit, les fit tous s'asseoir d'un geste, et attendit.

Richard choisit de s'asseoir près d'elle, au bord du bureau, et relata tout ce qu'il savait sur Wickeham. Quand il eut terminé, le silence était lourd dans la pièce.

« Merde. » Le juron de Jean-Louis fut un cri du cœur.

« C'est succinct et exact, » lui dit Richard.

« Mais quand est-ce que je suis devenue un aimant pour les détraqués ? » Gabriela secoua la tête, incrédule. Elle devrait sérialiser sa vie comme un feuilleton – ridicule, mais réel.

« Est-ce qu'il engage aussi du personnel, ou emploie-t-il exclusivement son laquais ? » demanda Spike. Le compte-rendu de Richard avait tout changé. Il fallait qu'ils revoient toutes les mesures de sécurité dès aujourd'hui.

« D'après ce que Morris nous a dit, les deux, » répondit Richard. « Je ferais la même chose : employer mon homme de main pour des affaires locales, et recruter pour le reste. Efficace et rentable. »

« Tu penses qu'il a recruté un talent local pour provoquer mon accident ? » demanda-t-elle.

« C'est probable, mais ce n'est que de la spéculation, du moins jusqu'à ce que le contraire soit prouvé. »

« Jésus, Marie, Joseph, » dit le père Ramirez en se frottant le visage de la main, exprimant l'incrédulité.

Gabriela regarda Richard. « Mais ce n'est pas tout, n'est-ce pas ? Qu'est-ce que ce type du CID veut de moi ? »

C'était malin de sa part d'avoir embrayé sur ce qui n'avait pas été dit. Il se tourna vers Gabriela, mais sans sourire. « Il veut que tu serves d'appât pour piéger Wickeham. »

« Eh bien, c'est direct, » dit-elle.

Gabriela ignora le brouhaha qui éclatait dans son bureau, chez tous sauf Richard. Son expression semblait dire qu'il ne soutenait pas pleinement la requête, mais accepterait la réponse de Gabriela.

« Et si j'accepte ? »

« Alors nous serons de retour là où nous étions il y a quatre ans, » répondit Richard.

« Seulement cette fois nous savons vraiment contre quoi nous nous battons, » répondit-elle.

« Oui, en résumé. »

Ouais, retour à la case départ. Mais il y a des années, elle ne connaissait pas les enjeux. Maintenant elle les connaissait, et il y avait bien plus à perdre.

« Eh bien, ça va changer plusieurs choses, » elle exprima sa pensée à voix haute.

Jean-Louis plissa les yeux. « Tu ne réfléchis pas sérieusement à cette idée, si ? » demanda-t-il à Gabriela. Ses yeux s'agrandirent d'incrédulité en lisant sur son visage. « Si, n'est-ce pas ? » Il frappa les bras du fauteuil en jaillissant de son siège.

Gabriela fit signe à son agent de se rasseoir. « Réfléchir

n'est pas un fait accompli. » Il fallait qu'elle réfléchisse à beaucoup de choses.

« Même si nous ne trouvons pas de preuves, » dit Richard en s'adressant à toute l'assemblée. « Je suis d'accord qu'il faut changer le dispositif de sécurité au cas où, parce qu'il ne veut vraiment ton œuvre… »

« Fais-moi confiance, » interrompit Gabriela, se souvenant des conversations de Wickeham, de son insistance, et de sa colère contenue devant ses refus. « Il la veut. Sérieusement. »

« Dès que je retournerai avec les garçons, » intervint Spike, « je vais me mettre à travailler sur un nouveau plan de sécurité. »

« Je vais partager quelques idées avec vous sur la route pour aller voir le mécanicien, » ajouta Richard. « Jeremy, faites-vous une idée du terrain, voyez ce que vous pouvez suggérer. Nous pouvons aussi aider à mettre en œuvre toutes les suggestions supplémentaires que vous voudriez ici, juste au cas où vous seriez à court de personnel. »

« Il prend toujours le contrôle comme ça ? » chuchota son cousin à Gabriela.

« Et pas qu'un peu, » répondit Gabriela.

MANNIE PRIT les dernières photos du système de freins avec son petit appareil photo Podunk. À première vue, avec ses cheveux décolorés par le soleil et son T-shirt teinté taché d'huile, il ressemblait à un surfeur attrapant les vagues à Big Sur plutôt que bricolant sur des moteurs et des roues. Toujours joyeux, il n'était que rarement contrarié. Des années plus tôt, on lui avait dit qu'il avait le caractère d'un enfant de l'amour des années soixante, où rien ne l'ébranlait ni ne le perturbait… où tout était paix et amour et la douceur du « peu importe ! » adressé à la vie.

Mais aujourd'hui, il était énervé. Sa réputation était en jeu et quelqu'un voulait le coincer.

Il jeta l'appareil photo sur le plateau inférieur de son chariot à outils, jeta par-dessus le chiffon à huile qu'il avait utilisé pour nettoyer la zone des freins, et fourragea dans le plateau du haut pour chercher sa clé anglaise et sa pince Vise-Grips. Il savait qu'il avait contrôlé la voiture de Madame Martinez depuis les bras de suspension jusqu'aux essieux. Il avait vérifié méticuleusement la pression des étriers en cas d'encrassement. Il avait vérifié et assuré cette inspection parce que le caoutchouc à cet endroit avait tendance à s'échauffer, à se dilater ou à se détériorer en raison de l'usure normale. Mais les petites piqûres qu'il pensait avoir vues en observant dans le détail lui disaient que la défaillance des freins de Gabriela n'avait pas été fortuite.

Un enfoiré avait saboté son bébé.

Mannie coinça sa clé anglaise dans la poche arrière de son pantalon, positionna le Vise-Grips à un angle tordu, et le verrouilla pour desserrer la pince à ressort à une extré-mité de la conduite de frein.

Il ne vit pas le coup arriver, il s'effondra juste au sol comme une méduse échouée.

CHAPITRE DIX

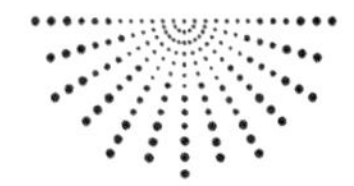

Gabriela avait gagné la partie. C'était réglé. Richard l'avait laissée faire prévaloir son argument pour l'accompagner au garage de Mannie. Ce qu'étaient ses raisons : elle trouverait quelques scénarios, mais celui qu'elle choisirait était de loin celui qui la maintiendrait à proximité de Richard sous étroite surveillance.

« Tu veux bien te pousser, s'il te plaît ? » siffla-t-elle entre ses dents.

Spike conduisait la limousine de location. Jeremy était assis à côté de lui, écoutant avec intérêt Spike parler de son travail de sécurité à la maison, et des enfants. Par contre, Richard, qui disposait d'un siège arrière vaste et profond, avait choisi depuis qu'ils avaient quitté la maison de coller tout son côté gauche à la droite de Gabriela : son épaule, ses hanches et sa jambe.

Il se serrait délibérément contre elle.

Il le savait.

Elle le savait.

Sa proximité et ses caresses discrètes perturbaient le système nerveux de Gabriela.

Elle le savait.

Lui aussi.

Illustration parfaite : depuis les trois dernières minutes, ses doigts touchaient la cuisse de Gabriela, ses caresses étaient à peine des soupirs sur sa peau. Le faisait-t-il délibérément, pour miner ses défenses ? Ou le faisait-t-il inconsciemment dans le désir de garder le contact, pour s'assurer qu'elle était réelle, tout-à-fait comme elle le ressentait ? À chaque fois qu'il la touchait, elle avait envie de s'abandonner.

La part cynique en elle pensait que Richard recourait à une manœuvre tactique. Il savait qu'elle voulait le tenir à distance. Elle savait qu'il avait identifié ses signaux plus tôt sur la terrasse. Elle se souvenait aussi du message dans les yeux de Richard : ébranler sa résolution. Si ce dernier était son objectif, cela fonctionnait. Ses terminaisons nerveuses étaient en feu. Le contact physique avec Richard avait toujours agi comme une arme efficace de déstabilisation, et il savait qu'elle n'était pas de taille à lutter.

« Nerveuse ? » demanda-t-il sans même regarder dans sa direction.

« Ça te plairait, » répondit-elle.

Mais à ce jeu, ils pouvaient être deux, pensa-t-elle, avec une jubilation vindicative. Oubliant toute prudence, Gabriela s'abandonna à son désir. Elle posa la main sur le genou de Richard et la laissa serpenter très doucement en remontant vers l'intérieur de sa cuisse. Les frémissements de Richard la gratifièrent au plus profond de sa féminité. Le regard de Richard lui procura un plaisir sans limite. Mais quelques précieuses secondes plus tard, la raison se fit jour. Elle jouait avec le feu, et en ce moment elle ne pouvait pas se permettre de se laisser engloutir. Pas encore.

« Bouge. » Elle lui envoya doucement un coup de coude dans le ventre. « Ça ne va pas marcher. »

Richard bougea pour lui faire face. Comment diable faisait-t-il cela sans rompre le contact ? Son tibia était maintenant pressé contre la cuisse de Gabriela et son attention totalement dirigée vers son visage. Gabriela ne savait pas quelle position était la plus dangereuse.

Il posa sa question d'un haussement de sourcils.

« Comme tu veux, » répondit-elle en tentant de s'éloigner de lui, mais son autre côté était plaqué contre la portière de la voiture. Peu de marge de manœuvre.

Richard l'observa quelques instants puis se pencha. « Si tu savais vraiment ce que je veux, » lui chuchota-t-il à l'oreille, « tu rougirais et tu ne serais absolument pas dans cette voiture. »

Les joues de Gabriela devinrent cramoisies et Richard effleura de son index le sang qui y affluait. « Je sais que tu ne veux pas discuter, mais on le fera. On doit le faire. » Il se déplaça, lui laissant finalement l'espace qu'elle souhaitait. « Mais pas maintenant. Plus tard. »

Gabriela ferma brièvement les yeux et espéra qu'elle serait prête pour son « plus tard ».

« Je fais entrer Matthews et Rivers demain, Madame Martinez, » dit Spike, interrompant ses pensées. « Ils vont surveiller les enfants pendant que je veillerai au dispositif. »

« C'est bien. Les enfants les connaissent et se sentent à l'aise avec eux. » Elle regarda Spike dans le rétroviseur. « Informez la sécurité de l'école demain matin à la première heure, et je vais aussi expliquer au Principal Sandowski ce qui se passe. Assurez-vous de prévenir l'entraîneur Phillips et son personnel de ce qui se passe. Ils vont garder à l'œil tous les garçons et s'assureront qu'aucun intrus ne s'approche d'eux. J'appellerai ma mère ce soir pour la prévenir que les enfants arriveront vendredi. »

Gabriela entendit Richard glousser.

« Quoi ? »

« J'aime ta nouvelle facette prise en charge. »

« J'ai dû en assumer beaucoup depuis que tu es parti, » dit-elle simplement.

La vérité est toujours douloureuse. Ses sens furent envahis de ce goût amer lorsque sa déclaration factuelle le poignarda dans le cœur. Il aurait dû être mieux avisé que de la laisser avec un homme dont il savait par expérience qu'il l'avait toujours fait passer au second plan. Lui forcer la main et la faire rester avec Roberto il y a quatre ans avait peut-être été altruiste et noble de sa part, mais il comprenait maintenant qu'il n'aurait jamais dû permettre une aussi longue séparation.

« Où est Roberto dans tout cela, Gabriela ? » demanda Richard. Il scruta son visage, cherchant à comprendre. « Pourquoi te laisse-t-il toujours te débrouiller seule ? »

Spike accrocha soudain le regard de Gabriela dans le rétroviseur, attendant d'obtenir d'elle des signaux.

Gabriela prit une profonde inspiration. Elle ferait aussi bien de se lancer.

« Roberto ne peut pas m'aider pour le moment, » dit-elle. « Il se remet d'un carambolage automobile dans la maison de ma défunte belle-mère, à côté. »

De toutes les excuses auxquelles Richard s'était attendu, celle-ci n'y figurait absolument pas. Un souvenir de cet après-midi lui traversa l'esprit. Richard comprenait maintenant pourquoi tout le monde s'était figé à la mention de son mari. Peut-être devrait-il cette fois laisser à Roberto le bénéfice du doute. Après tout, quatre années s'étaient écoulées, et ils avaient tous changé, d'une façon ou d'une autre. Mais la transformation de Roberto, dans ce contexte, demeurait un peu difficile à avaler en ce qui le concernait. Un léopard peut-il changer ses taches ? Mais l'invalidité de Roberto compromettait les choses et pourrait bien se retourner contre les plans de Richard. Il connaissait Gabriela. Si Roberto jouait à la victime, il la maintiendrait ancrée à lui jusqu'à ce qu'il récupère. Serait-ce la raison pour laquelle elle voulait garder ses distances ? C'était dans la nature de Gabriela de protéger et d'aider. Bon Dieu. Il se secoua mentalement. Richard n'allait pas laisser l'état de Roberto modifier sa fin de partie. Un changement de tactique serait peut-être nécessaire. Il fallait qu'il réévalue.

« Pourquoi à côté ? » demanda-t-il.

Gabriela haussa les épaules. « C'était cela ou un centre de convalescence. Il ne voulait pas de ce dernier, et la maison est vide depuis la mort de sa maman. Il y avait de la place pour le lit médicalisé et les gadgets dont Roberto avait besoin. Les enfants et moi lui rendons visite tous les jours si nous le voulons, et il peut faire ce qu'il lui faut pour progresser sans désorganiser notre routine. »

Richard ouvrit la bouche, mais Gabriela le devança.

« Je préférerais que tu ne dises rien. »

Sa déclaration catégorique, tellement opposée à ce qu'il avait pensé, prit Richard au dépourvu. La méfiance lui fit place.

« Pourquoi ? »

Gabriela fit un simple ajout à son mensonge précédent. Oh, pas exactement un mensonge éhonté. Ce qu'elle allait lui dire contenait une part de vérité.

« Il faut que j'annonce lentement que tu es de retour dans nos vies. Les docteurs ne veulent pas que quoi que ce soit perturbe Roberto parce qu'il ne lui faut aucun stress pour qu'il récupère. Donc, pour l'instant, je ne vais pas lui dire. Je te prie de respecter mes souhaits. » Elle tourna la tête pour éviter de poursuivre la conversation et regarda Spike quitter Cabrillo Highway, descendre vers Del Monte, et entrer dans une petite zone industrielle au bord du Pacifique.

La voiture s'arrêta devant un bâtiment plat, gris, à un étage, en retrait par rapport au mur de derrière mitoyen d'une autre entreprise sur la droite. L'asphalte devant le garage de Mannie était vieille et usagée, du gravier apparaissant en taches blanchâtres sur la surface noire sans quadrillage. À gauche du bâtiment, une dépanneuse qui avait connu des jours meilleurs se trouvait près d'un pick-up bleu cabossé. Derrière eux, un petit espace était entouré par une clôture grillagée qui était surmontée de fils de fer barbelés. Derrière la barrière, plusieurs voitures étaient enfermées pour la nuit. Près de cette zone, une allée ouverte de quelques pieds de large courait perpendiculairement à la rue avant d'atteindre le mur de l'entreprise voisine.

Richard examina la construction plate pendant qu'ils descendaient tous de la voiture. Une porte de bureau déglinguée lui faisait face sur sa gauche, avec sur la droite une ouverture de la largeur d'un hangar. Assez large pour y caser deux voitures, la zone était à ce moment fermée. Au-dessus des portes roulantes, le nom de l'entreprise était distinctement placardé sur toute sa largeur : *Chez Mannie – Votre solution intégrale auto et collision.* Sur l'espace restant, une pancarte indiquait l'adresse de l'entreprise. En dessous, une autre pancarte affichait les habituels titres de licence officiels de l'entreprise. À la droite de Richard, serrés le long du mur jusqu'à la rue, un enchevêtrement de débris, de cônes, de bloqueurs de rues, et une benne à ordures encombraient le coin. Une caméra de surveillance isolée était installée au-dessus de la porte d'entrée.

Cette porte était maintenant entrouverte, une tranche de lumière éclairant l'asphalte sur un mètre dans la nuit.

« C'est étrange, » dit Gabriela en apercevant la porte. Elle la montra du doigt.

La réaction fut immédiate, presque orchestrée. Les trois hommes, de détendus, se mirent en alerte, l'entourant comme un seul homme, Richard et Jeremy de chaque côté pendant que Spike la protégeait par devant.

« Rentrez dans la voiture, Madame Martinez. » Spike attrapa son arme. « Et verrouillez la porte derrière vous. »

Gabriela secoua la tête. « Jamais de la vie. Je reste avec vous, les gars. »

Richard l'attrapa par le bras et se mit à reculer.

Elle se mit à résister. « Non, Richard. J'ai toujours été plus en sécurité auprès de toi. »

« Merde. Viens ici. »

Richard ouvrit la porte arrière de la limousine, l'étreignit, accroupi, et disposa lui-même, la voiture et la porte ouverte comme boucliers.

« Jeremy. » Richard pointa le menton en direction de Spike.

« Bien, patron. »

« Je ne laisserai rien t'arriver, » promit Richard.

« Je sais, » répondit-elle avec une confiance désarmante, et elle s'enfouit contre lui comme si c'étaient des retrouvailles.

En s'installant plus profondément dans l'odeur de Richard, sa force, et sa protection, elle se rendit compte qu'il lui avait manqué. Terriblement. Depuis combien de temps ne l'avait-on pas tenue comme cela, environnée de force, de protection et d'amour ? Si elle était sincère, elle ne pouvait pas dire qu'elle avait été dépourvue de bienveillance ces quatre dernières années. Mais Roberto avait escompté qu'elle fasse tout tenir, qu'elle affronte tous les problèmes, qu'elle soit la plus forte parce que son énergie, son attention et ses absences répétées étaient consacrées à la construction de son entreprise. Et, soyons réaliste. Pendant de nombreuses années, Roberto ne s'était pas soucié de comprendre comme elle avait changé ni non plus ce dont elle avait besoin. Et, franchement, elle en avait assez d'être seule, d'assumer tout. Ce répit dans les bras de Richard était comme un cadeau du ciel, même si cela s'avérait être un moment éphémère.

« Je couvre vos arrières, » dit Jeremy à Spike.

Le dos contre le mur de chaque côté de la porte d'entrée, Spike et Jeremy firent une pause et écoutèrent. Leurs mouvements semblaient chorégraphiés, répétés, comme s'ils travaillaient ensemble depuis des années. Jeremy saisit la poignée de la porte. Spike hocha la tête. Leur entraînement prit la relève, et chaque homme se mut selon son instinct. D'un mouvement explosif, Jeremy ouvrit la porte à la volée et Spike entra précipitamment, l'arme levée, bougeant son corps et sa ligne de mire de gauche à droite en balayant du regard l'intérieur du petit espace de réception.

Après une brève pause qui sembla une éternité, les deux hommes crièrent que le champ était libre. Richard la souleva, claqua la portière de la limousine, la força à se mettre accroupie, et la poussa devant lui à vive allure jusqu'à ce qu'ils soient dans le bâtiment. Il ferma la porte et la verrouilla.

En pivotant, Richard attrapa Gabriela et la plaqua le dos au mur de briques, se servant de son propre corps comme d'un bouclier devant elle. Il scruta rapidement la réception de Mannie. Elle était petite, et l'ameublement semblait aussi fatigué et sale que les murs gris. Un petit comptoir séparait l'espace aux deux tiers, empêchant les clients d'accéder au bureau derrière. Un petit ordinateur était posé directement dessus. Un minuscule support de cartes professionnelles était posé près d'un bidon d'huile vide rempli de stylos. Sur la droite, où Spike et Jeremy répétaient la même routine que dehors, une porte à moitié vitrée était fermée. L'espace derrière était brillamment éclairé et Richard vit une BMW endommagée perchée sur le pont hydraulique.

« Le bureau est vide, » dit Spike en voyant Richard entrer. « Rien n'a été touché. Restez ici pendant que nous dégageons l'espace de travail. » Spike alla à la porte de communication et jeta un rapide coup d'œil à travers la vitre. Son examen lui montra des pieds qui étaient immobiles sur le sol.

« Un homme à terre, » dit Spike.

Gabriela se serra plus près de Richard. « Mannie ? »

Le visage de Spike était dur. « On dirait que son travail gêne. »

Jeremy et Spike pénétrèrent dans la baie du garage. Gabriela se glissa hors de l'étreinte de Richard et se précipita vers la porte. Elle l'avait presque atteinte lorsque Richard la retint.

« Non. »

« Mais… »

Richard secoua la tête et l'agrippa fortement. « Laisse-les faire leur travail. Attends. »

Depuis leur point de vue près de la porte, ils voyaient tous les deux des chaussures de travail sur le sol. Gabriela eut le souffle coupé. La position de ces pieds indiquait que l'homme allongé par terre était soit inconscient soit mort. Les larmes lui montèrent aux yeux. Elle espérait que c'était la première hypothèse, sinon elle ne s'en remettrait pas.

Les hommes, presque comme un couple de danseurs étranges, effectuèrent une reconnaissance des lieux, ignorant le corps qui gisait si impuissant au sol. Quand ils prononcèrent le mot « dégagé, » Gabriela franchit le seuil comme une flèche et se précipita là où Spike et Jeremy étaient agenouillés auprès de Mannie. Le soulagement de Spike fut évident.

« Il est en vie, » leur dit-il. « Un mauvais coup à la tête. »

« Je vais appeler le 911, » dit Gabriela en se retournant pour filer vers le téléphone à la réception.

Richard se joignit aux hommes. « D'autres blessures ? »

« On ne le saura que quand les secours arriveront. Je ne le déplace pas jusqu'à ce qu'ils me donnent le feu vert. »

Richard acquiesça et se tourna vers la BMW pendant que Jeremy le rejoignait.

« Quelqu'un l'a pris de court pendant qu'il regardait là-dedans, » dit Richard en désignant la zone des freins. Jeremy regarda de près et montra le Vise-Grip.

« La zone a été nettoyée, » dit-il en allant de l'autre côté. « Ici aussi. » Il regarda Richard. « Et voilà, toutes les preuves se sont envolées. »

« Une équipe de nettoyage, c'est certain, » dit Richard aux hommes. Il recula d'un pas et observa la voiture.

L'horreur s'empara de lui quand il examina le côté conducteur de la BMW. Le métal sur l'aile, ainsi que tout le côté conducteur, étaient enfoncés comme si un poing géant avait massacré le côté à coups redoublés. Des rainures horizontales avaient arraché la peinture de la voiture à tel point qu'en de nombreux endroits le métal à nu brillait. La vitre du côté conducteur ressemblait à de la glace craquelée. Richard pensa que s'il soufflait dessus comme le grand méchant loup, elle se briserait en entier sans résistance. Le rétroviseur extérieur avait été arraché, ses fils électriques à découvert comme des spaghettis que l'on a mis à s'égoutter.

« Comment a-t-elle survécu à cela ? »

« Avec de l'entraînement et une chance de malade, » dit Spike. « Quand Madame Martinez est arrivée en Californie, elle a absolument tenu à prendre des cours d'autodéfense et de conduite défensive. Elle m'a dit qu'elle ne voulait pas se retrouver désemparée quant à quoi faire si jamais sa vie était encore en danger. Ça a payé. »

Mannie grogna et se mit à remuer. Gabriela, tel un pigeon voyageur, apparut comme par magie. Elle s'agenouilla près du jeune homme, tenant un des chiffons de Mannie rempli de glace. Elle avait tout retourné pour fabriquer une poche de glace improvisée.

« Les secours et la police sont en route, » dit-elle en passant les doigts à travers les cheveux de Mannie. Elle tâtonna avec précaution jusqu'à ce qu'elle trouve la bosse sur son cuir chevelu et elle y appuya doucement la glace.

Mannie gémit encore et essaya d'ouvrir les yeux.

« Ne bougez pas, » lui dit-elle, lui pressant l'épaule en un geste de réconfort. « Vous avez une vilaine ecchymose sur la tête, » finit-elle. Dieu sait combien d'autres blessures il a subies. Depuis sa position, il était probablement tombé en avant, donc son visage avait pu faire les frais de la chute en premier. Cela pouvait signifier toutes sortes de fractures faciales.

« Mon Dieu, Richard. » Son regard était peiné et en même temps incrédule. « Comment cela peut encore se produire ? » Ses doigts caressaient la tête de Mannie, évitant la masse de sang séché près de la poche de glace improvisée. « Il ne méritait pas ça. »

« Tu ne méritais pas ça non plus, » dit Richard, montrant du doigt la voiture.

Gabriela frémit à ce souvenir.

« Ce salopard est cuit, » dit Richard, ses traits prenant une expression que Gabriela avait vue quatre ans auparavant. « Preuves ou pas, mon instinct me dit que Wickeham est responsable de cela. On ne va plus prendre de gants, c'est officiel. »

« Mais, patron, » intervint Jeremy. « Souvenez-vous de l'avertissement de Michael. »

Jeremy recula involontairement d'un pas quand Richard se retourna face à lui. Il n'avait jamais vu une colère et une férocité si profondes dans le regard de son employeur. C'était vraiment impressionnant.

« Franchement, je m'en fous comme du cul d'un rat que Morris veuille qu'on agisse de façon légale. Ceci n'a rien de légal. » Richard fit un geste en direction d'abord de la voiture, puis de Mannie. « Si on nous file des pommes empoisonnées, on va répondre avec des grenades. »

« Que proposes-tu qu'on fasse ? » demanda Gabriela en déplaçant le chiffon maintenant détrempé vers une autre zone de la bosse de Mannie.

« Pas on, » déclara froidement Richard. « Je. »

« Oh non, tu ne vas pas me mettre à l'écart cette fois-ci, Richard Harrison. » Gabriela toisa Richard malgré son regard orageux. « Que ça te plaise ou non, je suis impliquée. » Elle désigna la voiture. « Je suis impliquée depuis le début. Ce crétin veut mon œuvre. Il me harcèle depuis le début. Tu as besoin de moi pour faire tomber cet homme. »

« Gabriela, » commença Richard, d'une voix basse et intense.

« Richard, » interrompit-elle, pas impressionnée par sa colère et sa frustration croissantes. « Je ne suis plus aussi désarmée et naïve qu'il y a quatre ans. Tu auras besoin de moi, et tu le sais. Il faut juste que nous trouvions un plan infaillible qui enverra ce connard de Wickeham en prison. »

Jeremy était ébahi. Il n'avait jamais vu personne repousser son patron quand il était dans cette humeur. Putain. Il n'avait jamais vu Richard dans cette humeur et il n'aurait pas tenté le diable, du moins pas sans une sacrée dose de prudence et de crainte. Mais non seulement Madame Martinez tenait bon, mais elle le faisait reculer rudement. Son admiration pour elle grandit.

Spike était aussi fasciné par cet échange. Il n'avait jamais vu Madame Martinez sous ce jour. C'était une révélation.

Gabriela continua de fixer Richard. Par expérience, il savait qu'elle ne céderait pas. Et son regard le confirma.

« Merde, » marmonna Richard.

« Je suis heureuse que tu acceptes, » dit-elle.

Des sirènes retentirent au loin.

« Qu'est-ce que nous disons à la police ? » demanda Spike.

« Laissons-les tirer leurs propres conclusions, » dit Richard. « Je ne vais pas leur fournir d'informations. »

Gabriela acquiesça en silence. Elle ne comprenait que trop bien qu'il ne faille pas leur fournir d'informations. En l'état actuel des choses, elle ne voulait certes pas que la police s'immisce dans sa vie. Trop de choses devaient rester cachées.

Mannie gémit et ses yeux clignotèrent.

« Pourquoi ne le laisserions-nous pas parler, » dit Gabriela en apaisant de nouveau le jeune homme. « Je suis sûre qu'il aura beaucoup à raconter quand il reprendra connaissance. Cela ne nous mettra pas complètement en retrait de la scène… »

«… mais cela nous détournera des projecteurs, » finit Richard à sa place.

Les yeux de Spike allèrent de Gabriela à Richard. Ces deux-là, à part les étincelles électriques évidentes qui volaient de l'un à l'autre quand ils étaient proches, finissaient maintenant les phrases l'un de l'autre. Fascinant. Il espérait qu'un jour il saurait ce qui était vraiment arrivé à ces deux-là en France il y a quatre ans. Ce devait être une sacrée histoire.

Les sirènes hurlantes étaient très proches.

« Le spectacle commence, » dit Spike en quittant la zone pour permettre l'accès aux ambulanciers.

CHAPITRE ONZE

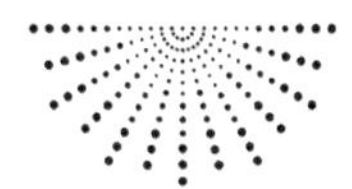

ALLONGÉ SUR UNE CIVIÈRE, MANNIE ATTENDAIT D'ÊTRE transporté à l'hôpital. Le sang avait été nettoyé de son visage. Son front servait maintenant à amarrer une large bande de gaze qui maintenait en place une poche de glace plate sur sa bosse maintenant moins gonflée. Son visage était contusionné, mais selon le personnel paramédical il avait eu de la chance. Il avait atterri en premier sur le bras au lieu du sol en béton. Oui, son visage avait heurté le sol, mais au rebond. Il ne souffrait pas de fractures, son nez n'était pas cassé, juste la bosse, à leur connaissance. L'hôpital vérifierait s'il avait souffert d'une commotion cérébrale ou d'autre chose qui ne pouvait pas être diagnostiqué lors de ce triage. On le garderait en observation et, si tout se passait bien, il pourrait sortir dans un jour.

« J'ai mal à la tête, » se plaignit Mannie.

Gabriela compatit avec son mécanicien. Elle s'y connaissait en douleur physique, ayant déjà eu une expérience similaire. Elle caressa la main qu'elle tenait en un geste d'apaisement. Elle était tellement soulagée qu'il aille bien. Tellement, tellement soulagée.

« Le personnel médical vous a donné quelque chose pour cela. Vous devriez vite vous sentir mieux. »

« Pas avec tout ce putain de bruit autour de moi, » se plaignit Mannie.

Elle sourit. Bien que l'espace du garage, à l'extérieur et à l'intérieur, fût bourdonnant d'activité, le niveau des décibels était faible, avec des policiers, des employés de l'unité du crime, et des détectives parlant à un niveau convenable. Mais à chaque fois que quelqu'un claquait une porte ou criait à des passants curieux de reculer derrière la bande jaune de la scène de crime, Mannie grimaçait.

« C'est le mal de tête, » dit Richard. « Ça amplifie tout. »

« Woo hoo pour moi, » dit sèchement Mannie.

« Vous vous souvenez d'autre choses? » demanda doucement Gabriela.

Son mécanicien commença à secouer la tête, grimaça et resta tranquille. « Comme je l'ai dit aux détectives, je ne me souviens pas de grand chose après avoir été assommé. Juste que j'ai pris quelques photos de la conduite de frein avant de me mettre à la démonter. Je n'y suis jamais arrivé. » Il regarda Gabriela. « Désolé. »

« Des photos ? » demanda Richard.

Mannie lâcha la main de Gabriela et montra l'intérieur du garage. « J'ai laissé l'appareil photo là-bas sur le plateau de travail du bas, » dit-il. « Je ne sais pas si ce fils de pute l'a pris. » Il se rendit compte de ce qu'il venait de dire à voix haute et rougit. « Désolé, Madame Martinez. »

Gabriela ne put que sourire. « J'ai moi-même occasionnellement utilisé cette expression choisie. Il n'y a pas de mal. »

Richard regarda Spike.

« Je m'en occupe, » dit-il en courant vers les détectives dans l'atelier.

« Je savais que la conduite de frein était en bon état

quand j'ai révisé votre voiture, Madame Martinez, » poursuivit Mannie. « Je savais qu'il n'y avait pas eu de défaillance par ma faute. Quelqu'un a percé trois petits trous dans le système pour que le liquide de frein fuie lentement. Je suis désolé que vous ayez eu cette frayeur. »

Et maintenant, il n'y a plus de preuves pour le démontrer, pensa Richard, écoeuré.

« Mannie, ne pensez plus aux freins, » dit Gabriela. « Je suis juste contente que vous alliez bien. Le reste n'a pas d'importance. »

Spike revint, mais pas seul. L'inspecteur en chef qui enquêtait sur l'agression le suivait de près. Il serra les mains et se présenta comme l'inspecteur Correia du Département de Police de Monterey.

« Nous avons trouvé l'appareil photo, » commença l'inspecteur Correia. « Nous tirerons les photos et reviendrons vers vous. »

« Ce n'est pas un appareil à haute résolution, » dit Spike à Richard. « Les images ne montreront peut-être pas ce qu'il a vu. »

« Les photos, plus cette agression, » commenta Richard, « prouveront avec un peu de chance que quelqu'un ne voulait pas qu'on examine de près la voiture. »

L'inspecteur Correia tourna son attention vers Gabriela et posa son stylo en équilibre sur son bloc-notes.

« Quand avez-vous signalé le sabotage de vos freins, Madame Martinez ? »

« Je ne l'ai pas signalé, » dit-elle. « J'ai cru que c'était un accident. Du moins, jusqu'à présent. »

« Nous allons devoir rouvrir votre déclaration d'accident, » dit Correia à Gabriela. « Ce qui n'est pas clair est pourquoi vous avez jugé que ce contrôle était nécessaire. » Correia fit une pause. « Maintenant. »

Richard intervint avant que Gabriela pût dire quoi que ce soit. « Vous ne le feriez pas ? » Il regarda le détective avec son expression la plus bienveillante. « Vous avez une défaillance des freins une semaine après que votre mécanicien vous a dit que tout va bien pour votre voiture. Si ça avait été moi, j'aurais remorqué la voiture ici une minute après l'accident, en exigeant de savoir pourquoi. »

Pas de mention de Wickeham, pensa Gabriela, reconnaissante à Richard d'avoir détourné l'attention du détective. Pendant combien de temps pourraient-ils garder secret le nom de Wickeham, elle l'ignorait. Assez longtemps, espérait-elle.

« Je sais que j'ai contrôlé ces freins avant de rendre la voiture à Madame Martinez, » dit Mannie, sa voix exprimant sa colère croissante. « Ce sont ma réputation et mon gagne-pain qui sont en jeu. Je ne peux laisser personne me la faire à l'envers. »

Un soignant intervint pour demander s'ils pouvaient finalement emmener le patient à l'hôpital.

L'inspecteur Correia acquiesça. « Je vous tiendrai au courant pour les photos, » dit Correia à Mannie tandis qu'on le montait dans l'ambulance. Le détective retourna son attention vers Gabriela.

« J'ai une dernière question pour vous. »

Gabriela se raidit, s'attendant à être prise de court à tout instant par cet inspecteur en apparence inoffensif. Richard, qui enveloppait de son bras ses épaules, la serra contre lui de façon protectrice.

Le regard dur de Correia la transperça. « Est-ce que vous, ou votre mari, avez des ennemis ? Je comprends qu'il a récemment été également victime d'un accident. »

« Pas que je sache, » mentit-elle. « Mais mon mari a une entreprise très compétitive et très lucrative. Moi aussi. Tout est possible. » Elle haussa les épaules.

Correia observa son visage encore un moment. « Je resterai en contact si j'ai d'autres questions. » Il referma son bloc-notes.

« Madame Martinez part dans deux jours pour affaires, » dit Spike au détective. Il extirpa son portefeuille, l'ouvrit et en sortit une carte professionnelle.

Comme le détective examinait la carte professionnelle de Spike, Gabriela ajouta : « Monsieur Washington restera ici avec mes enfants et pourra répondre à toutes vos questions. Il peut aussi me joindre à tout moment pendant que je suis à l'étranger. »

Le détective, à son tour, tendit sa carte à Gabriela. « Appelez-moi si vous pensez à quoi que ce soit d'autre. Je resterai en contact. »

Sur un bref hochement de tête au groupe, il retourna à sa scène de crime, transmettant ses ordres pour leur permettre de parvenir à l'officier près du ruban de scène de crime.

« C'est notre signal de départ, » dit Richard, « avant qu'il pense à d'autres questions à poser. »

La tenant toujours par les épaules, il fit demi-tour et se dirigea vers la voiture qui attendait.

Gabriela frissonna dans la fraîcheur de la nuit. Cette soirée avait ramené trop de souvenirs de son époque en France avec la police. Elle était quand même soulagée. L'inspecteur Correia était un amour, comparé à son expérience précédente avec les flics français. À l'époque, les gendarmes l'avaient interrogée sans relâche, sceptiques qu'elle ait tué en état de légitime défense. « Madame, vraiment ? » lui avaient-ils demandé sans cesse. Les preuves de la brutalité d'Albert étaient manifestes sur son visage, sur son corps, mais ils avaient fermé les yeux là-dessus. Monsieur Heinige était leur citoyen le plus respectable : un véritable philanthrope, célèbre, riche, influent, il avait des relations politiques et il était généreux à l'extrême. Elle, au contraire, était une étrangère, une invitée dans leur pays, une Américaine qui vivait par la tolérance des Français. Ce n'avait été que quand Maurice avait déterré les vidéos accablantes de la clairière et en avait sorti une pour que la police la visionne qu'ils avaient fini par la croire.

Puis l'enfer s'était déchaîné.

Jeremy tint ouverte la porte arrière de la limousine pour qu'ils puissent y monter.

Richard se pencha vers elle. Il avait senti ses tremblements.

« Tu vas bien ? »

Comme elle haussait les épaules sans le regarder, il recula devant l'ouverture et la fit tourner. Il observa son visage, son regard détourné. Elle n'était pas en train de lui dire quelque chose. Il plaça une mèche de cheveux derrière son oreille et prit son visage entre ses mains, le caressant de ses pouces chauds.

« Qu'est-ce qui ne va pas ? »

Gabriela finit par lever les yeux. Son regard exprimait des ombres désagréables additionnées d'un univers de chagrin refoulé.

Un éclair illumina la nuit.

« Madame Martinez, par ici. »

Un autre éclat de lumière frappa la nuit.

« Merde, » dirent à l'unisson les trois hommes.

Le ronronnement de l'appareil qui prenait photo sur photo désarçonna Gabriela. Elle rentra dans la limousine, cachant son visage de l'homme dont elle avait reconnu la voix, son fantôme perpétuel, Herb Bryce. Richard ne traîna pas, le visage fermé, les mâchoires serrées.

Jeremy claqua la portière, courut vers son côté et plongea littéralement à l'intérieur. Spike avait déjà démarré la limousine et était prêt à partir. En quelques secondes, ils sortirent en reculant. Le flash de l'appareil photo continuait à se déclencher, et l'intérieur de la limo clignotait comme si la nuit était déchirée de lumières stroboscopiques. Par-dessus le ronronnement du moteur, Gabriela entendit

Bryce crier : « Hé, l'ami, je suis de la presse. Fous-moi la paix. »

« D'où diable ce type sort-il ? » explosa Richard.

Spike le regarda dans le rétroviseur. « Je vous l'ai dit, » dit-il, puis il dit à voix basse h-e-r-p-è-s.

« Il doit écouter les fréquences de la police, » dit Gabriela sur un ton résigné. Elle appuya ses doigts contre son front et se massa pour relâcher la tension. « C'est comme cela qu'il m'a trouvée à l'hôpital après l'accident. » Elle frémit. C'était juste ce qu'il lui fallait, sa photo placardée sur le journal local de sept heures, sur la scène de crime, non pas avec son mari, mais avec Richard. « Nom de Dieu. »

« Y a-t-il un moyen d'empêcher la publication de ces photos ? » demanda Richard à Spike.

Gabriela émit un rire cynique. « Seulement si tu travaillais encore pour ton ex-patron, là tu pourrais, » dit Gabriela. « Mais pas maintenant. Même avec l'injonction que je lui ai collée il y a des années, il fait quand même partie de la presse et peut accéder à ma personne à tout moment. »

Richard mit la main de Gabriela dans la sienne. « Ça dure depuis combien de temps ? » demanda-t-il.

Il lui caressa la joue. Un geste aussi simple, aussi léger, pensa-t-elle, qui contenait un tel océan de consolation. Elle ferma les yeux et s'abandonna à la caresse. Elle comprenait maintenant ce qui lui avait manqué pendant toutes ces années aux côtés de son mari : son absence de soutien. Richard lui avait toujours offert le sien, incontestablement. Il avait fallu qu'elle recherche, voire qu'elle demande, celui de Roberto. À présent, recevoir de nouveau un soutien sans avoir à demander ou à supplier semblait étrange.

« Mon cœur ? » murmura Richard. « Ça a toujours été comme ça, aussi mauvais ? »

Son regard lui fendit le cœur. « Oh, ça a été pire. Bien

pire, surtout après que j'ai quitté l'hôpital en France. Herb Bryce ? » Elle fit un signe de tête en direction du garage derrière eux. « C'est un chiot inoffensif comparé aux chacals en Europe. Heureusement, ils ont peu après trouvé autre chose à se mettre sous la dent, mais il a fallu la remise à la police d'une des vidéos d'Albert pour que les journalistes et la police me laissent tranquille. C'est à Maurice que je dois ce répit. »

« La seule malchance, » intervint Spike, « est que Herb Bryce n'est pas parti, et qu'il vendra ce soir aux chaînes d'informations locales ce qu'il a obtenu là-bas, et qu'il publiera tout demain dans son torchon personnel. »

« Mon visage va être placardé sur tous les journaux d'informations du soir et sur la prochaine édition des tabloïds. » Tout son corps frémissait. « Jésus. »

Pour une fois, Richard ne sut ni quoi dire, ni quoi faire. Il était en territoire inconnu. Il avait toujours contrôlé la situation quand il travaillait pour Seldon. Maintenant, il n'avait pas le contrôle. Et il détestait ne pas pouvoir contrôler. Il l'enveloppa dans ses bras et chuchota : « Nous allons trouver des solutions, mon cœur. Je ne vais pas te laisser affronter cela seule. »

Gabriela hocha la tête et s'enfouit au creux de ses bras. Le cœur de Richard s'éleva. Au moins, elle lui faisait toujours confiance pour la protéger, pour se battre pour elle. C'était un début, en quelque sorte.

CHAPITRE DOUZE

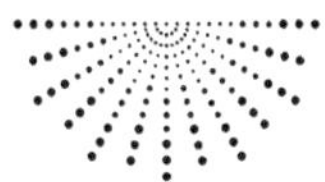

Le rituel quotidien de vérification de ses enfants avant de se retirer remontait à son aîné et était aussi vital que respirer. Elle tourna le coin et entra sur la pointe des pieds dans la chambre de Robertico. La couette recouvrait le corps sec de son fils jusqu'à son nez, son lit était aussi ordonné que ses vêtements de nuit. Elle le borda encore plus fort, caressant ses cheveux, et embrassa sa joue. Il marmonna dans son sommeil, émergeant du pays des rêves assez longtemps pour entendre son doux « Je t'aime », et pour murmurer en retour quelque chose d'inintelligible.

Elle entra dans la chambre de Gustavito par la porte de communication. Elle évita le parcours d'obstacles de jouets, de carnets à dessin, de crayons et de vêtements qui jonchaient le sol. À l'inverse de son frère, Tavi était étalé sur un lit qui semblait avoir été le théâtre d'une récente échauffourée. La couette, froissée et traînant en partie sur le sol, couvrait à peine sa longue jambe qui dépassait du matelas comme un mât. À quelques centimètres du sol, son bras gauche serrait son oreiller contre le matelas. Gabriela gloussa, rentra sa jambe, l'enveloppa dans la couette, plaça l'oreiller sous sa tête, l'embrassa et lui dit qu'elle l'aimait sans qu'il remue un muscle.

Son dernier arrêt était la chambre du bébé. Par-dessus la balustrade en bois qui ressemblait à une barrière de corail autour du lit, elle voyait son derrière qui dépassait. Il adorait dormir sur le ventre, les genoux remontés sous lui, le derrière en l'air. Elle caressa sa douce chevelure de bébé, dont la couleur et la texture ressemblaient tant à la sienne, et ressentit le même pincement au cœur. Elle embrassa la joue duveteuse et nota les récents et subtils changements dans son visage de chérubin, des changements qui montraient des similarités troublantes avec les traits remarquablement ciselés de son père. Avec précaution, Gabriela promena deux doigts sur sa joue en une légère caresse. Elle qui avait autrefois soutenu qu'elle ne vivrait jamais dans le mensonge, regardait le petit garçon qui était une raillerie quotidienne à son arrogance.

Son fils – la plaisanterie douce amère que Dieu lui avait faite.

Et maintenant, son père était ici, en chair et en os, lui rappelant d'autres moments et d'autres aspirations.

Elle soupira. Après la débandade chez Mannie, elle pensa que le reste de la soirée s'était bien déroulé, du moins la plus grande partie. Avant le dîner, les garçons avaient été heureux de jouer au cerceau avec Spike, Jeremy et Richard, avec les gentilles moqueries de ses fils envers la maladresse de Jeremy avec le ballon de basket. Cela s'était transformé en pari, suivi par une partie improvisée de football sans contact avec Jeremy aux basques de tout le monde. Quand le dîner fut annoncé, tout le monde était sale, égratigné, heureux et riait aux éclats.

Les garçons !

La meilleure partie de la soirée avait été de loin le dîner, avec la salle à manger remplie de bruit, de chaleur, de conversations, d'arômes alléchants, de réclamations et de rires. Cela avait amené un moment de compassion pour son mari, pour son absence. Roberto aurait apprécié la soirée, en dépit de ses manquements. Même Jeremy, assis entre ses deux fils aînés, s'était intégré, leur parlant avec l'enthousiasme d'un garçon de onze ans de ses personnages et épisodes préférés dans la série *Dragon Ball Z*. Ce court intermède avait semblé salutaire, mise à part la folie qui l'environnait actuellement. L'ombre de la menace n'était jamais éloignée. Cela se traduisait dans les moments d'attente immobile des adultes à chaque fois que le téléphone sonnait, ainsi que dans les pauses dans les conversations à chaque fois qu'un bruit extérieur leur parvenait.

Gabriela enleva le jouet de Richard de la main de son fils, le plaça sur la commode et quitta la pièce sur la pointe des pieds, sourire aux lèvres.

Luisito n'avait pas lâché le canard de la soirée. Ses fils aînés avaient aussi écouté sans cesse leurs Cds. Richard, au dîner, leur avait fait la surprise en distribuant ses cadeaux aux enfants. Elle pouffa. Robertico et Gustavito avaient été ravis, se vantant de ce qu'ils avaient des musiques qu'aucun de leurs amis n'avait. Ils avaient été encore plus enthousiastes quand Jeremy avait expliqué que les groupes qu'il avait choisis étaient les plus en vogue d'Angleterre. Ses fils avaient immédiatement serré les rangs, discutant d'auprès de qui et comment ils pourraient s'en vanter à l'école.

Le cadeau de Luisito avait été un enchantement : un canard qui, si on tirait la ficelle, roulait avec vous pendant qu'il battait ses immenses ailes de caoutchouc à chaque tour de roue. Elle soupira. Même maintenant, il lui était difficile de ne pas pleurer. La joie dans les yeux de son fils était difficile à décrire. Tout comme la fierté et la joie dans les yeux de Richard. Et quand elle avait appris qu'il l'avait fabriqué de ses mains, Gabriela s'était échappée à la cuisine pour aider Lupe à servir le repas, sinon elle aurait craqué devant tout le monde, pleurant comme un petit enfant.

Richard avait aussi apprécié la soirée. Toujours en phase avec lui, elle avait délibérément choisi la place de Luisito, devinant qu'il apprécierait d'être à côté de leur fils, ce petit paquet de vie qui lui ressemblait tant. Elle avait eu raison, bien qu'il eût été parfois douloureux de constater combien Richard était réceptif à chaque mouvement de leur enfant, chaque sourire, chaque gémissement, chaque souffle, comme s'il voulait rattraper les trois ans de la vie de leur fils qu'il avait ratés. Il avait maladroitement aidé Luisito à manger, lui coupant sa nourriture ; il l'avait aidé à l'occasion avec la fourchette, ramassant les miettes que Luisito avait fait tomber sur la table. Zip s'était chargé de ce qui avait atterri sur le sol.

Donc, au total, la soirée s'était déroulée de façon extrêmement satisfaisante. Elle s'était déroulée sans anicroche et sans que des secrets soit divulgués… jusqu'à l'arrivée de son cousin Enrique avec Bea, juste à temps pour le digestif.

Enrique avait déboulé selon son style, tout excité. Il avait parlé avec le père Ramirez et avait été prévenu de l'arrivée de Richard. Rencontrer enfin et remercier personnellement l'homme qui avait sauvé la vie de Gabriela quatre ans plus tôt était un souhait qui lui tenait à cœur. Mais cet enthousiasme s'était mué d'abord en désarroi, puis en un léger choc. Cela avait finalement fait place à une colère sourde à mesure qu'il regardait les visages de Richard et de Luisito. Le plus souvent il regardait en direction de Gabriela, les yeux pleins de reproche.

Beatriz avait compris très vite, regardant subrepticement Richard et Gabriela, puis son mari, les yeux agrandis. Connaissant bien son mari, elle s'était tenue à des questions anodines, interrogeant les hommes sur leur vol, sur Londres et sur leurs emplois, tout et n'importe quoi pour éviter l'explosion dont elle savait qu'elle viendrait.

Eh bien, au moins la colère de son cousin n'avait pas éclaté devant Richard. Enrique avait aboyé : « Il faut qu'on parle. En privé, » et s'était dirigé vers le bureau de Gabriela, Bea sur ses talons. Gabriela s'était calmement excusée auprès de ses visiteurs, au prétexte de donner le bain à Luisito, et pendant l'heure qui avait suivi elle avait également laissé son cousin mariner dans le bureau pendant qu'elle terminait sa routine du soir auprès des enfants avec Lupe et le chien.

Elle se dirigea de la chambre de Luisito vers son bureau. La maison était maintenant silencieuse. Aucun écho étouffé des voix de Spike ou de Jeremy dans l'air ; pas d'intervention de la voix de Richard pour lui tenir compagnie pendant qu'elle s'était activée toute la soirée.

Gabriela saisit la poignée de la porte, mais n'entra pas. Bon, elle ne pouvait plus remettre l'inévitable. La situation empirait à une allure effrayante. Dénouement. Elle eut un rictus. Les choses l'avaient finalement rattrapée, et cette fois elle n'échapperait pas aux conséquences.

Elle prit une profonde inspiration pour se calmer, appréhendant cette épreuve de force. Non qu'elle craignît cette confrontation avec son cousin. En fait, elle était contente que les choses finissent par sortir au grand jour. Son seul souhait était d'en finir rapidement. Elle était fatiguée, elle devait encore rendre sa visite vespérale à Roberto, et elle espérait que Richard ne serait pas en travers de son chemin avant qu'elle se retire pour la nuit. Bien qu'il ait été dans une autre zone horaire ce matin et qu'il subît probablement une bonne dose de décalage horaire, il avait semblé vif, plutôt en phase, dirait-elle. Elle parierait, et gagnerait son pari, qu'il la coincerait ce soir. Et cette conversation était la seule qu'elle redoutait vraiment.

Elle ouvrit la porte et prit de plein fouet une rafale de reproches.

« *Que carajo hace tu amante en esta casa* ? Ton amant… ici, » hoqueta Enrique.

Gabriela referma doucement la porte.

« Son emploi du temps est très flexible, » dit Spike. « Merci de reprendre cette mission. Je peux maintenant travailler avec mes hommes pour assurer aux enfants une protection maximale. »

« Laissez-nous seulement un plan de la région, » dit Richard. « Gabriela pourra nous guider pour le reste. Le GPS de la voiture est vraiment nul. »

Spike sourit. « Les nouvelles technologies sont toujours emmerdantes. Ça ne fonctionne jamais quand on en a besoin. »

« Et le bougre se bloque toutes les quelques secondes, » intervint Jeremy, se souvenant de son enthousiasme quand il avait étrenné le nouveau gadget. Ça avait été une perte de temps.

« Jeremy mémorise très bien les endroits. Nous allons trouver des itinéraires de repli. » Il vit Jeremy dissimuler un bâillement. « Allez vous reposer. Vous tirez sur l'élastique. »

« Vous aussi. » Le bâillement suivant de Jeremy fut plus large et plus profond. « Je ne sais pas comment vous tenez. »

Spike tendit un imprimé à Richard. « C'est plus ou moins le déroulé de sa journée demain. Les choses peuvent changer, surtout si les juristes sont impliqués. »

Les juristes ? « Sur ? » demanda Richard, bien trop négligemment.

« Sur la recherche de brevets pour l'entreprise de Roberto. Tout est top secret, chut. Madame Martinez gère les choses pour son mari depuis l'accident, et aux dernières nouvelles c'est presque fait. Elle attend d'être fixée. » Son regard se tourna vers le coin du bureau. De douces illusions essayaient de lui faire croire que la discussion dans le bureau tournerait là-dessus, mais Spike en doutait. Il savait que Richard n'y croirait pas non plus.

« Et ce Bryce, » demanda Jeremy. « Il peut poser des problèmes de sécurité. »

«Habituellement, je dirais non, » dit Spike. « Mais cette fois, vous avez peut-être raison sur ce point. »

« Ce qui veut dire ? » demanda Richard.

« C'est seulement mon instinct qui parle. » Le regard de Spike se fit grave. « Bryce n'est pas un imbécile. La situation n'est pas normale, du moins pas ce qu'il considère comme normal pour Madame Martinez. Avec ce dernier fiasco chez Mannie, ses antennes de reportage vont réclamer l'exclusivité, surtout quand il aura creusé un peu plus l'histoire. »

« Que savez-vous d'autre sur lui ? » demanda Richard.

« J'ai vérifié ses antécédents il y a quelque temps. Sniper à l'armée. Il a étudié le photo-journalisme dans le cadre d'un programme AV après sa période de travail à l'armée, et travaille pour le même tabloïd depuis 90. »

« Une famille ? Des enfants ? »

Spike secoua la tête. « Pas d'enfants. Marié à la même femme depuis quinze ans. »

Richard exprima son écœurement. «Je peux demander quelques faveurs, mais je parie que si nous mettons la pression pour qu'il ne publie pas, il lâchera encore moins l'os. » Non que Gabriela fût un os, mais Bryce la poursuivait comme si elle en était un.

Spike acquiesça, ses pensées rejoignant celles de Richard. « On l'aurait encore plus sous le nez. » Et Madame Martinez n'avait pas besoin qu'un limier implacable lui pose des questions impertinentes et remue davantage de boue sur elle, surtout sur son mari.

« Ça va changer à Londres. »

« Michael sait très bien éloigner la racaille des tabloïds, » intervint Jeremy. « Il s'assurera que personne ne s'approche de l'appartement. »

Spike lança à Richard un regard éloquent : ne jouez

pas avec mon employeur, sinon… Richard était heureux, et jaloux à la fois, que Gabriela ait un autre défenseur.

« Il faut encore que je m'adresse à Gabriela à ce sujet, » dit Richard, ses yeux admettant et exprimant qu'il avait avant tout différents objectifs pour cette femme et qu'il ferait tout pour la protéger. « Elle va s'y opposer, mais elle serait plus en sécurité chez moi. »

« Elle pourrait aussi être plus isolée. C'est plus risqué, » riposta Spike. « L'hôtel, c'est public. Davantage de monde. Des portes de communication avec les chambres de Jean-Louis, Julien, et du père Ramirez en cas d'urgence. »

« Mais davantage de couloirs et de cages d'escalier où on peut se cacher, enlever ou attaquer. » Richard secoua la tête. « Non. Elle s'en sortira mieux chez moi. »

Spike n'en était pas si sûr.

Jeremy se leva et s'étira. « Bien, messieurs. Je suis parti. Je n'arrive pas à garder mes putains de paupières ouvertes. »

Spike se leva aussi. « Vous venez ? » demanda-t-il à Richard.

« Non. Je vais un peu traîner dans le coin. »

Spike donna à Jeremy une tape dans le dos. « Venez, Jeremy. Essayez de ne pas vous endormir debout. Je détesterais devoir vous porter sur mes épaules. » Il évalua sa masse. « Combien… deux cent, deux cent dix ? »

« Quinze stone. »

Spike secoua la tête. Peu importait. De toute façon, les Britanniques avaient une drôle de façon de mesurer les choses.

« Ça fait deux cents livres pour nous, » traduisit Richard avec un large sourire.

Le calme s'installa quand les hommes partirent. Les voix étouffées d'Enrique et de Bea lui parvenaient irrégulièrement de la zone du bureau tandis que Richard prenait note mentalement de la situation. Une fois de plus, il était interloqué et inquiet. Qu'est-ce que Gabriela devrait encore assumer ? Combien de temps supporterait-elle ce niveau de stress ? D'accord, elle avait cette fois plusieurs personnes disposées à l'aider : Jean-Louis, Spike. Mais Richard gageait qu'ils ne pourraient qu'aider : c'est elle qui assumerait le poids des problèmes. Et quel bénéfice pour elle, pour sa famille, et même pour son trou du cul de mari qui ajoutait encore à ses malheurs sans se faire trop de souci, semblait-il ? Au moins Roberto se comportait-il toujours avec une constance familière. Plus important, comment gérer cette nouvelle Gabriela, cette femme qui semblait ne dépendre de rien ni personne ? Il lui avait dit la vérité plus tôt en lui disant qu'il aimait cette nouvelle femme qui prenait les choses en main, mais l'écouterait-elle ? En France, elle n'avait pas été facile à gérer.

Richard était épuisé, mais incapable de se reposer. Le whisky qu'il buvait en ce moment pourrait l'aider à se détendre enfin, bien qu'il doute qu'il fasse effet rapidement. Quelque chose le poussait, l'adrénaline à un niveau qu'il n'avait pas connu depuis des années. C'était en partie dû au cadeau du temps passé avec son fils. Il voulait tellement de choses pour cet enfant, pour eux. Il voulait aussi Gabriela : ses joies, ses peines, sa colère, sa famille, ses sourires, ses caresses, son amour, et son corps – il voulait tout d'elle. Il avait besoin d'elle et cette aspiration était douloureuse. Mais il voulait aussi des réponses, il en avait besoin, et l'attente d'un moment d'intimité avec Gabriela avait été frustrante, surtout que sa maison ressemblait à celle qu'elle avait en France : un foutu cirque, où les gens déboulaient quand il s'y attendait le moins. Il détestait devoir se tenir tranquille jusqu'à ce qu'il puisse la trouver seule. La patience n'était pas sa vertu première.

Il était également anxieux, et cela le préoccupait vraiment. Il avait ressenti la même chose en France, au QG de Maurice. Que ce soit de la prémonition, que ce soit de l'expérience, que ce soit n'importe quoi, il avait l'impression que le cosmos retenait son souffle, persuadé que l'enfer se déchaînerait bientôt. Peut-être que la conversation sur la sécurité ici à la maison, la sécurité pour les enfants à l'école et la sécurité pour Gabriela ici et à la vente aux enchères suscitait son passage en mode terreur. Il voulait éloigner Gabriela et leur fils de tout danger possible. Putain, il voulait les faire sortir de là maintenant, il souhaitait les mettre en lieu sûr, dans un endroit où ils seraient hors d'atteinte, hors de danger. Ce Wickeham était prêt à dépasser les bornes pour tenir l'œuvre de Gabriela entre ses mains cupides. La voiture en était la preuve. Il fallait qu'ils mettent vite ce salopard hors d'état de nuire, soit par des voies légales comme le souhaitait Morris, soit plutôt définitivement, comme Richard le souhaitait. Et, bon Dieu, Gabriela avait aussi raison. Bien que l'idée ne l'enthousiasmât pas, ils avaient besoin d'elle pour le piéger.

Autre chose le préoccupait — non, pas le préoccupait. L'horripilait. Enrique, flanqué de sa femme, avait déboulé comme s'il était chez lui en dépit de l'heure tardive. À mesure que le temps passait, l'humeur d'Enrique était passée de l'enthousiasme lors de leur rencontre à la morosité, et carrément à la grossièreté. Richard savait pourquoi, et franchement, il s'en foutait. Il ne tolérerait que personne fustige Gabriela pour ce qu'ils avaient partagé. Il bousillerait Enrique d'ici jusqu'au bout de l'univers si cela se produisait, et il le ferait avec le sourire. Il garda donc une oreille attentive aux mouvements de Gabriela. Il saurait à quel moment elle entrerait dans le bureau, et il la suivrait immédiatement.

« Au diable tout ça, » dit-il en liquidant le reste de son whisky. Il posa le verre vide sur la table basse, se leva, se repéra, et s'étira pour évacuer les problèmes. L'attente le rendait fou, ses cheminements mentaux devenaient ceux d'un connard pleurnichard. Il en avait assez. Une confrontation le démangeait, et ses pensées retournèrent à Enrique. Son cousin avait semblé vouloir lui casser la figure. Bien. Il pourrait peut-être lui en donner l'excuse, car Richard était prêt à en découdre.

Il tourna dans le couloir et vit Gabriela faire une pause avant d'ouvrir la porte. L'intonation acrimonieuse contenue de son cousin lui parvint avant qu'elle ferme la porte.

Il pressa le pas.

« Baisse le ton, » le réprimanda Gabriela. « Tout le monde dort. » Son regard glacial plongea dans celui de son cousin. « Et ce que Richard représente pour moi ne te regarde pas. »

« Permets-moi d'être d'un autre avis, *prima.* » La colère qu'il ressentait, et la déception, étaient brutales. L'image qu'il avait de cette gentille cousine innocente, de cette femme assaillie et courageuse qui avait défendu sa vie la tête haute avait péri d'une mort violente. Gabriela, sa cousine, avait eu une aventure il y a quatre ans avec un inconnu, sous le nez de Roberto. Pire, elle avait fait passer son bâtard pour le fils de Roberto.

« Tu ne vas *pas* traîner notre famille dans la boue. »

« Tu n'as pas d'ordres à me donner, Enrique. Roberto oui, et il s'en est toujours fichu d'une manière ou d'une autre. »

Richard entra silencieusement dans la pièce. Debout face à face près du bureau ct totalement absorbés dans leur escarmouche, Enrique et Gabriela ne remarquèrent pas son entrée. Beatriz la remarqua, mais elle faisait face à la porte.

« Tu lui as menti, et à nous aussi. » Il n'arrivait pas à croire qu'on l'avait pris pour un benêt.

« Gaby. Enrique. » Bea se racla la gorge. Le visage de

Richard était un masque de contrôle. Pour la première fois, elle craignait que son mari soit en danger de se prendre la raclée de sa vie.

« Débarrasse-toi de lui, » cria presque Enrique. « Débarrasse-toi maintenant de ton amant. Sinon… »

« Quoi ? Tu vas le jeter dehors ? » Gabriela eut un sourire cynique. Richard mettrait Enrique sur le cul en un éclair. « Puis-je te rappeler que ceci est ma maison ? Il est invité ici, et il est le père de mon enfant. Je ne peux pas et je ne veux pas lui demander de partir. »

Richard ressentit une satisfaction féroce en entendant sa réponse.

« S'il ne part pas, je pars. Je laisserai tout tomber et je démissionne demain. »

Gabriela haussa les épaules, peinée par le comportement de son cousin, mais pas étonnée. Elle ne céda pas, pourtant. « J'ai l'habitude qu'on me laisse tomber, Enrique. Ce ne sera pas la première ni la dernière fois. »

Richard vit Beatriz froncer les sourcils à ces mots, tournant un regard interrogateur vers Gabriela. Personne ne savait à quel point elle avait souffert d'abandon – personne, sauf lui.

« Je ne m'étais pas rendu compte que tu étais devenue une telle *cabrona*. »

« Enrique. » Cette fois, la voix de Beatriz exprima de la colère face à la manière dont son mari traitait sa cousine.

« Ne t'en mêle pas, » Enrique avertit sa femme, ses yeux toujours fixés sur le visage de sa cousine. Il franchit l'espace qui les séparait, ses yeux se plissèrent, et son attitude vira soudain de la colère au questionnement.

« Je comprends. Maintenant que Roberto est à côté, incapable d'empêcher quoi que ce soit ou de défendre son bien, tu en profites. »

Le dos de Gabriela se raidit.

« Ça te démange, *prima* ? » Il se pencha vers elle, prenant un ton méprisant.

« Tu es écœurant et tu dépasses les bornes de l'insulte. »

« Tu as besoin… »

« Ferme-la. » Gabriela fit un pas en avant et leva le menton en un geste belliqueux, les yeux brûlant de rage.

« … qu'on te la gratte ? »

La gifle amena un silence stupéfait. Gabriela avait mis une telle force dans le coup que le visage d'Enrique en fut marqué.

«*Comemierda,* » tonna-t-elle. « Tu ne pourrais jamais comprendre. Jamais. »

« Ton amant… »

« Ferme-la. » Elle faillit lever encore la main, mais se ravisa. Sa paume palpitait et la démangeait après le coup. « J'en ai marre d'être fustigée et blâmée pour tout. Je n'ai rien fait de mal. Je ne regrette rien, et encore moins mon enfant. »

« Tu l'as fait à l'envers à Roberto, » poursuivit son cousin, toujours en colère.

« Roberto, le saint. » Elle cracha les mots. « Roberto, le pauvre mari bafoué. Quelle plaisanterie. »

Elle enfonça un doigt dans la poitrine de son cousin. « Nous ne serions pas dans ces ennuis sans Roberto. » Elle enfonça son doigt plus fort, son indignation et sa frustration croissant. « S'il était allé directement à son bureau au lieu de, comment l'as-tu dit aussi grossièrement, aller gratter la démangeaison de sa maîtresse ce matin-là, l'accident ne se serait jamais produit. »

Gabriela se claqua une main sur la bouche pour étouffer son soudain halètement, simultané avec celui de Bea. Elle regarda la femme de son cousin. Oh, mon Dieu. Qu'est-ce qu'elle avait lâché ? Elle vit le choc lutter avec la tristesse dans le regard de Bea.

Enrique recula comme si on l'avait frappé. Avait-il bien entendu ? « Quoi ? »

Mais Gabriela ne prêtait plus attention à son cousin. Toutes ses terminaisons nerveuses hurlaient que Richard était dans la pièce et avait assisté à tout.

« Roberto a pris une maîtresse ? »

Les paroles de Richard confirmèrent ses craintes. Elle ferma les yeux, pensant que sa vie surpassait de loin un feuilleton. Elle se tourna face à lui.

« Ce fils de pute, » dit Richard trop doucement. Gabriela savait, à sa voix et à son expression, que si Roberto avait été présent, eh bien Roberto serait nettement désavantagé, s'il ne se faisait pas réduire en bouillie.

« Oh, Gaby, » dit doucement Bea. « Je suis… c'est… quand ? » Elle était au bord des larmes.

« Il l'a avoué le matin de l'accident. » Gabriela regarda son cousin. « Il couchait avec cette femme depuis des mois. »

Gabriela vit et lut précisément l'expression d'Enrique : Roberto a pris une maîtresse en réponse à sa propre infidélité. Un prêté pour un rendu. Quelle joie. Elle étouffa soudain dans la pièce. Il fallait qu'elle sorte avant d'imploser, et elle ne voulait pas imploser devant son cousin, et encore moins devant Richard.

« Je vais à côté, » annonça-t-elle à la cantonade, ouvrant la porte de la terrasse la plus proche d'elle et se fondant dans la nuit.

Richard demeura un instant paralysé. Elle allait voir cette ordure après tout cela ? Pas question.

« Gabriela, attends. »

Enrique lui bloqua la voie. « Écoutez, mon pote… »

Il n'eut jamais l'occasion de finir sa phrase. En un instant, le haut du corps d'Enrique se trouva projeté contre le bureau, le visage plaqué contre le buvard, les yeux au niveau de l'agrafeuse. Enrique ne pouvait pas bouger.

Richard le maintenait par le cou, le bras droit d'Enrique tordu derrière son dos.

« Écoutez, mon pote, » dit Richard. « Je vous retrouve en face de moi, et vous serez en contact direct et personnel avec un lit d'hôpital. » Sa voix se fit plus mauvaise, plus froide. « Et si jamais je vous entends encore dénigrer Gabriela, votre vie ne vaudra pas plus qu'une bite. »

« Monsieur Harrison, » supplia Bea, une main doucement posée sur son épaule. « S'il vous plaît. »

Richard appuya Enrique sur le bureau et se pencha. « Vous ne savez foutre rien de Gabriela, de ce qui s'est passé, de ce qu'elle a enduré. »

Bea se pencha en avant, son visage à quelques centimètres de celui de Richard, le regard interrogateur, cherchant à assimiler ce qui n'avait pas été divulgué.

« Faites-nous comprendre, » demanda-t-elle doucement.

Richard relâcha Enrique et fit face à sa femme. « Ce n'est pas à moi de raconter l'histoire. »

Il fit demi-tour pour suivre Gabriela, mais s'arrêta. Il toisa Enrique du regard.

« Votre cousine n'est pas une putain. C'est la mère de mon enfant et la femme que j'aime. N'oubliez jamais ça. Je remuerai ciel et terre pour la protéger et pour la venger. Même de vous. »

Richard la suivit dans la nuit.

CHAPITRE TREIZE

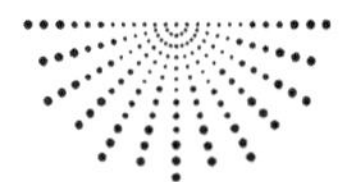

LA VISITE DE GABRIELA À ROBERTO NE S'ÉTAIT PAS BIEN passée pour elle. Un regard au visage de son mari en entrant dans la chambre de malade avait agité en elle des émotions d'une telle intensité qu'elles l'avaient prise de court. Elle avait eu envie de réveiller Roberto à coup de gifles, de le secouer jusqu'à ce qu'il ouvre les yeux. Elle avait eu envie de le rudoyer, de l'embrocher avec sa douleur. À quoi bon ? Quelle satisfaction y avait-il à se soulager sur un homme qui n'aurait de toute façon pas entendu ses paroles et n'aurait pas compris ce qu'elle voulait dire ? Qui, avant l'accident, s'était toujours fichu de ce qui n'affectait pas son travail ou lui-même ? Qui, pendant des années, l'avait réprimandée silencieusement d'un regard, dont le message était l'irritation de devoir gérer la dramatisation féminine ? C'était inutile. Tout était devenu inutile.

Elle souhaita bonne nuit à l'infirmière de nuit et alla au portail de communication.

La fraîcheur de la nuit lui donna des forces. Le ciel sans nuages invitait à l'observation. Les doux bruits de l'océan clapotant sur le rivage murmuraient dans sa direction au-dessus de la haie de ficus qui séparait les deux propriétés.

Sa main agrippa la rampe de fer du portail de communication pour stabiliser son corps tandis qu'elle reprenait sa respiration pour se calmer, fermant les yeux et laissant aller sa tête en arrière.

Richard l'attendrait, elle le savait. Elle avait entendu sa demande dans le bureau, mais elle l'avait ignorée. Connaissant Richard, surtout après ce qu'il l'avait entendue révéler, il serait furieux, sans parler de son incrédulité sur sa visite à Roberto ce soir.

Son inspiration suivante fut plus profonde et plus apaisante. Elle expira et ouvrit les yeux sur l'univers, dont les étoiles floues parsemaient le plafond cosmique au-dessus d'elle. Une traînée de brume blanche s'échappait de sa bouche et s'amusait à planer au-dessus de son nez. Elle inspira encore profondément, se redressa et fait pivoter son cou, relâchant sa tension avec de légers craquements. C'était l'heure de la confrontation suivante, se dit-elle, ses doigts tapant le code pour déverrouiller le portail. Richard comprendrait-t-il ? Elle ouvrit le portail. Soutiendrait-il sa position actuelle ? Accepterait-il de l'attendre une fois de plus ?

Le coup fut brutal et efficace. Tout son corps s'écrasa sur la barrière de buissons, le dos pressé contre le feuillage et l'écorce, lacérant ses vêtements et sa chair. Une main impitoyable pressa sa joue et lui couvrit la bouche si brutalement qu'elle étouffa son cri de surprise. Une carcasse trapue et musclée se pressa devant elle, la clouant littéralement. Elle essaya de lutter, mais elle pouvait à peine bouger. La pression s'intensifia sur son visage et une lame de couteau apparut à sa vue quand elle se posa sur sa joue.

Gabriela crut d'abord que son agresseur portait un masque, comme ces caricatures portées par les lutteurs mexicains des années 60. Mais quand son regard se focalisa, elle se rendit compte qu'elle s'était trompée. Des tatouages sous forme de motifs, d'écritures et d'ombres recouvraient tout son visage, son crâne rasé et son cou dénudé, ne dévoilant dans la nuit que quelques minuscules parcelles de peau plus pâle.

Un gang.

La panique s'installa. Elle se mit à lutter réellement, mais son corps fut poussé plus profondément dans la haie de ficus. Elle sentit des brindilles se casser et d'autres pénétrer plus profondément dans sa chair et déchirer sa peau. Le couteau se déplaça de sa joue à son œil gauche.

Elle reçut le message. Elle se figea.

L'odeur corporelle, saturée de sueur et de musc, assaillit ses narines. Ainsi que l'odeur rance de jalapeños et de tecate quand il murmura : « J'ai un message pour toi, salope. »

Elle essaya de se concentrer. Sa prise sur sa joue et sa bouche ne s'était pas relâchée ; sa respiration était quelque peu entravée. Ses dents commencèrent à érafler la chair délicate derrière ses lèvres à chacune de ses respirations laborieuses. Il fallait qu'elle se sorte de là. Il fallait qu'elle protège sa famille. Il fallait qu'elle prévienne Richard. *Réfléchis. Réfléchis.* Mais son cerveau refusait de fonctionner. Pour l'instant, ses pensées n'allaient pas plus loin que la pointe du couteau posé si négligemment près de son œil. Son corps tremblait et un gémissement étouffé s'échappa de sa gorge.

Le fils de pute sourit quand il l'entendit. La peur se transforma soudain en une fureur qu'elle n'avait pas ressentie depuis quatre ans. Elle plissa les yeux et s'immobilisa.

« *El jefe* n'est pas content, » dit-il. « Vous mettez son très bon client très en colère. »

Elle ne répondit pas et ne se recroquevilla pas, elle attendit simplement le message en le regardant, sans bouger et sans ciller. Son absence de réaction ne sembla pas convenir à la brute. Il piqua sa joue avec le couteau. Elle sentit quelque chose de chaud glisser le long de sa peau.

« Tu écoutes, *puta?* »

Les yeux de Gabriela se plissèrent davantage, mais le seul signe qu'elle donna au salopard fut un petit hochement de tête. Son esprit s'affolait, essayant de se souvenir des leçons qu'elle avait apprises de son entraîneur de défense. Il fallait que ce connard ait l'impression d'avoir le contrôle, d'avoir le pouvoir. Qui essayait-elle de tromper ? En ce moment, il *avait* tout le pouvoir. Elle ferma les yeux pendant une fraction de seconde, et pensa à Richard. Si seulement il pouvait entendre son esprit hurler.

« Tes actions ont forcé *el jefe* à se débarrasser d'un bon *vato.* »

Un euphémisme, Gabriela en était sûre, pour l'élimination définitive du dit *vato.* Etait-ce celui qui avait saboté sa voiture ? Assurément, s'ils s'étaient débarrassés de lui. Il avait saboté le travail, donc il ne leur était plus utile. Quelque part, elle ne ressentait aucune pitié pour l'élimination d'une ordure, surtout d'une ordure qui avait bien failli la tuer.

« Le client de mon *jefe* veut ta garantie que tu vas vendre, » poursuivit l'homme. « Fini de jouer. Tu comprends ? »

Gabriela hocha la tête.

« L'homme veut une réponse maintenant, ou tes beaux enfants seront relocalisés… » L'homme fit une pause, sourit, et caressa son visage avec le plat de la lame. « Ailleurs. »

La rage de Gabriela devant cette menace d'enlèvement de ses enfants se propagea à tout son corps en petits spasmes. Il fallait qu'elle libère sa bouche. Il fallait qu'elle informe les hommes à même pas cinquante mètres qu'elle était en danger. Il lui fallait une arme. Non, ses mains suffiraient, si elle pouvait les mettre autour du cou de l'homme. Menacer sa famille, ses enfants ? Elle allait tuer ce salopard, ou mourir en essayant de le faire, avant qu'il touche un de leurs cheveux.

Elle se tortilla, cherchant une meilleure position pour attaquer cette ordure, et grogna aussi fort qu'elle put. Peut-être les hommes entendraient-ils le bruissement et ses plaintes rauques.

« *El jefe* s'en fout de ce que je fais avec toi. Son client aussi. » L'homme bougea. Il plaqua son corps contre le sien et déplaça son couteau dans une position en travers de sa gorge. Il posa le couteau près de sa jugulaire.

« Gabriela ? »

« Madame Martinez ? »

Les voix des hommes n'avaient jamais été aussi bienvenues, mais elles étaient trop éloignées. Le couteau eut une secousse contre sa gorge, et Gabriela ne pensait pas pouvoir s'enfoncer plus loin dans la verdure, mais elle réussit tant bien que mal à bouger sa tête en arrière. Le mouvement accrut l'espace entre l'homme et elle, libérant l'un de ses bras.

Des dents blanches brillèrent dans la nuit.

« Je t'ai regardé, *mamacita*, » murmura-t-il près de son oreille. « Toujours entourée d'hommes. Toujours souriante, touchante. » L'homme secoua la tête en direction de sa maison et se mit à écraser son pelvis contre elle. « Deux hommes qui attendent. On dirait que tu aimes *pito*, salope. » Son sourire s'élargit et une haleine lubrique s'échappa de sa bouche tandis qu'il se pressait plus fort contre elle. « Peut-être que je peux avoir le premier tour, hein ? »

L'estomac de Gabriela se retourna et elle faillit étouffer. *Attends. Attends,* lui cria son esprit. Lui faire relâcher davantage sa prise, lui faire croire qu'elle était trop effrayée pour se battre, pour frapper. Il fallait qu'elle libère sa bouche. Il fallait qu'elle enfonce ses dents dans ce salopard. Mais comment diable allait-elle y parvenir ?

La brute enleva sa main de sa bouche. Gabriela avala de l'air, gonflant ses poumons soulagés de ce répit, mais se tétanisa quand elle sentit l'ordure se mettre à la caresser, pressant douloureusement sa poitrine.

Quelque chose craqua en elle.

« Espèce de fils de pute. »

Elle projeta violemment son front contre le nez du salopard et entendit un craquement mou. La douleur envahit son front, mais elle l'ignora. Quelque chose de chaud éclaboussa son visage, ses cheveux et son cou à l'instant où elle enfonça ses dents dans la chair tendre de son avant-bras. Pris par surprise, l'homme s'écarta d'une secousse, jurant, et elle le poussa de l'épaule avec une force qu'elle n'aurait jamais pensé posséder.

Elle courut vers le chemin menant à la maison et hurla comme une banshee.

« Richard ! » Sa voix déchira la nuit. « Richard ! »

Deux secondes plus tard elle fut plaquée au sol. Son corps rebondit et racla la terre, l'herbe et les dalles. Elle bougea tant bien que mal pour faire face à son agresseur. Son corps se transforma en un flou de mouvements tandis qu'elle mordait, griffait et donnait des coups de pied à son assaillant. Elle enfonça ses doigts dans ses yeux pendant qu'il lui écorcha l'oreille d'un coup de poing. Elle frappa son nez en sang. Il la relâcha, mais pas avant qu'elle ait entendu le grognement de douleur de l'homme. Elle s'éloigna de son agresseur en rampant comme un crabe. Ses mains agrippèrent à l'herbe et elle essaya de se relever.

« *Puta cabrona*, » jura-t-il en essayant d'attraper ses pieds, en empoignant un.

Elle rua avec l'autre pied. Elle rata son visage, mais atteignit son épaule. Elle essaya de rouler et de se lever. Elle le vit se préparer à bondir, le couteau toujours prêt. Comment diable tenait-t-il toujours ce couteau ? Il était trop près, bien trop près, mais elle n'allait pas lâcher sans se battre. Elle réussit tant bien que mal à hurler de nouveau, un cri perçant digne d'une voiture de pompiers, empoigna de la terre et la lui jeta au visage avant que l'homme puisse la lacérer.

RICHARD FAISAIT les cent pas sur la terrasse devant la piscine depuis ce qui lui semblait des heures. Il ne pouvait pas croire que Gabriela soit allée rendre visite à son connard de mari. Il avait envie d'envoyer son poing dans la figure de Roberto, de casser quelque chose, n'importe quoi. Il avait besoin d'évacuer en mettant quelque chose en pièces, et ce désir grandissait de manière exponentielle.

Spike, vautré sur l'une des chaises longues près du gril, gardait un œil attentif sur Richard tout en alternant les gorgées de bière et les sourires discrets. Il doutait que l'homme s'en prenne à Madame Martinez, mais pour l'instant Richard semblait être à même de briser les dalles à mains nues. Toujours en bon garde du corps, Spike paressait dans le coin et gardait un œil vigilant sur cette cocotte-minute humaine. Il fallait qu'il surveille l'accès d'angoisse de Richard pour le cas où cela dégénérerait.

Il lampa encore de la bière ; son corps calmement affalé était presque au niveau du malaise. Son instinct avait mis dans le mille ce matin. Richard avait joué le catalyseur explosif, pour le coup. En reliant les accès de colère de Richard, les choses bougeaient vraiment, au point qu'il était difficile de suivre. Spike était secrètement content. Madame Martinez avait depuis longtemps besoin d'un défenseur, et Spike aimait bien ce type. Il aimait le message « Cette femme est à moi. Pas touche » dans le regard de Richard. Ce n'était pas quelque chose qu'il avait souvent vu dans ce ménage depuis qu'il était à leur service. Spike espérait seulement que Richard trouverait un moyen d'évacuer rapidement sa frustration, de préférence avant que Gabriela apparaisse. Sinon, il devrait intervenir, et Spike n'était pas enchanté à l'idée de devoir botter les fesses de Richard et de se faire botter les siennes. Pas à cette heure de la soirée.

« Mais où est-elle, bon sang ? » fulmina Richard. Il regarda sa montre.

S'il avait fait plus froid, Spike aurait vu l'haleine de Richard flotter dans l'air froid. L'image de la cocotte-minute lui vint à l'esprit et il sourit, malgré la situation.

« Le temps ne va pas passer plus vite juste parce que vous le voulez, » dit Spike.

L'homme avait raison. Il ne s'était écoulé que trois minutes depuis la dernière fois qu'il avait regardé l'heure. Mais ça semblait être une éternité. Richard s'arrêta et leva le visage, quémandant à la nuit un peu de patience. Il aspira une grosse bouffée d'air froid, la garda pendant quelques secondes, et expira lentement. Son cerveau ne cessait de traiter les informations qu'il avait entendues, tentant de comprendre comment Gabriela n'avait pas jeté dehors son connard de mari, pourquoi elle n'avait pas divorcé au moment où elle avait découvert qu'il l'avait trompée, et pourquoi elle ne lui était pas revenue.

Il ouvrit les yeux. Il se sentait prêt à exploser à tout moment, et il ne voulait pas le faire avec elle. Il se remit à arpenter, la mâchoire serrée. Pourquoi ? Pourquoi ? Pourquoi ? Pourquoi restait-elle ? Pourquoi se dévouait-elle toujours à un homme qui l'avait clairement trahie, bon Dieu ? Roberto avait agi de façon intentionnelle. Délibérément. L'image soudaine de l'expression d'Enrique dans le bureau juste après la révélation involontaire de Gabriela lui revint à l'esprit. Il avait clairement lu son message, et Gabriela aussi. Mais Enrique se trompait. Il se trompait complètement. Richard et Gabriela n'avaient pas programmé ce qui s'était passé dans la maison sécurisée.

Putain, ils avaient évité depuis le début de tomber dans les bras l'un de l'autre. Merde. Il avait même sacrifié des années sans elle par égard pour son mariage, pour le connard d'à côté.

« Merde. »

Spike eut pitié. « Elle ne reste jamais plus de quinze minutes. Vingt minutes au maximum. » Il regarda sa propre montre. « Elle devrait arriver bientôt. »

Comme par enchantement, Richard entendit les doux accents de Gabriela qui souhaitait bonne nuit à quelqu'un. Roberto ? Sa colère bouillonna. Il se tourna dans la direction du son. Il avança d'un pas.

« J'attendrais une minute, » avertit Spike. Il croisa le regard de Richard, y lut l'avertissement, et l'ignora.

« Donnez-lui de l'espace et du temps. Elle a eu un putain de parcours ces derniers temps. » *Plutôt depuis quatre ans.*

Richard le regarda intensément.

Spike haussa les épaules. « Je m'en fous. J'interviendrai de toute façon. » Son regard était neutre. « Mon boulot est de protéger. Et elle paie mes honoraires exorbitants. »

Richard prit une profonde inspiration, puis une autre, et une autre. « Vous avez raison, » reconnut-il. « Elle ne mérite pas de faire les frais de ma colère. C'est Roberto que j'ai envie de massacrer. »

Spike ne lui dit pas qu'il n'en aurait jamais la chance, mais c'était la seule chose qu'il ne révélerait pas sur son employeur. Ce n'était pas son boulot de faire des révélations. C'était à Gabriela de le faire.

« Je suis heureux de l'entendre, » dit-il.

Détends-toi. Laisse-lui du temps. Calme-toi. Ce n'était pas sa faute si elle était généreuse. C'était l'une des raisons pour lesquelles il était devenu amoureux d'elle - son humanité. Il fustigea son impatience, son besoin.

Il se tendit. « Vous avez entendu ça ? »

Spike s'assit, posant la bouteille de bière par terre.

« Quoi ? »

Richard secoua la tête pour que l'autre se taise et tendit l'oreille pour entendre les bruits de la nuit. Il crut entendre un grognement.

« Gabriela ? »

Pas de réponse.

« Madame Martinez ? » répéta Spike.

Pas un mot, juste des bruissements. Aurait-elle pu faire une mauvaise rencontre ? Pourquoi ne répondait-elle pas ?

« Je n'aime pas ça, » dit Richard. Spike ne perdit pas de temps. Il fut aux côtés de Richard, à écouter également.

La sensation de picotement qu'il avait eue plus tôt se transformait en écorchure brûlante au derrière. Richard orienta sa tête. Ça recommençait, ce bruissement et… était-ce un chuchotement rauque ?

Quelque chose clochait.

Richard sprinta en direction du bruit. Au moment où il atteignait la piste entre les deux propriétés, il entendit la méchante insulte de Gabriela. Quand il l'entendit hurler son nom, il courait à toute vitesse, Spike non loin derrière.

HERB BRYCE ÉTAIT ASSIS dans sa voiture, l'appareil photo sur les genoux, son regard suivant l'écran d'affichage sans vraiment se concentrer sur ce qui y était capturé. Il était toujours sur la scène de crime ; la nuit était noire et silencieuse, en contraste total avec quelques heures plus tôt. La police, les secours, les passants, les proies de ses photos, tout le monde était parti. *Tout le monde, sauf votre serviteur.* Alors, pourquoi était-il toujours ici, à passer en revue les photos qu'il avait prises, à regarder, mais sans analyser ce qu'il voyait, comme un trou du cul de débutant ? Pourquoi n'était-il pas rentré chez lui et n'avait-il pas envoyé les photos à son rédacteur et aux médias d'information ?

Parce que quelque chose n'allait pas, lui répétait son cerveau. Quelque chose ne collait pas, il lui manquait des pièces. Cette histoire était plus compliquée, et il lui manquait une pièce essentielle du puzzle. Ça l'emmerdait royalement. Il détestait rester dans l'ignorance. Il détestait que le récit soit incomplet. Cela signifiait qu'il pourrait rater l'occasion d'un gain plus conséquent, d'un reportage plus important.

Il secoua la tête, la veille de la fréquence de la police déchirant de temps en temps le silence de la nuit. Il passa à la photo suivante. Il ne reconnut pas le Dupont avec Madame Martinez, mais il reconnut la limo. Cet homme était probablement celui qui était caché derrière les vitres teintées cet après-midi, celui dont le garde du corps de Madame Martinez avait préservé l'identité avec tant de zèle.

Il zooma dans le cadre. Les profils devinrent nets. Il n'avait jamais vu cet homme. Il ne savait pas qui il était ni comment il était lié à Madame Martinez. Il se focalisa sur leur image en rapprochant l'appareil photo de ses yeux. Il passa à l'image suivante. Et là encore, ce message ineffable qu'il recevait du langage corporel de ces deux-là. Le sien était protecteur, bienveillant. Herb irait même jusqu'à avancer, quoi, possessif ? Elle, eh bien elle s'appuyait sur cette protection, presque en demande ? Herb parierait sa prochaine paye qu'il ne se trompait pas. Il y avait là de la familiarité, de l'électricité entre eux. Ces deux-là partageaient une histoire, ou alors il se porterait volontaire pour faire du baby-sitting pour Gulper Marvin pendant tout un mois.

« … copie unité 45, » crépita le canal de la police.

Herb cliqua sur la photo suivante, et la suivante. Les mouvements de l'homme étaient souples, professionnels. Il avait bloqué la vue de Herb sur Madame Martinez et l'avait placée dans cette limo en moins de cinq secondes.

« … un quatre–cinquante–neuf signalé avec un possible deux–quarante-cinq. »

Herb avait l'habitude des mouvements d'évitement de Madame Martinez, mais celui-ci ? Celui-ci était professionnel. Qui diable était ce type ? Autre chose, où était son mari ? C'était comme s'il était tombé de la terre et avait disparu. Il n'était habituellement pas très présent, mais ces derniers temps, il faisait presque partie des disparus.

« Quatre–cinquante–neuf. Copie. Un onze–quarante–neuf a-t-il été envoyé ? »

Et l'accident, pensa Herb. D'après ce qu'il avait tiré de son interview avec la police, ils faisaient encore des vérifications sur son accident de voiture. Il n'avait pas pu leur tirer grand-chose après cela.

« Affirmatif. Canyon Road et Mariposa. Copie. »

Il y avait quelque chose ici qu'il ne pigeait pas. Ce n'était pas normal. *Quoi ? Quoi ?* Il sursauta quand l'adresse sur la fréquence de la police percuta son cerveau. C'était le voisinage de Madame Martinez. *Mais putain* !

Il atteignit le bouton du canal et monta le volume.

« Copie. Quatre–cinquante–neuf, avec possible deux–quarante–cinq à Canyon et Mariposa. Cinq minutes. »

« Roger, 45. »

Herb jeta l'appareil photo sur le siège passager de sa voiture et mit les gaz. S'il se dépêchait, il serait aux premières loges pour un cambriolage, avec une agression possible avec arme létale.

Herb Bryce sourit. Son patron aurait un orgasme avec les recettes de ce soir. Son sourire s'élargit. La bonne nouvelle était qu'il était en solo. Il n'aurait pas à partager avec ce trou du cul de Marvin.

La vie de cette femme était sa putain de mine d'or.

RICHARD MIT une seconde à évaluer la situation. Gabriela, par terre, le visage et le devant de son chemisier ensanglantés, essayait frénétiquement de se relever, tentant de trouver une prise pour échapper à son agresseur. La brute était accroupie à ses pieds qui s'agitaient, il crachait de la terre par la bouche et se servait de son avant-bras pour se débarrasser aussi de la terre dans ses yeux. Ses jurons orduriers emplissaient l'air ambiant comme des fumées toxiques, son couteau fendant l'air comme un pendule.

Richard sortit de ses gonds en voyant le visage ensanglanté de Gabriela. Il pointa dans sa direction et cria à Spike : « Sortez-la d'ici. Tout de suite ! » Il joignit le geste à la parole moins d'une demi-seconde plus tard.

Richard se rua sur l'intrus, le renversant dans la direction opposée à Gabriela. Utilisant son propre élan, il roula, se releva d'un saut, et fit face à son assaillant, dont les mouvements agiles l'avaient remis sur pied avec l'instinct et la rapidité d'un chat en pleine crise. Ce n'était pas un amateur, pensa Richard. C'était une racaille des rues qui connaissait les coups bas.

Maintenant, à moitié accroupi et crachant toujours de la terre de sa bouche en sang, l'homme envoyait des coups de couteau à Richard avec des mouvements saccadés, en décrivant des cercles. Ils se contournèrent dans cette danse macabre pendant une minute, l'homme bouclant le cercle à chaque fois qu'il frappait devant lui. Richard attendit, laissant la brute penser qu'il gagnait du terrain, qu'il avait le dessus. Au moment où il frappa de nouveau en avant, essayant cette fois de tailler dans le ventre de Richard, Richard lui saisit le poignet, projeta son bras en avant d'une secousse, et bloqua son genou dans son coude. Il entendit un craquement. Sans attendre une réaction, et satisfait du cri de douleur qui résonna dans ses oreilles, Richard pour-suivit avec un méchant coup de poing sur le menton.

Le connard tomba, se tordant de douleur, emplissant l'air d'autres invectives obscènes.

Richard chevaucha l'homme, l'attrapa par le devant de son T-shirt, et envoya de nouveau son poing dans la figure de la brute. L'homme grogna, mais resta juste au-dessus de l'état de conscience. Richard le souleva et frappa jusqu'à ce que les coups fassent perdre conscience à l'homme.

Puis il secoua sa main lorsque la douleur l'atteignit.

« Merde. » Ce fut tout ce qu'il dit, et il sourit.

CHAPITRE QUATORZE

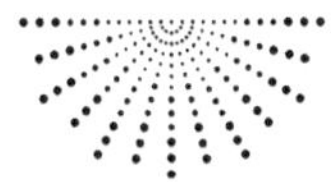

« Ça a été un moyen efficace de relâcher la pression, » commenta Richard, l'ironie de la situation ne lui ayant pas échappé. Quelques minutes plus tôt, il avait eu envie d'aplatir le visage de Roberto à coups de poing. Maintenant, non seulement il avait mis KO le crétin qui avait agressé Gabriela, mais il lui avait aussi cassé le bras qui tenait le couteau. Très gratifiant.

Spike tourna la tête vers le nervi qui se tordait maintenant sur le sol près de la piscine. Les obscénités qu'il proférait en pas moins de deux langues étaient le meilleur exemple de bouche de merde que Spike avait entendu depuis longtemps.

« Vous savez qu'il va vous accuser d'avoir exercé une force excessive, hein ? Mais qui est-ce qui chiale ? »

Richard sourit et soigna sa lèvre avec la glace que Gabriela avait apportée pour ses phalanges malmenées. L'enfoiré lui avait donné un coup de coude quand Richard l'avait mis à terre. Un coup chanceux. Après ça, cette racaille avait eu moins de chance.

« Belle action, patron, » dit Jeremy, décochant un

rapide coup de pied à l'homme au sol. « Il n'y a pas autant d'action d'habitude à la maison. »

Richard rendit son sourire à Jeremy. « Bienvenue dans mon monde avec Gabriela. »

« Très drôle, » railla-t-elle, agacée. Exact, mais pas drôle.

Elle fit demi-tour et refit le chemin inverse. Elle devrait vraiment peindre ce tableau, réellement digne d'un Greuze. Tous les adultes étaient maintenant assis ou allongés dans le coin de la piscine, à des degrés divers d'agitation, de colère, de choc et de vacherie, en attendant l'arrivée de la police. Elle était passée devant Jeremy Dieu sait combien de fois pendant les cinq dernières minutes, incapable de s'arrêter, et elle aurait aimé lancer un coup de pied occasionnel dans les reins de son agresseur, juste comme Jeremy le faisait à cet instant.

Elle regarda le garde du corps de Richard. Pauvre Jeremy. Il avait été réveillé par son patron et s'était comporté comme un soldat. Sans qu'on le lui ait demandé, il avait pris le contrôle de l'ordure insensée qui l'avait agressée, l'avait attaché comme un bœuf de rodéo, et montait maintenant la garde auprès de lui comme une sentinelle silencieuse dans la nuit. Il n'avait probablement pas beaucoup dormi. Il avait l'air échevelé, avec un pantalon de jogging et un T-shirt enfilés à la hâte par souci de bienséance, elle en était sûre.

Enrique, avec Bea à sa remorque, avait voulu échanger un dernier mot avec elle et était apparu à la poolhouse juste à temps pour voir Richard et Spike traîner son agresseur inconscient dans cette zone. Ils étaient maintenant assis côte à côte sur la chaise longue d'extérieur, s'étreignant les mains, leurs visages marqués par des degrés divers d'incrédulité. Son cousin ne cessait pas de secouer la tête. Bea lui serrait la main, plus pour se rassurer que pour le rassurer.

Eh bien, bienvenue dans mon monde, pensa Gabriela sans

aménité. Ils avaient un échantillon de ce qu'elle avait affronté autrefois et de ce à quoi elle était confrontée maintenant.

Quand elle passa devant la femme de son cousin, Beatriz lui offrit du réconfort pour la cinquième fois. Gabriela, pour la dernière fois, espéra-t-elle, refusa son aide. Elle ne supportait que personne, à part Richard, ne la touche en ce moment. Elle était sale, se sentait débraillée, était horrifiée et en avait marre, tout à la fois, et elle voulait garder intactes les preuves de son agression. Sa peau la tiraillait et la gênait à cause du sang séché sur son visage, son cou, ses cheveux et son chemisier ; les hématomes sur ses bras, ses genoux et son dos la brûlaient. Elle voulait que Richard la tienne pour la consoler, mais elle n'arrivait pas à rester en place. Si elle s'arrêtait, elle s'effondrerait, et il fallait qu'elle transmette à Richard et à Spike le dernier message de Wickeham. Il fallait qu'elle sorte immédiatement ses enfants de la maison. Elle avait envie de faire souffrir le salopard qui se tordait au sol. Elle se rendit compte que si son agresseur faisait vraiment partie d'un gang, sa vie deviendrait encore plus compliquée qu'avant. Ces gangs n'étaient habituellement pas tendres quand on attaquait l'un des leurs. Les représailles pouvaient être rapides et brutales.

Richard lui serra doucement l'avant-bras et l'immobilisa complètement. Il se pencha en avant, la regardant au fond des yeux.

« Mon ange. Arrête. »

« Je ne peux pas, » dit-elle, son regard trahissant ses émotions. « Et nous devons parler. » Son regard voltigea entre son assaillant et Richard. « Il a dit… » Mais elle ne put finir.

« Nous élaborerons des stratégies plus tard. » Richard caressa son visage, il avait envie de se pencher, de l'embrasser et de l'envelopper de ses bras. Il avait failli faire une crise cardiaque en la voyant lutter pour sa vie, le malfrat presque sur elle, son couteau prêt à la taillader. Il était alors devenu fou.

Des sirènes qui s'approchaient déchirèrent le calme de la nuit.

« Après le départ de la police, » finit-il.

« Il est temps ! » dit Enrique. C'était un son bienvenu.

« Monsieur Washington. Pouvez-vous les faire entrer par le portail voisin ? » demanda Gabriela, la voix marquée de fatigue. « Je ne veux pas que les enfants soient dérangés. Prévenez aussi l'infirmière de nuit. »

« J'y vais, » dit-il en courant en direction du bruit qui se rapprochait.

Quelques minutes plus tard, Spike amena sur les lieux deux agents de patrouille, suivis de près par les mêmes secouristes qui avaient travaillé sur la scène dans le garage de Mannie.

L'un des techniciens scruta leurs visages. Ses yeux s'éclairèrent en les reconnaissant. « Soirée animée. »

Putain. Un comédien, pensa Richard. « Ouais, » répondit-il avec sarcasme en désignant l'ordure qui hurlait à terre. « Bras cassé. »

« Je crois que je lui ai aussi cassé le nez, » ajouta Gabriela.

Le regard du technicien alla de la victime supposée au visage ensanglanté et aux coupures de Gabriela. « M'dame, vous avez besoin de soins. »

Gabriela écarta sa sollicitude d'un geste de la main. « C'est surtout lui, » répondit-elle en se dirigeant vers le policier le plus proche pour qu'il prenne sa déposition.

Les heures suivantes furent un cauchemar. Après la voiture de la patrouille et l'ambulance, l'inspecteur Correia, tout échevelé et très contrarié par les événements, fit son entrée à la suite de l'unité criminelle. Gabriela conduisit le détective à l'endroit où elle avait été agressée. Richard la suivait comme son ombre, écoutant son récit de l'attaque dans un silence trompeur. En le regardant de temps à autre, Gabriela estima qu'il avait envie de réduire encore le salopard en purée.

Après cela, les choses devinrent floues. La police prit de nombreuses photos de son visage, ses bras, son dos, et de son torse, répertoriant ses blessures. Ils en prirent d'autres des articulations enflées et de la lèvre fendue de Richard. Ils analysèrent la scène où elle avait été agressée avec une telle minutie qu'elle douta qu'un grain de poussière en rapport avec l'agression n'ait été examiné et prélevé. Ils recueillirent le couteau ensanglanté du malfrat et le chemisier de Gabriela. Son visage avait été passé aux cotons-tige à la recherche de preuves, nettoyé, et la coupure avait été suturée avec des stéri-strips. Ils recueillirent des dépositions détaillées sur l'implication de Richard, et interrogèrent Spike. Ils lurent ses droits au malfaiteur, lui dirent qu'il resterait en garde à vue à l'hôpital, et il y fut emmené en ambulance. L'inspecteur Correia les suivit de près.

Il était maintenant plus de deux heures. Gabriela s'affaissa, soulagée, dans le canapé et regarda tous les visages à la ronde, certains marqués par la fatigue, d'autres par la peur, et tous exprimant différents degrés de préoccupation.

Richard s'agenouilla devant elle et prit l'une de ses mains dans la sienne. Gabriela le regarda. Sa lèvre inférieure était moins gonflée, et ses vêtements étaient crasseux, froissés et déchirés après sa lutte avec l'agresseur de Gabriela. Elle regarda ses phalanges enflées et éraflées dont l'état était aggravé par son étreinte farouche, et sa respiration devint saccadée.

Ses articulations devaient lui faire mal. Elle libéra doucement sa main, entoura la sienne et se mit à caresser sa blessure, tout doucement. Elle ne supportait pas de le voir souffrir à cause d'elle. Plus jamais.

« Je suis tellement désolée, » dit-elle doucement. « On dirait que je te mets toujours en danger. »

Richard arrêta sa main d'une pression. Il se pencha, et attendit que ses beaux yeux se fixent sur lui. « Non. » De ses doigts, il rejeta en arrière les cheveux de Gabriela. Ses index caressèrent sa mâchoire avec une grande douceur. « Ce n'est pas ta faute, mon amour. »

Elle eut un sourire capricieux fugace. « Je suppose qu'il est trop tard pour te demander d'arrêter de m'appeler comme ça ? »

Il sourit, pas trop largement car étirer la coupure de sa lèvre inférieure lui faisait un mal de chien.

« Quatre ans trop tard, » avoua-t-il.

Ben, quelles conneries, pensa Jeremy. Il se sentait à la fois exclu, impressionné, gauche, et gêné d'être témoin de cette scène d'une profondeur intime. Ce que ces deux-là possédaient ressemblait à une combustion lente – une douce chaleur enveloppant chacun de vos pores, avec une passion qui couvait, attendant d'être attisée pour s'embraser. Leur passion était quelque chose d'ineffable, de presque impalpable, mais intense.

« Mais bon Dieu, qu'est-ce qui se passe, Gaby ? » demanda Enrique. Il semblait mal à l'aise, comme s'il ne voulait pas connaître la réponse.

Dieu, quand Enrique et Bea allaient-ils partir ? Elle voulait prendre une douche chaude pour laver son corps de toutes les traces de l'agression ; elle avait besoin d'eau presque brûlante pour enlever une couche significative de sa peau, pour effacer le contact de l'agresseur, pour ranimer son corps glacé, qui semblait se refroidir à mesure que le temps passait. Les effets du reflux de l'adrénaline étaient imminents, et il fallait qu'elle révèle l'information qu'elle n'avait pas donnée aux détectives. Il leur fallait un plan d'attaque.

« Le malfrat a transmis un message, » dit-elle à la

cantonade. Le regard peiné que Gabriela lança à Richard l'acheva presque. « Il a menacé… » Elle s'arrêta et déglutit.

Richard attendit.

Gabriela ne le quittait pas du regard. « De kidnapper et de disposer des enfants si je n'acceptais pas de vendre le manuscrit à Wickeham tout de suite. »

« Fils de pute, » explosa Richard.

« Il a dit qu'il a observé la maison, » ajouta-t-elle. « Il a laissé entendre qu'il le fait depuis deux jours. »

Richard fixa Gabriela, ses yeux semblables à des mares de glace insondables. Si les yeux pouvaient tuer, pensa-t-elle. S'il avait su ce qu'il savait maintenant, Gabriela était sûre que son agresseur serait mort et que son corps aurait été jeté dans le Pacifique plutôt que blessé et hospitalisé.

« Il faut qu'on sorte vite tout le monde d'ici, » dit doucement Richard.

« Oui, » répondit-elle, la respiration saccadée à force de retenir ses larmes.

« Correia a sorti les conneries habituelles, on ne peut rien divulguer, » ajouta Spike. « Mais il a confirmé à contrecœur que le connard qui vous a agressée fait partie d'un gang. »

Enrique eut l'air horrifié. « Un gang ? Ici ? Bordel de merde. » Il se tourna vers Gabriela, le regard incrédule. « Qui diable est ce type qui peut engager des membres d'un gang ? Dans quelle merde tu as entraîné la famille ? »

Bienvenue dans mon fichu monde.

« Locale ? » demanda Richard.

Spike secoua la tête. « Plutôt de Los Angeles. On parle de nouveaux hommes de main qui ont récemment essayé d'empiéter sur les territoires et les activités installés dans le coin de la Baie. »

« Il faut qu'on travaille sur la stratégie, » dit Richard à Gabriela.

« Monsieur Washington a élaboré un plan d'urgence il

y a quatre ans pour une telle éventualité, » dit Gabriela. « Il nous reste à le mettre en œuvre. »

Spike opina. « Il y aura quand même des choses à modifier. »

« Tout ça est un bordel complet, » explosa Enrique.

« Il faut mettre les enfants en sécurité demain. Ils ne peuvent pas aller à l'école, » dit Richard. Il regarda Gabriela. « Il faudra aussi déménager ta mère et ton père. »

Elle acquiesça, comprenant la nécessité de les protéger.

« Tout peut se faire incognito ? » demanda Richard à Spike.

Il acquiesça. « Une partie du plan. Mais nous dissimulerons mieux notre départ. Nous quitterons le coin avant de prendre le transport final. Il faudra qu'on déménage aussi les parents de la même manière. À organiser lors de notre rencontre préalable. »

« Et Roberto ? » demanda Richard.

« Roberto ? » Enrique eut l'air incrédule. « Roberto n'a pas besoin de protection. Il est… »

« Enrique, » l'avertirent en même temps Gabriela et Bea.

« *Nous* avons besoin de protection… Bea, moi-même. »

« Je vais appeler Jean-Louis et Julien demain… Je veux dire aujourd'hui, » dit Gabriela. « Ils devront revoir la sécurité à la galerie, et à l'événement. Et se préparer. »

« L'événement ? » dit Enrique, la voix un peu incrédule. « Il faut que tu l'annules. Vends la pièce. »

« Je n'annule rien du tout, » dit Gabriela, le regard dédaigneux.

« Tu es folle ? » s'indigna Enrique. « Ce type ne s'arrêtera que quand il aura ce qu'il veut. »

« Donc nous l'arrêterons, » dit Richard. « À Londres. C'est le seul moyen. » Il se tourna vers Jeremy. « Appelez Morris plus tard, donnez-lui les détails, et transmettez-lui les contacts de tout le monde. Voyez s'il a des suggestions à faire. »

« C'est insensé, » répéta Enrique.

« Rentre chez toi, Enrique. » Elle leva la main pour arrêter ce qu'elle savait être un nouveau sermon, et se leva. « Il n'y a pas grand chose que nous puissions faire maintenant. De plus, je suis fatiguée, sale, et je veux dormir un peu. » Elle balaya du regard tous les visages. « Comme tout le monde. À quelle heure devons-nous nous retrouver ? » demanda -t-elle à Spike.

« À six heures. Matthews et Rivers sont en route. Nous verrons tout en détail et travaillerons sur les préliminaires. »

« Je vais prendre une douche. » Elle se retourna et disparut en direction de sa salle de bain.

Bryce rentrait enfin chez lui. Son niveau de satisfaction était indescriptible, sa cupidité avait été comblée. Dès qu'il arriverait chez lui, il sélectionnerait les meilleures photos à publier et les enverrait immédiatement. Son rédacteur préparerait tout pour la publication et imprimerait son travail pour la prochaine édition.

Des gros titres lui passaient par la tête, ainsi que le bilan de la soirée.

Série de crimes au garage de Mannie.

Par ici la monnaie !

L'homme mystère de la célèbre Martinez… Où est son mari ?

Nan. Il n'aimait pas celui-là.

La célèbre Martinez plaque son mari pour un homme mystérieux.

Ah, là, il y avait des possibilités.

Encore mieux : *Le triangle amoureux des Martinez*, marqué d'une petite légende disant : *l'illustratrice Gabriela Martinez déchirée entre son mari et un beau gosse mystérieux.* Plus Par ici la monnaie !

Mais le clou était ce qu'il avait enregistré chez elle.

Révélations sur un membre de gang harceleur de Madame Martinez — il finit à l'hôpital.

Ce n'était pas totalement satisfaisant, mais il trouverait quelque chose avant la nuit.

Herb entra dans son allée, son visage arborant un sourire suffisant.

Par ici la monnaie !

CHAPITRE QUINZE

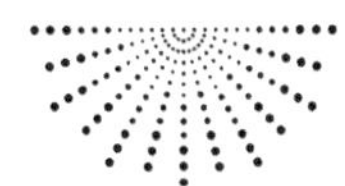

GABRIELA SE TENAIT AU MILIEU DE LA SALLE DE BAIN, SE disant qu'il fallait qu'elle s'active. Il lui semblait qu'une éternité s'était écoulée depuis qu'elle s'était tenue sous le jet de la douche chaude, frottant du shampooing avec de petits mouvements mécaniques sur ses cheveux, son visage et son corps, le cerveau insensible à toute pensée, laissant l'eau couler sur son corps comme un baume fumant. Ses mouvements après cela étaient toujours aussi robotiques : elle avait machinalement enfilé une chemise de nuit et l'avait recouverte d'un peignoir, son cerveau ayant cessé de fonctionner. Le poids et la chaleur du peignoir avaient tellement échauffé sa peau qu'elle l'avait enlevé. Ou plutôt jeté. La chose gisait toujours sur le sol comme une forme confuse, plutôt comme elle se sentait.

Ses yeux perçurent son reflet avec détachement. Quelque part dans les recoins de son esprit, elle savait qu'elle souffrait probablement d'un traumatisme différé, mais son cerveau refusait de s'en préoccuper. Il faudrait qu'elle pleure, mais ses yeux demeuraient secs. Elle devait mettre de la pommade sur sa peau égratignée et coupée, mais ses mains ne bougeaient pas. Elle devrait aller au lit.

Mais elle ne le faisait pas. Elle restait juste rivée à sa place, son reflet lui renvoyant un regard vide, son corps ressemblant à une voiture au point mort.

De légers tremblements vibraient le long de ses terminaisons nerveuses et de ses muscles. Son corps lui semblait si tendu, comme s'il avait été comprimé, contenu à un tel degré que si ce qui la faisait tenir se rompait, elle exploserait comme une supernova. *Assieds-toi, assieds-toi avant de t'évanouir*, lui cria son esprit. Mais le son eut un faible écho en elle, comme s'il montait d'un abysse. Peut-être était-elle figée dans le temps, incapable de rompre cette inertie ? Elle cligna des yeux et vit son reflet cligner. Ses yeux parcoururent son corps, virent sa main tenir quelque chose et le lever. Crème hydratante, lut-elle. Les mains légèrement tremblantes, elle posa le flacon de verre avec de grandes précautions sur le comptoir et le poussa hors de portée avec son index.

Sa respiration était saccadée. Elle ferma les yeux, étendit les bras pour saisir le bord du comptoir, et se pencha en avant. Il fallait qu'elle s'arrime à quelque chose de tangible. Elle se sentait désorientée et ses jambes semblaient maintenant être en caoutchouc. Comme une somnambule, elle se redressa, lança un regard circulaire et recula pour s'asseoir au bord de la baignoire, mais glissa sur le sol carrelé. Elle plia les jambes, les étreignit et laissa tomber sa tête sur ses genoux.

Comment cela pouvait-il lui arriver de nouveau ? Comment sa vie pouvait-t-elle encore se retrouver dans un tel chaos ? Qu'avait-elle fait dans sa vie pour mériter cela ?

Elle changea soudain de position. Le corps et le cerveau de Gabriela enregistrèrent simultanément : quelqu'un était assis à côté d'elle, et un bras fort et chaud lui entoura les épaules, pressant son corps contre sa chaleur et sa force.

Richard.

Gabriela inclina la tête, et ses yeux rencontrèrent ceux

de Richard, qui étaient très inquiets. Ses cheveux étaient mouillés, comme les siens, son T-shirt gris donnant à son regard une teinte fumée intense. Il coinça une mèche de cheveux mouillés derrière l'oreille de Gabriela et prit son menton dans sa paume.

Il leva le visage de Gabriela.

Se pencha lentement.

Le baiser fut doux, davantage consolateur que passionné. Gabriela fut attirée par son asile, sa chaleur. Il poursuivit sa douce offensive, encore et encore. Il grignota sa lèvre inférieure. Explora lentement sa bouche comme un amateur de vin qui extrait tous les arômes et le bouquet de ce qu'il goûte.

Il se recula.

Gabriela empoigna son T-shirt et gémit, désemparée par cette perte. Il appuya le visage de Gabriela contre son épaule, déposa un baiser comme un soupir sur sa tête, et entama des caresses hypnotiques sur son visage.

« Chut, » chuchota-t-il. « Tout va bien. Je vais prendre soin de toi. »

Gabriela s'étouffa, implosa. Les larmes affluèrent et se mirent à couler, de grosses gouttes mouillées qui tombèrent sans toucher sa peau. Elle eut un haut-le-cœur. Ses propres émotions l'étouffaient et ses poumons tentaient de se gonfler toutes les quelques secondes pour reprendre sa respiration. Elle se noyait, et seuls les bras de Richard l'amarrèrent pour l'empêcher de se perdre dans la tempête qu'elle s'était fabriquée.

Richard sentit ses tremblements et ses larmes, et eut envie de hurler dans la nuit. Il la serra encore plus fort. Il aurait voulu effacer ses souvenirs, la souffrance et le cauchemar de l'agression. Il aurait préféré qu'elle fulmine, tempête, jure jusqu'à l'autre bout de la galaxie. Il préfére- rait sa violence à ces pleurs maîtrisés, désespérément silencieux.

Il se mit à la bercer jusqu'à ce que les muscles de son dos lui hurlent leur plainte. Il se rendit compte qu'il fallait qu'ils se relèvent du sol carrelé froid, sinon leur état serait encore bien pire dans une ou deux heures.

Il se reprit, serra les dents et la souleva dans ses bras. Son corps vibrait contre le sien, secoué de spasmes. Richard se leva. Il avait repéré une bergère très confortable dans un petit recoin à droite de son lit quand il était entré dans sa chambre. Il alla dans cette direction et s'assit, la tenant sur ses genoux, sans jamais cesser ses murmures rassurants, la berçant comme une enfant, essayant de neutraliser ses tremblements, d'arrêter le flot de douleur.

« Ne pleure pas, mon ange, » répétait-il sans cesse, caressant son visage. « S'il te plaît ne pleure pas. Tu sais que je déteste te voir pleurer. »

Il la berçait, inhalait son odeur, et sentait sa chaleur. Il aimait tant cette femme qu'il en était submergé. Et malgré leurs années de séparation, cet amour ne s'était pas estompé, mais avait grandi. Comment cela pouvait-il être même possible ? La prise de conscience se fit jour que tout était en relation avec le fait qu'il savait que Gabriela était la mère de son enfant. Cette sensation lui était étrangère, et pourtant elle était aussi réelle que sa respiration. Comment pourrait-il exactement la définir ? Était-ce un sentiment d'accomplissement ? Non, pas exactement. C'était plutôt un sentiment de plénitude.

Richard perdit la notion du temps. Le corps de Gabriela commença à se détendre. Ses tremblements s'estompèrent. Il la serra plus fort et appuya sa tête contre l'oreille gauche du fauteuil. Il ferma les yeux et commença à sombrer dans une torpeur bienvenue.

« Pourquoi ne m'as-tu pas répondu ? »

Le chuchotement lui parvint, et le choc l'éveilla.

« Quoi ? »

« Pourquoi ? Je t'ai écrit. Deux fois. »

Richard se raidit comme si on l'avait frappé. « Qu'est-ce que tu racontes ? »

« D'abord, je t'ai seulement demandé que tu m'envoies un mot de temps en temps. Une carte postale, » murmura-t-elle, un univers de souvenirs douloureux envahissant sa voix. « Pour garder le contact, même sporadique, jusqu'à ce que j'arrive à résoudre les choses. Je ne te demandais pas plus. »

« Maurice l'a su? »

Gabriela secoua la tête. « Je les ai envoyées directement à ton bureau. Elles ne m'ont jamais été retournées. On aurait dit que le monde t'avait avalé. Je ne savais pas si tu t'étais fait tuer. » Elle hoqueta et se pelotonna plus fort dans sa chaleur.

Richard fut incapable de parler. Elle l'avait contacté. Il n'avait pas vraiment imaginé qu'elle ferait la démarche d'entrer en contact immédiatement avec lui, pour maintenir entre eux une ligne de communication, une porte ouverte. Il aurait dû s'y attendre, même s'il lui avait demandé dans sa lettre de ne pas le faire, du moins pas avant que son mariage échoue de lui-même. Maintenant il comprenait sa réticence initiale, sa réaction à sa présence hier, son manque de confiance.

« Ma dernière… je… eh bien… quand j'ai… tu sais… ma grossesse… un tel silence. J'ai imaginé le pire. »

Qu'est-ce qui pouvait être pire, pensa-t-il, que de penser qu'il était mort ?

« Tu as imaginé quoi ? » lui demanda-t-il calmement.

Elle ne répondit pas.

Il lui pressa l'épaule et insista : « Gabriela ? »

« Que tu m'avais abandonnée, » déclara-t-elle depuis le refuge de sa poitrine, la voix étouffée. Sa respiration était saccadée. « Que tu étais passé à autre chose, que tu avais trouvé quelqu'un d'autre. »

À ce moment, Richard eut envie de mettre en petits

morceaux méprisables son ancien patron jusqu'à ce qu'il n'en reste qu'une masse sanglante informe. Il essaya de se concentrer sur Gabriela plutôt que sur sa violente envie d'éviscérer Jack Seldon. Qu'avait-il attendu de son salopard d'ancien patron ? Seldon avait dû lire et balancer les lettres de Gabriela, ignorant ses demandes. Il crispa ses paupières, tentant de reprendre le contrôle de son besoin irrépressible de violence et de destruction. Il était vraiment con. N'était-ce pas ce que tout le monde disait de ceux qui se font des idées ? Il s'était imaginé beaucoup de choses, notamment en plaçant sa confiance dans un homme qui pensait d'abord à la mission plutôt qu'aux besoins personnels de ses agents. Il s'était imaginé qu'elle contacterait Maurice plutôt que Jack. Il s'était imaginé qu'elle ne ferait pas la démarche avant d'avoir pris une décision sur son mariage, comme il le lui avait demandé.

« Regarde-moi. »

Il eut le cœur brisé de voir ses yeux déborder de larmes, dont certaines avaient serpenté sur ses joues. Il prit une profonde inspiration et en sécha une avec son pouce. La colère affrontait son amour et sa détermination.

« Je n'ai jamais reçu tes lettres. »

« Jamais ? »

Le doute fugace qu'il y lut le blessa profondément.

« Bon Dieu, » tempêta-t-il. « Comment as-tu pu croire que je pourrais t'abandonner ? »

« Tu as disparu le jour même où tu as promis de rester à mes côtés. »

« Merde, » dit-il, exaspéré. « Il fallait que je débriefe. Je n'avais pas le choix. Je t'ai dit… »

« Je sais ce que tu m'as dit, » dit-elle, irritée, sa propre colère montant. « Crois-moi, le contenu de ta lettre est gravé pour toujours dans ma mémoire. »

« Mais j'ai expliqué… »

Elle prit une profonde inspiration pour se calmer.

« Ce n'était pas juste, » dit-elle, en le pressant pour exprimer ses excuses. Faire des reproches à Richard n'était pas la bonne réponse.

« Tu avais raison, tu sais. Il fallait que je donne une chance à mon mariage. Sinon, les regrets m'auraient détruite… nous auraient détruits. J'ai donc honoré ta demande, mais pas ton silence, je n'ai pas pu. Je voulais seulement un signe de vie, de sollicitude. » Elle haussa les épaules. « Ai-je été égoïste ? »

« Non, » dit-il en l'embrassant sur le front. Comment l'amour de cette femme pouvait-il toujours grandir ? Il frotta sa joue contre ses cheveux. « Non. Juste humaine. »

« Qui a intercepté mes lettres ? » dit-elle.

« Mon patron. » Richard cracha les mots comme s'ils avaient été de l'acide.

« Pourquoi ? Qu'est-ce qu'il avait à leur reprocher ? »

« Mon ange, mon ancien patron était et est toujours un salopard de grande envergure. Il savait probablement que je lâcherais toute mission sur laquelle je travaillais dès que j'aurais de tes nouvelles. »

De l'humour envahit le regard de Gabriela. « Tu veux dire que tu serais venu à ma porte à l'improviste pour me réclamer ? »

« Tu as complètement raison, » dit-il. Il étendit ses mains dans ses cheveux, immobilisa sa tête et l'embrassa avec toute la passion, l'amour et le désir qu'il avait contenus. Il n'y avait pas non plus d'excuse pour l'aspect charnel sous-jacent de son désir.

Les émotions de Richard ressemblaient à un tourbillon dévastateur qui entraînait Gabriela dans la fournaise de son désir, et elle lui rendit son baiser avec un abandon qui n'était pas dans sa nature – du moins avec personne d'autre que Richard. Si elle avait été debout, elle aurait fondu dans ses bras et aurait atterri au sol comme une flaque désossée.

Une éternité s'écoula. Ils firent surface pour respirer et

se regardèrent. De la faim et du désir. Gabriela tenta de maîtriser son esprit et son corps rebelles. Ce n'était ni le moment ni l'endroit pour faire l'amour de façon irresponsable. Les enfants étaient à proximité. Ce serait mal maintenant, dans sa maison. Son mariage n'était pas encore dissous, même si cette question ne l'aurait pas arrêtée maintenant. Mais les enfants...

Elle posa les mains sur la poitrine de Richard en signe de, quoi ? Apaisement ? Promesse ?

« Nous ne pouvons pas, » murmura-t-elle en l'embrassant doucement. « Pas ici. Pas maintenant. En ce moment plus que jamais. »

Richard implora son cerveau et son corps de se contrôler.

« Je sais, » admit-il en lui donnant un dernier baiser vorace avant de se reculer.

Elle eut un profond soupir hésitant en reposant sa tête contre l'épaule de Richard. Elle entendait les battements chaotiques de son cœur, qui ressemblaient tellement aux siens. Elle sentit sa main se déployer sur son abdomen plat, et y appuyer.

« Ça a été difficile ? » Il essaya d'imaginer leur enfant grandissant là, remuant, donnant des coups de pieds. La vie. Sa vie se développant à l'intérieur de Gabriela. Il avait raté tant de choses. Sa poitrine lui faisait mal.

« Non, » murmura-t-elle. « Pas de complications. Le travail a été rapide. Ça a fait un mal de chien, comme d'habitude. »

« Tu m'as maudit, hein ? »

« Plus que tu aimerais le savoir. » Elle eut un doux sourire.

Richard déplaça leurs corps, les mettant plus à l'aise sur le fauteuil. Pendant quelques instants, ils furent enveloppés de silence.

« Il est au courant ? »

Gabriela savait ce qu'il voulait dire. « Non. Il a été un bon père, Richard. Malgré ses défauts, Roberto adore nos enfants et ferait tout pour eux. »

Richard pencha la tête et l'embrassa doucement. « Merci. »

Les yeux de Gabriela, un peu ébahis, posèrent la question à la place de ses lèvres.

« Un autre s'en serait débarrassé, ou aurait donné notre enfant. Ou aurait été violent, » dit Richard, la voix soudain sèche et éteinte. « Mais tu m'as fait cadeau de Luisito. Il est beau, heureux, épanoui. » Pendant un moment, Richard pensa à sa propre enfance stérile. « Aimé, » finit-il.

« Oh, Richard. » Sa voix se brisa. Elle ne comprenait que trop bien son passé. Quatre ans auparavant, le récit qu'il lui en avait fait lui avait brisé le cœur. Et maintenant encore.

« Je ne peux plus m'éloigner, Gabriela. J'ai besoin de lui,… putain, il faut que vous reveniez tous les deux dans ma vie pour toujours. » Il la regarde. « Tu me refuseras ? »

« Non. » Elle se lança. « J'ai déjà demandé le divorce à Roberto, » avoua-t-elle. « J'allais contacter Maurice le jour où Roberto a eu son accident. »

Richard l'embrassa. Il ne put s'en empêcher. Elle avait fini par faire son choix, et c'est lui qu'elle avait choisi. Quelque chose en lui se dilata et s'apaisa. Elle lui appartenait.

Richard libéra les lèvres de Gabriela et appuya son visage contre sa poitrine. Il ferait mieux d'arrêter. Son désir pour elle était douloureux, et le lit était si commodément proche. Il lui fallait une autre douche, cette fois très très froide.

« Et maintenant ? » murmura-t-elle. « Les enfants ont besoin d'être protégés . Je ne les laisserai pas assister à quoi que ce soit d'inconvenant entre nous. Tout doit rester secret jusqu'à ce que le divorce soit prononcé. Et ça risque de ne pas se produire bientôt. »

« Pourquoi ne me dis-tu pas, alors, ce qui ne va pas avec Roberto ? »

Le silence soudain et total dans le corps et la respiration de Gabriela confirmèrent ses soupçons.

« Arrête de tourner autour du pot, mon ange. Qu'est-ce que tu me caches ? Pourquoi tout le monde se fige et marche sur la pointe des pieds dès qu'on mentionne ton futur ex-mari ? »

Jésus. Richard et son instinct. Qui avait besoin d'un détecteur de mensonges ? Quand même, c'était difficile de s'ouvrir. Gabriela n'avait pas l'habitude de partager, d'être le livre ouvert qu'elle avait été autrefois.

« Alors ? » Son intonation restait inflexible.

« Parce que personne ne sait que j'ai demandé le divorce à Roberto, et qu'après l'accident les choses se sont compliquées. »

« Je sais, mais ce n'est pas tout, » déclara Richard avec conviction.

« Quelques semaines avant qu'il soit blessé, Roberto a finalisé un nouveau procédé pour les plastiques qui révolutionnerait l'industrie, mais il n'avait pas encore déposé la demande de brevets. Puis l'accident s'est produit. Je ne savais pas ce qu'il avait prévu jusqu'à ce que je parcoure ses notes. Heureusement, il avait rempli les demandes de brevet avant d'être blessé. À partir de ce moment, ça a été la bousculade : les juristes qui ont monté la procuration, Enrique qui a géré les détails quotidiens au bureau, cachant l'état de Roberto à ses cadres, accélérant la recherche de brevets. Notre problème le plus grave a été la recherche préliminaire auprès du Bureau de Dépôt des Brevets. Les juristes nous ont avertis en termes clairs que si nous divulguions ce que nous étions en train de faire, nous pourrions tout perdre. Personne ne doit dire un mot jusqu'à ce que le brevet soit validé, et je ne peux pas divorcer avant cela. »

Richard ne dit rien, digérant l'information. Quelque chose ne collait toujours pas. Il savait très bien, comme il avait traité avec des juristes la plus grande partie de sa vie, ce que signifiait une procuration. Mais pourquoi diable Gabriela aurait-elle besoin d'une procuration ? Pourquoi diable fallait-il qu'elle patiente pour obtenir le divorce ?

« Désolé, mon ange, mais je suis toujours désorienté. Roberto n'est pas à côté, à gérer de là ses affaires ? Pourquoi es-tu si impliquée dans son entreprise, dans ses problèmes ? Que vient faire ton cousin dans l'histoire ? Pourquoi n'es-tu pas encore divorcée ? »

« Il est frappé d'incapacité, » dit Gabriela. « Il est dans… »

Le téléphone hurla.

Elle sursauta, et elle dégringola des genoux de Richard avec l'agilité d'un acrobate. *Oh, mon Dieu. Oh, mon Dieu.* Était-il arrivé quelque chose à Roberto, pensa-t-elle désespérément, son cœur battant de plus en plus vite dans sa gorge. Richard l'arrêta avant qu'elle atteigne le récepteur.

« Je parie que c'est Wickeham. Mets le haut-parleur. »

Elle acquiesça, respira lentement pour calmer son cœur qui s'emballait, souleva le récepteur et enfonça en même temps le bouton du haut-parleur et d'enregistrement du téléphone.

« Allô ? » croassa-t-elle.

« Bonjour, Madame Martinez. » La voix cultivée de Wickeham envahit sa chambre. « J'espère que je n'ai pas perturbé votre sommeil ? »

Gabriela grinça des dents. L'instinct de Richard avait encore marqué un point. C'était le salopard cultivé. Elle aurait dû deviner que c'était lui. Pourquoi ce soir aurait été différent ?

« Oh, non, Monsieur Wickeham, » répondit-elle

narquoisement. « Je gambade tous les jours jusqu'à l'aube juste pour être éveillée pour pouvoir prendre vos appels. »

Il y eut un gloussement au bout du fil. Un gloussement pouvait-il être froid ? Gabriela jura qu'elle sentait l'haleine froide de cet homme se glisser dans le récepteur. Richard se raidit à côté d'elle, mais garda le silence.

« Chère madame. Votre humour noir ne cesse de m'impressionner. »

« Alors cessez de vous étonner et venez-en au point. Que voulez-vous maintenant ? »

« Madame Martinez, » gronda-t-il. « Je pensais avoir été clair. Dois-je me répéter ? Comme c'est ennuyeux. »

« Et combien de fois dois-je me répéter ? C'est plutôt fastidieux de vous informer sans cesse que cela ne m'intéresse pas de vendre, à vous ou à quiconque, avant les enchères. Pourquoi mon refus ne finit-il pas par rentrer dans votre crâne épais ? »

« Vraiment, Madame. Ce n'est pas nécessaire d'être aussi grossière à ce sujet. Mon offre, après tout, est tout-à-fait raisonnable et lucrative. Vous seriez très avisée, et cela vous serait salutaire, de l'accepter. Je déteste tellement être forcé de passer de mes méthodes de persuasion à d'autres techniques plus agressives, dirai-je. Je pensais que vous accepteriez plus facilement ma suggestion après cette soirée. Votre refus constant dans ce jeu est plutôt importun. »

Richard voulut saisir le récepteur. Gabriela lui échappa, lui tapant sur la main et secouant la tête.

« Je ne vois pas de jeu dans ceci. Je suis peut-être une artiste, mais certainement pas une imbécile. Et j'en ai assez de votre harcèlement et de vos insinuations. Vous voulez mon œuvre ? Très bien. Déboursez l'argent à la vente aux enchères, comme tout le monde le fera. Je ne vais pas spolier les enfants de la paroisse de leur avenir pour votre caprice et pour votre ego surdimensionné. » Elle attendit que ça rentre avant d'ajouter : « Oh, et à propos. Merci pour le message, mais il a été refusé. Votre messager est actuellement sous arrestation à l'hôpital où il souffre, dirai-je, de nombreuses blessures. »

Si le silence pouvait gifler, elle se serait écroulée par terre. Quand Wickeham parla, sa voix était coupante, cassante comme de la glace fissurée.

« Je regrette que vous ne m'ayez pas compris clairement sur ce point, Madame. Vous allez finir par me vendre votre Livre d'heures, et à personne d'autre. Il est regrettable que vous soyez si obstinée et que vous ayez besoin de nouvelles persuasions. »

« Ne comptez pas là-dessus, » dit-elle avec impatience. « Je ne changerai pas d'avis.

« Nous verrons, » commença Wickeham, mais Gabriela ne le laissa pas finir. Elle reposa violemment le récepteur avant que Wickeham puisse dire autre chose. Du même geste, elle allongea le bras et débrancha le téléphone. S'il y avait une urgence, les infirmières la joindraient sur son portable.

Richard l'étreignit et lui donna un rapide baiser. « Bravo. J'ai cru que ce fils de pute allait avoir une crise d'apoplexie quand il a entendu que son dernier gorille avait été arrêté. »

« Moi aussi. » Gabriela vit le plaisir féroce dans les yeux de Richard.

« Nous sommes vindicatifs, n'est-ce pas ? » demanda-t-elle.

« Au maximum. »

Il sourit.

Elle lui rendit son sourire.

CHAPITRE SEIZE

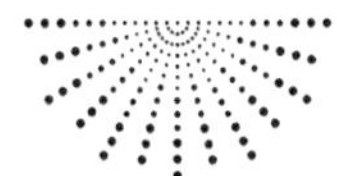

Gabriela contemplait le Pacifique. Elle se tenait au bord du rocher affleurant au-dessous de sa terrasse ; la mer agitée, ses eaux gris-bleu sombres et dissuasives, reflétaient son humeur. À des kilomètres à l'ouest une tempête se préparait, mais elle était sûre que le front bas qui arriverait en fin d'après-midi ne serait rien à côté de la tornade imminente qui s'abattrait bientôt sur sa vie.

C'était son moment de répit, ses pensées en phase avec la mer, où elle récupérait des forces et de la paix du mieux qu'elle pouvait.

Depuis l'aube, la maison avait été une ruche d'activité, tous les adultes s'activant à effectuer des tâches. Elle avait fui ici, non l'agitation dans sa maison ni les innombrables personnes requérant son attention d'une manière ou d'une autre, mais l'obligation de garder une façade enthousiaste pour les enfants. Tout ce qu'elle voulait était un moment intime pour laisser la tristesse l'envelopper. Spike voulait partir avec les enfants avant l'arrivée de la tempête annoncée, de préférence d'ici une demi-heure.

Merci, Action News 8, pour la prévision aussi précise de la météo locale.

Injuste, injuste, injuste. L'urgence d'éloigner les enfants de sa proximité était, eh bien, urgente, pensa-t-elle, surtout après l'agression d'hier. Leur départ ne pouvait pas être compromis, et devait se dérouler avant que quiconque ait vent de ce qui se passait, surtout Herb Bryce. Son visage se fronça de dégoût. La manière dont cet homme s'était pointé chez elle hier soir était toujours un mystère. Ce qui l'horrifiait était l'indiscrétion inconsidérée dont il avait fait preuve hier soir, prenant des photos de la police, de l'ambulance, du malfrat, et de tout ce qu'il avait pu enregistrer. Il avait également essayé de s'introduire dans son jardin, mais Spike l'en avait empêché. Ce matin, tout le monde avait admis que rien n'empêcherait Monsieur Bryce d'apparaître sur le seuil de sa porte plus tard dans la journée pour consigner ses déplacements et ceux des enfants. Et peut-être de suivre Spike. Le tout était de l'éviter à tout prix.

Par conséquent, l'urgence de déménager les enfants était d'une importance capitale, Richard, Jeremy et elle devant disparaître juste après.

Bon, les bagages des enfants étaient faits et ils étaient prêts à partir, enthousiasmés par ces vacances surprise avec *Abuelo* et *Abuela*. Elle avait fait ses bagages plus tôt, avec l'aide de Jean-Louis. Les bagages de Richard et Jeremy étaient prêts, essentiellement parce qu'ils n'avaient pas eu le temps de défaire leurs bagages. Ceux de Spike étaient faits. Tout le monde avait fait ses bagages, bagages, pensa-t-elle absurdement.

Gabriela se serra le ventre en un geste protecteur. Matthews et Rivers arriveraient bientôt avec les véhicules de location pour prendre Spike et les enfants. Elle se sentait coupable de perturber la vie de ses fils, de les mettre en danger, même si elle n'en était pas responsable. Elle frissonna comme pour se débarrasser de poussière. *Sois sincère,* s'admonesta-t-elle. Rien n'était non plus de sa faute. Quelle sorte d'homme recourrait à de tels extrêmes pour obtenir une de ses œuvres ? Ça ne pouvait pas arriver dans la vraie vie, bon sang. Quelles étaient les possibilités d'avoir à affronter un autre cinglé qui en voulait à sa vie ? Sa vie ?

Gabriela secoua la tête. Ce n'était pas le sujet. Mais la possibilité que l'on fasse du mal à ses enfants l'était. Elle ne voyait pas d'autre issue à ce pétrin que de mettre en œuvre les mesures de protection qu'ils avaient décidées. Elle pouvait gérer tout ce qui la visait, mais l'enfer s'embraserait avant qu'elle laisse quiconque, *quiconque*, toucher à un cheveu de ses enfants ou les enlever, ou les détenir en otages. Et ce dingue n'avait pas de scrupules ni ne manifestait aucun signe de renoncer à ses plans, il fallait donc qu'elle l'arrête ; il fallait qu'elle vende rapidement le manuscrit. Richard avait suggéré que Wickeham cesserait de se focaliser sur elle dès que le manuscrit ne serait plus en leur possession. Quelque part, elle en doutait. D'après ses conversations, et d'après son propre instinct, cet homme était probablement un salopard vindicatif. Même si l'ami de Jeremy, ce Morris, trouvait un plan infaillible pour incriminer cet imbécile et l'envoyer pourrir en prison, son instinct lui assurait que Wickeham se vengerait depuis la prison. Espérons que Richard ait raison, pensa-t-elle : vendre son œuvre et envoyer ce crétin en prison mettrait fin à tout. Peut-être qu'alors elle pourrait reprendre le cours de sa vie, finaliser le divorce après l'obtention du brevet, et commencer une nouvelle vie avec Richard.

Richard.

Le sourire qui affleura sur son visage la soulagea de la pesanteur qui l'environnait. Ils avaient eu leur premier bras de fer une heure ou deux avant l'aube. Elle avait voulu qu'il retourne dormir dans la poolhouse. Il avait refusé catégoriquement, se pelotonnant sur la bergère et s'enveloppant tant bien que mal dans une couverture. Il lui avait dit carrément qu'il ne bougerait pas. Qu'elle ferait mieux de s'y habituer. Gabriela pensa que c'était inutile et le lui dit.

Après un échange de chuchotements, elle abandonna, se laissa tomber sur le lit le visage en avant et dormit d'un sommeil profond jusqu'à ce que son chien décide de la saluer en aboyant, les pattes avant sur le lit et le museau près de son oreille, le rire de Richard s'harmonisant en bruit de fond.

Elle avait débordé d'énergie après son réveil. Grâce à Richard, elle le savait. Le fait qu'elle se soit défoulée était aussi une des raisons de sa poussée d'adrénaline. Elle eut un sourire narquois d'autodérision. *Ha,* se moqua son cerveau. Sa réaction à Richard était la seule coupable de son excès d'activité. Elle sourit, se rappelant les baisers enflammés. *Fantastique.* C'était vraiment elle ? Son corps réagit au souvenir. *Ouais.* Elle se sentait également libérée de savoir que Richard était au courant pour Roberto, qu'il comprenait les enjeux et tiendrait bon, et qu'il l'avait retrouvée. Qu'elle n'était plus seule.

Peut-être maintenant pourrait-elle avoir un avenir.

Peut-être que Roberto en aurait un aussi.

Elle soupira. Ce n'était pas la première fois qu'elle priait avec ferveur pour que son mari sorte du coma. Malgré leurs problèmes personnels, malgré le fait qu'ils s'étaient éloignés et ne partageaient plus maintenant que leur amour pour les enfants, Roberto était un homme bon. Il méritait d'être heureux, même si, cette fois, le Destin lui avait servi une carte merdique lors de la dernière distribution. En dépit de tout, Gabriela ne voulait pas que ses enfants grandissent sans leur père. Ce n'était pas juste.

Elle soupira, regarda sa montre, et décida qu'elle pouvait s'accorder encore cinq minutes. La Nature avait toujours été son baume apaisant. Les vagues, soulevées par le vent, se brisaient contre les rochers près d'elle, pulvérisant dans l'air de l'écume et de l'eau. Elle respira le vent salé. Si seulement elle pouvait littéralement jeter ses ennuis dans le Pacifique et faire dévorer, avaler, et digérer ses malheurs au fond de l'océan par les flots agités. Mais la vie n'était jamais aussi simple.

RICHARD GARDAIT un œil sur le coin de la terrasse où l'escalier de bois tournait vers le rivage à l'extrémité de la propriété de Gabriela. Dix minutes plus tôt, il l'avait regardée s'échapper par la porte fenêtre de la salle de séjour pour disparaître à vive allure en bas des marches. Elle avait toujours fait cela quand elle en avait besoin, se souvint-il. La solitude lui permettait de rassembler ses pensées, l'aidait à rassembler ses esprits. C'était sa façon de réagir, de jongler, et de tout régler, afin de reprendre le contrôle de ses émotions. Il ne la blâmait pas. En ce moment, elle avait besoin de prendre de la distance. Il l'avait vue lutter avec ses sentiments depuis ce matin. Il l'avait vue combattre la tristesse tandis qu'ils discutaient des détails de dernière minute, incluant la finalisation des modifications dans ses plans de voyage en Europe et les mesures de sécurité additionnelles à la galerie et lors de l'événement. Mais surtout depuis la dernière heure, son regard était devenu vraiment angoissé face au départ imminent de ses fils. Il était étonné que la maison ne résonnât pas des sombres accents de quelque morceau classique orchestral tumultueux. Elle lui avait cassé les tympans en France, en passant un morceau à un moment d'angoisse.

Richard surveilla encore la terrasse. Il lui laisserait encore cinq à dix minutes. La première partie du plan, la sécurité des enfants, devait être mise à exécution, et le plus tôt serait le mieux. Là résidait sa nervosité, qui émanait de la nécessité viscérale de protéger les enfants, de les soustraire immédiatement au danger. Plus ils reportaient, plus il y avait de risques que les choses tournent mal, que quelqu'un les suive, que quelqu'un s'immisce.

Surtout Herb Bryce.

Cet homme était une sangsue sadique, apparaissant pour sucer autant de la misère de Gabriela qu'il pouvait en tirer profit.

Son regard se déplaça vers son fils, un petit tourbillon d'activité dépourvu du bouton d'arrêt. Il allait et venait comme une flèche depuis qu'il s'était réveillé ce matin, le chien le suivant fidèlement dans une adoration enthousiaste. Richard pensa brièvement au nom du chien. Était-ce une façon de reconnaître et d'honorer le mimétisme fidèle de l'animal avec leur fils ? Il se focalisa sur les dernières pitreries de son fils. Luisito cognait sans cesse deux dinosaures dans un combat de titans magnifiquement bruyant et complexe, effets sonores compris. Il était partout dans la salle de séjour, tournant dans la pièce Dieu sait combien de fois, souvent debout, oublieux de tout, devant le téléviseur où ses deux frères se livraient une bataille différente avec un jeu vidéo très bruyant. Pendant ces moments, les adultes savaient exactement où était Luisito d'après les explosions de dépit occasionnelles de ses aînés : « Ferme-la, Luisito, » ou « Pousse-toi de là. » Richard ne savait pas comment Gabriela tenait le coup. Il était épuisé de regarder tous les garçons, de répondre aux demandes fréquentes mais répétitives émanant du cerveau actif de Luisito, et il avait le tournis à force de le surveiller. Il faudrait qu'il s'habitue à cette folie s'il voulait rester un parent sain d'esprit.

L'idée le renversa pendant un instant. Il était parent, papa. Il avait créé cet enfant avec Gabriela.

Il ferma brièvement les yeux, en se souvenant du petit matin. Les émotions tourbillonnaient dans ses veines, et il dégustait le plaisir qui s'y propageait. Il frotta la cicatrice plissée sur son torse. Ces doses quotidiennes de Gabriela, quelque chose de si simple, de si banal pour d'autres, avaient généré une plénitude d'une telle ampleur qu'il en était pris de court. La satisfaction avait été si profonde quand il avait approché le visage de Gabriela et l'avait embrassée intensément, qu'elle l'avait fait vibrer comme le souffle d'une roquette. Ce qui était normal, ce qu'il désirait et voulait depuis des années, surtout avec cette femme, allait de soi pour beaucoup.

Mais pas lui. Il pourrait l'obtenir maintenant, pensa-t-il, quand ils se seraient débarrassés de Wickeham.

« Des signes d'elle ? » demanda Spike.

Luisito décida de déplacer sa guerre de dinosaures près des adultes. Le chien aboyait et sautait, essayant d'attraper les animaux en plastique.

« Non. J'allais lui laisser encore cinq minutes. » Richard ouvrit la porte fenêtre et laissa sortir le garçon et le canidé. « D'accord, ma petite dynamo. Dehors. Tu peux t'en donner à cœur joie à courir là-bas. »

Richard regarda son fils courir comme un fou autour de la terrasse. En quelques secondes, il finit par s'installer près du mur de soutènement à balustrade, les dinosaures avançant dessus par saccades et Zip regardant avec enthousiasme, sa queue remuant comme une pale d'hélicoptère dopée aux stéroïdes.

Jeremy se joignit aux hommes. « Les réservations sont faites pour New York, et le même jour pour Londres. » Il eut un sourire entendu. « Baby-sitter compris. »

Richard se renfrogna. Il était mécontent de cette dernière complication à son objectif d'avoir Gabriela pour lui tout seul. Une heure après l'arrivée de Jean-Louis pour les aider, les cousins de Gabriela avaient déboulé à la maison. En entendant leur plan final, le bon *padre* avait modifié son plan de voyage, comme Enrique et Bea ne pouvaient pas partir pour assister aux enchères.

« Allez-vous faire mettre, » dit Richard. « La réunion de nos cadres est toujours en bonne voie ? »

« Vivian a confirmé, ainsi que vos réservations pour le déjeuner au Bernardin. » Jeremy ne révéla pas qu'il avait dû recourir à une défense antimissile contre la curiosité et les questions dirigées de Vivian.

« Les parents sont en route ? » demanda Richard à Spike.

« Ils sont partis il y a quelques heures. Leur vol devrait se dérouler sans problème. »

« Prévenez-nous quand vous serez arrivés à destination. » Richard vit Luisito faire tomber les dinosaures par terre et disparaître dans l'escalier avec le chien. Cela devrait faire bouger Gabriela. Il regarda sa montre. Il était temps de partir.

« Et l'ordure qui a agressé Gabriela ? »

« D'après Correia, interrogé et détenu. Mais Los Angeles réclame ce connard, et ça énerve le bon détective. Apparemment l'abruti a plombé un rival là-bas il y a quelques mois. Trois bastos de 45 dans le bide. » Spike renifla, écœuré. « Le gars est un vrai emmerdeur. »

« Vous avez transmis que nous allons nous faire rares ? »

« Ça aussi, ça a contrarié Correia. » Spike sourit. « Mais il ne peut pas nous en empêcher. »

« J'aurais aimé être une mouche sur son mur quand vous l'avez informé que vous serez injoignable. »

Jeremy pouffa. « Attendez que Michael l'appelle. On en entendra vraiment parler. »

« Franchement, je m'en fous, » dit Richard. « Tant que Correia ne s'en mêle pas jusqu'à ce que nous en ayons fini avec Wickeham, je serai heureux. »

Le chien frappa à la vitre avec la patte, faisant sursauter les hommes. L'animal était revenu sans Luisito, et les regardait maintenant de l'autre côté de la porte fenêtre.

« C'est sa manière de taper à la porte ? » demanda Richard, amusé.

« Ouais, » répondit Spike. « C'est un emmerdeur quand il veut rentrer. »

Le chien tapa encore sur la vitre. Bon, l'animal insistait, il devait lui céder. Il entrouvrit la porte juste assez pour que Zip puisse se faufiler.

Mais le chien refusa d'entrer. Zip se mit à faire les cent pas, agité, gémissant et regardant en direction de l'escalier de la terrasse.

« Mais qu'est-ce qui lui prend ? » demanda Spike. « Stupide animal. Viens. »

Mais le chien refusa de bouger. Zip se mit à aboyer, les pattes avant étalées, la tête en avant, regardant les hommes. Richard regarda, pensant que l'animal était sérieux. Le chien se tourna en direction de l'escalier, revint, et gémit. La qualité de ses gémissements était différente de ceux des jeux habituels.

« Quelque chose ne va pas, » dit Richard, qui courut.

« *Mami.* »

Gabriela se tourna, souriant à la cacophonie de pas et de cliquetis de griffes qui lui parvenait. Comme à son habitude, Luisito avait descendu l'escalier comme un boulet de canon, Zip suivant sans délai.

Elle se pencha au niveau de la taille, attrapa son fils en pleine enjambée, le souleva et le serra contre elle. Elle savait qu'il fallait qu'elle reste un peu devant Zip, qui accueillait toujours avec enthousiasme toute participation à une fête de câlins. Si cela se produisait, elle aurait sur elle une boule de poils de trente-cinq kilos. Elle n'avait pas envie d'atterrir sur le derrière sur ce granit.

Luis écarta de sa mère le haut de son torse et la regarda.

« Qu'est-ce que tu fais ? » commença-t-il, et puis il n'y eut aucun moyen de l'arrêter. « On part quand ? Je peux prendre d'autres dinosaures ? Pourquoi Zip ne peut pas venir avec nous ? J'ai faim. »

Il encadra le visage de Gabriela avec ses mains potelées. « *Mami*, Tico et Tavi m'ont dit de la fermer. »

Gabriela sourit. « Vraiment ? »

Il bougea la tête plusieurs fois de haut en bas. « On peut partir maintenant ? Je veux voir Abo et Aba. Ils vont aimer mon nouveau canard. Ça va être long ? On va où ? »

Gabriela ferma les yeux. Si son cœur était une orange, ce serait de la pulpe en ce moment. Elle ne savait pas où Spike les emmenait. Cela avait été dès le début un élément non négociable du plan. Richard avait fulminé. Mais il en avait aussi compris la nécessité. Si l'un d'entre eux était capturé ou torturé, il ne pourrait jamais divulguer la localisation des enfants. Et elle ne pourrait pas non plus donner un numéro de téléphone. Spike utilisait ce qu'il appelait un téléphone veilleuse. À chaque fois qu'ils changeraient d'endroit, il taperait un code prédéterminé pour informer Gabriela que tout se déroulait selon le plan. Si il n'obtenait pas le code modifié alternatif de Gabriela en réponse à son A-okay, il passerait immédiatement au plan B.

« Abo et Aba veulent vous faire une surprise, mais je suis sûre que tes frères et toi allez passer un moment merveilleux. »

« *Mami*, je veux emmener Zip. »

Elle étreignit son fils. « Zip sera très bien chez Lupe. Tu ne veux pas qu'il attrape froid ou qu'il soit triste dans une cage dans un avion, non ? »

Il secoua la tête, les yeux agrandis, un voile de larmes altérant leur forme et leur couleur.

Gabriela le posa à terre. « Il est temps d'y aller, coquin. » Elle se mit à le chatouiller.

Luisito rigola et gigota de gauche à droite dans ses mains tendues, essayant d'échapper à ses mains chatouilleuses sans vraiment y parvenir.

Gabriela rit, le suivant partout, ses doigts chatouillant son cou, ses côtes et son ventre. Cela l'aida plus que son fils de transformer leur départ en un jeu. Zip suivait la cadence, entrant en action, aboyant, les poussant du museau, et courant en cercle.

Elle le guida vers l'escalier. Là, la montée fut une tâche plus difficile pour les jambes potelées de Luisito que la descente. Sa petite main dans la sienne, elle souleva son fils pendant qu'il sautait sur chaque marche, chaque saut comptant comme le compte de Sesame Street. Une fois sur la plateforme du milieu, elle le poursuivit encore un peu. Il saisit sa jambe, plaça ses petits pieds sur ses chaussures de sport. Elle le traîna un peu comme un monstre spastique à la Frankenstein.

« Okay, mon petit koala, allons-y. » Elle le souleva et tournoya. Quand elle eut fini, hors d'haleine, ils riaient tous les deux de façon incontrôlable.

« Encore, *mami*. Encore. »

Elle pressa son visage sur son épaule, le serra, et respira son odeur. Elle souhaitait souvent que Robertico et Gustavito aient encore cet âge. C'était toujours quelque chose de spécial de sentir tout le petit corps de votre enfant pressé étroitement contre le vôtre. Leur vie, leurs espoirs et leur amour irrépressibles vibraient à travers chacun de vos pores. Les câlins de Robertico et de Gustavito étaient maintenant différents. Ils n'étaient pas absents. Ils étaient seulement différents. Chaque étreinte avait maintenant la qualité d'un amour plus âgé, plus posé, d'enfants qui grandissent. L'amour déjà indépendant, on-essaie-de-te-tenir-à-distance-mais-on-t'aime-quand-même. Cet amour avec des câlins témoignant d'un abandon aussi insouciant faisait juste fondre votre cœur.

Elle perdit l'équilibre, tangua, et corrigea sa posture. Elle devait être plus étourdie qu'elle pensait.

« En haut, » ordonna-t-elle au chien. Elle fit un pas et la plateforme oscilla.

Gabriela s'immobilisa.

« *Mami* ? »

L'oscillation était minime, mais elle la sentit. Tremblement de terre ?

« Chut. Ne bouge pas. »

Rien. Elle fit un autre pas, sentit une planche bouger sous elle. Elle gagna la planche suivante sur la pointe des pieds et ne bougea plus.

Le chien retourna pour les rejoindre. Il y eut d'autres mouvements, un petit tremblement venu de ses talons qui atteignait ses bras.

« Non, Zip. En haut. Pas bouger. »

Elle regarda la dernière volée de marches. Avait-elle l'air un peu bancale ? Elle s'approcha pas à pas, saisit la rampe avec la main gauche, mais au lieu de sentir de la résistance, elle la sentit céder. Elle lâcha prise, se rééquilibra vers l'arrière, sentit la plateforme bouger sous elle, amplifier ses oscillations, trembler et s'immobiliser. Quelque chose craqua, tomba et s'immobilisa.

« *Mami.* » La voix teintée de peur, Luisito se cramponna à sa mère, ses mains serrant son cou, sa joue pressée contre la sienne.

« Ne bouge pas, mon chéri. Tiens-toi à *mami*. C'est un petit tremblement de terre. »

Mais l'était-ce ?

Zip gémissait, les frémissements de ses muscles faisaient trembler sa fourrure. Il voulait être avec eux, mais il était obéissant. *Bon chien*, pensa-t-elle absurdement. Elle chemina lentement vers la rampe près du mur. La plateforme bougeait à chaque léger mouvement. La plateforme était maintenant sa propre planche d'équilibre, avec son fils et elle comme poids disproportionnés pour la déstabiliser.

Gabriela regarda son chien. Elle connaissait l'ordre qui attirerait son attention.

«Zip… va chercher. »

Ce n'était pas un tremblement de terre. Le fils de pute de Wickeham avait encore frappé.

RICHARD et le chien s'arrêtèrent en haut de l'escalier. La vue qui l'accueillit n'était pas ce qu'il attendait. Gabriela se tenait immobile, leur fils cramponné farouchement à son cou, et elle leva les yeux vers lui quand il arriva. *Mais que diable se passait-il ?*

Richard scruta les environs, mais ne vit aucune menace. Il était encadré par Spike et Jeremy. Ils semblaient aussi perplexes.

Le chien gémissait toujours.

« Idiot de chien. » Richard annula sa réprimande par une caresse sur la tête du chien en se concentrant sur le visage de Gabriela. La peur et la colère se reflétaient tour à tour dans ses yeux. Quelque chose n'allait pas. Il s'avança.

« Non, » dit-elle dans un murmure guttural.

Richard se figea. Il attendit.

Les yeux de Gabriela essayaient de transmettre tant de mots et d'émotions. Richard lirait-il ses signaux ? Qu'est-ce qui pourrait les alerter sans effrayer Luisito ?

« Tremblement de terre, » dit-elle. Les hommes se regardèrent.

« Mais, Madame Martinez, » commença Spike, « il n'y a pas… »

Gabriela secoua la tête, mais le mouvement était si prudent, raide et lent qu'elle ressemblait à une caméra de sécurité réglée pour capturer chaque pixel dans son rayon d'action. Elle télégraphiait son angoisse plus sûrement que si elle l'avait fait d'une secousse rapide et négligente.

Les paroles de Richard se voulurent détachées, mais la tension y perça. « Explique. »

Gabriela leva sa main libre et, imitant son mouvement de tête quelques secondes plus tôt, désigna l'escalier, la rampe et surtout la plateforme, énumérant en silence les endroits à problème en baissant les doigts. Puis elle remua toute sa main en un mouvement qui ressemblait aux vagues de l'océan. Ses lèvres se serraient sous l'effort de rester aussi immobile que possible. Son visage s'était vidé de son sang.

Elle ramena sa main pour caresser lentement la tête de son fils.

La plateforme bougea. Gabriela écarta progressivement les jambes, pour mieux se préparer et s'équilibrer pour ce qu'il fallait qu'elle montre à Richard. Elle coinça sa main sous l'aisselle de Luisito et fit un long mouvement pour le soulever, luttant vers le haut, regardant le mur, s'en rapprochant pas à pas. Il lui fallait un bon angle pour passer son fils pour qu'il soit mis en sécurité, et elle pria Dieu pour que son message soit compris.

Luisito, sentant leurs corps se séparer, gémit et se cramponna davantage au cou de sa mère.

« Une corde ? » demanda Richard.

« Il n'y a rien qui pourrait les retenir, » répondit Spike au vagissement étouffé de Gabriela.

Richard évalua la distance pour manœuvrer sans mettre quiconque en danger. Il choisit l'endroit le plus raisonnable pour se pencher au-dessus du mur de soutènement.

« Spike. Jeremy. »

Il ne fallut aux hommes aucune incitation ni explication. Spike se positionna entre les jambes de Richard, lui attrapa les tibias et les arrima contre son corps avec ses coudes. Il se pencha lentement, descendant Richard comme une brouette. Jeremy saisit Spike par la taille, bloqua ses pieds contre l'angle du bas entre le mur et le sol, abaissa les fesses et fit contrepoids.

Gabriela regarda Richard glisser lentement vers le bas, apaisa encore son fils, caressant ses cheveux avec sa joue et sa main, déposant des petits baisers sur sa tête.

« Mon chéri, Richard va t'attraper, d'accord ? » Elle inclina le visage pour le regarder dans les yeux, souriant tendrement pour ne pas l'effrayer, lui faisant croire que c'était normal, que c'était une aventure.

« Quand je te le dirai, lève les bras. »

Luisito secoua la tête. Il n'était pas dupe. Il s'agrippa encore plus au cou de sa mère.

Gabriela s'emplit les poumons pour s'armer de patience. C'était bien le moment que son fils devienne têtu. « C'est un nouveau jeu de balançoire. Ça va être amusant. »

Luisito leva les yeux et vit Richard étendre les bras pour l'attraper. Il rigola et regarda sa mère. « Il ressemble à un singe. » Il rit plus fort, ravi, et s'éleva sans qu'on lui demande. Ses doigts effleurèrent à peine ceux de Richard.

Gabriela tenta de les stabiliser des nouvelles oscillations de la plateforme, bougeant son corps à l'inverse de leur direction. *S'il vous plaît, Dieu. Je m'en fiche si il m'arrive quelque chose. Mais qu'il n'arrive rien à mon petit bébé. S'il vous plaît. S'il vous plaît. S'il vous plaît. Je ferai n'importe quoi. Je promettrai n'importe quoi. Permettez-nous de le mettre en sécurité.*

Sans détourner les yeux de Gabriela et Luisito, Richard ordonna à Spike de le descendre plus bas.

« Lève les bras très haut, mon chéri. *Mami* va te soulever. »

Prudemment, Gabriela bougea et leva son fils au moment où Richard descendait. Elle avait l'impression d'avoir saisi une voiture et d'essayer de la soulever à mains nues comme Superwoman. Richard tendit les mains, attrapa les petits poignets tendus, et referma les mains avec assez de pression pour tenir solidement le garçon mais pas assez pour serrer avec l'intensité de la peur qui parcourait ses veines à toute allure.

« Okay. » Richard sourit à son fils et fit une grimace bête pour détourner son attention. Comment un petit corps pouvait peser autant ? « Tirez, les gars. »

Centimètre après centimètre, les hommes tirèrent Richard. Sa chemise remonta sur son torse et il sentit la pierre brute lui râper la peau. Il ignora la brûlure.

Gabriela tenait toujours son fils, guidant son petit corps pour éviter d'autres balancements. Mais alors que ses mains glissaient le long de ses jambes, la plateforme s'éloigna d'eux. Elle attrapa instinctivement les chevilles de Luisito. Le bois grinça au-dessous d'elle. Leurs trois corps devinrent une ligne tendue, presque comme si elle était le guide, son fils la ficelle, et Richard le cerf-volant. Leurs prises se durcirent. Luisito gémit. Gabriela savait que si elle ne faisait pas rapidement quelque chose, elle mettrait trop de pression sur la prise de Richard et ils dégringoleraient tous sur les rochers en bas.

Richard lut le message dans les yeux de Gabriela, vit ses mains tressaillir, et prononça les mots suivants avec une froide insistance.

« Ne. T'avise. Pas. Merde. Tiens bon. »

Leur fils eut le souffle coupé. « Il a dit le mot en M. » Son intonation ressemblait à une réprimande d'adultes. « *Mami,* » il baissa le regard vers elle. « Il a dit le mot en M. »

Gabriela essaya de sourire, mais sa bouche devint une grimace de travers.

« Je donnerai plus tard un gage à Richard. »

Le regard de Richard rencontra celui de Gabriela. Tu veux me donner un gage ? Son imagination débordait de scénarios auxquels il pouvait se livrer.

Gabriela comprit le télégramme et rougit.

Richard se concentra sur leurs problèmes actuels, heureux que l'indignation de son fils ait allégé la tension. Il hissa Luisito dans son bras courbé et remercia tous les dieux qui veillaient sur eux de lui conserver la forme physique. Il espéra pour l'éternité que les hommes ne lâchent pas prise non plus. Il avait entendu la panoplie de jurons mêlés aux grognements de Jeremy qui le maintenait en équilibre et arrimé. Ces deux-là avaient beau être un duo de costauds, un poids mort n'était pas une tâche facile, quelle que soit la force physique, surtout quand on improvisait.

Gabriela vit le bras courbé et ressentit le tiraillement. Elle s'imaginait debout sur une balançoire. Elle mit sa pensée à exécution. Elle plia légèrement les genoux et les coudes et poussa en avant, ramenant la plateforme avec elle. La plateforme heurta le mur de soutènement.

Elle trembla.

Cliqueta.

Vibra et bougea.

Gabriela lâcha son fils, saisit la rampe fixée au mur, aplatit son visage et son corps contre la brique, et tint bon. La plateforme s'immobilisa, mais pour combien de temps ?

Son diaphragme se soulevait tandis que son cœur cognait, opposant des murs de muscles à la contention de sa cage thoracique.

« Spike. Jeremy. Grouillez-vous. »

Richard disparut avec son fils par-dessus le mur de soutènement. *Dieu merci. Dieu merci.* Luisito était sauf. Son fils était sauf. Quelques millièmes de secondes plus tard, elle entendit la voix de Richard : « Ne t'avise pas de bouger. Je reviens dans un instant. »

Ces instants devinrent un clip sonore : elle entendit la voix excitée de son fils, les aboiements de Zip, l'enthousiasme feint des hommes devant le récit de l'épreuve ; l'ouverture d'une porte ; Richard appelant Lupe par-dessus les effets sonores d'un jeu vidéo bruyant. Des chuchotements. Pendant ce temps, ses doigts se refermaient plus fort sur la rampe, sa position étant vraiment précaire. Elle s'encouragea pendant ce qui sembla une éternité, pensant absurdement qu'elle était un gecko, le bout de ses doigts et ses pores la collant au bois et au mur comme avec du velcro.

La tête de Richard apparut quelques secondes plus tard. Il mesura la distance et les angles. Il calculait probablement son poids. Serait-il capable de la retenir ? Elle n'était pas grosse, mais elle n'était pas non plus un poids plume. Il aurait sans doute l'impression de soulever un sac de sable avec le bout de ses doigts. Elle se gifla soudain mentalement. Vraiment ? Était-elle idiote ? Comment pouvait-elle penser en ce moment à son poids ?

Il lui devint plus difficile de s'équilibrer, le balancement s'accentuant. Elle voulut crier, mais ses paroles ne furent qu'un croassement. « Dépêche-toi. S'il te plaît. »

Le corps de Richard s'inclina vers le bas. S'arrêta. Il lui tendit la main. Gabriela se hissa lentement en un relevé, leva le bras droit, mais effleura à peine les doigts de Richard.

« Ma chérie. » Sa voix, douce au départ, devint coupante quand il vit la panique monter dans son regard.

« Regarde-moi, Gabriela. » Il attendit. Il obtint son attention. « Il faut que tu sautes. Je t'attraperai. »

Gabriela déglutit, même s'il ne lui restait plus beaucoup de salive dans la bouche.

« Fais-moi confiance, » dit-il, lisant son hésitation.

Elle se reprit. Elle pensait à un millier de manières dont cela pouvait tourner mal. Elle choisit l'unique option. Plia les genoux, leva les bras, et se lança.

L'élan poussa la plateforme vers l'extérieur. Gabriela entendit grincer le bois, sentit la poigne de Richard emprisonner ses avant-bras. Elle ne put s'en empêcher. Elle poussa un cri perçant à l'unisson des grognements et des jurons de Richard. Ses jambes se balançaient, ne rencontrant que de l'air. La gravité tirait. Son corps descendait, la faisant glisser vers le bas centimètre après centimètre. Ses avant-bras furent remplacés par ses poignets. Richard resserra sa prise. Elle aussi. Son corps jouait une faible partie de ping pong avec le mur, mais le mouvement descendant ralentit. Se calma.

S'arrêta.

Les hommes soulevaient. Elle entendait leurs violents efforts dans le vent. Gabriela regardait devant elle, dans sa peur de regarder vers le haut et de se sentir mal à l'aise, ou vers le bas et d'avoir un mouvement de recul. À chaque secousse vers le haut, elle remarquait de la mousse noire verdâtre comblant des fissures et des imperfections microscopiques dans le ciment. Le lichen fit place à des nuances dans la couleur de la brique. Encore du ciment. Un motif de briques moins érodées défila ensuite. Une vue partielle de la maison et de la terrasse apparut à la rampe de la balustrade. On la tira par-dessus. Spike et Jeremy s'étalèrent sur le sol près d'elle, tirant. Elle libéra l'un de ses bras de l'étreinte de Richard. Attrapa le bord interne de la balustrade, hissa son ventre et un genou par-dessus. Richard, les pieds maintenant solidement au sol, chercha, trouva et inséra deux doigts dans la boucle de ceinture de son jean et tira, la traîna par-dessus et sur lui.

Il la posa.

Il la serra fortement contre lui, les épaules creusées, et il appuya la tête contre le cou de Gabriela, hors d'haleine.

« Merde. Merde. Merde. »

C'était succinct et pertinent, pensa Gabriela, essayant d'arrêter ses propres tremblements. Elle s'agrippa seulement à sa force, se joignit à ses peurs, et partagea son soulagement.

« Notre bébé. » Ses yeux devinrent deux soleils brillants sur le point de pleurer. « Nom de Dieu, Richard. Notre bébé. » Sa tension fit place à un monstre coléreux et irrépressible qui envahit son corps.

« Je vais tuer ce fils de pute. »

« Pas si je le tue avant. »

« On va faire la queue, » ajouta Jeremy. Il tendit la main à Spike et l'aida à se relever. Les deux hommes massèrent leurs muscles endoloris.

Richard attrapa Gabriela par les épaules et l'écarta légèrement. Il approcha son visage, la faisant presque loucher.

« Si jamais tu, » commença-t-il. « Je ne veux jamais. Je jure que je te giflerai si jamais j'aperçois encore ce que j'ai lu dans tes yeux aujourd'hui. »

« Comme si. » Gabriela arqua le sourcil dans une expression de défi face à sa déclaration sur la gifle.

« Laisse le putain de sacrifice aux saints. » Il la secoua légèrement et l'écrasa contre lui l'instant suivant. Ça ne payait jamais d'essayer de bluffer cette femme qui le connaissait si bien.

« Je me jetterais devant un tank pour sauver mes fils. » Elle essaya de le repousser, mais il ne l'entendit pas de cette oreille.

« Merde. Tu crois que je ne le sais pas ? Mais réfléchis avant d'agir, bon Dieu. » Il la serra plus fort. Il avait envie d'ébranler son cerveau et de lui casser les tympans avec ses *je ne peux pas te perdre maintenant*. « Cesse de réagir d'abord et de penser après. Ça va te tuer. »

« Si ça doit arriver, » dit-elle.

« Pas tant que je suis là. » Il la regarda. « Tu n'es plus seule. Je vais te protéger. Je vais les protéger. »

« Ou mourir en essayant. » Elle finit ce qui n'avait pas été dit. « Tout comme moi. »

« On est un sacré duo. » Il l'étreignit farouchement. « Un duo qui doit se sortir vite de là. » Il lança un coup d'œil aux hommes. « Vous avez repris votre souffle ? »

« Putain, » dit Spike. « Je savais que les choses allaient se bousculer quand vous avez débarqué. Je ne m'étais pas attendu à ce que toute cette merde m'explose à la figure. Il faut vraiment suivre. » Il fléchit ses muscles pour les détendre.

« Notre devise est de ne jamais nous ennuyer, » répondit Richard.

« N'importe quoi. Je veux juste une vie normale, » dit-elle. « Tu crois qu'on aura un jour une vie normale ? »

« Trois, c'est magique. » Richard compta sur ses doigts. « Heinige. Wickeham. Nous. Mais tout de suite, » ajouta-t-il, « il faut qu'on sorte tous d'ici. »

Richard saisit la main de Gabriela et la tira vers la porte fenêtre.

WICKEHAM SE CONSIDÉRAIT comme un pugiliste. Cet art du combat, que les cœurs tendres actuels rejetaient dans leur société dépourvue de colonne vertébrale, le maintenait en forme. C'était également son régulateur d'humeur. Ses frustrations disparaissaient, se pacifiaient dès que son poing transmettait son énergie au sac de boxe. La satisfaction était immédiate quand ses jointures sentaient la résistance initiale à l'impact. Le plaisir s'intensifiait quand le cuir cédait à sa volonté, avec le très léger effondrement vers l'intérieur quelques secondes plus tard. Ses endorphines, comme son corps, entraient en action.

Mais le combat d'aujourd'hui était différent. Aujourd'hui, la rage alimentait ses coups de poing. Il bouillonnait de colère. Pas une, pas une seule de ses cibles n'avait résisté comme cette femme l'avait fait, ni éludé ses contre-mouvements avec autant d'efficacité. Il inclina son épaule pour le coup suivant. À modifier. L'année dernière, il avait perdu deux pièces. Il s'était fait damer le pion par un connard d'Amérique. Intérêt mineur de sa part. Un accroc mineur dans sa vie. Pas de doute. Mais ça, ce manque de coopération, cet échec dans l'obtention de ce qu'il désirait plus que l'argent, était purement inacceptable. Il envoya trois coups violents à la suite. Il demeurait stupéfié par la manière dont elle avait méprisé ses efforts de coercition. Excessivement fâché par sa raillerie.

Plus tôt, Bogdan s'était démené pour vérifier si l'imbécile incompétent que son contact de Los Angeles avait engagé était vraiment en garde à vue à l'hôpital. Il visualisa le sable compacté à l'intérieur du sac de cuir comme le corps de cet abruti. Excellent. Dans le mille avec sa droite. Il fantasma sur des côtes brisées dans l'attaque, des os pointus perforant la rate. Il attendit que le sac se stabilise. Le frappa de deux coups rapides, s'inclinant de l'épaule, transmettant davantage d'énergie à ses poings. Il imagina des fractures sur des parties du corps, des yeux enflés, un nez cassé. Du sang en quantité. Ces images l'électrisèrent et le ravirent à un niveau de profondeur presque orgasmique.

De la sueur s'accumulait sur son front, sa peau et ses coudes, mais il ignora la moiteur. Soit Madame Martinez avait la chance la plus incroyable, soit quelqu'un l'aidait. Son garde du corps ? Si ses affirmations s'avéraient, Bogdan avait l'ordre d'exécuter immédiatement son second plan. Sa coopération la plus totale serait alors assurée, dès que les enfants seraient sous son emprise. Mais les fuseaux horaires compromettaient son jeu. Les choses étaient à présent dans une impasse. L'éloignement était également emmerdant, avec le contrôle qu'il désirait toujours, exigeait et exerçait en toutes circonstances.

Il brutalisa le sac d'une rapide volée de coups. Ne jamais laisser le travail à un tiers. Règle d'or. Le manque de contrôle était inacceptable. Les possibilités de merder abondaient quand quelqu'un d'autre tenait les rênes, quelqu'un qui n'avait pas un intérêt direct dans l'aboutissement.

Ses bras se mirent à trembler et ses muscles chauffaient, mais Wickeham ignora les signaux d'apparition de la fatigue. Ses poings continuèrent à marteler le cuir jusqu'à ce que son homme de main revînt et se tînt en silence devant lui, attendant d'être remarqué. Bogdan savait bien qu'il ne fallait pas l'interrompre quand il était dans cette humeur.

« Des nouvelles ? » Wickeham stabilisa et étreignit le lourd sac presque avec amour, s'accordant un moment de répit. Il allongea le bras et but de l'eau minérale avec laquelle il se réhydratait toujours.

« Confirmé. » La voix de Bogdan râpait l'air comme du papier de verre. « Homme à l'hôpital. »

Wickeham s'arrêta de boire.

« Plan B exécuté ? »

Bogdan secoua la tête. « Garçons pas à l'école. Maison vide. Pas même chien. »

Wickeham baissa lentement la bouteille, la replaça soigneusement sur le tabouret. Des clignements d'yeux excessifs signalèrent son intense mécontentement face à la situation, indices de sa tentative pour contrôler sa fureur.

« Où est-elle ? » Sa voix était à la limite du tremblement.

Bogdan haussa les épaules et ses mains mimèrent une petite explosion. « C'est comme si, pouf ! Tout le monde parti. »

Wickeham fit signe à Bogdan de maintenir le sac de boxe en place. Il frappa et frappa, punissant le sac ainsi que le corps de son homme de main. Il lui avait fait confiance pour trouver un messager efficace. Bogdan l'avait déçu. Les enchères étaient dans quelques jours.

« Trouvez-la. » Il poursuivit avec une salve de coups, croisés à la fin, et sentit l'impact se propulser de son poignet à son épaule en ondes régulières.

Du temps. Il était à court de temps.

CHAPITRE DIX-SEPT

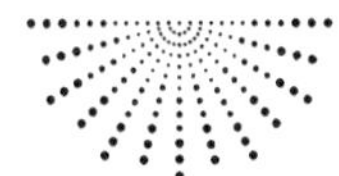

Gabriela détourna son attention du grondement de circulation qu'était Londres vers Richard, qui se tenait à côté d'elle près de la fenêtre. Sa posture était détendue, les mains négligemment serrées dans le dos. Mais son regard ne manquait rien pendant qu'il suivait l'activité dans la rue en bas du septième étage du bâtiment de New Scotland Yard. Ils attendaient l'arrivée de Michael Morris.

« Aussi prête qu'on peut l'être dans ce genre de bazar, je suppose. » Son regard fit encore un rapide inventaire du bureau de Morris. Pas grand, un peu encombré de meubles, d'armoires à dossiers, mais clair, organisé, comme un sandwich trop rempli, les murs coupés par des tableaux effaçables tentant de contenir tout.

« Comment s'en sort Spike ? »

« Difficilement. »

Richard pouffa. « Si ses cheveux étaient plus longs, il se les arracherait probablement. Ces trois-là ne sont pas toujours faciles à gérer. Et tes parents ? »

« Effrayés. » Quatre ans plus tôt, leur inquiétude avait été légère quand Seldon avait envoyé chez eux des gardes du corps. Des menaces de kidnapping contre les cadres à Mexico, dans la même entreprise où Roberto travaillait à l'époque, avaient fourni l'excuse pour leur présence. Normal, à l'époque. Il était improbable que cela se produise aux États-Unis, ou en Europe, mais il n'y avait pas de mal à être prudent, on gérait seulement quelques désagréments mineurs. Mais après les événements en France, ses parents ne seraient plus jamais aussi confiants qu'avant.

« Tour à tour inquiets et fâchés que je ne veuille pas vendre le manuscrit à cet homme. »

« Comment tu tiens le coup ? »

Elle haussa les épaules. C'était difficile de ne pas parler aux enfants, de ne pas écouter leur badinage. Ils avaient vraiment besoin de parler de tout, un désir de partager le plus petit détail de leurs aventures. Toute conversation, elle le savait, révélerait leur destination. Une information qu'elle ne pourrait pas connaître avant la vente du manuscrit.

Son silence en disait long.

« Viens ici. » Richard l'attira dans ses bras et la retint. « Ce sera bientôt fini. »

Elle emplit ses poumons de son essence, céda au plaisir de s'enfouir un peu dans sa chaleur et sa force, pendant un moment, avant de se dégager doucement.

Il la lâcha, pour le moment.

« Des idées sur le plan d'attaque ? »

Richard haussa les épaules et s'appuya contre le rebord de fenêtre en face du bureau de Morris. « Vaguement, mais je ne veux pas m'avancer là-dessus. Attendons de trouver. À propos, tu es restée enfermée avec le spécialiste pendant près d'une demi-heure après votre rencontre. Tout roule pour l'événement ? »

« Des paperasses. Des signatures. Tu sais comment ça se passe. Tu pourras travailler sur mon emploi du temps ? »

« Je vais tout organiser avec mon assistante quand nous arriverons au bureau. »

« Je suis tellement désolé de vous avoir fait patienter. »

Gabriela était en face d'un jeune homme aux traits réguliers dont le regard démentait toute notion de mollesse. Un air presque désabusé dans son regard était couplé à une conscience aiguë. Elle pensa que beaucoup sous-estimeraient ce détective à leurs dépens.

« Madame Martinez, c'est réellement un plaisir, » dit-il en tendant la main. « Christie's a envoyé votre programme pour les deux prochains jours. Je voulais avoir le fax en main avant que nous discutions de quoi que ce soit. »

« Pas de formalités, s'il vous plaît. » Gabriela serra une main dont l'étreinte était forte et résolue. « Juste Gabriela. » Elle sourit.

Morris prit un moment pour étudier brièvement ces deux-là. Les gestes de Richard avaient été intéressants : sa manière protectrice de la mener à son siège, la pression rassurante sur son épaule, son contact corporel, mais pas envahissant. Il y avait de la retenue dans leur proximité, comme s'ils dissimulaient aux autres les signes d'une intimité établie. Son regard se fit spéculatif.

« J'ai parlé de votre situation à mon surintendant, » commença Morris. « Il a accepté d'ouvrir une enquête préliminaire, plutôt à contrecœur, dois-je ajouter, comme l'affaire se présente davantage comme une histoire de racontars. Je lui ai rappelé le fiasco des accusations et de l'enquête précédentes. Je lui ai rappelé que nous avons enfin un témoin disposé à témoigner. Les attaques personnelles dont vous avez été victime. Nous pouvons bâtir un dossier solide. Obtenir des preuves en vue d'une condamnation. Il a changé d'avis. »

« Clairvoyant, votre patron, » dit Richard, les lèvres contractées en un sourire narquois.

Les yeux de Morris se plissèrent sur les bords. « C'est

un animal politique. Il se rend compte que cette prise améliorerait grandement son CV. De nombreuses rumeurs circulent sur ses visées pour le poste de Directeur Général de la nouvelle division NCS qui doit être inaugurée l'année prochaine. »

« Vous dirigerez maintenant l'affaire de Gabriela, j'espère ? » demanda Richard.

« Puisque je suis déjà impliqué dans la sécurité… »

« Je suis heureux de l'entendre. »

« L'escalade dans les menaces me concerne particulièrement. L'événement chez Christie's attire de plus en plus l'attention internationale à chaque seconde. Je ne peux pas me permettre qu'un événement sous ma responsabilité soit gâché. » Morris étudia le fax et fit la grimace. « Votre emploi du temps, Madame Martinez…»

« C'est un cauchemar logistique, » dit Richard. « Mais voyez le bon côté des choses. La fenêtre d'opportunité pour une attaque s'est considérablement réduite simplement à cause de la publicité et de l'activité. »

« Mais cela réduit l'occasion de recueillir des preuves. » Morris secoua la tête. « Zut. Monsieur Wickeham ne prendra peut-être même pas le risque maintenant que les choses sont en pleine lumière. »

« Oh, si, » dit Gabriela, qui en était certaine. Pourquoi en est est-elle aussi convaincue ? Elle repensa à son premier échange avec Wickeham où elle avait essayé d'expliquer ses raisons à cet homme.

« Vous n'étiez pas là lors de ses premiers appels, » dit-elle. « Je suis désolée de ne pas avoir enregistré les conversations à cette époque, mais je n'aurais jamais pensé… Peu importe. L'excitation de Wickeham pour le manuscrit avait un côté inquiétant, quelque chose de proche du fanatisme. Quelque chose qui change la vie. Il ne doutait pas que j'allais vendre. »

« Des mots étrangement similaires pour décrire

Wickeham à ceux de l'antiquaire avec qui j'ai été en affaires l'année dernière, » dit Richard. « Il y a des chances pour que Monsieur Wickeham ait pensé que la flatterie scellerait l'affaire. Son offre a été prompte et généreuse. »

Gabriela frissonna. C'était terrifiant de savoir. Elle ne connaissait pas l'animal auparavant, mais maintenant oui, et le portrait était effrayant.

« Comme je n'ai pas bougé, il a cru sincèrement que je marchandais pour obtenir plus d'argent. À ce moment, son intérêt s'est mué en compulsion, comme chez un enfant. Au moment où il s'est rendu compte que je pensais vraiment ce que je lui disais, son attitude est devenue plus noire. Plus froide. Quand je lui ai offert de reproduire quelques folios… »

« Un lot de consolation, en quelque sorte ? » demanda Morris.

« Quelque chose de ce genre. De toute façon, Wickeham a alors perdu pied. Il est devenu plus menaçant. » Pour autant, elle n'avait pas cru à ses menaces, au début. C'était stupide de sa part.

« Jeremy a mentionné que vous avez un enregistrement de cela ? »

Gabriela acquiesça et chercha dans une des poches zippées de son attaché case. Elle récupéra la cassette audio de son répondeur et la remit dans les mains impatientes de Morris.

« Il n'y a pas vraiment de menace flagrante dans ses paroles, » lui dit Richard. « Mais si vous vous mettez à additionner le sabotage des freins, l'agression, l'incident de la plateforme et les insinuations, vous obtenez peut-être des éléments pour un dossier plus solide. »

« Circonstanciel au mieux, pour l'instant. » Morris tapota l'emploi du temps pour insister. « Mais avec ce calendrier, les ouvertures pour la coercition seront brèves. Je déteste répéter, mais il est possible qu'il fasse machine arrière, ne voulant pas entacher sa réputation au Royaume Uni ou à l'étranger. »

« Pas Wickeham, » dirent simultanément Richard et Gabriela.

« Il trouvera un moyen, » déclara Richard. « Je connais ce genre de gars. Il ne peut pas risquer de perdre la pièce au profit d'une enchère supérieure. Il ne peut pas s'arrêter, pas maintenant, aussi près des enchères. »

« J'ai parlé à votre inspecteur Correia, à propos, » dit Morris. « Je l'ai informé de la situation, ainsi que de la probabilité de délits criminels. Il me faxe les photos de votre mécanicien ainsi que ses rapports et son enquête sur l'incident de la plateforme. Il va rediriger son interrogatoire du suspect en ce sens avant que l'homme soit transféré pour faire face à des accusations de tentative de meurtre à Los Angeles. » Il les regarda tous les deux, le regard un peu critique. « Vous auriez dû être plus coopératifs, vous savez. »

« Nous ne pouvions pas courir ce risque, » dit Richard. « La confidentialité était cruciale dans la protection des enfants, surtout avec cette sangsue de journaliste que nous avons sur le dos. »

Le regard de Morris s'affûta, et il attendit une explication.

« Herb Bryce, mon propre paparazzi personnel exceptionnel depuis les quatre dernières années. » Gabriela soupira. « Dès l'annonce de la vente aux enchères, il campait devant ma porte et a depuis cliqué tout son soûl. »

« Il a enregistré les suites des agressions contre le mécanicien et chez elle, » ajouta Richard. « Vous souhaitez peut-être avoir également ces photos. »

« Son timing est toujours parfait. Je suppose que les gros titres feront l'édition de ce soir des tabloïds, s'ils n'ont pas été déjà imprimés pour coïncider avec mon séjour ici. »

Les propos de Gabriela se terminèrent sur une note d'écœurement.

« Nous avons réussi à nous soustraire à son radar en opérant rapidement et en secret. Le fait que Vivian ait fait toutes les réservations et les changements dans les itinéraires et les vols nous a fait gagner du temps, » dit Richard.

Gabriela montra le fax sur le bureau de Morris. « Ce programme d'événements a été distribué il y a une heure à tous les médias, les mécènes et les enchérisseurs. Les invitations ont été envoyées. J'ai vu les noms de Wickeham et de Bryce sur la liste. Tout le monde saura où me trouver dès maintenant jusqu'à la vente aux enchères. »

« Bryce est probablement furieux qu'on lui ait faussé compagnie, » ajouta Richard. « Il va redoubler d'efforts pour pister Gabriela ici. Ce qui signifie également que son séjour chez moi sera exposé au grand jour. »

Morris se pencha en arrière pour assimiler cette information.

« Vous savez, » dit Morris, comprenant l'ironie de sa prochaine déclaration. « Ce n'est peut-être pas aussi négatif. Une autre personne qui vous suit et enregistre tous vos faits et gestes, Madame Martinez, peut très bien fonctionner à notre avantage. »

Gabriela resta coite. Elle ne pensait pas que Bryce était un élément tellement positif dans sa vie. Au contraire, il pourrait constituer une entrave et une complication.

« Consentiriez-vous à être équipée d'un micro, Madame Martinez ? » Il regarda son programme et soupira. Il y avait là tellement d'occasions pour Wickeham de frapper sans avertissement. « Il se peut que nous devions le faire tous les jours. »

« Peut-être pas. Montre-moi encore ton emploi du temps, Gabriela. »

Quand elle eut extrait son exemplaire, Richard se pencha, saisit l'autre bout du papier, et le maintint. Épaule contre épaule, ils examinèrent la longue liste d'activités, produit final de la réunion du matin avec le spécialiste de Christie's, leur coordonnateur publicitaire, Jean-Louis, Julien et elle-même.

« Il aura deux fenêtres d'opportunité pour la coincer, » dit Richard. « Et même alors, elle sera entourée non seulement par ses proches, mais aussi par Jeremy et moi-même. » Il scruta rapidement la liste. « Ici, à la réception publicitaire officielle de ce soir, et ici, au cocktail informel à l'hôtel demain soir. Il peut l'accaparer un moment quand tout le monde sera occupé ailleurs. »

Morris étudia son propre exemplaire de l'agenda de Gabriela. « Je suis d'accord. En attendant, un officier vous sera affecté. »

« Par équipes ? » demanda Richard.

« Toutes les six heures.»

« Je veux une photo de l'officier du jour, pour le cas où quelqu'un voudrait se livrer à des substitutions. »

« J'ai donné ce matin à Jeremy le GSC 100 à cet effet. Prêt à envoyer un courriel. Le gadget va nous aider à enregistrer et suivre vos mouvements partout dans Londres, aussi, et même partout au Royaume-Uni d'ailleurs. »

Morris ouvrit un tiroir de son bureau, souleva un petit téléphone portable, et le poussa à travers le bureau en direction de Gabriela. « Pour vous. Vous ne devez jamais vous en séparer. »

« Mon Dieu, encore un téléphone. Ces trucs me poursuivent mieux que les moustiques en Floride. » Son écœurement se lut sur son visage. « Je suis obligée ? »

« C'est ce que vous allez utiliser à partir de maintenant. Il possède des capacités d'enregistrement et de transfert en cas de besoin, sans interférence. J'ai programmé une numérotation abrégée pour les urgences. »

« Des codes ? » demanda Richard.

« Le numéro Un la connecte à vous. »

« Pourquoi le Un pour lui ? » demanda-t-elle.

« D'après ce que Jeremy a suggéré, Richard est la première personne que vous penserez à appeler si quelque chose ne va pas. »

Gabriela regarda fixement.

Richard sourit.

« Grand dadais prétentieux, » marmonna-t-elle en voyant la réaction de Richard.

« Mais c'est juste. »

« C'est ce que tu aimerais. »

Il y avait décidément quelque chose entre ces deux-là.

« Le Deux vous connecte à mon portable. Le Trois au bureau ici au Yard. Le Quatre au portable de Jeremy. 999 est le central de la police. »

« Donc, » et Gabriela joignit le geste à la parole. « Si j'appuie sur Deux pendant deux secondes… »

Il n'y eut aucune sonnerie. Pas de bips ou de clics agaçants, mais le téléphone de Morris se mit à vibrer.

« La sécurité du témoin est une priorité, » expliqua Morris, refusant l'appel. « L'absence de son quand vous appuyez sur les chiffres peut vous sauver la vie. Je suggère que vous vous entraîniez à la reconnaissance en aveugle du clavier. »

« Comment allez-vous gérer le micro corporel ? » demanda Richard.

« Anir, mon technicien, sera à votre appartement cet après-midi. »

Gabriela secoua la tête. « Je serai à l'hôtel cet après-midi, pour me préparer à l'événement. Nous partirons directement de là pour l'hôtel des enchères. « Elle donna le numéro de la chambre où elle serait avec Jean-Louis et Julien.

« Mon homme vous retrouvera là-bas, alors. »

« Quelles autres mesures de sécurité avez-vous en tête ? » demanda Richard.

Morris attrapa un dossier et l'ouvrit. « Je vais vous montrer. »

Edmund Husher se rendit à la véranda à l'arrière de la maison Cranfield.

Il tenait d'une poigne nerveuse, le cœur empli d'une malveillance jubilatoire, le tabloïd qu'il avait acheté. Cela pourrait être le revirement qu'il avait souhaité, l'atout auquel il aspirait tant. Edmund en avait assez de son rôle de serpillière, commodément oublié par April jusqu'à l'apparition des pleurnicheries. Le dragon de sa jalousie se déchaînait maintenant, hors de tout contrôle.

Edmund jeta un coup d'œil au bâton de papier dans lequel il avait transformé le tabloïd, sourit et pénétra dans la véranda fermée, lumineuse pour changer en cette journée de printemps.

April était assise, buvant du thé, les miettes de son petit déjeuner jonchant la petite table recouverte d'une nappe. Son corps était enveloppé d'un imprimé de soie florale aux teintes corail et bleu, son haut négligemment ouvert, révélant l'intérieur de sa poitrine ronde et lisse. Elle leva les yeux, vit Edmund, et retourna à son examen ennuyeux de la vaste arrière-cour.

Edmund se pencha et l'embrassa avec une force maladroite.

« Eh bien, eh bien, » dit-elle, mettant fin au baiser d'une poussée sans aménité contre sa poitrine. « On est exagérément excité ce matin ? »

Edmund domina sa vexation et s'assit en face d'elle, tapant le journal dans sa paume ouverte avec des saccades impatientes.

« Je vous ai apporté le torchon que vous lisez. Je ne sais pas comment vous supportez toutes ces inepties. » Il le déroula, regarda les gros titres, la photo et sa légende, et sourit.

April fronça les sourcils. Rejeter abruptement Edmund amenait habituellement une moue de chiot et des yeux peinés. Il n'y avait pas d'autre manière de le décrire. Souvent, elle était désolée et le traitait gentiment pendant le reste de la journée. Parfois elle bénéficiait d'ébats stimulants au lit, le chevauchant durement et frénétiquement, gardant la domination. Mais d'autres fois, elle s'en fichait. Aujourd'hui était une de ces fois – elle avait Richard en tête. L'inébranlable, l'intangible Richard. Le Richard impossible à manœuvrer. Elle était toujours contrariée par son voyage surprise en Amérique, faisant capoter ses plans, mais son emmerdeuse d'assistante avait admis à contrecœur qu'il serait de retour aujourd'hui. Il était temps de mettre en œuvre sa campagne pour se faire passer la bague au doigt.

Ses sourcils se levèrent brutalement quand elle tendit la main vers le torchon local. Le sourire d'Edmund ne changea pas d'un iota. Il ne souriait jamais quand elle le rejetait, ni quand il lui apportait les tabloïds qu'elle adorait lire.

« Il n'y en a qu'un ? »

Le seul qu'il faut que vous voyiez. « Celui-ci va vous plaire. » Il le lui passa avec un enthousiasme qui ne cadrait pas avec ses habitudes.

Le gros titre la frappa en premier.

SCANDALE !

Triangle amoureux : la célèbre Martinez avec un amoureux mystère ?

Oh ! Savoureux ! April sourit. Des détails croustillants sur la femme qu'elle allait rencontrer. Une fois que Richard la lui présenterait…

Le contenu de la photo fut ensuite comme une gifle. Son sourire disparut.

« Ce n'est pas Harrison en couverture ? » La question d'Edmund flotta innocemment autour d'elle, mais la heurta avec la force d'un autobus.

Richard était de profil. La femme aussi. Une autre aurait regardé attentivement la photo comme une curiosité, mais April s'arrêta sur les éléments suggestifs que Bryce avait identifiés des soirs plus tôt, tangibles, et qui ne pouvaient échapper à une femme dont le but dans la vie était de soumettre l'homme de ses rêves à sa volonté. April se pencha en avant, concentrée sur le visage de Richard. Elle ne lui avait encore jamais vu ce regard, et certaine-ment pas adressé à elle.

« On dirait que c'est une longue histoire entre ces deux-là, » dit Edmund. « Conviviaux, voire intimes. Du moins, c'est ce qui ressort de ce cliché. » Il se pencha en arrière et son sourire s'élargit. « Nous savons maintenant pourquoi il ne vous a pas incluse dans ses plans. »

Ça ne pouvait pas lui arriver. Elle avait toujours obtenu ce qu'elle voulait d'un homme. Richard avait été un défi, oui, mais April pensait qu'elle pourrait le soumettre à la fin en le manipulant. Elle présumait qu'elle pourrait finale-ment l'embobiner.

Ses yeux se fixèrent de nouveau sur l'image. Elle lut et relut la légende.

Un homme mystérieux console l'artiste Gabriela Martinez après une agression contre son mécanicien.
Où est son mari ?

C'était... C'était catastrophique. La garce. La garce. Elle comprenait maintenant le sourire d'Edmund. Elle ne l'en aurait pas cru capable. Depuis qu'elle avait vu Richard, Edmund la convoitait, mais avait échoué dans ses objectifs.

Elle se focalisa de nouveau sur la photo, avec l'envie d'atomiser ce qui y figurait. Ceci, plus que tout, démontrait que son soi-disant contrôle sur Richard relevait du délire.

Un cri guttural la déchira de l'intérieur, libérant la sauvagerie qui brûlait dans ses veines. Elle arracha la une, en fit une boule, et la jeta à Edmund.

« Le salaud, » dit-elle. « Sortez. J'ai des choses à faire. »

« Je vais vous conduire. »

Son regard cinglant n'agaça pas Edmund, pour une fois. Elle fit demi-tour et courut à sa chambre.

Elle en avait eu assez. Ses efforts pour piéger Richard s'enclenchèrent soudain à la vitesse supérieure.

WICKEHAM PROCÉDAIT à l'examen de la liste des événements de Martinez quand Bogdan entra dans le bureau.

« Femme en Angleterre. Pas à l'hôtel. » Il posa deux tabloïds sur son bureau, directement en vue de Wickeham, et tapota la photo sur sa droite pour insister. « Peut-être problème. »

Les sourcils de Wickeham se levèrent dans une interrogation muette et il libéra le journal du doigt épais de Bogdan. Il lut le bandeau du journal et son reniflement de dérision déteignit sur la manière dont il tenait le torchon local.

« Regardez homme, là, » suggéra Bogdan d'une poussée du menton. « Même homme l'année dernière, je suis sûr. »

Wickeham ignora la clameur dans le gros titre, il se concentra sur la photo. Il reconnut immédiatement Madame Martinez d'après toutes les photos qu'il avait étudiées. Il se concentra sur l'homme penché vers elle, protecteur et bienveillant. Il saisit sa loupe et la tint au-dessus de l'image. Le cliché s'agrandit et devint plus net. Wickeham se raidit.

Il s'était demandé qui avait aidé la femme il y a peu de temps.

Il avait enfin sa réponse.

CHAPITRE DIX-HUIT

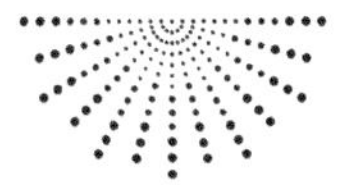

C'était après le déjeuner, et Jeremy les avait déposés devant la porte du bureau de Richard, à la recherche de Vivian. Il fallait que Gabriela fasse la connaissance de l'amour de la vie de Jeremy, la rousse survoltée sur qui Richard se reposait pour gérer son bureau.

Gabriela essayait encore d'assimiler tout ce qu'elle avait vu depuis qu'elle avait pénétré dans le monde de Richard. La réception était une vaste zone semi-circulaire mais confinée, qui renfermait un aquarium coloré en face d'un élégant bureau de réception. Tous les espaces de travail, dans le bureau principal, arboraient un mélange de cuir, de verre, de métal et d'acajou aux teintes chaudes qui était accueillant, malgré les cloisons. Des portes automatiques de verre à hauteur de plafond occupaient une place centrale et séparaient la suite exécutive du bureau principal. Tout reflétait la personnalité et les goûts de Richard.

« Qu'en penses-tu ? »

Il avait observé chacune de ses réactions. Elle semblait manifester plusieurs émotions, mais le plaisir qui dominait toutes les autres lui fut profondément gratifiant.

« *Provençal, Inc.* ? » demanda-t-elle. Elle suivit du doigt l'élégant lettrage du nom de l'entreprise gravé sur la plaque de cuivre fixée à la porte de son bureau.

Richard lui fit signe de la précéder dans son sanctuaire. « Je lui ai donné le nom de la région où je t'ai rencontrée, » avoua-t-il, en la suivant par la porte de son bureau. « Ça m'a bien servi comme stratégie de marketing. Tout ce qui est « à la française » est attrayant pour les affaires. »

Gabriela le fixa. Il avait nommé son entreprise en pensant à elle ?

Richard ferma la porte, les installant douillettement dans son bureau. Il étendit la main, l'enveloppa dans ses bras et l'embrassa. Il communiqua toute sa faim, tout son désir dans ce baiser, libérant le besoin intense qu'il avait d'elle depuis la Californie, le vol de retour, et le chaos de cette matinée.

« J'en avais envie depuis des heures. » Il adossa Gabriela contre la porte, la serra et inhala. Elle sentait toujours le jasmin.

« Foutue armada de protection que tu as comme entourage. » Il grignota sa lèvre inférieure ; il apaisa la morsure en promenant sa langue. Il captura, explora, goûta chaque pouce de son visage et de son cou.

Gabriela palpitait à l'unisson de son assaut, et la chaleur qui pulsait dans son corps ressemblait à des enseignes lumineuses criant : danger… encore… danger… encore. S'habituerait-elle un jour aux assauts sensuels de Richard ? À cette faim perpétuelle pour lui, de lui ? Ou la passion de Richard était-elle une phase qui se dissiperait après quelque temps ?

Mais enfin, d'où lui venait cette idée ?

« À quoi t'attendais-tu ? » dit elle, essayant de se maintenir à flot. Le bourdonnement d'un lieu de travail qui s'anime après une pause commença à filtrer au travers de la porte. « Deux cousins, dont un est prêtre. Un chaperon à l'œil de lynx qui me sert de cousin, et deux agents mère poule. À leurs yeux, mon compteur de viol de vertu doit rester intact. »

Les bruits à l'extérieur du bureau se firent plus perceptibles.

« Au moins, je n'aurai à me soucier que de trois d'entre eux ici à Londres. »

Elle lui prit le visage pour empêcher sa bouche de se promener, et le regarda fixement.

« Tiens-toi tranquille, » chuchota-t-elle, mais ses lèvres s'ourlèrent en un doux sourire.

« Zut. »

Il prit une inspiration. Vit une tache de rouge à lèvres près du bord de sa bouche et l'essuya avec le pouce. Inclina la tête, réfléchissant, avant que la voix de Jeremy se mêle à celle de Vivian près de la porte.

Il attrapa un mouchoir dans la poche arrière de son pantalon, et s'essuya les lèvres avec un peu de regret. Il était tenté, vraiment tenté, de laisser les traces de ses lèvres sur les siennes, mais il fallait vraiment qu'ils soient prudents. Il devait protéger l'image de Gabriela et celle des enfants. Quant à sa propre image, il s'en fichait plutôt.

Richard appuya son front contre le sien. Il avait tellement envie de s'abandonner, mais ils n'auraient ni l'intimité ni le temps, pas maintenant. Et il fallait qu'il les trouve. Dans les recoins de son inconscient un avertissement résonna, une urgence de se reconnecter physiquement avec cette femme. C'était impératif, maintenant qu'il avait reconquis l'émotionnel. Richard pensait que si leurs corps se mariaient avec leurs esprits, leur lien se resolidifierait en quelque chose de plus puissant qu'il y a quatre ans, que rien ni personne ne pourrait plus briser.

Gabriela, par contre, tentait d'endiguer le tourbillon dantesque qu'elle chevauchait. À mesure que les heures passaient à proximité de Richard, elle se fichait de plus en plus de ce que d'autres attendaient d'elle, espéraient, ou exigeaient. La tentation de balancer ses chaînes et de ne plus se sentir responsable pour une fois la démangeait. C'était l'image de ses enfants qui la maintenait connectée à la réalité et qui tempérait ses émotions. Mais elle en avait assez de se réfréner. De renoncer à ses désirs, quand tout ce qu'elle souhaitait était être dans les bras de Richard.

Richard l'embrassa sur le front.

Elle se hissa sur la pointe des pieds et le gratifia du baiser le plus doux, le plus caressant qu'il ait connu.

« Maintenant, tiens-toi tranquille. » Les beaux yeux de Richard se plissèrent dans un sourire.

« Je t'aime, » murmura-t-elle.

Inattendu. Murmuré simplement, et simplement dévastateur.

Richard la fixa, étourdi par son aveu.

Gabriela l'observa. D'habitude, c'était lui qui lui arrachait les mots de la bouche. Elle s'était surprise elle-même. Elle n'avait pas prononcé ces mots depuis quatre ans. Mais l'intensité de ce qu'elle avait ressenti autrefois n'était pas comparable à ce qu'elle ressentait en ce moment.

Elle retint son souffle.

Attendit.

Richard restait sans voix.

Les joues semblables à deux fourneaux miniatures tant elle était embarrassée, elle se tortilla pour se libérer de la pression du corps de Richard. Calme-toi, calme-toi. Mais ses oreilles palpitaient au rythme violent de sa tension artérielle élevée. *Détends-toi. Fais quelque chose de banal.*

« Magnifique espace de travail, » dit-elle en s'avançant plus loin dans le bureau, remarquant son bureau, les fenêtres vitrées surplombant la ville. Elle n'avait jamais vu Richard échouer en essayant de la rattraper.

« Tu dois être tellement fier de ce que tu as accompli. C'est vraiment incroyable. » Ses yeux se posèrent sur la seule œuvre d'art encadrée au mur et s'arrêta. Elle resta bouche bée. Ses yeux ne la trompaient pas. C'était son Saint Georges, fièrement exposé au-dessus d'une élégante crédence.

Richard arriva près d'elle, lui caressant le creux des reins d'une main rassurante et possessive. Il avait été gratifié des trois mots qui valaient de l'or dans son monde. Il ne s'y était pas attendu. Il la ferait s'y tenir plus tard.

« Je pensais qu'il avait été détruit, ou confisqué. »

« Maurice, ce gros malin, l'a fait sortir en douce de la maison d'Albert après notre affrontement avec cet assassin timbré. Il l'a laissé un an plus tard à mon appartement aux États-Unis pendant ma convalescence à l'hôpital. »

Elle regarda son profil. Il étudiait son œuvre avec la même intensité qu'il mettait parfois à la regarder. Il se mit à frotter sa chemise dans la région du cœur en cercles machinaux. Ce n'était pas la première fois qu'elle le voyait le faire. Était-ce une nouvelle habitude, ou quelque chose qu'il avait toujours fait ? Son pragmatisme lui fit comprendre qu'elle en savait si peu sur Richard, l'homme. Pourquoi cette certitude absolue qu'elle avait très peu de nouveautés à apprendre sur lui ?

Il regarda dans sa direction. « Cela t'ennuie ? »

« Pas du tout, » dit-elle sincèrement. Elle aurait détesté, malgré les souvenirs désagréables, qu'elle eût été détruite. « Je suis heureuse que ce soit toi qui l'aies plutôt que n'importe qui d'autre. »

Elle s'éloigna en zigzaguant de son illustration en direction de la volée de fenêtres au bout du bureau, regarda la vue sur la rue, retourna à son bureau, vit une photographie près de son téléphone, et la prit avec curiosité. Elle eut une autre surprise. C'était sa famille le jour du baptême de Luisito.

« Le laquais de Seldon a pris celle-là. » Il la regarda intensément et attendit.

« Tu savais ? » demanda-t-elle, le souffle un peu coupé. Ce fut une accusation plus qu'une question.

« Je m'en doutais, oui. » Il ne dit pas que son doute était devenu certitude grâce à Maurice. Il lui avait fourni de précieuses informations en même temps que la photo et la peinture de Gabriela. Des informations qu'il avait vérifiées avec son propre sang dès qu'il avait quitté son emploi chez Seldon trois ans plus tôt.

En la voyant sourciller, il s'avança pour lui faire face. « J'attendais que tu me contactes. »

« C'est vrai, les lettres qui ne sont jamais arrivées. » Elle plaça le cadre photo sur le bureau dans la position où elle l'avait trouvé. Il s'en était douté, et pourtant il était resté à distance.

« Sinon, nous n'aurions pas cette conversation, ma douce. » Il la tint par les épaules. « Tu le sais. »

Oui, elle le savait, et elle allait le lui dire quand l'enfer se déchaîna, et que son univers vola en éclats d'une manière qu'elle n'aurait jamais prévue.

Le « Attendez » étouffé vint en premier, suivi de l'ouverture brutale de la porte. Gabriela se tourna vers l'agitation. Dans l'encadrement de la porte d'acajou se tenait une grande femme élancée. Bien coiffée, ses cheveux blonds lâchés auréolant son visage, sa silhouette sculpturale restait figée dans la position parfaite d'un mannequin. Elle semblait prendre la pause, annonçant à tout le monde : « Me voici. Regardez cette merveille. » Une robe à rayures blanc sur noir aux épaules dénudées enserrait sa mince silhouette de façon provocante, les larges rayures épousant ses courbes à la façon d'un sucre d'orge. Mais ce qui retint l'attention de Gabriela fut son âge. La femme avait l'air jeune. Vraiment, vraiment jeune. Son tonus musculaire et l'éclat de sa peau étaient parfaits. Vingt-cinq ans ? Même pas ?

Une jolie rousse la suivait de près, l'expression tour à

tour furieuse, horrifiée et bouleversée. La Vivian de Jeremy ? Sûrement. Jeremy et Richard l'avaient tous les deux décrite comme petite et aux cheveux roux. Jeremy se tenait à sa droite, un manteau de fourrure dans les bras. Il fixait l'apparition blonde à la porte avec un air d'écœurement indigné. Un autre homme, quelques pas derrière lui, semblait leur sourire narquoisement.

« Je suis tellement désolé, Monsieur Harrison, » dit la rousse. « Elle a carrément déboulé. Il n'y a pas eu moyen de l'arrêter. »

Pendant un instant, la vision à la porte tourna un regard dédaigneux vers la femme derrière elle, mais se refocalisa immédiatement après sur Richard, avec calcul.

« Chéri. » Sa voix était rauque, savourant le nom de Richard comme un bonbon au miel. Mais ce qu'elle fit ensuite surprit tout le monde. Elle courut et se jeta sur Richard.

« Vous êtes de retour. »

« Mais bon Dieu ! » Richard essaya à la fois de garder l'équilibre et de la repousser.

En animal opportuniste, April lui saisit le visage et embrassa Richard à pleine bouche, sa langue parcourant sa bouche dans un plaisir familier, s'assurant qu'absolument tout soit visible de tous. Elle se fichait qu'il ne soit pas coopératif.

Gabriela se figea, ses entrailles se solidifiant en une masse brûlante comme la femme de Loth lorsqu'elle fut projetée par le châtiment de Dieu. Cette femme, cette belle femme à l'air très jeune était la petite amie de Richard ? Elle ne s'était jamais attendue à ce coup tordu.

Le choc et le désarroi se muèrent en une douleur intense. Lui avait-il menti ? Toutes ces attentions et ces marques d'affection avaient-elles été un simulacre ? Ou n'était-elle qu'une tâche inachevée dont il fallait qu'il se débarrasse ? Ses craintes, maintenant telles des cymbales battant en rythme avec sa circulation sanguine, l'assourdissaient. Elle était sûre de ne pas se tromper. Il y avait de la familiarité et de l'intimité dans ce baiser, ainsi que dans le langage corporel.

Ses craintes prirent corps. Richard avait une femme dans sa vie. Il était passé à autre chose, jusqu'à ce que les circonstances l'obligent à revenir dans la vie chaotique de Gabriela.

Et tu lui as avoué ton amour il n'y a même pas deux minutes, comme une adolescente imbécile. Pas étonnant qu'il n'ait rien dit.

Oh, mon Dieu.

Une gêne dévastatrice avait remplacé la peine. Richard la convoitait mais ne lui avait pas déclaré qu'il l'aimait.

Son désarroi se dissimula derrière les volets de ses paupières. Quelle imbécile ! Elle compacta ses émotions dans une chambre forte dans un coin familier de son cœur, les remplaça par le vide, et lui tourna, leur tourna le dos.

Richard vit le changement chez Gabriela et eut envie de tuer cette écervelée qui lui avait sauté dessus comme si elle en avait le droit.

Tout le travail qu'il avait effectué pour abattre la garde de Gabriela, pour diminuer ses défenses, s'était évaporé en un instant. Sa confiance avait été remplacée par un tel éclair de souffrance profonde qu'il aurait vendu son corps à tous les démons de l'enfer pour éviter d'y assister. Maintenant les volets s'étaient fermés, et son visage était dénué d'expression. Il ne pouvait plus rien y lire.

Richard serra et desserra les poings, maîtrisant une envie pressante de gifler April comme il avait giflé Silvie, la maîtresse d'Albert, des années auparavant.

« Éloigne-toi de moi, » chuchota-t-il. Sa poigne sur son avant-bras était impitoyable, tandis qu'il l'empêchait de le toucher de nouveau. April ne lui avait encore jamais vu ce regard d'acier trempé.

Elle se lécha les lèvres sensuellement devant la possibilité d'une domination sexuelle, et ses yeux brillèrent d'excitation.

Richard vit sa réaction à la manière dont il la traitait, et le dégoût sur son visage fut palpable.

C'est ce dégoût qui fit reculer April.

« Gabriela… »

Mais Gabriela, le dos raide, l'ignora et se dirigea vers le seuil de la porte encombré. Elle adressa ses paroles suivantes à Jeremy et sourit. « Est-ce Vivian ? »

«Oui, Madame Martinez. » La voix de Jeremy était rocailleuse, comme s'il essayait de maîtriser sa propre colère.

Gabriela se tourna vers Vivian, qui lançait des regards de tous côtés comme un lapin furtif tentant de se cacher dans le meilleur terrier, et dont les joues étaient barrées d'une rougeur gênée.

« Je suis tellement désolée, » dit Vivian, lui serrant la main avec un enthousiasme excessif.

Gabriela regarda l'homme qui traînait derrière Jeremy. Il n'avait plus son sourire narquois. Il avait l'air plutôt déstabilisé, mais elle apprécia ce qu'elle vit : grand, bel homme, un peu trop mince, et dégageant une aura sympathique.

Elle leva un sourcil. « Et vous êtes ? »

L'homme secoua la tête comme s'il sortait d'une transe. « Edmund Husher, Madame. »

Sa voix était profonde et cultivée.

Gabriela rit. Edmund marqua un temps d'arrêt.

« Seigneur, vous me donnez l'impression d'être vieille. » Le sourire dans sa déclaration gagna son regard pendant qu'elle lui tendait la main. « Ne me donnez pas du Madame, s'il vous plaît, » dit-elle. «Je suis Gabriela. »

Il lui serra la main et aurait prolongé le geste s'il n'avait pas aperçu le visage de Richard. Il recula comme si on l'avait physiquement repoussé.

Gabriela, intriguée, suivit la direction du regard d'Edmund. Ses yeux étaient fixés sur Richard. Réciproquement, l'homme exaspérant toisait Edmund dans une attitude carrément menaçante pour le faire dégager. Typique. Intimidation subliminale. Quel culot.

« Vous travaillez pour Monsieur Harrison ? »

« Non, pas du tout, » répondit Richard, détachant les mots pour insister.

Les sourcils de Gabriela se levèrent.

« C'est… l'ami de Mademoiselle Cranfield. » Il avait failli laisser échapper « le jouet. »

April, qui n'était pas du genre à perdre l'avantage sur une autre femme, saisit le bras de Richard dans les siens. Elle se pencha, établissant son territoire, ignorant la tension des muscles de Richard.

« Ça vous ressemble tellement, Richard, » dit-elle, la voix douce comme de la soie. Elle exerça une poussée sur son bras avec ses seins et resta cramponnée.

Elle tourna un regard de braise vers Gabriela. « Je suis April Cranfield. Il ne vous a pas parlé de nous ? De nos projets ? »

Les émotions de Gabriela tournèrent le coin de la rue de la souffrance et accélérèrent vers la piste de course de l'indignation. Son souhait que la terre l'engloutisse se mua en une envie de frapper Richard et de lui mettre le nez en sang. Peut-être même aussi d'arracher quelques racines de cheveux blonds à sa bimbo. À la place, elle garda son calme.

« Et quels seraient-ils ? » demanda-t-elle doucement.

« Votre vente aux enchères, bien sûr. Nous avons été tellement emballés par votre arrivée. Richard sait comme j'admire vos œuvres, n'est-ce pas, chéri ? »

Richard avait dû lire exactement dans les pensées de Gabriela car il plissa les yeux.

Il fallait qu'elle parte de là. Si elle ne partait pas dans deux secondes, une scène sans précédent se déclencherait, incluant des jointures meurtries et des ongles cassés. Et elle ne ferait pas à Richard le plaisir d'assister à sa perte de contrôle. Elle ne ferait pas non plus ce plaisir à la bimbo.

« Il faut vraiment que je retourne à l'hôtel. Des réunions. Je ne peux plus retarder. »

« Vous voulez que je vous emmène ? » proposa Edmund dans une bravade surprenante.

« Gabriela. » L'avertissement de Richard était clair.

Elle l'ignora.

« Comme c'est gentil à vous… Edmund, c'est ça ? » Devant son acquiescement et son sourire, elle poursuivit. « Mais non. J'ai déjà pris des dispositions pour que Monsieur Hollis me conduise. » Elle sourit. « Peut-être la prochaine fois. »

« Je vais t'accompagner en bas. » Richard fit un pas en avant, mais elle leva le bras, la paume en l'air.

« Ne te donne pas cette peine, » dit-elle, la voix dégoulinant de politesse comme un rayon de miel. « Ravie d'avoir fait votre connaissance à tous. Merci pour la visite, Monsieur Harrison. Ça a été… instructif. Peut-être vous verrai-je ce soir à la réception, vous et votre Mademoiselle Cranfield ? »

Et telle une actrice shakespearienne, Gabriela se dirigea royalement vers les ascenseurs et la sortie.

L'expression de Jeremy, quand il se tourna vers Richard, était à parts égales consternée, désemparée et soucieuse. Il semblait dire : que la garce et la mêlée atomique qu'elle a plantée dans leur sein aillent se faire foutre.

Richard fit un signe de menton en direction de Gabriela.

Jeremy n'avait pas besoin d'incitation. Il fourra le manteau d'April dans la poitrine d'Edmund et disparut dans le sillage fâché de Gabriela.

« Vivian, pourriez-vous m'apporter du café, s'il vous

plaît ? » Richard indiqua la direction de la salle de repos. Il tourna ensuite son attention vers Edmund. « Aller chercher votre voiture. Vous partez. »

Vivian disparut en moins d'une seconde. Edmund suivit dans le sillage de Gabriela. Il était tout aussi heureux que mal à l'aise de ce à quoi April allait assister. Il ne pouvait pas dire qu'elle ne le méritait pas.

« Écoutez attentivement. » Richard fit face à la femme qui avait interféré dans sa vie pour la dernière fois. La douceur de ses paroles donnait la chair de poule plus sûrement qu'entrer dans un congélateur.

« Ne me refaites plus jamais le même cirque. Quoi que votre esprit exalté puisse avoir concocté, vous n'avez pas carte blanche sur mon temps ni sur ma personne. »

« Et cette femme mariée l'a ? »

Les vibrations émanant de Richard passèrent du froid au glacial.

« Attention où vous mettez les pieds, April. Asticotez-moi encore dans le mauvais sens, et même le respect que j'ai pour votre père ne m'empêchera pas d'avoir une mauvaise réaction. Maintenant, prenez votre jouet masculin et sortez de mon bureau. Ne revenez pas. »

Il n'attendit pas qu'elle obéisse. Il se tourna et appela Jeremy.

Gabriela avait presque atteint le poste de sécurité dans le hall d'entrée quand la voix de Jeremy l'arrêta.

« Madame Martinez, s'il vous plaît, » implora Jeremy. « Attendez. »

Gabriela l'attendit.

« Ce que vous avez vu là-haut n'était pas du tout ce qu'il vous a semblé. Il n'y a rien entre Richard et April. »

Ouais, d'accord. Et moi, je suis Bambi. Les hommes et leur petit club on-se-protège-entre-mecs.

« Dès que vous m'aurez déposée à l'hôtel, Jeremy, je veux que vous rameniez mes valises de la maison de Monsieur Harrison. Déposez-les dans la chambre d'hôtel de mon agent. »

« Ça ne va pas plaire au patron. »

« Je ne suis pas la propriété de votre patron. Alors, vous allez me déposer, ou je dois prendre un taxi ? »

Jeremy fit un geste en direction des ascenseurs au moment où son téléphone sonna.

« Vous l'avez rattrapée ? » demanda Richard.

« Oui. »

Gabriela dressa l'oreille, le regard entendu.

Jeremy rougit. Il détestait devoir raccrocher ces deux accessoires, surtout deux accessoires très fâchés.

Richard soupira au téléphone. « Faites attention et prenez bien soin d'elle avant que j'arrive. »

« Je le ferai. »

« Je suis surveillée ? » demanda Gabriela.

« Ah, Madame Martinez. Arrêtez. »

Elle posa une main sur son bras. « Désolée. Je ne voulais pas m'en prendre à vous. »

L'ascenseur sonna en arrivant. Jeremy tint la porte ouverte pendant que Gabriela entrait.

BOGDAN ARRIVA dans le hall d'entrée et se dirigea vers la direction du bâtiment comme s'il avait le droit d'être là. Il effectuait toujours la première reconnaissance, mais laissait la surveillance à d'autres, moins repérables que lui. Sa fenêtre d'action dans ces cas-là était mince. À cause de son physique, en dix minutes les gens commenceraient à remarquer qu'il rôdait. En moins de temps, la sécurité se mettrait à poser des questions ou l'accompagnerait vers la sortie.

Aujourd'hui, il était ici pour confirmer l'information donnée à son patron. Vérifier si l'entreprise de l'homme était répertoriée dans le bâtiment. Vérifier l'étage. Aller au garage. Poursuivre sa reconnaissance. Sortir. Passer les ordres à l'un de ses *siledzijas* pour continuer à surveiller, suivre discrètement.

Connaître vos ennemis simplifiait les choses et aidait à orienter les plans d'actions, les attaques, ou les enlèvements, selon ce qui fonctionnait le mieux. Les opportunités se réduisaient, le timing était décisif pour amener la femme à accepter, d'après le patron. Maintenant qu'elle était ici, sur son territoire, il n'échouerait pas.

Rapidement, Bogdan vérifia que l'entreprise de ce Harrison était au septième étage. Ses yeux simiens parcoururent le hall d'entrée et localisèrent l'escalier de sortie qui menait au garage souterrain. Il s'y dirigeait et était presque au niveau du groupe d'ascenseurs quand une femme très en colère croisa son chemin juste devant lui. Bogdan était doué pour les visages. C'était la femme, celle qui chagrinait son patron, et elle était seule.

Bogdan était proche, mais pas assez proche pour la saisir sans alerter la sécurité et les quelques personnes qui traînaient dans le hall. S'il avait eu dans la poche son jouet préféré, celui qui délivrait quatre milli-ampères de pure énergie incapacitante et douloureuse, il aurait risqué le coup. Elle aurait été comme du mastic dans ses bras.

Il se demandait s'il devait la suivre quand un homme qui avait l'allure d'un garde du corps sortit d'un autre ascenseur et se précipita en direction de la femme, l'appelant par son nom. Bogdan observa le duo. Il entendit des bribes sur la voiture et l'hôtel en faisant demi-tour pour se diriger vers l'escalier menant au garage. Au moment où ils descendraient, Bogdan serait en place, à les attendre. Il les observerait de là.

Herb Bryce leva sa quatrième tasse de ce que les Britanniques pensaient être du café et sirota le restant d'eau tiède au goût pisseux. Il devrait être reconnaissant. Au moins, quand il était à Londres, le personnel du bureau faisait un effort pour lui fournir une sorte d'infusion. Mais le plus souvent il aurait préféré qu'ils s'abstiennent. Mais putain, le manque de sommeil, en plus du décalage horaire, lui bousillait toujours le corps et le cerveau, et soit il buvait cette lavasse, soit il optait pour leur thé au lait qui lui donnait envie de vomir. Il prenait donc sa dose de caféine avec cette merde. Au moins, le contenu de son estomac restait en place.

Il remua les fesses, coudant son corps pour que le rebord du bureau où il était temporairement affecté ne lui coupe pas davantage la circulation. Finalement, sa proie était de nouveau dans sa ligne de mire, grâce au fax envoyé par le bureau de presse de Christie´s . Mais merde, il en avait ras-le-bol. Pendant plusieurs jours, il n'avait abouti à rien, la femme, sa famille, le garde du corps, son invité mystère, même le putain de chien, avaient disparu comme un nuage privé d'humidité. Ça voulait dire pas de revenus sur son compte bancaire. La police de Monterey n'avait pas aidé non plus. Ils avaient transféré le coupable à Los Angeles, et le mécanicien était soudain devenu injoignable. Même son accréditation de presse n'avait eu aucun effet. Frustrant. En plus de tout le reste, le personnel du bureau ici s'était avéré inutile. Personne n'avait reconnu l'homme sur ses photos. Et encore moins sur une photo à texture granuleuse. Une bande de blaireaux incompétents.

Il était environné des bruits familiers de clics de claviers en rafales, de conversations bruyantes, de coups de téléphone incessants, de bourdonnements de machines, et de cris occasionnels au milieu de la salle du journal grouillante. Il s'en déconnecta pour se concentrer sur le fax. L'emploi du temps de cette femme était un putain de cauchemar. Il allait devoir jouer des coudes avec créativité pour pouvoir suivre.

« Vous avez un plan à portée de main, Jones ? »

Le reporter deux bureaux plus loin ne leva pas les yeux de son clavier. « Deuxième tiroir à ma droite. »

Bryce récupéra le plan et reprit connaissance avec le quadrillage. « Ça vous ennuie si j'écris dessus ? »

« Vous salopez mon plan, vous le remplacez. »

« Vous êtes un vrai branleur. »

Sans s'arrêter de taper, Jones leva la main droite et lui fit un doigt d'honneur.

« Un surligneur ? »

Jones pointa son majeur toujours tendu vers sa droite, sur une tasse débordant de stylos, de crayons, de surligneurs et de marqueurs indélébiles.

Bryce rit, le remercia en lui rendant le même signe de la main, et prit un marqueur rouge et un surligneur. De retour à son bureau, il se mit à tracer des itinéraires, à encercler des stations de métro proches des événements, et à noter les kilomètres entre les sites et son hôtel. Il faudrait qu'il convertisse le putain de système métrique en yards et miles auxquels il était habitué. Il irait en taxi ou en métro, peut-être même à pied, selon la circulation. Quelle merde !

« Bryce ! »

Le cri se matérialisa quelque part à proximité de la salle de repos. Il ignora l'appel.

« Une visite, » cria encore la même personne.

Bryce leva les yeux. Une déesse anglaise royalement énervée marchait dans sa direction, suivie de ce qui semblait être un acolyte moins royalement énervé qui lui emboîtait le pas. Il loucha. Non, l'homme n'était pas aussi énervé que mécontent de la situation, et il essayait d'être vocalement persuasif. Le regard de Bryce retourna à la femme enveloppée de fourrure qui déboulait dans sa direction, et l'évalua avec un regard de photographe. Elle avait l'habitude d'arriver à ses fins. Cette femme comptait probablement sur son physique pour obtenir ce qu'elle voulait, se servant du sexe comme de son outil à émasculer du jour. Cependant, d'après l'expression je–vais–me–venger lisible sur tout son visage, il semblait qu'elle n'obtînt pas cette fois ce qu'elle voulait. Les yeux de Bryce se focalisèrent sur l'homme qui la suivait, triste et accablé. Pauvre couillon. Il ne savait pas comment gérer ce genre de bombe.

La femme jeta un journal sur son bureau et pointa dessus une griffe rouge sang parfaitement manucurée.

La couleur convient à son humeur, pensa-t-il. Il se demanda ce qu'elle lui voulait.

« C'est vous qui avez photographié ça ? »

Pas de présentations. Droit au but. Le regard qui tue. Il regarda le bandeau et la photo. Son intérêt monta et devint l'odeur de la traque.

« Vous savez qui il est ? »

« Si je le connais ? » La fureur explosa, jaillissant de sa bouche. Elle haussa le ton. « C'est mon amoureux, et cette garce complote pour se l'approprier. »

Les décibels confus précédents descendirent à des chuchotement à peine perceptibles dans l'espace du bureau. Certains abandonnèrent simplement leur travail. Bryce sentait toutes les oreilles se tendre dans leur direction, les antennes radar journalistiques avaient repéré des gros titres juteux. Putain, pas question. Cette histoire lui appartenait.

Bryce ramassa le journal abandonné, attrapa un stylo, son carnet de notes à rabat, et fit un geste vers la gauche.

« Cherchons un endroit discret. »

Il sourit. Il voyait juste des traîneaux pleins de billets de dollars tintinnabulant vers son compte en banque.

CHAPITRE DIX-NEUF

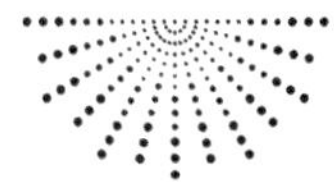

« Ce grand menteur bon à rien. »

Jean-Louis soupira à côté d'elle.

Gabriela se dirigea vers son installation suivante.

Environ dix minutes plus tôt, elle était entrée dans l'élégant hôtel des ventes à Saint James's accompagnée de Jean-Louis et Julien. Elle aimait toujours pénétrer dans cet élégant bâtiment dont la façade était un mélange de styles architecturaux Regency et géorgien. Ce soir, habillés pour la circonstance, les invités étaient accueillis par un dais rouge qui s'étendait jusqu'au niveau de la rue, sur lequel était imprimé le logo de l'hôtel des ventes. Contrairement à plus tôt dans la matinée, des barrières encadraient maintenant une périphérie dédiée pour les curieux ainsi que pour les journalistes. Quelques-uns de ces derniers, appareil photo en main, étaient perchés derrière la barricade de bois et mitraillaient toutes les personnes qui pénétraient dans les locaux. À son arrivée, Gabriela avait dûment affiché un sourire, avait virevolté çà et là sous la conduite de Julien comme ils l'avaient fait des centaines de fois lors d'événements précédents, et était apparue futilement

"

rayonnante aux photographes, Herb Bryce inclus, qui criaient sans cesse son nom pour attirer son attention.

Une fois à l'intérieur, la coordonnatrice de l'événement les avait emmenés dans une pièce d'exposition dédiée, vide pour l'instant, et s'était immédiatement excusée, disparaissant par où ils étaient entrés.

Le vaste espace avait été équipé pour la soirée d'un bar ouvert à l'extrémité droite de la salle spacieuse aux plafonds hauts. À l'autre extrémité, un espace buffet présentait des myriades de hors-d'œuvre pour satisfaire tous les palais. L'agencement était sorti du cerveau de Julien, qui voulait que tous les invités qui désiraient une boisson ou de la nourriture soient forcés de traverser toute la longueur de la pièce, où des photographies de pages choisies du manuscrit, agrandies à taille humaine, pendaient du plafond, remplissant l'espace entre les murs doucement éclairés. C'était une merveille à contempler.

Gabriela ajusta une fois de plus sa robe. L'émetteur collé sur sa cuisse par le technicien du CID, et placé maintenant entre son collant et sa peau, l'irritait. Elle espérait ardemment que les angles vifs, émoussés par du ruban adhésif, ne troueraient pas son collant avant le début de la réception. Elle n'en avait pas un de rechange.

Sa robe de cocktail aussi, conçue pour l'occasion par son ami Christian Harel, n'avait pas été créée avec à l'esprit un équipement volumineux. Elle avait l'impression d'être excessivement serrée. À nouveau, si elle avait su qu'elle allait jouer la délatrice auprès d'un homme qui lui voulait du mal physiquement pour pouvoir faire main basse sur son œuvre, elle aurait remplacé la robe fourreau en mousseline par une autre plus confortable avec des poches. Elle haussa les épaules. Au moins, au niveau de la taille, un surplus de tissu froncé aérait le côté de la robe, permettant un bon camouflage. Mais l'émetteur était chaud, et c'était donc un inconvénient qu'elle devrait gérer ce soir, tout comme un autre, trompeur.

« Quel abruti. »

« Ma chère, » dit Jean-Louis, se couvrant les oreilles de ses mains, exaspéré. « Ne recommence pas, s'il te plaît. Ça suffit. Passons à autre chose, s'il te plaît. »

Mais elle ne pouvait pas. Ses émotions jouaient en elle comme une pendule psychotique, un instant blessée, l'instant suivant triste. Vilipender à l'occasion verbalement un homme en particulier pour sa duplicité l'aidait à évacuer une partie de ses émotions.

« Gabrielle, » dit la douce voix de Julien, interrompant le mélodrame. « Jean-Louis a raison. D'ailleurs, tu n'as pas encore entendu la version de Monsieur Harrison. Je me demande, chérie, si tu es contrariée parce qu'il a couché avec cette femme, ou si tu es en colère parce qu'elle est si jeune ? »

Les deux, pensa-t-elle, mais elle ne voulait pas l'admettre.

« Je me sent tellement trahie. » *Et je ne devrais pas.*

Elle soupira.

L'expression sur le visage de Jean-Louis était un peu incrédule. « Mon dieu, chérie, ce n'est pas comme si tu avais l'exclusivité sur cette personne avant aujourd'hui. »

Il se frayèrent un chemin vers la table du buffet. Jean-Louis fit une sélection à la Am stram gram de quelques morceaux de choix et les posa sur une petite assiette qu'il tenait. Il piqua une tranche de kiwi avec un cure-dent violet et la mâcha.

« Pense à ce qu'il a ressenti à la pensée que tu as couché avec Roberto ces quatre dernières années. »

Gabriela resta coite. Personne ne savait qu'elle ne couchait plus avec Roberto depuis très longtemps.

« C'est mon mari. C'est une grosse différence. »

« Vraiment ? Comment ça ? Richard est un H O-M-M-E. Il a des besoins, chérie. »

Julien se pencha sur Jean-Louis et embrocha une fraise dans son assiette. L'agent de Gabriela caressa l'avant-bras de Julien comme s'il voulait se faire pardonner sa déclaration suivante.

« Qu'est-ce que tu attends d'un homme libre qui fait baver tout le monde comme Harrison ? Mot-clé. Libre. Un tel plaisir des yeux attire toujours les abeilles. »

« Mon point de vue, » dit Julien. « Il n'a rien fait d'inattendu. »

C'était la question qui la nouait misérablement. Et si elle était en train de gâcher son occasion d'être heureuse ? Pire. Et si Richard se sentait obligé d'être avec elle à cause de ce qui s'était passé il y a quatre ans ? Etait-elle devenue son devoir, son joug, comme Roberto était le sien ?

« Il aurait dû dire quelque chose. Me prévenir. »

Jean-Louis soupira. « Vraiment ? Quand ? Pendant que le gorille t'agressait ? Quand ta plate-forme s'est effondrée et que tu étais pendue au mur comme un lézard affolé ? Pendant qu'il essayait de vous sauver, Luisito et toi ? »

Sur un mode typiquement sceptique, Jean-Louis lui fit complètement face en haussant le sourcil.

« Pendant que tu étais un iceberg de rage après avoir aperçu les deux tabloïds chez le coiffeur ? Pendant que tu te cachais sous nos jupes à l'hôtel ces trois dernières heures ? »

« Je ne me suis pas cachée. »

Elle capitula quand le sourcil de Jean-Louis atteignit les proportions de l'arche de Saint-Louis.

« D'accord. Fais-moi donc un procès. Mais nous avons eu une journée de tranquillité à New York et dans l'avion. Il aurait dû me dire quelque chose à ce moment. »

« Tu es sérieuse, chérie ? Ton cousin t'a entourée comme une ceinture de chasteté, et quand je suis arrivé pour le vol Harrison n'a même pas pu t'approcher pour te toucher d'un doigt. S'il n'avait pas embobiné Jeremy pour qu'il change de siège avec toi pendant le vol, tu n'aurais pas eu ce sommeil réparateur. »

Elle se souvenait. La tête sur l'épaule de Richard, elle avait dormi comme un nouveau-né, en sécurité et protégée dans leur cocon de première classe, et ne s'était réveillée que deux fois pour prendre le dîner et le petit déjeuner. Cela avait été un répit inattendu.

« De plus, » interrompit Julien, « si je peux me permettre de te le rappeler, tu lui as sorti les paramètres de discrétion, qu'il a respectés avec patience. »

Jean-Louis fourra une tranche de kiwi dans sa bouche et passa à une autre illustration.

« À propos, j'adore carrément la teinte de lapis lazuli que tu as utilisée pour ce parchemin. »

Gabriela roula des yeux. Cela ressemblait bien à Jean-Louis de garder le travail à l'esprit. Pourquoi ne pouvait-t-elle pas le faire ?

« Concentre-toi sur ses actes, ma belle. S'il n'éprouvait pas de sentiments pour toi, il n'aurait pas tout laissé tomber pour traverser un océan… »

« Plus un continent… » ajouta Julien.

« Pour être avec toi et te protéger. »

« Après quatre ans, » finit Julien, sa mâchoire bougeant de droite à gauche tandis qu'il grignotait une autre fraise.

« Tu sais comme c'est difficile de remuer ciel et terre pour modifier les calendriers d'affaires. Non seulement Harrison l'a fait pour se précipiter à tes côtés, mais il l'a fait aussi sans poser de questions. Et tu râles pour une petite liaison ? Pour autant que tu le saches, cette femme est une vraie Marie-couche-toi-là. Pas le genre de ton Richard… »

« Ni d'aucun homme… » interrompit encore Julien.

« Rien de sérieux donc. »

Elle sourit du coin des lèvres. Une femme dissolue. C'était très victorien de la part de Jean-Louis. Mais, Jésus.

Quel gâchis. Comme si ce terme ne pouvait pas s'appliquer également à elle.

« C'est tout-à-fait elle, » dit Jean-Louis à Julien, pointant le cure-dent dans sa direction. « Regarde-la. Elle se torture déjà l'esprit avec la culpabilité. Merde. »

« Il aurait pu penser que c'était son devoir de m'aider. »

Et c'était là son dilemme. Elle voulait qu'il l'aime, pas que ce soit un devoir. La photo qu'on lui avait montrée sur la première page du tabloïd montrait un Richard souriant très intime avec une April jeune et dynamique. Le gros titre racontait la suite.

Julien lui pressa la main et attendit d'avoir toute son attention.

« Gabrielle. Accorde-toi un peu de répit, comme vous les Américains aimez tant le dire. Tu as tout donné à Roberto et à ton mariage. Ça n'a pas marché. Tant pis. Les deuxièmes chances sont rares, ma belle, et pourtant l'univers t'en a fait cadeau. Ne la compromets pas à cause d'une jalousie mesquine, d'un manque de confiance ou de la peur. »

« Tu aimes profondément ton Richard, » dit Jean-Louis. « Je suis sûr qu'il t'aime tout aussi profondément. »

La suspicion était un poison, pensa-t-elle.

« Oh, bouh ! Efface ce doute de ton visage, femme. J'ai vu Harrison te regarder avec des yeux qui brûleraient tous les démons de l'enfer. Et attends qu'il t'ait vue dans cette tenue. » La robe à épaule dénudée, avec le plissé bouffant à la taille, la transformait en une divine vision de rêve.

« Nous reconnaissons ce style, n'est-ce pas ? » Il leva la main de Julien et y déposa un baiser, les yeux plissés dans un sourire entendu.

« Oui. Du genre qui fait exploser l'air ambiant d'énergie sexuelle. » Julien s'éventa avec la main. « Oh, là. »

Mais le désir durait-il toute une vie ?

Son petit tête-à-tête avec ses pensées fut cependant

interrompu par l'arrivée de l'inspecteur Morris. Anir, le technicien, et une femme officier suivaient dans son sillage.

Gabriela présenta Morris à ses agents. Morris répondit en lui disant que la policière, le sergent Hollister, lui serait affectée pour la soirée.

« Excellent travail, Anir, » dit Morris, examinant Gabriela. « Vous n'avez pas eu trop de travail pour le camouflage. »

« Il a fallu que je me débrouille un peu, mais j'ai réussi. »

« Et ma cuisse se plaint sans cesse. » Gabriela se tortilla encore sous sa jupe.

« Audio ? »

« C'est bon pour l'instant, » dit Anir. « Quand la réception commencera, il faudra que j'effectue des réglages pour le bruit ambiant. Nous commencerons à enregistrer à ce moment. Au moindre problème, j'enverrai quelqu'un du van en renfort. »

Quand Morris approuva, clairement satisfait, Anir le prit pour son signal de départ.

« Madame Martinez, assurez-vous de rester dans la périphérie visuelle de l'officier Hollister, de préférence dans la pièce et aux alentours à tout moment, surtout si Wickeham établit un contact. Je vous encourage à un échange individuel avec lui, mais prévenez-nous en cas de problème. »

Gabriela acquiesça.

« Si vous devez aller quelque part, même aux toilettes, » ajouta Hollister, « venez me chercher. Je sécuriserai le périmètre. »

« Nous vous soulagerons de l'émetteur avant que vous partiez chez Monsieur Harrison pour vous retirer pour la soirée. »

« Je n'y serai pas. »

Morris, qui allait prendre une feuille de papier pliée dans la poche de sa veste, s'arrêta et la dévisagea.

« Dois-je m'inquiéter de complications imprévues ? » demanda Morris, scrutant lentement son visage. Quand les joues de Gabriela rougirent et qu'elle baissa les yeux, il demanda à brûle-pourpoint.

« Il est arrivé quelque chose entre vous deux depuis notre rencontre ce matin ? »

Il y eut un silence gêné de la part de Gabriela.

« Des changements aussi tardifs dans la partie peuvent chambouler toutes les mesures de sécurité que nous avons déjà prises, » dit Morris. « Nous devrions repartir à zéro pour certaines d'entre elles. Des retards ou des modifications irréfléchis peuvent mettre la pagaille et vous mettre en péril. »

Gabriela se sentit réprimandée, ce qui était l'objectif de Morris, elle en était certaine. Malheureusement, que cela lui plaise ou non, il avait raison. Aujourd'hui, elle s'était comportée comme une enfant récalcitrante, pas comme une femme en danger. Elle avait baissé la garde. Le monde ordinaire, la vie sans menace, l'avaient détendue et avaient diminué sa vigilance. La jalousie, elle devait l'admettre, l'avait focalisée sur un seul sujet, au lieu de ce qui était vraiment important. Il fallait qu'elle recouvre sa circonspection, sa tension. Il y avait trop de risques. Richard… eh bien, elle gérerait Richard, même s'il fallait qu'elle se barricade contre lui en mettant une commode ou n'importe quoi contre la porte. Elle devrait peut-être demander à Frank de dormir dans sa chambre.

Quelque chose dans son expression avait dû le rassurer, car Morris sembla satisfait en lui tendant la feuille de papier.

« J'ai déjà envoyé cela à Monsieur Harrison et à Jeremy.»

Quand elle eut déplié la photocopie de deux cartes

d'identité agrandies, Morris désigna d'abord la photo de gauche.

« Hays prendra le premier tour demain. » Il désigna la photo de droite en incluant tout le monde d'un rapide regard circulaire. « Trinder prendra le deuxième tour, six heures plus tard. Si quiconque d'autre que ces deux-là se présente sans que je l'aie notifié préalablement, nous avons un problème. »

Gabriela scruta les visages et tendit la feuille à Jean-Louis, qui la fit passer ensuite à Julien.

« Ils ont pour instruction de se présenter à chacun de vous personnellement. Monsieur Harrison a souhaité que je vous montre ceci parce que leurs équipes vont se chevaucher après la fin de vos interviews à la télé demain. »

« Et Wickeham ? » demanda Jean-Louis. « Que sommes-nous censés faire quand il viendra ce soir ? »

« Faites-lui la place pour qu'il approche Madame Martinez, » dit Hollister. « Mais restez vigilants, pour qu'il ne l'entraîne pas dans une situation difficile. »

Morris acquiesça. « Réagissez comme vous l'avez toujours fait avec les admirateurs de l'oeuvre de Madame Martinez. Que dit le proverbe... lâchez-lui la bride ? »

« Ouais, pour qu'il se pende. Et s'il ne mord pas à l'hameçon ? »

« Nous prendrons une chose à la fois. »

Julien repéra la coordonnatrice qui leur faisait signe. Quand elle eut capté leur attention, elle fit demi-tour et disparut encore.

« C'est notre signal, » dit Julien. « Ils ouvrent les portes. »

« Si vous avez besoin de quoi que ce soit, Madame Martinez, souvenez-vous, allez voir Hollister, venez vers moi, ou appelez à l'aide. Nous vous écoutons, et nous serons au travail dans la pièce toute la soirée. »

Jean-Louis la regarda. « Prête ? »

Aussi prête que je le serai toujours, pensa Gabriela. Et c'est ainsi que le rideau se lève. Que le spectacle commence.

RICHARD ARRIVA une demi-heure après que la réception batte son plein. Quand Jeremy avait annoncé que la flottille de sécurité de Morris était arrivée à l'hôtel et le soulagerait de sa tâche de garde du corps, Richard avait pu se détendre un peu, régler des questions en attente, réagencer quelques autres dans son agenda pour que cela colle avec les engagements de Gabriela, et s'avancer dans d'autres choses.

On le conduisit au deuxième étage où des vocalises animées dépassaient le bourdonnement constant des conversations humaines. Le périmètre, bien qu'immense, était bondé. Il balaya la pièce du regard, apercevant le père Ramirez en conversation avec deux autres prêtres près du buffet. Morris zigzaguait dans tous les sens. Près du bar ouvert, à l'extrémité de la pièce, directement dans son champ visuel, il repéra April près de son père et d'Edmund.

Richard se mêla discrètement à la foule, se dirigeant vers Hollister, qui s'était postée près d'un des affichages. Gabriela devait être quelque part à proximité.

Il repéra Gabriela près de Jean-Louis et d'un autre homme qu'il ne connaissait pas. Julien, peut-être ?

Il se concentra.

Nom de Dieu.

Drapée dans une étoffe dorée, Gabriela ressemblait à ce qu'Hélène avait du paraître à Pâris : irrésistible, désirable, magnifique, et sexy en diable. Elle était sa sirène, qui le séduisait, le captivait et le fascinait tout à la fois. Ses épaules étaient nues, une bande blanche dissimulant discrètement la plus grande partie de la cicatrice sur son épaule gauche — ce vilain souvenir de ce qu'elle avait vécu il y a quatre ans. Le reste de son épaule laiteuse était partiellement caché par ses cheveux couleur bordeaux, qui drapaient ses épaules et son dos comme une rivière de satin ondoyante.

Richard s'arrêta. Il désirait tellement de choses en ce moment : sentir la vive chaleur de ses cheveux, effacer d'un baiser la colère de ses lèvres, caresser son épaule marquée et effleurer sa peau meurtrie d'une main guérisseuse. Il avait envie de lui murmurer qu'il souffrait parce qu'elle avait été blessée par la scène avec April, de lui dire qu'il méritait sa colère pour ne pas l'avoir prévenue, mais pas son mépris.

Jeremy apparut à ses côtés comme un diable sort d'une boîte. Ses yeux observaient, constamment en mouvement.

« Du nouveau ? » demanda Richard.

« Non, Monsieur, » répondit de Jeremy après avoir de nouveau balayé toute la pièce du regard. « Aucun signe de lui pour l'instant. »

« Surveillez bien, et prévenez-moi s'il arrive. »

Jeremy acquiesça et disparut, arpentant la pièce de la même manière que Morris et Hollister.

Richard se dirigea vers Gabriela et vit Jean-Louis lui tapoter la joue, taquin. En s'arrêtant derrière elle, Richard saisit la fin de leur conversation.

« Je ne suis toujours pas convaincu, chérie, » dit Jean-Louis. « De plus, tu as assez de problèmes comme ça pour laisser cette pétasse prendre le dessus sur toi. »

« Qui est la pétasse ? » Comme s'il ne le savait pas. Gabriela se retourna.

Bien sûr, c'était forcément Richard.

Ses poumons manquèrent d'oxygène. Il était époustouflant dans son élégant costume de soie noire, dont il remplissait chaque centimètre de la chaleur de ses muscles et de sa force. La couleur du costume intensifiait son regard, le changeant en un gris fumé sexy.

Comme Jean-Louis l'avait dit plus tôt, cet homme faisait baver tout le monde.

Malheureusement, l'image des lèvres avides d'April dévorant celles de Richard se superposa à la réalité qu'elle avait devant elle.

Gabriela essaya. Elle essaya vraiment, vraiment d'incurver sa bouche récalcitrante. Son courroux se déchaîna, au mépris de la bienséance. Elle leva le menton dans la direction où se tenait April avec Edmund et une cohorte d'hommes qu'elle ne connaissait pas.

« Ta petite amie du bureau. Celle qui t'a sauté dessus et a failli te dévorer. »

« Seigneur, » chuchota Jean-Louis.

Richard, qui avait eu un sale après-midi, réfréna son désir de l'attirer en privé pour avoir la mère de toutes les confrontations.

« Mon ange, je ne savais pas que tu avais troqué ton Uzi pour un bazooka. »

Jean-Louis se racla la gorge, mais un plaisir diabolique dansait dans son regard. Gabriela eut envie de jeter son petit sac à son ami.

«En fait, je pensais plus à des missiles balistiques. »

Julien s'étouffa presque avec le vin qu'il sirotait.

« J'ai eu une journée de merde, » dit Richard. « Si tu n'étais pas sortie précipitamment et si tu ne t'étais pas cachée derrière ces deux-là pendant des heures, je t'aurais expliqué… »

«En fait, d'après mes souvenirs, ton explication était plutôt claire et pertinente cet après-midi. Les actes en disent plus que les paroles. »

« Ce n'est pas ce que tu penses. »

L'amour-propre parla à la place du cœur. « Ah non ? »

Richard en avait assez. Son regard parcourut l'entourage de Gabriela.

«Accorde-moi deux minutes… Seule. »

Jean-Louis l'observa un instant. « Allons à la recherche du photographe pour les prises de vue promotionnelles. »

Julien acquiesça. « Deux minutes, » prévint-il en se retournant pour suivre Jean-Louis.

Richard attira Gabriela dans un coin retiré proche de l'issue de secours. Il se tourna face à elle, se pencha plus près, et parla dans son épaule. « Vous aussi, les gars. Coupez le micro. Deux minutes. »

Gabriela savait qu'elle rougissait, mais ses défenses se hérissèrent. Elle se tourna pour partir, mais la main de Richard l'en empêcha.

« Oh non, tu ne pars pas. »

Quand il était dans cette humeur, Gabriela savait qu'il était impossible de s'échapper. Il voulait une confrontation ? Eh bien, il allait l'avoir. Elle se pencha, hérissée, maîtrisant ses paroles.

« Tu as un sacré culot. »

« Avec toi, oui. »

« Reste loin de moi. Retourne auprès de ta Lolita. Les tabloïds ont dit que vous étiez heureux en couple jusqu'à ce que j'entre en scène. »

« Putain de merde. » Ses paroles chuchotées révélaient une fureur à laquelle elle avait déjà assisté. « Tu crois tous les propos nauséabonds écrits dans ces torchons de merde ? »

« Et tu es en train de me dire que tu n'as pas couché avec elle ? » Elle baissa la voix. Plusieurs personnes les avaient regardés avec curiosité.

Il l'emprisonna encore plus. « Non, je ne le nie pas et je ne le nierai jamais. Je l'ai fait. Une fois. Ça m'a suffi. »

« Fameuses, tes dernières paroles. »

« Gabriela… »

« Quoi ? Tu veux me faire croire que tu accueilles tes amis dans ton bureau avec l'enthousiasme d'un crapaud en chaleur ? »

Il la dévisagea, incrédule. « Tu crois que je t'échangerais contre une autre version de Silvie ? »

Cela retint son attention. Maudit soit cet homme. De tous les exemples qu'il aurait pu prendre, il avait fallu qu'il choisisse Silvie. La maîtresse de Heinige avait été une femme insipide, creuse, terriblement vénale, qui n'aurait pas hésité à enrouler son corps nu autour d'un homme si elle avait quelque chose à en tirer. L'opportunisme avait toujours éclipsé l'amour pour Silvie.

Richard vit le changement dans son regard et poussa son avantage.

« Je ne veux pas d'une fille insignifiante et égoïste. Je ne veux pas un corps pour satisfaire mes pulsions sexuelles occasionnelles. Je veux une femme qui partage ma vie. Mon égale. Ce que je recherche, c'est l'épanouissement affectif. April ne peut rien me donner, sauf du sexe ennuyeux. »

Il attira Gabriela si près qu'elle sentit son souffle chaud sur ses lèvres.

« Personne ne peut me combler comme tu le fais. Personne. »

Les yeux de Gabriela muèrent en deux piscines de désarroi.

« Merde ! » Ce seul mot se teintait de toutes les émotions. La capitulation. Le pardon. Le dépit. La colère.

« Pourquoi ne me l'as-tu pas dit ? Pourquoi ne m'as-tu pas avertie, putain ? Découvrir de telle façon que vous étiez amants m'a fait … très mal. »

Richard ne trouvait pas ce qu'il avait expérimenté avec April suffisamment satisfaisant pour les qualifier d'amants.

« Que penses-tu que j'ai ressenti à chaque fois que je savais que Roberto te touchait, te faisait l'amour ? Une supernova est un mot insuffisant pour décrire ma virulence et ma souffrance. Les murs de mon appartement, ou les endroits où je créchais souvent, ont porté les traces de mon dépit. Mes mains aussi. »

« J'ai failli te mettre le nez en sang, tu sais, » avoua-t-elle. Sans parler de ce qu'elle avait dû réfréner l'envie de lacérer de ses ongles courts le visage d'April.

« La jalousie est une saloperie. Pourquoi ne l'as-tu pas fait ? »

« Je n'avais pas trop envie de me meurtrir les jointures, et je n'ai pas apporté mon rouleau à pâtisserie. »

« Merde. Tu as toujours ce truc ? »

« C'est pratique, comme arme. »

Richard pouffa de rire et tint son visage entre ses mains.

« Nous avons une tonne de choses qui jouent contre nous en ce moment, mais rien n'est aussi important que de te débarrasser de Wickeham. »

« N'oublie pas Herb Bryce. »

« Ça aussi. Mais il est maintenu à l'extérieur. Merci Christie's. »

« Et ta jeunette là-bas ? »

« April ? » Il jeta un coup d'œil dans la direction où Gabriela l'avait vue pour la dernière fois. « C'est une virago égocentrique. Elle va faire tout ce qu'elle peut pour te perturber, pour magouiller pour nous séparer. Il faut que tu y sois préparée. »

« Elle a jeté son dévolu sur toi, c'est ça ? »

« Tu n'imagines même pas. Elle a essayé toutes les astuces possibles pour qu'on soit ensemble. Je n'ai pas mordu à l'hameçon, bien que je doive la féliciter pour ses efforts. »

« Mais tu lui as donné une raison. »

« Jamais. »

« Jamais ? Tu l'as fait en te déshabillant avec elle, tu sais. Pourquoi diable t'engager avec une femme comme ça ? » Elle ne dit pas jeune.

« Par facilité. »

C'était rude. Gabriela souhaitait ne jamais, jamais s'entendre rejeter avec un ton aussi indifférent. Elle se mit à avoir pitié d'April… mais pas trop.

« Ne laisse personne nous gâcher notre avenir, Gabriela. Tu es la mère de mon enfant. Je ne te laisserai jamais plus partir et je ne laisserai personne se mettre entre nous. Je sais que j'ai l'air d'être un salopard égoïste. Je le suis quand il s'agit de toi. Mais j'ai renoncé à toi il y a quatre ans. Je ne peux plus. Ne perds pas cela de vue. Tout le reste va rentrer dans l'ordre. »

Il se penchait pour l'embrasser sur les lèvres quand une tape sur son épaule l'interrompit.

Comme d'habitude, le timing ne leur était pas favorable.

« Vos deux minutes sont terminées, Monsieur. » Jean-Louis prit Gabriela par la main et, sans s'excuser, la conduisit à l'endroit où le photographe officiel de l'événement attendait avec Julien.

« Prenons une photo devant cette œuvre. »

Elle se tourna face au photographe âgé, les joues rouges d'embarras. Comment se faisait-t-il qu'elle oubliait tout en présence de Richard ? Il avait failli l'embrasser en public et elle l'aurait laissé faire. Elle ne dit pas un autre mot.

« Par ici, Monsieur Harrison. » Jean-Louis tira Richard en avant et le plaça entre Gabriela et lui-même avec la finesse d'un éléphant dans un magasin de porcelaine. Il demanda au photographe d'attendre une seconde pendant qu'il faisait signe à Julien de se mettre de l'autre côté de Gabriela.

« Pense aux ventes, chérie, » dit Jean-Louis. « Pense à récupérer tout de suite l'argent dépensé dans les tonnes de feuille d'or que tu as utilisées pour le manuscrit. Souris. »

Richard l'entendit glousser, puis inhaler nerveusement pendant qu'elle tirait parti de la mise en place remarquable de son agent. Il l'attira plus près, s'assurant que le corps de Gabriela était serré contre le sien des pieds à l'épaule, jouissant de la chaleur de son corps, du contact de sa taille dans sa paume et des petits tremblements qui ondoyaient en elle.

Il sourit.

Dès que la salve de flashes prit fin, Jean-Louis, en compagnie de son partenaire, raccompagna le photographe comme une machine bien huilée. Jean-Louis, comme à son habitude, parlait sans arrêt.

« Qui est le grand à côté de ton agent ? »

Gabriela pouffa, se souvenant que Richard n'avait pas rencontré Julien lors du fiasco d'il y a quatre ans, ni chez elle récemment. Sa description de Julien était pertinente. Mince, avec un corps profilé de nageur, dépassant Jean-Louis d'une tête. Timide de nature, il était le baume apaisant à la personnalité extravagante et haute en couleur de son agent. Un bon mélange, comme un rosé médaillé.

« Julien. Le Laurel de son Hardy. Partenaires dans le travail et dans la vie. Il gère les aspects financiers, sécuritaires et administratifs des galeries, et ma carrière. Il est lui-même un artiste doué. Et aussi un ami très cher. »

La chaleur et l'amour qui émanaient de sa voix attirèrent l'attention de Richard. Gabriela répondit à la question que les yeux de Richard lui posaient.

« À part Maurice, qui a essayé de me protéger, sauf qu'il avait dans les mains un nid de frelons aux proportions inouïes, ces deux-là m'ont protégée férocement, surtout des paparazzi qui étaient en quête de sang. Ils ont pris en charge ma carrière à un moment où j'allais y renoncer. Ils m'ont encouragée, ont fait ma promotion, ont gardé mes secrets, et sont mes chefs de claque depuis le premier jour. Je leur dois beaucoup. »

« Tu veux bien me montrer ton œuvre ? » Il fit une pause. « Tu vas me pardonner ? »

Le cœur de Gabriela fondit. Elle se tourna, tentant de ne pas montrer combien ses yeux exprimaient ses émotions, essayant de ne pas lui rendre les choses trop faciles.

« Cet exemplaire de parchemin, » commença-t-elle, « est ma reproduction d'une page de psaume du manuscrit original Visconti Hours. » Elle développa ses descriptions, expliquant le texte latin, les allusions aux faucons perchés sur des chênes stylisés. Elle commenta sur les ornementations et sur le caractère, sur les méthodes qu'elle avait employées pour fabriquer les couleurs, sur la dorure de la page et sur la participation active de Julien en obtenant le vélin. Pendant tout ce temps, la main de Richard, chaude contre son dos, se mouvait en larges cercles concentriques, flânant de sa taille à ses cheveux, et revenant.

Elle allait expliquer une autre pièce quand une voix s'éleva au-dessus de ses épaules comme une mauvaise nouvelle.

Elle la reconnut, à son grand dam.

La pétasse. La garce.

« Richard. » Dans une élocution haletante. « Mon amour. » Avec une émotion outrancière.

April, dans un lamé noir iridescent qui complétait ses cheveux blonds et son teint pâle, se tenait à proximité. Elle tenait la main d'Edmund dans sa main droite. Son autre bras restait blotti au creux du bras d'un homme âgé que Gabriela ne reconnut pas.

Le sourire de la femme était trop éclatant. Gabriela plissa les yeux. Elle n'apprécia pas le message qu'elle lut sur ce visage.

April lâcha les deux hommes en même temps, saisit le bras de Richard, et l'éloigna de Gabriela, prenant sa place. Gabriela n'eut pas d'autre option que de céder la place.

Si Richard ne faisait rien, et vite, eh bien, cela n'augurerait rien de bon pour lui. Il ferait bien d'effectuer un choix clair, sinon…

« Une merveilleuse réception, Madame Martinez, » dit April, sans même regarder dans sa direction.

Gabriela releva l'emphase délibérée sur son statut marital et le jeu de coude silencieux pour l'exclure du tableau.

Ses yeux s'étrécirent en des fentes.

Le sourire aux lèvres et la méchanceté dans le regard, April caressa le menton de Richard d'un doigt agile et l'embrassa sur la joue avant qu'il puisse s'écarter. Puis, au profit de son auditoire, elle rit de plaisir, prenant la peine d'effacer le rouge à lèvres du visage de Richard avec ce qui sembla à Gabriela un massage sensuel.

« Je fais toujours ça. J'ai honte. »

Richard éloigna son visage de nouveaux attouchements, et d'une main ferme força April à s'éloigner de lui.

Edmund, qui saisit les sous-jacences et qui était du genre à éviter les disputes fâcheuses, tendit la main à Gabriela pour la saluer en gentleman.

« Ravi de vous revoir, Madame Martinez. » Sa voix contenait de la cordialité et de l'admiration. « Félicitations. Excellent travail. »

« Assurément, » dit l'homme âgé en frappant sur l'épaule de Richard, l'accueillant chaleureusement. « Heureux que vous soyez de retour. Vous nous avez manqué. » Son regard oscilla entre Richard et April. « Enfin, il y a quelqu'un à qui vous avez manqué. »

« Tu es tellement adorable, » dit April en étreignant brièvement son père. « Mon père, vous tous, est toujours tellement circonspect. » Elle rit. « Inutile de l'être, papa. Tout le monde sait que Richard m'a manqué terriblement. Pas vrai, mon chéri ? »

Gabriela regarda fixement. Papa ? Quel âge avait cette femme ? Était-elle pour de vrai ?

Mais cela n'amusait pas Richard, surtout qu'April revenait sans cesse se cramponner à lui comme une sangsue, malgré ses tentatives pour l'écarter. Il était évident qu'elle avait ignoré, avec l'aisance d'une enfant de deux ans, son avertissement précédent.

Ça suffisait. Il en avait marre.

« Deuxième avertissement. » Son chuchotement était

ferme, ses mains plus rudes que d'habitude quand il la repoussa loin de lui. Mais l'ultime rebuffade délibérée se produisit quand il lui tourna le dos et tendit la main vers Gabriela.

Il espérait que Gabriela avait lu correctement son langage corporel. Le regard de Gabriela était devenu spéculatif. La rebuffade qu'il avait infligée à April en pleine face était le plus qu'il pouvait faire, du moins dans une salle pleine de monde. Il ne pouvait non plus rien faire d'autre, pas devant le père d'April. Lord Cranfield ne méritait pas d'assister au traitement qu'il avait vraiment envie d'infliger à sa fille.

Richard retint sa respiration et garda sa main en position. *C'est toi qui choisis.*

Il eut l'impression qu'une éternité s'était écoulée avant que Gabriela mette sa main dans la sienne. Il la saisit, la nicha au creux de son bras, et l'attira devant lui.

« Lord Cranfield, voici Madame Martinez, la récipiendaire de cette réception, et une amie très très chère. »

Personne, pas même April, ne put se méprendre sur l'inflexion véhémente et heureuse de sa voix.

CHAPITRE VINGT

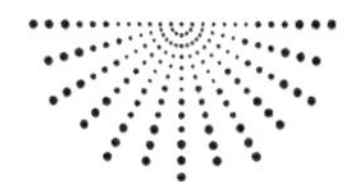

LA DISCRÉTION, CE SOIR, AVAIT ÉTÉ SOURCE POUR Wickeham d'une mine de renseignements. Il avait pénétré dans le lieu de l'événement une heure après le début et retardé le moment de saluer ses relations d'affaires et ses anciens clients, se tenant en marge de la salle. Il avait immédiatement ciblé sa proie, et il était sûr que les gardes du corps de Gabriela l'avaient aussi repéré en faisant leur ronde. Il continua son approche détachée et se mêla aux curieux qui l'entouraient, s'extasiant devant son œuvre.

Sa propriété… bientôt.

« Splendide, n'est-ce pas ? » dit une dame âgée derrière son épaule droite. Il jeta un coup d'œil et vit qu'elle portait plus de bijoux que la reine à un dîner officiel.

Son regard se remit à parcourir l'agrandissement de la page du manuscrit, s'imprégnant lentement de détails : les courtisans mondains de la Renaissance chantant en suivant un parchemin, les arabesques complexes, les formes foliées ressemblant à des feux d'artifice. Les feuilles, les fleurs, les pétales en or, bleu et rose pâle. Il lut une partie du panneau explicatif en latin au-dessous de la grille : Domino Canticum Novum… Chantez pour le Seigneur.

Les folios qu'il avait parcourus attentivement il y a plusieurs semaines étaient loin de capturer l'âme et la beauté de son œuvre complète. Maintenant, ici, avec l'envergure de son œuvre bien en évidence, Wickeham se rendait compte qu'il était aussi vital qu'il entre en possession de l'œuvre que le sang dans ses veines, l'oxygène dans ses poumons. Son besoin de possession était monté dans des proportions démesurées, semblable au manque chez un toxicomane.

«Époustouflant, » répondit-il. « Vous allez enchérir ? »

« Assurément, surtout après avoir vu ceci, » répondit la femme.

« J'ai entendu dire que les enchères seront animées, » commenta calmement Wickeham, tandis qu'il vibrait intérieurement.

« Selon la rumeur, la Princesse est intéressée. Les œuvres caritatives lui sont toujours chères. »

Wickeham baissa la tête, eu égard à l'admiration dans la voix de la femme.

« Diana est vraiment une championne des œuvres caritatives. »

« Si elle fait vraiment une apparition, attendez-vous à une frénésie de requins. »

Cela ne se produira jamais.

Sans s'excuser, Wickeham se fraya un chemin vers le bar ouvert, demanda du vin blanc, et obtint ce qu'il considéra comme du Zinfandel de bas de gamme pour cette occasion.

Lui, par contre, aurait servi le meilleur champagne.

Il écouta d'autres commentaires en allant d'un présentoir à l'autre, tous plus spectaculaires les uns que les autres, son désir se métamorphosant en un besoin si irrépressible que ses muscles se contractèrent au point d'entraver sa respiration. Il s'humecta les lèvres avec ce qu'il considérait toujours comme du vin de piètre qualité et força son corps à se détendre pendant qu'il observait. Il fallait qu'il saisisse l'occasion idéale de l'approcher. Entre-temps, il continua de recueillir des informations intéressantes, précieuses pour atteindre son objectif.

Il réprima un frisson de plaisir. Il se sentait presque ridiculement démodé, comme un voyeur dans une salle de bal assistant à la genèse d'un savoureux scandale qui, d'ici la fin de la soirée, deviendrait le tout dernier ragot.

Cela payait toujours de se faire inaperçu.

Cela payait toujours d'observer en silence.

Et cela payait indiscutablement d'étudier son adversaire pendant qu'il baissait sa garde.

Premièrement, elle était mieux protégée qu'il s'y attendait ce soir. À part les deux gardes du corps manifestes, l'un déambulant, l'autre immobile près d'elle, les mêmes personnes l'entouraient toujours. Leurs mouvements évoquaient des libellules planant et s'élançant au-dessus du sol. Deux personnes de ce groupe semblaient être ses agents, la faisant poser pour des photos promotionnelles et la guidant vers des groupes d'admirateurs, de mécènes et d'enchérisseurs. Mais ses protecteurs ne le dissuaderaient pas de lui parler en particulier. Ce serait sa dernière persuasion. Son dernier avertissement civilisé, pour ainsi dire.

Il gloussa.

Deuxièmement, la saleté de tabloïd qu'il avait lu cet après-midi avait vu juste sur un point. Ce Harrison avait des sentiments pour Madame Martinez, avec une possessivité quasi animale, si le langage corporel et les expressions de cet homme — doux quand il la touchait, sensuel dans sa façon de se mouvoir, et brutal dans son attitude défensive — pouvaient être quelques indices. L'autre gros titre qu'il avait lu, avec des photographies montrant l'autre femme cramponnée à Harrison ? Sans intérêt, si on le confrontait à la réalité de ces deux-là ensemble.

De Madame Martinez, il percevait des signaux plutôt

contradictoires. Il avait saisi de la colère mélangée à de la méfiance, et un occasionnel lapsus freudien amoureux dans son langage corporel. Ces deux-là avaient une histoire et une relation – une relation puissante qu'il pourrait utiliser à son avantage.

Un autre élément à méditer ce soir.

Troisièmement, et c'était très intéressant, la gifle invisible que Monsieur Harrison avait assénée à l'autre femme, un peu plus de cinq minutes auparavant. Dans son désir charnel flagrant, elle ignorait sans cesse les signaux criants de rejet et les nombreuses rebuffades. Et d'après la manière dont Harrison avait souvent crispé la mâchoire et avait écarté ses mains avides, il semblait trouver répugnante la proximité de cette femme. Une dichotomie intéressante après avoir vu la photo de ces deux-là dans le tabloïd. Lui tourner le dos et tendre la main à Madame Martinez avait apporté la touche finale à l'humiliation. Cela valait le coup d'étudier le visage de la femme maintenant, les joues cramoisies alternativement de colère et de gêne. La vengeance s'y lisait dans leur profondeur, une émotion dont Wickeham était éminemment familier.

Il eut un sourire en coin. Repousser une femme qui se pensait désirable et irrésistible pour le sexe opposé dans un espace public, pas moins, et devant une rivale pour l'affection de Harrison, sonnait le glas et était une grossière erreur de jugement de la part de Monsieur Harrison. Tous ceux qui étaient confrontés à des personnalités narcissiques, surtout des femmes égocentriques comme cette blonde, devraient avancer prudemment. Le Ciel ne connaissait pas de telles rages que celle de l'amour mué en haine, ni l'enfer de telles fureurs que celle d'une femme bafouée.

Monsieur Congreve avait eu raison.

Ce serait la perte de Monsieur Harrison.

Et la victoire de Wickeham.

Il l'utiliserait à son avantage plus tard dans la soirée.

Mais à présent, il voulait seulement attendre le moment opportun pour approcher sa proie.

Pour la première fois, Gabriela se retrouva seule. Le flux et le reflux de la foule autour d'elle, tel un courant océanique, la contournaient comme un objet flottant indésirable tandis qu'elle se tenait au milieu de la salle.

C'était le plan de Morris.

Quelque temps auparavant, il avait averti tout le monde que la proie de Gabriela avait pénétré dans le bâtiment, et avait demandé que tout le monde lui laisse le champ libre pour qu'on puisse l'approcher. Richard avait disparu, comme il se devait, une minute plus tôt, pour aller lui chercher un club soda avec une rondelle de citron, tandis que Jeremy et Morris ressemblaient à deux pingouins atteints de TDAH, parcourant la périphérie de la salle comme si Gabriela était une rencontre de peu d'importance. Hollister, son ombre policière, faisait son truc pendant que Frank et ses agents papillonnaient, telle une frontière invisible.

Gabriela savait qu'il le fallait, mais n'avait vraiment pas hâte de se confronter, et attendre que cet homme l'approche lui donnait des picotements. *Concentre-toi sur le positif*, pensa-t-elle, sur la réussite de l'exposition, sur l'enthousiasme que son œuvre suscitait. Frank était ravi. Elle aussi. La réception promettait de rapporter encore plus d'argent pour les écoliers qu'ils ne l'avaient prévu.

C'était une bonne chose.

Autre élément positif, bien plus important que cette soirée, elle avait parlé à Spike et à ses enfants plus tôt dans la soirée pendant qu'elle s'habillait à l'hôtel. Les voix excitées et les cris de joie perçants des enfants en arrière-fond avaient rempli son cœur d'allégresse. Cela avait compensé le désagrément de l'après-midi dans le bureau de Richard avec… *D'accord. Ne revenons pas là-dessus.* Elle avait besoin de choses agréables, pas de contrariétés.

Elle parcourut la salle du regard, ses poumons s'emplissant de fierté et de plaisir. La satisfaction n'expliquait pas seulement son ressenti. Les images achevées, impeccables, saisies et exposées ici ce soir ne révéleraient jamais les années de labeur, de tâtonnements, de larmes versées, ni les sacrifices consentis pour amener son oeuvre à maturité. Elle s'estimait fière de ce qu'elle avait réalisé et était tellement satisfaite de cet aboutissement.

Si seulement sa vie privée pouvait également se concrétiser de la sorte bientôt.

Un chuchotement, un petit quelque chose mit ses sens en éveil. Un frisson électrique parcourut la peau de sa nuque et de ses épaules. *Bon sang*, frisson ? *Vraiment ? D'où diable sortait-elle ce vocabulaire ?*

Mais ce frisson désagréable se manifesta de nouveau.

Elle tourna la tête vers la gauche. Un homme approchait, en route pour l'intercepter, le pas assuré et le regard acéré et pénétrant. Un gros nez, similaire en apparence à une roche volcanique bulbeuse et creusée de cratères, était posé sur un visage plat. Il y avait quelque chose dans l'intensité du regard de cet homme, dans la précision avec laquelle il la visait, qui lui donna l'impression d'être une cible vivante.

Quelque chose de mauvais par ici arrive…

Bon Dieu, elle se mettait à citer Shakespeare. Mais la sensation de mal ne s'estompa pas. Elle était certaine que c'était sa Nemesis, Wickeham.

Et elle était seule, comme prévu.

Quelle chance elle avait.

À côté de l'homme, Gabriela reconnut un employé de l'hôtel des ventes à son uniforme avec son nom sur un badge et le logo sur sa veste. Pourquoi était-il ici, à accompagner Wickeham en particulier ? Une idée s'insinua vaguement dans son cerveau sur quelqu'un qui aurait montré à Wickeham le manuscrit quand il était arrivé. Se pourrait-il qu'il soit le contact de cet homme ?

« Madame Martinez ? »

Gabriela afficha son plus gracieux sourire.

« Oui ? »

« Lloyd Werner, spécialiste junior chez Christie´s. »

Elle échangea une poignée de mains et espéra que Morris prenne note du nom de cet homme.

« Pour quel département travaillez-vous ? »

« Ameublement, sculpture et œuvres d'art du XIXe siècle. »

« Ah, » dit-elle comme si les mystères du monde venaient de lui être révélés. Elle se tourna, sachant parfaitement ce qui allait se dire ensuite.

« Et c'est ? »

« Nous nous sommes déjà rencontrés, Madame Martinez, mais par un autre moyen. » Wickeham se tourna vers le spécialiste junior. « Merci, Lloyd. Ce sera tout. »

Eh bien ! Aussi condescendant, arrogant et déterminé qu'au téléphone.

« Monsieur Wickeham ? »

Il acquiesça.

Gabriela ne tendit pas la main, mais lui non plus. Et même s'il l'avait fait, elle aurait eu du mal à la toucher. Elle aurait eu l'impression de toucher des totos, comme ses enfants aimaient à le dire.

Ils se firent face en silence pendant un moment, se jaugeant presque, et elle se demanda qui tirerait le premier.

« Il faut que je vous félicite pour cette exposition très instructive ce soir. »

Première salve anodine – Wickeham.

« C'est toujours bon pour les affaires de motiver les mécènes avec un avant-goût de ce qu'ils vont posséder. »

Wickeham se contracta. Le choix de ses mots lui déplut.

« Mon offre est toujours valable, bien que vous ayez été une adversaire très imaginative. Néanmoins, il faut que j'insiste pour que vous acceptiez mon offre ce soir. Ce sera ma dernière. Après ce soir... »

« Tous les paris sont ouverts ? »

Le visage de Wickeham était une jauge plutôt intéressante de sa pression émotionnelle intérieure. Il n'aimait pas non plus être interrompu.

« Monsieur Wickeham, comme c'est ennuyeux. Vraiment. » Gabriela leva les mains, les paumes levées. Elle les écarta devant elle comme si elle ouvrait un éventail. Son geste visa la salle entière.

« Regardez autour de vous. Est-ce que j'ai l'air d'être intéressée par votre offre minable ? Avant que dix minutes s'écoulent pendant l'auction, j'aurai ramassé deux fois plus que le montant que vous avez proposé. »

Elle cessa de sourire. Elle ne prit plus de gants.

« Je ne vous vendrai jamais mon œuvre, maintenant. Faites des enchères jeudi comme un homme honnête. » Son regard le parcourut de haut en bas en une évaluation insultante, revenant à son visage comme s'il n'était pas à la hauteur.

« Je me demande maintenant si votre insistance pour que je vous vende ne s'explique pas parce que vous ne disposez pas de l'argent ? »

Même si elle s'y était préparée, le geste de Wickeham la surprit. Il la saisit, sa main menottant son avant-bras. Il réduisit l'espace entre eux.

« Ne me provoquez pas, Madame Martinez. »

« Sinon ? » Sa voix dégoulinait d'un mépris qu'il était difficile d'occulter.

« Il arrive que des choses regrettables se produisent. »

Elle donna à ses paroles suivantes une teinte d'humour qu'elle était loin de ressentir. « Ceci est-il une nouvelle menace ? »

Le petit rire qui suivit ses paroles déclencha quelque chose de laid. Le visage de Wickeham se déforma, son étreinte se resserra, et elle sentit la colère vibrer dans ses tendons.

«Un avertissement. »

« Comme vos avertissements aux États-Unis ? » Elle rit cette fois. « Comme c'est pathétique. »

Il l'attira vers lui, la voix basse et agréable contrastant vivement avec le message renvoyé par son regard. Elle aurait préféré un concert de cris à cette détermination et à cette menace contrôlées. Où diable était Richard ? Les choses devenaient décidément désagréables.

« Le territoire est différent. Plus d'incompétents ni d'erreurs. »

« Vraiment ? Préparez-vous un autre traquenard ? »

« C'est à moi que vous vendrez, et à personne d'autre. »

« Vous êtes vraiment obtus. La réponse est toujours non. Enchérissez pendant l'auction. »

La main de Wickeham devint un tourniquet.

« Vous changerez bientôt d'avis. »

Sa manière de lui écraser l'avant-bras, ses exigences, la cruauté qui luisait dans ses yeux, ranimèrent des souvenirs de la clairière en France où Albert l'avait brutalisée. Cela déclencha une réponse viscérale, une haine de se faire malmener par des psychopathes.

Elle se pencha davantage en avant, le surprenant.

« Vous ne m'effrayez pas. J'ai déjà eu affaire à des types comme vous. J'en ai même tué un. Vos méthodes ne m'impressionnent franchement pas. »

Gabriela n'essaya pas de se dégager. Elle baissa simplement le regard sur la main qui la retenait prisonnière, puis le releva vers lui.

« Maintenant, si vous ne voulez pas que je crée une scène en vous frappant sur le nez devant ce groupe, vous allez immédiatement retirer votre main de ma personne. »

« Je vous suggère de faire ce que la dame vous demande, Wickeham. » Le ton glacial tomba entre eux comme de la glace sur la peau.

Richard.

Elle était tellement focalisée sur son ennemi qu'elle ne s'était pas rendu compte que Richard, Jeremy et ses agents l'encerclaient quasiment. Morris et Hollister regardaient, attendaient, parlant doucement dans le microphone à leurs poignets. Le père Ramirez rôdait à la périphérie du groupe.

« Vous feriez mieux de croire la dame sur parole, » dit Richard. « Croyez-moi. Ce soir, elle est assez vache pour mettre ses promesses à exécution. Moi, par contre, je ne vous aurais pas averti. »

« Les Américains. Toujours aussi rustres. »

« Mais pertinents, » lui dit Richard.

« Puis-je lui tirer dessus ? » répliqua Gabriela.

Wickeham sursauta.

Richard eut un sourire mauvais. « C'est moi qui lui ai appris. Elle est douée. » Il la regarda. « Peut-être plus tard. »

Une fois de plus, Gabriela regarda la main qui l'emprisonnait.

«Deux secondes. Si vous ne me lâchez pas, vous allez assumer. »

Wickeham sembla changer d'avis, comprenant que ses plans étaient déjoués et qu'il avait affaire à plus fort que lui en regardant autour d'elle.

Pires qu'une pieuvre réticente peu disposée à enlever ses ventouses de sa victime, les doigts de Wickeham lâchèrent prise. Cependant, ses yeux promettaient la vengeance.

« Les certitudes sont bien souvent trompeuses, » lui dit Wickeham, inclinant légèrement la tête, reconnaissant qu'elle avait eu le dessus. « Vous regretterez peut-être votre choix. »

Wickeham sortit en direction du bar.

Le mouvement fut rapide, comme si des indications scéniques avaient été données. Tout le monde entoura immédiatement Gabriela.

« Ça va bien ? » Richard était mécontent.

Gabriela frissonna et s'enveloppa de ses bras. « Je vais très bien, c'est juste comme si de la crasse s'était cramponnée à moi. »

« Mon dieu, chérie, une minute de plus et j'aurais giflé cet idiot, » dit Jean-Louis. « Mais Monsieur Morris nous a ordonné de reculer pour donner à ce sale type, qu'est-ce qu'il a dit déjà ? »

« Du mou, » compléta Gabriela.

« C'était affreux, » dit Julien. « J'avais envie de lui arracher les yeux. »

Mélodramatique, pensa-t-elle, *mais juste*.

« Il t'a fait mal ? » demanda Richard, lui touchant l'avant-bras pour la réconforter.

Elle secoua la tête.

« *Cretino hijo de puta.* » Le ton du père Ramirez était assorti à son regard, qui suivit de très près la marche de Wickeham vers le bar ouvert. Il se signa. « Il est aussi vraiment effrayant. »

« Les gars, je vais très bien. »

« Il va encore essayer ? » lui murmura Jean-Louis à l'oreille.

« Je pense que c'était son ouverture conviviale finale, » dit Richard. « Mais désormais, il va nous falloir être complètement sur nos gardes. »

Le père Ramirez pressa la main de Gabriela. « Incroyable, Gaby. Comment as-tu réussi à garder ton sang-froid ? »

Elle haussa les épaules. Elle ne le savait pas non plus.

« Tu lui as fait perdre les pédales, mon ange, » dit Richard. « Je suis impressionné. »

« Tu as entendu ? »

« J'ai été derrière toi tout le temps, après que ce salopard se soit approché. »

Il la retrouvait toujours.

« Ce n'était toutefois pas complètement une confession. »

« Ses paroles ont franchi ce soir les limites de l'insinuation. Morris devrait être plus que satisfait. Les preuves s'accumulent, même si elles sont circonstancielles, et Wickeham n'a pas nié quand tu as affirmé qu'il était derrière les agressions contre toi. »

« Nous ferions aussi bien de revenir à la normale, » suggéra Jeremy. « Il ne faut pas que nous fassions basculer notre jeu. »

Gabriela étudia la silhouette rigide de Wickeham au bar. Il se glissa entre April et un autre mécène et regarda fixement Gabriela. Richard la fit tourner dans la direction opposée, dans le but de se mêler à la foule.

« L'homme n'aime pas qu'on l'ignore, » commenta Gabriela, revenant sur sa conversation avec Wickeham.

« La folie des grandeurs, vraisemblablement, » dit Richard.

« Et pas qu'un peu ! Il détruirait tout et tout le monde sur son chemin pour obtenir ce qu'il veut. Je l'ai vu, je l'ai senti. »

«Un Néron moderne. »

«Espérons seulement qu'il se détruira lui-même avant de détruire quelqu'un d'autre. »

Surtout moi, pensa-t-elle. Elle détestait les réceptions.

« Quel couple saisissant, vous ne trouvez pas ? » dit Wickeham à la cantonade. Il s'était glissé dix minutes plus tôt entre le bar et la femme, évaluant son humeur, patientant, la regardant descendre deux verres de vin depuis le temps qu'il était arrivé là.

« Bien que, dois-je dire, le mari de Madame Martinez soit du genre un peu trop protecteur. »

Wickeham attendit.

La femme mordit à l'hameçon. La colère embrasa son regard.

« Ce n'est *pas* son mari. »

« April, s'il vous plaît. » Edmund tenta de lui arracher de la main le verre de vin.

Elle se tourna vers lui, renversant des gouttes sur le sol tandis que le liquide débordait de son verre.

« Vous la défendez ? » Elle crachait ses paroles avec une précision syllabique qui aurait pu casser des briques. « Je ne vous avais jamais considéré comme un enfoiré, Edmund. »

« Et vous êtes tellement ivre que vous dépassez les limites de la vacherie. »

Elle le fixa, son regard évaluant quels morceaux de choix de sa chair elle embrocherait. « J'aurais dû savoir que vous tomberiez sous le charme de cette garce en moins de deux minutes. »

« En êtes-vous certaine ? » interrompit Wickeham. Il mit assez de naïveté dans sa voix pour s'assurer qu'elle réagirait. « Leur manière de réagir, de se pencher l'un vers l'autre, de se regarder, est criante d'intimité. »

Wickeham laissa tomber et mijoter ses derniers mots.

« C'est *mon* amoureux. Le mien. »

Un peu plus d'emphase sur ces mots, et ils auraient été réduits en purée.

« Oh, mon Dieu. Je n'aurais jamais considéré Madame Martinez comme une femme fatale. Elle est perçue comme une personne tellement morale, tellement honnête, tellement respectable. »

« C'est une garce retorse. »

« April, arrêtez, » dit Edmund, plus emphatique que jamais. « Vous crachez des rumeurs. »

« Ce n'est pas elle qui sera interviewée dans *Parlons-en !* demain matin ? Je me demande s'ils mentionneront ceci. »

Tout se figea chez April.

Wickeham sourit dans son verre de vin. Il ne but pas le liquide devenu tiède.

« Vous voulez dire le talk-show de Sarah Sheffield ? » Un air rusé prit le pas sur l'immobilité d'April.

« Vous ne vous abaisseriez pas à cela, » dit Edmund, sachant parfaitement comment son esprit fonctionnait.

« Ah non ? »

« Il y a aussi des rumeurs qui ont circulé il y a quelque temps, selon lesquelles elle aurait tué un homme. »

De nouveau l'immobilité, cette fois chez tous les deux.

Wickeham afficha son air le plus innocent.

« Il y a environ quatre ans, je pense. Cela avait quelque chose à voir avec son mentor et ami qui a été tué. Si j'ai bonne mémoire, Madame Martinez n'était pas directement reliée au meurtre, mais son nom a pas mal circulé. » Il haussa les épaules. « Des conjectures venimeuses, j'en suis sûr. »

Il attendit, comme un chat en chasse attend de lever la caille.

April claqua son verre sur le bar. « Excusez-moi. »

« Non, April. » Edmund se précipita à sa suite.

Wickeham, souriant, les regarda quitter les lieux. Si quelqu'un avait décidé de l'examiner attentivement, il aurait certainement aperçu des plumes entre ses dents étincelantes.

CHAPITRE VINGT-ET-UN

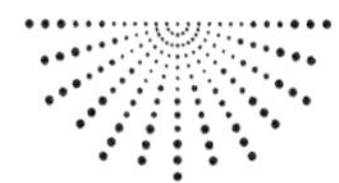

Gabriela sortit de la salle de bain en se massant la jambe. Environ une heure plus tôt, Anir l'avait débarrassée de l'émetteur gênant fixé à sa cuisse, mais l'adhésif avait laissé une marque sur sa peau. Cela la démangeait encore.

Son nez se fronça. Ç'avait été une soirée sacrément longue, qui s'était terminée de façon plus pétillante que fracassante. Wickeham ne l'avait plus approchée après leur confrontation ; mais là encore, Richard s'en était assuré. Christie's étaient enchantés du succès du coup de publicité. Frank aussi. Et l'inspecteur Morris avait eu un large sourire avec tout ce qu'il avait récolté sur l'enregistrement. Peu après, à la suite d'une brève discussion sur l'agenda du lendemain, ils s'étaient tous retirés, Jean-Louis et Julien à leur hôtel, et elle devait être conduite chez Richard avec Herb Bryce fermant la marche. Le trajet avait été calme ; elle était entre Richard et Frank.

Mais à leur arrivée, Frank s'était transformé en chaperon cubain sévère, restant dans la chambre de Gabriela, parlant de tout et de rien jusqu'à ce qu'il pensât que Richard s'était retiré pour la nuit. Il s'était précipité pour prendre sa douche. Quand elle était allée prendre la sienne, Frank avait attendu dans sa chambre jusqu'à ce qu'elle ait fini, exerçant une surveillance étroite en cas de stratagème de Richard, elle en était certaine, et l'importunant.

Il avait fini par la laisser tranquille une minute plus tôt.

Elle alla à la fenêtre qui surplombait la rue et souleva un coin du store. Elle regarda du coin de l'œil à travers la petite ouverture. Bryce avait fini par partir. Il reviendrait demain, elle en était certaine, avant même qu'elle franchisse le seuil de la porte de Richard. Il était de nouveau en chasse, avec flash après flash de satisfaction quand ils étaient sortis de la limousine, et partout ailleurs.

Son lit lui faisait signe, avec son couvre-lit moelleux et duveteux et son épais matelas. Mais elle était tendue, malgré sa lassitude et sa fatigue.

Elle se tourna, en s'étirant. Elle ne dormirait pas beaucoup cette nuit. Elle ferait aussi bien de passer son habituel coup de téléphone du soir.

Elle s'assit sur le lit, composa rapidement le numéro, parla doucement à Roberto pendant que l'infirmière appuyait le téléphone sur son oreille. Quand elle raccrocha, son cœur souffrait.

On frappa un léger coup à la porte de communication de la salle de bain. Son cousin fit son apparition.

« J'ai entendu par hasard en me brossant les dents. Que se passe-t-il ? » demanda-t-il.

« Les constantes de Roberto ont fluctué aujourd'hui, mais il s'est remis. »

Le père Ramirez entra dans la chambre et se tint à ses côtés. « Comment tiens-tu le coup ? »

Gabriela haussa les épaules.

« Ne désespère pas, Gaby. » Il lui pressa l'épaule et lui planta un gentil baiser sur le front. « Garde la foi. Ça peut encore s'arranger. »

Gabriela ne réagit pas, sachant que son cousin attendait

encore un miracle. Mais elle avait bénéficié de peu de miracles, et elle ne pensait pas que ce serait le cas pour l'état de son mari.

« Je vais réciter un chapelet pour lui avant de m'endormir, » dit-il.

Elle lui pressa la main. « Merci, Frank. Dors bien. »

Arrivé à la porte de communication, il s'arrêta et la regarda. La tristesse imprégnait son regard. « Ça va aller ? Tu as besoin de compagnie ? »

Elle secoua la tête.

« Souviens-toi, un jour à la fois, » murmura-t-il en disparaissant par la salle de bain, laissant entrouverte la porte de communication. Gabriela se leva, la referma doucement, et la verrouilla.

Le bourdonnement étouffé des récitations des Notre-Père et des Ave Maria qui lui parvenait à travers la salle de bain entre les deux chambres ne l'aida pas à s'endormir, comme elle l'avait espéré. Les ronflements hoquetants qui suivirent ne l'aidèrent pas non plus. Pendant une heure, elle se tourna et se retourna, fixant le réveil, obligeant les nombres à changer selon son gré. Mais à deux heures, le silence s'installa et ses membres se détendirent. Elle glissa dans le sommeil.

Elle flotta dans des rêves.

Flotta dans des impressions, des caresses.

De la chaleur.

De la dureté.

De la douceur.

Des soupirs.

Elle battit des yeux. Elle les ouvrit grand.

« Chut, » chuchota Richard.

Des lèvres la caressant de l'oreille à la nuque suivirent le son.

« Laisse-moi te faire l'amour. »

Un doux baiser sur une paupière.

« Te combler. »

Un effleurement sur les lèvres.

«T'aimer. »

Un baiser pour parachever tous les baisers.

Ses entrailles se retournèrent. Un holocauste enflamma son corps et son cœur.

Gabriela apprit rapidement que l'intensité n'avait pas besoin de bruit. Faire l'amour, redécouvrir le peau contre peau, attouchement après attouchement, les mains caressant dans une exploration aveugle, l'explosion des sensations, créaient une plénitude où les inhibitions fuyaient et où la passion brûlait.

Elle n'aurait jamais cru que la peau pouvait brûler, mais la sienne brûla quand Richard fit doucement glisser le tissu sur sa peau. Quand des mains expertes remplacèrent sa chemise de nuit, ses terminaisons nerveuses s'embrasèrent. Les attouchements devinrent une dégustation quand les lèvres de Richard explorèrent et appuyèrent de doux baisers sur son torse, ses seins, et quand il avala dans sa bouche les doux gémissements qu'il lui arrachait. Elle laissa ses mains et ses lèvres parcourir le corps de Richard, savourant ses frémissements et le plaisir qu'elle prenait à l'entendre reprendre son souffle. Faire l'amour devint une révélation. Quand leurs corps s'unirent, Gabriela se désagrégea presque. Peau contre peau, chaleur contre chaleur, leurs mouvements devinrent un voyage magnifique, extatique, vers les sommets du plaisir. Ses autres gémissements furent encore masqués par la bouche de Richard, se mêlant à ceux de Richard qui la comblaient. Elle se noya dans chaque caresse intime, dans chaque baiser, dans chaque pression ; elle se noya à chaque caresse sur son corps, dans son corps, dans chaque pause, dans l'océan de sa plénitude.

Elle se noya doucement.

Lentement.

Magnifiquement.

L'assouvissement explosa sans un bruit, mais avec une intensité aveuglante. Ils en furent secoués. Soulevés. Figés. Ils furent libérés dans un amour uni, silencieux.

Richard remua. Roula sur le dos en la tenant serrée dans ses bras.

Mince, il adorait cette femme. Et merde, il avait oublié comme lui faire l'amour l'ébranlait jusqu'au tréfonds de son âme.

Il inspira profondément et savoura les suites silencieuses de la jouissance primale. Cela avait assurément un goût de paradis.

« Je t'aime. » Ses paroles effleurèrent son oreille en un chuchotement intime.

Elle leva la tête et l'embrassa sur la joue.

« Je t'aime encore plus, » chuchota-t-elle en retour.

La poitrine de Richard vibra d'un grondement de satisfaction tandis que sa main caressait son dos tendre de l'épaule aux fesses. Il avait des fourmillements dans le bout des doigts. Cela… enfin cela pourrait durer une vie entière, et ce serait la même satisfaction à chaque fois, de n'importe quel moyen.

Depuis la scène fâcheuse dans son bureau, il avait attendu patiemment jusqu'à ce qu'il eût la satisfaction que le prêtre soit au pays des rêves avant de venir la voir, avant de lui faire l'amour. Il fallait qu'il lui dise, qu'il lui montre comme elle était précieuse. Il avait fallu qu'il lui réaffirme qu'April ne représentait rien dans sa vie.

« Tu es un homme retors, Richard Harrison. »

« Hum. »

« Frank pensait qu'il t'avait damé le pion. »

« J'ai davantage d'entraînement. » Il sentit le tremblement de son rire. Il ressentit le frisson de son exploration, et aspira à plus au moment où les doigts de Gabriela s'arrêtèrent près de son cœur. Elle examina la cicatrice plissée.

« Une balle, » chuchota-t-il.

« Quand ? »

« Il y a trois ans. »

« Comment ? »

« J'étais déconcentré. »

Il entendait presque son cerveau calculer, rassembler les faits, comprendre, peut-être, son inattention et son désespoir.

Elle eut le souffle coupé. « Tu as failli mourir. »

« Il s'en est fallu de peu. »

Il toucha la cicatrice de Gabriela, dont le tissu chéloïde n'avait pas été lissé par le temps. « Toi aussi. »

« Presque. »

« On fait un duo d'enfer. »

«Un jour, nous comparerons nos expériences. » Il sentit que ses lèvres formaient un sourire.

Elle poursuivit ses explorations.

La respiration de Richard s'emballa.

Il roula avec elle et se lança dans un nouvel assaut langoureux sur son corps. Il découvrit de nouvelles textures. Jamais il n'aurait pensé qu'il pût exister une autre dimension, encore plus gigantesque, à la passion, au désir et à l'extrême satisfaction.

Il sut qu'il s'était trompé.

Il dormit peu cette nuit. Il ne la laissa pas non plus dormir beaucoup. Trop d'années de soif. Trop d'années de manque.

Cela marqua leur nouveau départ. Une union pour la vie.

Et avant que les doigts de l'aube caressent l'étoffe du ciel, il la laissa enfin, totalement comblée.

CHAPITRE VINGT-DEUX

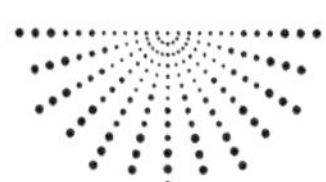

Gabriela fut encore équipée d'un micro, mais cette fois d'un micro cravate pour l'interview.

Le show était en ce moment en pause publicitaire, lui avait-on dit. Le responsable de la séquence vérifiait que le microphone était correctement épinglé à son revers et que le bloc piles était en sécurité à la ceinture de sa jupe. Ses gestes étaient précipités et même plutôt frénétiques, pensait Gabriela pendant qu'il s'assurait qu'aucun fil n'apparaissait sur son chemisier de soie bleue ni vers le col de sa veste dont la couleur noire contrastait.

La directrice adjointe, Jennifer Cadi, ou appelez-moi-Jenny, prit le relais.

« Sara va d'abord présenter la séquence, » dit Jennifer, guidant Gabriela vers le plateau. « Jingle du show. Applaudissements. Introduction de la séquence. Nous passerons un extrait vidéo de l'exposition, nous ferons un fondu, puis nous enchaînerons sur le direct avec Sara. Elle vous présentera ainsi que votre projet, puis elle enchaînera avec les questions de l'interview. »

Elles enjambèrent des fils, esquivèrent l'équipe et le personnel, et contournèrent deux caméras fixes. On amena

Gabriela à un divan où était assise l'animatrice. L'œil expert de Jennifer fit une rapide dernière inspection de Gabriela, se tourna et cria : « Une minute, les gars. »

L'animatrice du talk show, une femme mince aux yeux bleus délavés et aux cheveux coupés court dans des tons de blond, se pencha depuis son fauteuil pour accueillir Gabriela.

« Très heureuse de vous rencontrer, Madame Martinez. Je suis Sara Sheffield. » Elle avait une poignée de main énergique et des manières professionnelles. « Pensez à ceci comme à une conversation amicale. Détendez-vous, souriez, et tout se passera bien. »

Gabriela déglutit. Son sentiment de panique se voyait-il autant ? Probablement, si Sara s'était sentie obligée de la rassurer. Mais la question était pourquoi. Après tout, c'était sa troisième interview de la matinée et le format du show était similaire aux deux précédents, avec seulement une exception : il n'y avait heureusement pas de public. Cette fois-ci , il fallait simplement qu'elle se concentre sur l'animatrice, sur ses questions, qu'elle réponde cordialement et qu'elle parte à la longue pause suivante.

Mais elle ne pouvait se débarrasser de cet accès de trac. Entrevoir ses amis l'empêcherait peut-être de penser aux fourmillements dans ses terminaisons nerveuses. Son regard se déplaça vers l'écran moniteur du direct dans la salle Bleue et les trouva. Jean-Louis et Julien faisaient face à la caméra sur leur propre moniteur, l'encourageant et lui envoyant des baisers silencieux en la regardant sur le plateau. Elle sourit. Jean-Louis ressemblait à une vieille fille guindée, totalement ridicule avec son sac pendu à son bras plié, pendant que Julien tapotait et serrait alternativement l'épaule de Jean-Louis pour calmer ses nerfs, qui étaient habituellement plus fragiles que ceux de Gabriela.

Son regard glissa vers le garde du corps, debout sur le plateau à l'arrière-plan, derrière les caméras, assez loin pour être hors champ et assez proche pour intervenir en cas d'urgence. Une autre paire d'yeux vigilants qui s'ajoutait à la douzaine de personnes sur le plateau et dans la salle de contrôle.

Gabriela prit une longue et profonde inspiration, marqua une pause pendant une ou deux secondes, et expira lentement. Une profonde aspiration, le souhait que Richard soit là, la submergea. Où était-il ? Quelque chose s'était-il produit ? Il avait promis d'être à l'heure pour l'enregistrement. Ensuite, pour une fois, ils auraient l'après-midi pour eux. L'armada de Gabriela leur laissait un répit bienvenu en raison d'engagements antérieurs. Frank retrouvait des amis pour déjeuner. Jean-Louis et Julien allaient faire du shopping pour trouver des kilts. Quand elle leur avait demandé pourquoi diable ils voulaient des vêtements écossais alors qu'ils étaient français, Jean-Louis lui avait répondu avec son style blasé unique : « Chérie, qu'est-ce que ça peut faire ? C'est la liberté qui compte. »

Bon Dieu.

« Trente secondes, » tonna une voix depuis les entrailles enténébrées du studio.

Gabriela passa mentalement en revue les personnes qu'elle devait remercier. Son cerveau refusait de fonctionner. Un moment d'immobilité lui fit prendre conscience d'un vide dans sa banque de données. Mais qu'est-ce qu'elle avait aujourd'hui ? Elle avait l'impression d'être une lauréate d'Oscar prise au dépourvu s'apprêtant à débiter des inepties en raison de sa nervosité. Aurait-elle l'air de manquer de professionnalisme si elle sortait ses notes de la poche de sa veste ? Peut-être. Envoyer un SMS à Jean-Louis avec le téléphone portable dans la poche de sa jupe serait assurément un manque de professionnalisme.

Pense à des pensées agréables… Des pensées agréables. Pense à la nuit dernière. Non, non, non, pas à la nuit dernière. Jésus. C'était la dernière chose qu'il lui fallait pour éparpiller complètement ses facultés cérébrales.

Mais la sensation de lèvres chaudes et langoureuses parcourant, dégustant et capturant les siennes galopait dans ses pensées et embrasait son esprit dans une surcharge sensorielle.

Oh la la ! Était-elle complètement idiote ? Sa température corporelle semblait avoir grimpé de plusieurs degrés au-dessus de la normale. Son cerveau refusait d'obéir, l'alimentant en images de l'ardeur de Richard contre la sienne, de sa bouche dévorante et de ses mains expertes qui appuyaient et pressaient, qui la rendaient folle de désir, de plénitude, d'assouvissement, son corps fusionnant avec le sien au point où leurs silhouettes se fondirent sans séparation discernable. Cela avait été gratifiant au-delà de tout ce qu'elle avait pu expérimenter ou recréer. Et cela avait généré chez elle un désir ardent pour Richard.

Il avait quitté la pièce avec le même désir ardent pour elle, lui avait-il chuchoté avant de la déposer ce matin pour la première interview.

Le responsable de plateau leur fit signe d'être prêtes dans quinze secondes.

Elle se mit à transpirer. *Bon sang.* En parcourant du regard le studio, elle espéra que la transpiration qui s'accumulait sur son front serait imputée à la chaleur des lumières.

« Direct dans dix, neuf… »

Gabriela sursauta. Respiration profonde, respiration profonde. Elle regarda son hôtesse rassembler ses aide-mémoire, les tapotant pour en faire une pile parfaitement alignée, et se focaliser sur le téléprompteur sous la caméra 1.

Eh bien, elle avait des raisons d'avoir chaud et d'être mal à l'aise. Miraculeusement, le cerveau de Gabriela se remit à fonctionner, débitant tous les noms dont elle ne se souvenait pas avant. Le trac avait disparu.

De la musique beugla dans les haut-parleurs au-dessus, le signal muet de trois secondes jaillit des doigts du responsable du plateau, et Sara afficha un sourire sur son visage.

Fin du thème musical du show. Applaudissements enregistrés. L'animatrice souhaita encore la bienvenue à ses spectateurs et enchaîna immédiatement avec la séquence enregistrée, visible sur les moniteurs. Un autre signal, un plan sur Sara et Gabriela, de brèves présentations, des platitudes, encore de faux applaudissements, des gestes souriants de part et d'autre.

L'interview commença.

Gabriela réagit avec affabilité et aisance aux questions cordiales et amicales. Ses réponses détaillèrent avec pertinence son travail, l'exposition, et l'objectif de cette vente caritative. Des folios apparaissaient et disparaissaient en fondu sur l'écran à côté d'elle. Elle commenta les images quand elle y fut invitée, elle parla des couleurs, des symboles et de l'imagerie utilisés, du temps qu'elle avait mis à réaliser l'œuvre. Elle était contente, et impressionnée par le travail de recherche de l'équipe de production.

Un cinquième folio disparut.

«L'exposition est ouverte au public aujourd'hui et demain dans la salle d'exposition de Christie´s dans King Street. Appelez le numéro sur l'écran pour les horaires d'exposition et les renseignements. Souvenez-vous, toutes les recettes iront à l'organisation de bienfaisance de la région de Saint Francis Bay pour les enfants. »

Gabriela approuva et sourit à la caméra, attendant le signal de fin qui ne vint pas.

« Avant la coupure publicitaire, Madame Martinez, je souhaite vraiment finir sur une note plus personnelle, » dit Sara, le sourire fade et impersonnel, le regard déterminé.

Gabriela sourit et acquiesça. Les intervieweurs lui

posaient toujours des questions sur ses enfants, sur sa manière d'équilibrer sa carrière et sa maternité, et aussi de jongler avec son mariage.

« Pouvons-nous avoir la photo suivante à l'écran, s'il vous plaît ? »

Gabriela regarda l'écran bleu faire apparaître une photo d'Albert.

Elle se figea. Elle vit son propre choc sur les moniteurs.

« Il y a quatre ans, vous avez été mêlée au scandale du meurtre d'Albert Heinige. À cette époque, personne n'a pu confirmer votre implication. Une source s'est manifestée récemment, affirmant que votre complicité avait été plus grande qu'il avait été donné à penser. Est-il vrai que vous étiez la meurtrière ? »

Gabriela essaya de parler, mais aucun son ne sortit.

« De nombreuses sources vous ont reliée à son meurtre, mais rien n'a été confirmé. Toutes les portes permettant d'obtenir des informations se sont refermées. » La voix de Sara pénétra en elle. « Pourrions-nous obtenir une déclaration de votre part sur ce sujet ? »

Comme Gabriela ne répondait pas, l'intervieweuse demanda la photo suivante. Le subconscient de Gabriela enregistra à peine ce que l'écran affichait quand elle fut prise de court par la question suivante. La stupeur augmenta. Elle reconnut la photo pixellisée.

« Est-ce votre amant actuel ? »

« Quoi ? »

« Une autre source privée m'a informée que vous vous êtes liée plutôt joliment à… » Sara regarda ses aide-mémoire, « à Monsieur Richard Harrison. Quand avez-vous commencé cette relation ? Pouvez-vous confirmer quand vous vous êtes rencontrés ? »

Gabriela ne put que regarder fixement. Chaque seconde devenait une éternité, chaque question une pierre qu'on lui lançait. L'image d'une femme lapidée lui vint à l'esprit, prise au dépourvu, sans défense, ignorant d'où viendrait le prochain coup mortel.

« Oh, allons. Le silence comme déni ? » Sara regarda quelque part vers les entrailles du studio, puis revint à elle.

Un gros plan du visage pâle de Gabriela remplit l'écran, remplacé immédiatement par la photo prise dans le garage de Mannie, pour passer encore à une autre photo. Elle la reconnut comme celle qu'affichait hier la une des tabloïds. Elle avait été prise lors d'un événement social organisé par Lord Cranfield et montrait une April souriante serrée entre Richard et son père.

Gabriela cligna des yeux pour s'empêcher de pleurer. Ses yeux, toujours rivés sur les images du moniteur, regardaient défiler toutes les photos, d'abord son visage, puis celui d'Albert, suivi par Richard et elle chez Mannie, pour finir sur le visage d'April. Et encore, et encore, et encore.

Gabriela frémit. Son corps se mua en un entrelacs de muscles raidis, et son esprit était incrédule face à ce qui se passait.

« Pas de commentaire ? » demanda Sara. « Vous avez certainement quelque chose à dire ? »

Gabriela s'étrangla sur ses propres paroles, sa bouche finissant par émettre des bribes incohérentes.

« C'est… je ne suis pas… Richard est un ami. »

« Ma source n'est pas de cet avis, » coupa Sara. « On m'a dit que Monsieur Harrison est le fiancé d'une certaine Mademoiselle Cranfield. »

Gabriela n'arrivait pas à y croire.

« Votre mari n'a-t-il pas eu aussi récemment un accident qui l'a rendu infirme ? » Sara poursuivit ses attaques. « Est-ce à ce moment que vous avez entamé votre liaison avec Monsieur Harrison ? Allez-vous maintenant divorcer de votre mari ? »

De nouveaux coups. Elle fut frappée d'horreur. Les

enfants. Les enfants regarderaient cette interview quand elle serait diffusée.

Meurtrie sur tous les fronts – dans son cœur, dans sa tête, dans son entrejambe, la vue brouillée par les larmes qu'elle refusait de verser– Gabriela se leva. En chancelant. Il fallait qu'elle sorte de là.

« Je ne suis pas venue ici pour me faire insulter. L'interview est terminée. »

Sans égards pour le matériel, Gabriela arracha son micro cravate et, les mains tremblantes, déposa le tout sur le siège qu'elle venait de libérer.

Ses poumons peinaient. Sa respiration était sporadique, elle manquait d'oxygène. Il fallait qu'elle sorte. Elle avait des crampes au ventre. Elle se sentait suffoquer. Il fallait qu'elle sorte. Il fallait qu'elle sorte.

Les larmes brouillaient sa vision. Elle contourna les caméras, l'équipe, les ricanements de certains, la compassion d'autres, et évita les câbles sur le sol. Elle frappa des mains et demanda à tout le monde qu'on la laisse tranquille.

Mais avant qu'elle pût s'échapper, quelqu'un lui bloqua le passage. Levant les yeux, Gabriela reçut le troisième choc de la journée. April Cranfield se tenait à quelques centimètres. Regardant dans les yeux de la femme, Gabriela y lut de la haine et une obsession démente.

« Vous avez vraiment cru que je vous laisserais vous immiscer ? » Sa voix était douce, presque enfantine, donnant la chair de poule à Gabriela. « Il m'appartient. » Les lèvres d'April se retroussèrent. « Vous ne l'aurez pas. »

« M'dame, écartez-vous. »

April ignora le garde du corps qui s'était avancé. Elle se pencha encore plus près vers Gabriela et murmura : « Je vous détruirai d'abord. »

Gabriela se tourna vers Hays. « Éloignez cette femme de moi. Elle est folle. »

Hays prit l'avant-bras d'April. « M'dame, je dois insister. »

Gabriela n'attendit pas que le garde du corps évacue April. Elle fila directement vers la sortie du studio derrière le plateau, vers la porte donnant sur un couloir qui menait à la salle d'attente Bleue et à ses amis. Son refuge.

« Venez avec moi. »

L'accent la décontenança. Des bras puissants tirèrent ses épaules entre des muscles en briques. De l'électricité statique audible crépita à proximité de sa taille.

Mais bon Dieu…

Ses jambes cédèrent, ses facultés cérébrales s'éparpillèrent. Quelque chose grilla les circuits de ses synapses. Étourdie l'espace de quelques secondes, Gabriela découvrit qu'on l'emmenait, sans résistance, vers une sortie à l'opposé du studio et des gens. *Quand cela s'était-il produit ?*

« Ne faites pas d'histoires. »

Elle recouvra ses esprits, mais pas aussi vite qu'elle l'aurait souhaité. Malgré sa désorientation, elle se rendit compte quand même que quelque chose n'allait pas.

Trouve quelqu'un. Appelle quelqu'un.

Elle ouvrit la bouche pour crier.

Un crépitement.

Une explosion.

Un autre choc, plus long cette fois. La douleur l'atteignit avec une légère sensation de brûlure, ses muscles se convulsèrent et se tendirent, pris de soubresauts pour échapper au bourreau. Ses pensées s'enfuirent, s'éparpillant dans toutes les directions, telle une fourmilière que l'on a heurtée. Elle ne comprenait pas ce qui n'allait pas, sauf que quelqu'un la portait presque maintenant, la traînant en bas d'un escalier vers Dieu sait où, une personne qui ne lui était pas du tout familière.

Elle essaya de lutter, certaine d'avoir transmis à son corps l'ordre de se battre. Seul un pitoyable grognement sans conviction sortit des profondeurs de sa gorge, suivi de vacillements pathétiques, comme si ses membres étaient en gelée.

Quelque part, dans les errements de son cerveau éparpillé, l'écho d'un nom lui fit signe.

Richard.

Une voiture.

Je ne dois pas y entrer. Je ne dois pas y entrer.

La panique avait dû intensifier sa lutte et ses forces car elle entendit un autre crépitement. Elle ressentit une nouvelle décharge, très longue. Le vertige et la nausée s'emparèrent d'elle, et elle se fichait pas mal d'où elle allait, du moment que les décharges cessaient.

CHAPITRE VINGT-TROIS

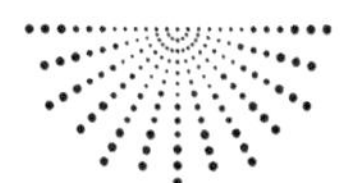

Richard beugla les mots en faisant irruption dans le studio sans guère prêter attention à quiconque, le regard foudroyant et bouillonnant d'une colère noire.

Il avait des envies de meurtre lent et douloureux. Il avait envie de mettre des gens en pièces, de défoncer des cloisons et de tabasser des visages pour atténuer la peur qui déchirait férocement ses entrailles. Il avait envie d'éviscérer Edmund, qui l'avait retardé pendant plus d'une demi-heure en le coinçant dans son bureau pour le fustiger sur la manière dont Richard avait traité April.

Maintenant, Gabriela avait disparu.

Le chaos explosa dans la pièce.

Jeremy tenta de le retenir. « Patron, calmez-vous. »

Des membres de l'équipe tentèrent de le saisir pour le faire sortir du studio d'enregistrement.

« Vous n'avez pas le droit d'être ici. »

« Monsieur, s'il vous plaît. »

« Faites sortir cet homme de mon studio d'enregistrement, » brailla le micro au-dessus de leurs têtes. « Appelez la sécurité. »

Richard balaya toutes les tentatives pour le maîtriser comme s'il s'était agi de moustiques irritants sur sa peau.

« Monsieur Harrison. » Le responsable de plateau l'attrapa et se cramponna comme une bernicle. « Nous avons aménagé une pièce. La sécurité est là. Le Yard ne devrait pas tarder. »

Des yeux promettant un châtiment douloureux le fusillèrent.

Le responsable de plateau déglutit.

Raidi par sa tension musculaire, Richard arracha de son bras la main du responsable et le suivit dans une pièce retirée à bonne distance du studio. Jeremy, vigilant, leur emboîta le pas.

Richard pénétra dans une salle de contrôle annexe, avec un équipement suffisant pour des enregistrements et des shows moins importants.

Il évalua l'endroit en quelques instants. Un homme était assis derrière une console, bidouillant avec des cadrans et des boutons, regardant les divers écrans de télévision qui tapissaient le mur en face de lui. Jean-Louis faisait les cent pas autour de la pièce comme un animal en cage, balançant des jurons en français dans un flot continu de colère. Julien était assis sur une chaise près de la seconde strate surélevée de commandes électriques et de chaises en ligne parallèle derrière l'ingénieur du son. Il caressait un sac qu'il avait posé sur ses genoux, avec des gestes sans but et une expression aussi triste que désespérée.

Le garde du corps de service marchait apparemment sans but, parlant dans son téléphone portable, à voix basse, transmettant des informations comme un tir de mitraillette. Mais ses pas erratiques servaient leur objectif d'encager April, créant une barrière invisible autour de l'endroit où elle était assise à l'autre bout de la pièce.

April le regarda. Ses lèvres se retroussèrent légèrement.

La pièce se fondit presque en noir, la rage qui rugissait

en lui l'aveuglant pendant un instant. Une envie viscérale, animale, de tuer le submergea. Au fond de ses entrailles, il savait qu'April lui avait fait cette mise en scène, lui avait envoyé plus tôt son sex toy inconsistant pour le retarder. Richard s'avança, mais Jeremy lui barra le passage. Il reconnaissait l'humeur stygienne de Richard. Il vit ses muscles se tendre, prêts à l'élan.

« Non, patron, » chuchota-t-il. Jeremy lui fit face, sa main pressant fortement l'épaule de Richard dans un geste de mise en garde et de compassion.

« Elle n'en vaut pas la peine. »

Richard ferma les yeux, tentant de maîtriser la bête sauvage qui rugissait et déchirait ses entrailles. Perdre contrôle n'aiderait pas Gabriela, et sa priorité était de la récupérer saine et sauve.

Il fallait qu'il la retrouve.

Le souffle bruyant, il balaya de nouveau la pièce du regard. Il y avait aussi deux autres femmes. L'une se tenait à côté de l'ingénieur du son et parlait dans un casque. Richard ne la reconnut pas, mais il reconnut l'autre, l'animatrice du show, Sara Sheffield. Avec April, elle était l'autre connasse responsable du chaos actuel, de la disparition de Gabriela. Elle était assise dans la même rangée que Julien, à quelques sièges de distance, le dos raide, la mâchoire serrée, une expression de défi sur le visage. Leurs regards s'affrontèrent. Dans ses yeux rusés, il lut tout à la fois qu'elle le reconnaissait, qu'elle faisait des calculs, et qu'elle était satisfaite. Elle se leva dans un but évident.

Une pulsion mauvaise l'envahit de nouveau. Il vit la garce sursauter et s'interrompre dans ses menées pour l'intercepter. Il savait que si elle prononçait une parole ou s'approchait de lui maintenant, il ne répondrait plus de ses actes.

À la place, il se focalisa sur le garde du corps.

« Mais qu'est-ce qui s'est passé, bordel ? Pourquoi personne n'était avec elle ? »

« Monsieur, » dit Hays. « J'étais en train de prendre les mesures appropriées pour éloigner cette femme après qu'elle a menacé Madame Martinez. »

« Mais comment diable *celle-ci* a-t-elle pu se faufiler à côté de tout le monde ? » Richard désigna April.

« Miss Cranfield était mon invitée, » interrompit Sara, s'arrêtant près de lui et s'invitant dans la conversation. « Enfin, Monsieur Harrison… »

« Dégagez, » dit Richard avec un vibrato grave dans la voix. « Je m'occuperai de vous plus tard. »

« Monsieur Harrison, c'est ça ? » L'autre femme se précipita. « Je suis Jennifer Cady, la directrice adjointe du show. »

« Où diable est Morris ? » demanda Richard à Jeremy.

« Ignorez-moi si vous le voulez, » commença Sara, « mais je veux savoir… »

« Vous. » Il se tourna vers elle. Ses yeux révélèrent que l'enfer avait gelé. Jean-Louis avait informé Richard au téléphone de ce qu'avait fait cette femme. « Vous n'avez besoin de rien savoir du tout. »

« Puis-je vous rappeler que je fais partie de la presse ? D'information… »

« Vous, Madame, vous êtes une ordure. Vous vous nourrissez de la lie des bas-fonds. » Il se tourna pour faire face à Jennifer Cady. « Si votre producteur et vous souhaitez éviter des poursuites en diffamation retentissantes, j'escompte que les attaques personnelles dans cette interview seront retirées de la prochaine diffusion, et que des excuses seront publiées à l'écran à chaque heure pleine dans les régions où elle a déjà été diffusée. »

« Ma source… » interrompit Sara.

Les yeux de Richard fusillèrent April. « Est une garce jalouse, mesquine, gâtée, manipulatrice, qui ment comme elle respire aussi facilement qu'elle vous passerait de la vaseline. »

April plissa les yeux en entendant cette évaluation féroce. Elle se leva, l'air d'innocence que lui conférait la mousseline blanche qu'elle portait contrastant violemment avec son expression rusée et malveillante.

Richard se tourna vers Jeremy.

« Débarrassez-vous d'elle. » Son expression expliquait clairement ce qu'il avait envie de faire à April. « Je suis sûr que son jouet masculin est quelque part à proximité. Mettez-la lui sur les genoux avec mes compliments. Je ne veux plus que cette ordure m'approche. »

« Salaud, » dit April.

« C'est vous qui avez commencé. »

« Vous allez le regretter. »

« Je le regrette depuis que vous avez écarté les cuisses et que vous m'avez grimpé dessus. »

« Vraiment, » souffla Sara.

Richard dirigea son regard vers l'homme de Morris. « Où est Bryce ? »

« Je l'ai vu traîner dans le hall, » répondit Jeremy en s'approchant d'April avec davantage de précautions que si c'était un cobra.

« Faites-le monter. Voyez s'il a photographié quelque chose qui puisse servir. »

Jeremy tira April, raide et qui faisait de la résistance, vers la sortie, désespérant de la faire sortir avant que Richard explose. Il veilla à le contourner largement.

« Vous le regretterez, » répéta April dans un sifflement de basse.

Richard ne répondit pas. Il se contenta de promener son regard sur April, sa répulsion et sa rage visibles de tous.

«Enfin, vous voyez, Monsieur Harrison. » Le ton offensé de Jennifer Cady ne lui échappa pas. « Ici, c'est une agence de presse professionnelle… »

Mais Richard ne gobait pas cela. « Madame, ce que vous avez fait n'était pas professionnel et n'avait rien à voir avec de l'information. C'était de l'immondice de tabloïd, au mieux des insinuations nocives. Vous n'avez même pas vérifié vos sources avant de diffuser vos conneries de rumeurs à des fins égocentriques. Vous n'avez pas vérifié que votre source est une chienne en chaleur dépourvue d'intelligence et d'humanité. Rétractez-vous et excusez-vous. »

« Sinon quoi, Monsieur Harrison ? » ricana Sara.

Une voix familière répondit depuis le seuil de la porte.

« Sinon votre chaîne sera accusée d'aide et de complicité à un criminel dans une enquête policière en cours. Et assurément une accusation de kidnapping. Ainsi que d'obstruction, » dit Morris, se dirigeant vers le centre de l'orage, levant haut son identifiant, tel un drapeau, pour que tout le monde le voie.

« Dois-je poursuivre ? » Morris s'arrêta. Il attendit que ses paroles fassent mouche. « Inspecteur détective Morris. Du CID. »

Il fixa les deux femmes, le mécontentement pinçant ses lèvres en une fine ligne. « J'ai parlé à votre directeur et mon supérieur a parlé au président de la section de l'information. Ils ont offert leur entière coopération. » Il se tourna vers Richard. « Et des rétractations. »

Morris ignora les protestations indignées dans la salle. « Les enregistrements du bâtiment de sécurité sont déjà téléchargés ici ? »

« Quand vous serez prêt, Monsieur, » dit l'ingénieur du son.

« Je veux que tout ce qui a été enregistré avant, pendant et après l'interview soit envoyé immédiatement à mon bureau. » Il regarda Richard. « Nous sommes sur un pied d'alerte, et nous devons tout contrôler. »

Richard acquiesça, la mâchoire serrée, ses doigts

massant sa poitrine. Morris lui serra l'épaule en signe de compassion.

« Nous la trouverons. »

« Pouvons-nous commencer ? » demanda l'ingénieur du son.

Richard regarda les femmes dans la salle.

« Dehors. » Il alla à la porte et l'ouvrit brutalement.

Les protestations et l'indignation furent à l'identique.

« Si vous n'êtes pas sorties dans cinq secondes, je vous jette dehors. »

« Mais enfin, voyons… » bafouilla Sara.

« Un… »

« Cela dépasse les bornes de la politesse… » dit Jennifer.

« Deux… »

« Nous avons le droit… » dirent les deux femmes en choeur.

Morris vit les yeux de Richard se plisser, le regard carrément glacial du « je m'en fous complètement, je vais vous mettre en pièces. » Il s'éclaircit la voix.

« Mesdames, je vous prie de vous retirer. Mon bureau vous tiendra informées des événements. »

« Trois… »

Jennifer Cady, qui ne manquait pas de discernement, attrapa Sara par le bras. Elle la tira par la porte ouverte.

« Allons-y, Sara. »

Elle tira dehors l'animatrice de télévision.

« Quatre. » Richard leur claqua la porte au nez.

« Vous êtes plutôt doué pour vider une pièce, » dit Morris.

« Tout réside dans la manière de le présenter. »

« Merde, » dit Jean-Louis. « J'aurais dû savoir qu'il se préparait quelque chose quand cette femme nous a demandé de nous tenir éloignés du plateau. »

« Elles avaient tout orchestré parfaitement, » ajouta Julien.

« Le temps que ça se calme, » ajouta Hays, « personne n'a su ce qui était arrivé à Madame Martinez. Une seule personne peut vérifier qu'elle se précipitait bien vers la salle Bleue. »

« Commencez à installer les interviews. Tout le monde présent ou proche d'elle quand ce gâchis a commencé, » dit Morris. « Commencez par la dernière personne à avoir vu quelque chose. »

Hays acquiesça et sortit au moment où Jeremy entrait, Herb Bryce sur les talons.

« Qu'est-ce qui se passe ici ? » Au ton de sa voix, l'homme était ombrageux. « Ce tas de muscles me traîne en haut sans un mot, répétant que c'est pour une affaire policière importante. Avec des explications de merde. »

« Monsieur Bryce, » dit Morris de sa voix la plus calme. « Il faut que nous voyions vos photos prises pendant la dernière heure. »

Le regard d'Herb Bryce courut d'un homme à l'autre, jaugeant l'atmosphère, interprétant les expressions. « Que se passe-t-il ? Ceci a-t-il quelque chose à voir avec Madame Martinez ? »

« Votre coopération sera grandement appréciée. »

« Ouais. Ça veut dire m'entuber. »

« Autrement, nous pouvons vous offrir une visite de notre salle d'interrogatoire fraîchement rénovée et y tenir cette discussion. Je préférerais qu'il en soit autrement, bien que je vous accueille avec plaisir si telle est votre préférence. »

« Qu'est-ce que j'y gagnerai ? »

«L'exclusivité, » dit Richard avant que Morris ait le temps de répondre. « Une vraie histoire, plutôt que la merde que vous publiez. »

Bryce sourit.

« Une mise en garde, » avertit Richard en réaction à ce qu'il lut dans le regard de l'homme. « Après votre reportage exclusif, vous refermerez le chapitre de Madame Martinez. Vous ne l'importunerez plus jamais. »

Il y eut une pause.

« Jamais, » avec emphase.

Bryce réfléchit. « Des alternatives ? »

« Aucune. »

Richard fixa Bryce, en silence à présent. Herb Bryce était assez avisé pour interpréter correctement son regard. Richard vit l'expression calculatrice de Bryce, pesant le pour et le contre d'un avenir sans Gabriela au bout de son viseur. Il le vit se décider.

« Très bien. Alors, c'est quoi, le scoop ? »

Morris n'avait pas l'air très content, mais mit Bryce au courant de l'enlèvement possible, de certaines des menaces que Gabriela avait reçues, résumant les événements et omettant des noms et certaines informations essentielles.

« C'est vous qui l'avez protégée ? » La voix de Bryce n'était pas convaincue par les conneries qu'on lui servait.

« Oui. »

Bryce regarda fixement. Son regard s'éclaira en comprenant soudain.

« C'était vous, le mystérieux protecteur il y a quatre ans. »

Richard ne confirma pas.

« Merde, nous pensions que vous étiez un fantôme inventé par ce Frenchie pas bavard pour protéger Madame Martinez. Des rumeurs circulaient affirmant qu'elle avait tué ce salopard en état de légitime défense, d'autres prétendaient que quelqu'un d'autre avait tiré. » Bryce réfléchit. « Quel scoop. »

« Pas question, » dit Richard.

« Quoi ? »

« Non. » Richard s'exprima avec véhémence. « Ça ne fait pas partie de l'offre. »

« Vous ne pouvez pas vraiment… »

« Non. Ou nous en avons terminé. »

Après quelques secondes, Bryce haussa les épaules. Il avait suffisamment de gros titres pour rembourrer comme il faut son portefeuille.

« Je suis arrivé ici tout juste à temps pour saisir sa sortie de la limousine, mais voici les photos les plus récentes. » Avec l'aisance de l'habitude, le pouce de Bryce se promena à l'arrière de l'appareil photo, appuya rapidement sur des boutons çà et là, et il fit signe aux hommes d'approcher.

Les hommes se pressèrent autour de Bryce. Richard examina la première photo : Jeremy ouvrant la portière de la limousine. Suivante : Jean-Louis et Julien encadrant Gabriela. Ensuite, trois photos consécutives du trio se dirigeant vers l'entrée de la chaîne de télévision.

Pour la première fois, Richard goûta à l'ennui de la vie professionnelle de cet homme. Une flopée de photographies, avec une pause d'une ou deux secondes entre chacune, révéla des arrêts sur image d'autres paparazzi dans le coin, discutant, fumant. S'ennuyant. Attendant n'importe quoi. Encore des visages inconnus. Des photos de la circulation, incluant des piétons, des gens entrant et sortant dans le bâtiment.

« Voilà April, » mentionna Jeremy.

Bryce examina la photo. « Cela indique quinze minutes après l'arrivée de Madame Martinez. »

« Nous en étions au maquillage à ce moment, n'est-ce pas, Jules ? » demanda Jean-Louis pour confirmation. Julien acquiesça.

La photo suivante était un gros plan d'April, souriant comme une coquette à l'appareil photo. Bryce secoua la tête. « Je suis étonné qu'elle soit seule. »

« Son jouet masculin était dans mon bureau, » dit Richard.

« Ah oui ? » Le visage de Jeremy exprima l'ahurissement. « Pour quoi faire ? »

« Pour me fustiger sur la manière dont j'ai traité April. »

« Il a eu les couilles de faire ça ? D'ordinaire, il pisse dans son froc devant vous. »

« April l'a manipulé pour qu'il le fasse, pour me retarder. » Richard serra les poings. « La garce. »

Bryce approuva. « Ce garçon ferait bien de se trouver une plus grosse paire de cojones. Tourner autour de celle-là ne le mènera nulle part. »

Richard arqua le sourcil.

Bryce haussa les épaules. « Hé, ça fait longtemps que je suis là-dedans. Je peux cerner en une minute, parfois en quelques secondes. C'est une casse-couilles si on ne la maintient pas dans le droit chemin. Elle est comme un chien enragé quand elle met la main sur quelque chose qu'elle veut. »

Bryce regarda Richard. « Et elle vous veut. »

« J'en ai rien à foutre de ce qu'elle veut, » lui dit Richard.

Bryce ne répondit pas. Il fit défiler d'autres photos. C'étaient des vues des bâtiments environnants.

« C'est que du rien, mec, » commenta Jeremy. « Inutile. »

« C'est un nouvel appareil digital. À carte mémoire. Ça coûte un bras au départ, mais ça vaut l'argent que j'économise en pellicules. La qualité est également impeccable. Détaillée. Netteté graphique. Je développe ce que je veux, j'élimine ou je conserve le reste. Ces appareils photo deviendront la norme dans l'industrie dans un ou deux ans. »

Les diverses photos devinrent un flux continu, mais aucune ne montra Gabriela sortir ou se faire enlever.

« Attendez, » dit Jeremy. « Revenez en arrière. »

Bryce accéda à sa demande.

« Arrêtez. Montrez-moi ça. »

Jeremy loucha pour se concentrer.

« Quoi ? » La voix de Richard retenait la tension qu'il ressentait.

« J'ai déjà vu ce type. »

« Quoi ? » Morris se pressa pour mieux voir.

« Je l'ai déjà vu. » Jeremy les regarda. « Mais bon sang, j'ai un trou de mémoire. Laissez-moi une minute. »

« Est-il possible de l'agrandir ? » demanda Morris.

« Bien sûr, » dit Bryce.

« Hays. » Morris se tourna vers son homme qui entrait dans la salle. « Emmenez Monsieur Bryce de toute urgence à un ordinateur. Procurez-lui tout ce dont il a besoin pour que cette photo soit améliorée et envoyée à notre bureau et à cette salle de contrôle. Il faut que nous voyions qui est dessus. »

Richard se tourna vers l'ingénieur du son. « Vous avez quelque chose ? »

« Des possibilités. »

Ils se rassemblèrent tous. L'ingénieur du son désigna les écrans. Il avait tout recueilli sur l'écran par ordre séquentiel. Il pointa de gauche à droite.

« J'ai la caméra du studio A, l'extrémité du couloir menant à la salle Bleue, le couloir de l'issue de secours, et l'aire de chargement à l'arrière de la rue synchronisés en temps réel. Tout est là, depuis un peu avant la fin de l'interview. »

Le mot horrifié était trop faible pour décrire les émotions qui embrasèrent Richard en regardant le visage de Gabriela exprimer la douleur, la stupeur et l'angoisse qu'elle ressentait à chaque attaque. Sa vue se figea, sa poitrine se comprima, et l'angoisse lui écorcha les chairs. Les jointures de Richard pâlissaient sous la pression qu'elles exerçaient sur la chaise de l'ingénieur du son.

« Seigneur, » dit Julien, exprimant à voix haute ce que tout le monde ressentait dans la pièce.

« Ma pauvre petite, » murmura Jean-Louis.

Richard pressa ses paumes contre ses yeux à en enfoncer ses globes oculaires jusque dans son cerveau. Il fallait qu'il se concentre. Il fallait qu'il soit fort et intelligent pour elle.

Morris lui serra l'épaule en signe de solidarité.

Ses yeux se concentrèrent de nouveau sur les écrans. Il vit Gabriela arracher le micro, se précipiter et se frayer un chemin sur le plateau. Elle disparut au fond de l'écran.

« Attendez. » Morris désigna le premier écran. « Mettez en pause quand Mademoiselle Cranfield entre dans le champ. Puis faites un ralenti plan après plan. »

Ils virent tous April prononcer quelques mots, se pencher vers Gabriela. Ils virent Hays arriver et s'adresser à April. Gabriela semblait perturbée par l'échange. Elle parla à Hays et n'attendit pas que l'homme escorte April jusqu'à la sortie du studio. Bon sang, qu'est-ce qu'April avait dit pour que Hays intervienne et que Gabriela ait l'air si effrayée ?

« Attendez. » Morris regarda Richard et Jeremy. « Vous avez vu cela ? »

L'ingénieur du son repassa le dernier plan. Une ombre se détacha de l'arrière-plan. Contourna Hays et April qui semblait insulter Hays et résister tandis qu'il l'emmenait. Réaction normale. Richard les aurait aussi évités. Mais l'homme, après un rapide coup d'œil au garde du corps, ne perdit pas des yeux Gabriela. La suivit négligemment. Sortit de la poche de son costume ce qui ressemblait à une boîte. Disparut à sa suite.

« Pouvons-nous faire un zoom sur son visage ? » demanda Richard.

L'ingénieur du son tourna des boutons, en faisant glisser d'autres pour obtenir une stabilisation optimale. « C'est le mieux que je puisse faire. »

L'image se brouilla un peu en s'agrandissant. Les choses ne furent pas facilitées par la pénombre dans laquelle cette partie du plateau était plongée, dissimulant les traits de l'homme en une bouillie. Impossible de discerner les détails, sauf que l'homme était un caucasien solidement charpenté aux traits grossiers.

« Il ressemble au mec que le paparazzi nous a montré, » commenta Jean-Louis. « N'est-ce pas, Jules ? »

« Même carrure, » approuva Julien après quelques secondes d'observation. « Même profil, en tout cas. »

« Jeremy ? » demanda Richard.

« Peut-être. »

« Rien ? » demanda Morris.

« Pas encore. »

Morris changea de place et s'assit à côté de l'ingénieur du son. « Pouvez-vous repasser cela, s'il vous plaît ? »

Richard regarda Hays faire sortir April de force, l'homme suivant Gabriela. Il déplaça son regard vers l'écran montrant le couloir. Une minute ou deux s'écoulèrent. Rien.

« Nous voilà, » dit Jean-Louis. Julien et Louis surgirent sur l'écran pendant une ou deux secondes, puis disparurent.

Richard se focalisa sur les autres écrans.

« Merde. » Il se pencha en avant. Gabriela était tenue étroitement par ce qui semblait être l'homme qui l'avait suivie. Même carrure, même taille.

« Elle n'a pas les pieds coordonnés, » remarqua Morris.

« Qu'est-ce que ce type lui a fait, bon Dieu ? » demanda Jeremy.

Richard étudia l'image jusqu'à ce que l'homme la tire vers la porte de sortie de la cage d'escalier.

« Faites un zoom et mettez en boucle, » ordonna-t-il.

Après le troisième passage, Richard montra du doigt. « Il a quelque chose dans la main droite. Vous voyez ? Ça ressemble à quelque chose qu'il a sorti de sa poche avant de la suivre. Vous le distinguez ? »

Jeremy et Morris ne purent pas l'identifier.

« Là. » Richard vit le moment de légère lutte, l'objet qui fut approché, une légère secousse, et plus de résistance.

« Vous croyez… » commença Jeremy, qui fut interrompu par Morris.

« La taille correspond à peu près. L'absence de coordination musculaire. La secousse en réaction. C'est un pistolet paralysant. »

En inspirant, Richard se pencha sur la seconde rangée du panneau d'instruments. Il avait envie de vomir. *Mon Dieu, encore ! Ne lui faites pas encore du mal.*

Sa rage explosa. Il attrapa la chaise la plus proche et la projeta contre le mur du fond, avec un grognement guttural arraché aux tréfonds de son âme.

« Le fils de pute, le fils de pute. »

Il tourna la tête au moment où Hays pénétra dans la pièce avec Bryce. Le persécuteur de Gabriela agitait en l'air une série de tirages photo.

« J'en ai trouvé une autre du type. » Il s'arrêta, regarda Richard. « Vous avez une sale gueule. »

S'il avait été un chien, Jeremy aurait grogné. « Tirez-vous, Bryce. »

« Jem, » avertit Morris, prenant les clichés de la main de Bryce. « Concentrons-nous sur ceci. »

Richard maîtrisa ses traits et son cœur en se tournant pour étudier l'étalage de photos que Morris avait disposé sur la console. Son doigt frottait sa poitrine dans des mouvements frénétiques.

Bryce désigna le cliché du milieu. « J'en ai trouvé une autre de ce type. Pas grand-chose, juste son dos et ses grosses fesses. Ce gars est un cogneur professionnel. J'y parierais ma carrière. »

« Attendez un instant, » dit Jeremy après avoir regardé de plus près. Il montra une autre photo où l'homme était de profil, regardant le registre du bâtiment. « Je me souviens de cet enculé. Il était hier dans notre immeuble. »

« Tu en es sûr ? » demanda Morris.

« Je parierais mon cul. Il était dans le hall. Près du groupe d'ascenseurs, quand j'ai suivi Madame Martinez. » Il regarda Richard et bafouilla. « Après vous savez quoi. »

« Qu'est-ce qu'il faisait ? » demanda Morris.

Jeremy tapota la photo. « Il attendait près des ascenseurs, en regardant vers l'entrée de l'immeuble, de profil comme ici. Je l'ai regardé rapidement pendant que je courais après Madame Martinez. C'était obligé que je le remarque. Il avait l'air d'un singe, déplacé dans son costume. Costaud. »

« Hays, » dit Morris. « Trouvez-moi des copies des enregistrements de la sécurité de l'immeuble de Richard. Retrouvez-nous au quartier général. Nous devons lancer une recherche FERET sur lui. »

« C'est votre version de Phil ? » demanda Bryce.

Tout le monde tourna vers Bryce des regards interrogateurs.

« Vous savez… Phil… la marmotte ? »

Morris était écœuré. « Non. C'est un acronyme pour la nouvelle Technologie de Reconnaissance Faciale. Nous pouvons créer un algorithme à partir des photos et des vidéos, le transmettre à Interpol, et voir si nous faisons mouche. »

« Le ferrer, en quelque sorte, » plaisanta Bryce.

Richard poussa Bryce contre le mur le plus proche et

appuya son avant-bras sur sa gorge. Bryce ressemblait à un poisson qui se débattait pour respirer.

« Ce n'est pas le putain de Comedy Central, espèce de connard. »

Morris s'interposa entre les hommes. Richard n'eut pas d'autre choix que de libérer Bryce.

« Touchez-moi encore, et je vous colle un procès aux fesses, » dit Bryce, toussant pour s'éclaircir la voix.

« Dans mon bureau, maintenant, » ordonna Morris, écartant Bryce et le faisant sortir. « Nous superviserons mieux de là-bas. Nous aurons un meilleur débit. Allons-y. »

« Patron ? » Jeremy avait l'air malheureux.

«Donnez-moi une minute. »

Jean-Louis attrapa Julien.

« Nous serons à l'hôtel, si vous avez besoin de nous. » Il voulait en fait mettre la main sur la première bouteille d'absinthe venue et retrouver sa *fée verte* pour atténuer la douleur qu'il éprouvait.

« Appelez-moi… » dit Morris en lui tendant une carte.

« Tout de suite, si elle nous contacte, » dit Jean-Louis.

Julien étreignit brièvement Richard, le prenant de court.

« Vous la trouverez, » murmura-t-il. « Je le sais. »

Seigneur, il l'espérait. Il espérait qu'elle était toujours en possession de son téléphone. Il espérait qu'elle parviendrait à le joindre. Si elle n'y parvenait pas, il espérait qu'ils pourraient localiser sa position par le signal de son téléphone portable.

« Vous venez, patron ? »

Richard opina, mais s'arrêta avant de sortir. Il regarda l'écran défiler en boucle et se focalisa sur ce qu'il pouvait voir de Gabriela.

« Tiens bon, mon ange, » dit Richard entre ses dents. «Je vais te retrouver. »

CHAPITRE VINGT-QUATRE

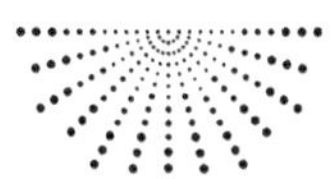

Gabriela se sentait mal, désorientée. Sa peau lui faisait mal, ses muscles et son ventre souffraient de crampes intermittentes, et certaines parties de son corps semblaient avoir été brûlées par une exposition prolongée à ce démon électrique avec lequel cet homme l'avait prise de court.

Elle ne voyait rien non plus. Une espèce de sac en tissu grossier avait été placée sur sa tête avant qu'on la pousse dans la voiture. Le tissu laissait filtrer de la lumière, mais la rendait aveugle à toute autre chose. Elle sentait le mouvement de la voiture, sentait la chaleur de son bourreau à côté d'elle, et respirait de l'air vicié et chaud engendré par son propre micro environnement d'humidité tropicale à l'intérieur de ce casque souple infernal.

Gabriela n'arrivait toujours pas à croire qu'April se soit montrée sur le plateau et l'ait menacée. Comment avaient-ils pu mal interpréter ses intentions ? En fait, elle en voulait à Richard d'avoir mal évalué la situation et d'avoir comparé April à Silvie. April était aux antipodes de Silvie. La maîtresse d'Heinige était passive, manipulée plutôt que manipulatrice, et était lâche au fond. Cette femme… eh bien, cette femme voulait Richard à un degré obsessionnel.

Cela n'augurait rien de bon d'ignorer ce type de personnalité. Cela évoquait le syndrome de l'érotomanie.

Gabriela faillit rire. Une autre psychotique qui s'ajoutait à sa vie ? Ça devenait une habitude, ces derniers temps. C'était son pain quotidien. Elle en avait assez.

En essayant de remuer les bras pour trouver une position plus confortable, Gabriela se décala sur son siège. Le salopard à côté d'elle lui avait aussi attaché les mains dans le dos avec de l'adhésif avant de la jeter sans ménagements à l'arrière d'une berline noire. Elles n'étaient pas étroitement serrées, cela la gênait seulement. Elle cambra le dos et essaya de faire pivoter ses épaules pour se relâcher.

« Pas bouger, » dit la même voix avec un accent, en la repoussant.

« Ne me touchez plus. » Le son de sa voix était étrange dans sa mini chambre d'écho.

L'homme ricana. Un ricanement aussi mauvais qu'on pouvait le concevoir. Son intonation évoquait des images de tortionnaires sadiques, mentant à leurs prisonniers en leur promettant de les délivrer de la douleur.

« Tu entends ça, Dimitri ? Femme donne des ordres. »

Un véritable ricanement vint de l'avant. Ce Dimitri était soit le chauffeur, soit une autre personne du côté passager. Gabriela regrettait de n'avoir pas été plus attentive. Elle se souvenait vaguement d'un autre homme, mais rien d'autre.

Ce nom n'augurait cependant rien de bon pour elle. Maintenant elle comprenait l'accent : son accent avait des consonances slaves. Russes. Et si c'étaient les gorilles de Wickeham, il se pouvait que ce soient des membres de la mafia russe. Aux Etats-Unis, n'avait-il pas utilisé des membres d'un gang mexicain ? Gabriela pouvait s'attendre à ce qu'il utilise n'importe quel membre de la pègre pour agir comme son homme de l'ombre, pour contraindre et intimider.

« Elle ne donnera plus d'ordres, hein, Bogdan ? »

« Ça dépend du patron. »

Un rire franc. « Trop bon, notre patron. »

Gabriela força son esprit à se concentrer sur la pression exercée sur sa cuisse et pas sur l'insinuation contenue dans cette démonstration de jubilation. Elle se décala, offrant davantage son dos à ce Bog… quelque chose. Il fallait qu'elle le laisse penser qu'elle avait peur, qu'elle se recroquevillait pour fuir sa présence. Elle voulait juste garder en sécurité la seule planche de salut qui la reliait à Richard. Dieu seul savait pourquoi ils ne l'avaient pas fouillée avant de la forcer à entrer dans la voiture. Peut-être pensaient-ils qu'elle n'avait rien d'important sur elle. Son sac à main était resté à la chaîne de télévision. Ainsi que son manteau. Si seulement elle avait gardé allumé le téléphone portable que Morris lui avait fourni. Malheureusement, elle l'avait éteint par habitude avant l'interview pour éviter des sonneries gênantes.

Avant qu'ils découvrent qu'elle l'avait, il fallait qu'elle cache le téléphone à un endroit moins voyant. C'était vital maintenant. La question était justement, où le cacher. Gabriela ne se faisait pas d'illusions. Si elle le cachait dans son bonnet de soutien-gorge, cela se verrait. Dans sa culotte, cela équivaudrait à le confier en garde aux malfrats. Elle ne portait pas de collant aujourd'hui parce que l'ourlet de sa jupe était assez bas pour couvrir ses jambes nues et le haut de ses bottes. Elle s'était contentée de mi-bas. Si elle cachait le téléphone dans ses sous-vêtements, l'objet glisserait après quelques pas, et il deviendrait évident qu'elle cachait quelque chose. Pire. Il pourrait dégringoler et s'écraser par terre.

La force de gravité s'exerçait toujours à des moments inopportuns.

Si seulement ils lui libéraient les mains, juste assez pour qu'elle saisisse le téléphone et qu'elle le fourre… où ? Le seul autre endroit auquel elle put penser fut ses bottes. Elles étaient assez larges pour qu'elle y case le téléphone, près de son mollet. Le cuir était assez lâche et plissé pour que cette cachette ne se voie pas, tout en lui laissant de l'espace pour marcher sans trop de gêne. Tout ce qu'il lui fallait était du temps pour effectuer le changement de cachette. Aurait-elle le temps de l'allumer et de composer le numéro ? Lui en laisseraient-ils seulement le temps ?

Elle ferma les yeux et essaya de ne pas penser à la suffocation causée par sa propre respiration.

Les bruits de la circulation urbaine firent place au bourdonnement de l'autoroute. Elle ne pouvait pas deviner où elle était, dans quelle direction ils allaient, ni combien de temps s'était écoulé. Ne pas voir des paysages ou des repères dont elle aurait pu se souvenir la plongeait dans la confusion et ajoutait à son impression d'être désorientée. Le temps n'avait plus de signification, sinon qu'il prolongeait son inconfort.

Depuis combien de temps étaient-ils sur la route ?

« Quelle heure est-il ? » demanda-t-elle innocemment. La réponse serait une information essentielle que Richard pourrait utiliser.

Richard, son cerveau lui criait-il dans son désespoir. *Richard. S'il te plaît. Si seulement tu pouvais m'entendre.*

Seigneur, elle espérait qu'il lui restait des « si » dans sa vie.

« Ça te regarde pas, » répondit Bogdan. « Tais-toi. »

La voiture ralentit. Deux tournants à droite et un autre à gauche, avant que la voiture s'arrête. La brute de devant sortit, laissant la voiture au point mort et la portière ouverte. Gabriela sentit le froid envahir l'habitacle chaud, reconnut quelques odeurs de l'extérieur mêlées à sa respiration maintenant viciée. Des fumées d'échappement et une odeur de poisson. Elle essaya d'entendre par-dessus le ronronnement de la voiture, mais elle n'entendit que le moteur, des grincements de gonds, et un cri bruyant d'oiseau.

La voiture descendit et la portière se ferma. Dimitri était de retour. La voiture s'ébranla et avança lentement. S'arrêta. Le moteur fut coupé. Les portes de la voiture s'ouvrirent, y compris celle proche d'elle. Des mains brutales la saisirent par les avant-bras et la soulevèrent littéralement du siège. La jetèrent sur ce qui ressemblait à un sol de béton. Le froid envahit son corps, lui donnant la chair de poule. Elle entendit Dimitri s'éloigner, fermant une porte avec un son métallique.

Sans excuses ni ménagements, une main énorme l'attrapa sous le bras et la tira en avant sur quelques mètres. Gabriela trébucha parfois sur des décombres, mais fut douloureusement relevée par la brute qui la souleva par-dessus des choses qu'elle ne put identifier. L'odeur d'huile de moteur et de poisson devint omniprésente. Mais une autre odeur se superposait, une sorte d'arrière-fond d'odeur métallique. Et il y avait le bruit de l'eau, amorti par les murs et l'espace. Il avait en partie la réverbération sonore d'un robinet qui fuit dans une grande cavité vide. Et en partie le son de l'eau coulant sur des rochers. Était-ce parce qu'il pleuvait, ou parce qu'ils étaient vraiment proches de l'eau ?

L'homme qui la dirigeait la força à s'arrêter. Une autre porte s'ouvrit. On la traîna et l'emmena quelque part à l'intérieur d'une pièce plus petite, d'après les échos plus faibles de leurs pas. Plusieurs pas à l'intérieur, et on la poussa sur une surface dure.

« Pas bouger. »

Elle faillit laisser échapper qu'elle n'était pas un chien, mais se mordit la lèvre. Il valait mieux savoir d'abord à quoi elle avait affaire avant de contrarier un inconnu de manière préjudiciable. De plus, l'homme était musclé et costaud. Ce ne serait pas malin de l'affronter.

Gabriela attendit. Les bruits de pas s'éloignèrent. La porte proche se referma. Elle attendit encore. Rien, pas même des voix étouffées, ne parvint du dehors jusqu'à son espace, seulement le bruit intermittent de gouttes d'eau.

D'accord, et maintenant ? Avec difficulté, elle se força à rester immobile jusqu'à ce qu'elle pense que la tension allait la faire hurler. Mais il fallait qu'elle s'assure que personne n'était à l'intérieur avec elle.

Une éternité s'écoula.

« Et merde. »

Avec ce qu'elle pouvait utiliser de ses dents et de son menton recouverts, elle releva sa jupe au-dessus de ses genoux, petit à petit et en déplaçant son corps progressivement. Ses épaules la brûlaient, mais elle ignora ses tendons et ses muscles en feu. Estimant que sa jupe était assez remontée pour son objectif, Gabriela se courba à la taille et plaça sa tête entre ses genoux. Il lui fallut plusieurs tentatives, mais elle pinça finalement suffisamment de tissu pour avoir une bonne prise dessus. Avec de légères secousses, elle se mit à tirer sur l'étoffe qui recouvrait sa tête.

« Merde. » Elle s'arracha des cheveux, mais le casque de tissu étouffant finit par s'enlever. Elle comprenait que l'enlever impliquait des risques auxquels elle ne voulait même pas penser, du moins pas maintenant.

Elle s'en fichait. Elle était libérée de cette cage de tissu.

Elle avala de l'air.

Elle emplit ses poumons de l'air froid et de la poussière qui l'environnaient. Elle ouvrit les yeux.

Gabriela était vraiment dans une petite pièce carrée avec un très haut plafond, trop haut pour qu'elle puisse atteindre la petite fenêtre rectangulaire grillagée à un bon quatre mètres cinquante au-dessus du mur derrière elle. La pièce faisait penser à un vieil entrepôt abandonné, avec le sol couvert de poussière et parsemé çà et là de vitres cassées qui étaient tombées d'en haut. Les vitres encore intactes étaient presque opacifiées par la saleté. À travers les vitres cassées, une brise froide se disputait la suprématie et le droit de passage avec la lumière du jour. Un saupoudrage de toiles d'araignées ornait çà et là les hautes poutres d'acier, et le seul mobilier était le banc sur lequel elle était assise.

La porte par laquelle elle était entrée lui faisait directement face. Elle s'y dirigea. Il n'y avait pas de poignée, et le trou de la serrure avait été obturé. Elle poussa son épaule contre la porte. Elle céda un peu, mais se bloqua immédiatement. Probablement verrouillée par un loquet de l'autre côté.

Gabriela se retourna et, s'arrimant à la porte, se pencha et s'étira du mieux qu'elle put, les mains derrière le dos. Elle se tortilla sans cesse, se pencha, s'accroupit et tenta tout ce à quoi elle pouvait penser pour ramener ses mains en avant, comme elle avait vu des acteurs le faire dans des films. Mais soit ses bras étaient trop courts, soit ce qui était décrit dans les films était des conneries, à moins d'avoir des articulations doubles.

Gabriela se mit à transpirer sous l'effort, et avec ce léger film de transpiration le froid l'envahit. Il fallait qu'elle libère ses mains, il fallait qu'elle garde sa chaleur. Sa veste contiendrait un peu le froid, mais ce n'était évidemment pas suffisant pour que sa température corporelle ne pâtisse pas. Le printemps en Angleterre était vraiment froid, et il n'y avait pas de chauffage dans cet endroit. L'hypothermie allait survenir. Cela allait la rendre léthargique. Et il fallait qu'elle reste vigilante. Il lui fallait sa capacité à réagir, elle devait agir vite si l'occasion s'en présentait.

Gabriela commença à chercher quelque chose, n'importe quoi qu'elle pût utiliser pour arracher ou couper le ruban adhésif. Elle examina minutieusement les murs, les poutrelles d'acier, le sol. Ses espoirs fleurirent en voyant les vitres cassées par terre, mais elle déchanta presque immédiatement. Comment diable allait-t-elle les ramasser et se libérer alors qu'elle avait les mains dans le dos ? Même si elle les ramassait avec sa bouche, elle ne pourrait pas faire passer le verre dans ses mains. Elle pouvait se couper les lèvres avec les bords tranchants. De plus, elle n'allait pas approcher ses lèvres du sol, sauf si c'était une absolue nécessité. Si elle s'agenouillait et s'asseyait sur le sol, elle se réduirait les doigts en bouillie avant de pouvoir attraper le verre correctement, et ensuite… comment couper ? Où couper ? Elle aurait pu aussi se tailler les poignets sans le savoir et se vider de son sang.

Que diable pouvait-t-elle faire ? Elle se laissa retomber sur le banc. Comment diable allait-elle se sortir de ce mauvais pas ? Elle ne pouvait même pas atteindre le téléphone portable.

Elle était impuissante. Et si elle était impuissante, ses chances de survie seraient nulles.

Gabriela essaya de s'éclaircir les idées, mais le désarroi hantait le premier plan de ses pensées. L'image de ses enfants surgit. *Mon Dieu, ses bébés*. Ils avaient besoin d'elle. Elle avait besoin d'eux. Elle ne pouvait pas en faire des orphelins. Il fallait qu'elle trouve un moyen de sortir. Il le fallait.

Mais la seule pensée de les perdre, de ne jamais revoir leurs visages, de ne plus toucher, câliner ou tenir ses enfants, la déchira. Gabriela succomba à la souffrance et au désespoir. Son menton s'abaissa et elle pleura amèrement. Comment sa vie pouvait-elle tourner aussi mal ? Il y avait eu tellement de souffrance, tellement de chagrin ces derniers temps. Ses seuls moments de gaieté étaient ses enfants, son travail et Richard. La nuit dernière avait été un miracle, une vie complète d'extase contenue dans quelques heures de félicité. Cela semblait si loin de l'instant présent. Le bonheur lui était-il si inaccessible, si éphémère ? Son destin était-il d'en faire seulement l'expérience, de le toucher brièvement, avant qu'il s'envole définitivement ? Retrouverait-elle un jour son intégrité ?

Robertico. Gustavito.

Luisito.

Richard.

Ses sanglots devinrent inconsolables.

Richard. Sauve-moi. S'il te plaît.

« Vous me rendez dingue avec vos déambulations, » dit Morris à Richard sans quitter des yeux l'écran. L'ordinateur poursuivait sa recherche mondiale de reconnaissance faciale. Il faisait défiler les images à une telle vitesse que Richard ne comprenait pas comment Morris n'avait pas la nausée à force de regarder sans faire de pause.

Les techniciens de Morris avaient effectué leur alchimie avec des algorithmes mathématiques un moment auparavant. Ils avaient scanné les proportions faciales et avaient rentré le tout dans leur unité centrale. L'ordinateur avait entrepris sa chasse à travers la banque de données d'Interpol des photos de criminels. Pas encore de résultats. Il cherchait toujours.

Jeremy lui pressa l'épaule. « Il a raison, patron. Allez évacuer votre dépit en marchant. Je viendrai vous trouver si on a quelque chose. »

Richard savait que son niveau élevé d'angoisse dérangeait les hommes. Son sang bouillait comme de la lave dans ses veines. Il se sentait perdre contrôle, dans son désespoir.

Il fallait qu'il se recentre.

« Je reviens tout de suite. »

Morris et Jeremy acquiescèrent à peine tandis qu'il sortait du laboratoire informatique, tel un homme possédé par des démons. On s'écarta sur son passage dans les couloirs. Il trouva l'escalier de secours et se laissa tomber sur les marches froides.

Il se pencha en avant, la tête entre les mains, le haut de son corps vacillant, essayant de respirer. Gabriela. Mon Dieu, il ne pouvait pas la perdre. Pas maintenant. Ses doigts se serrèrent. *S'il vous plaît, s'il vous plaît,* supplia-t-il l'univers, *s'il vous plaît ne me l'enlevez pas. Ayez pitié. C'est mon amour. Ma joie. Mon espoir. La terre ne serait que de la merde sans cette femme qui me complète, qui m'a fait le plus beau cadeau qu'un homme puisse désirer, qui m'aime sans réserve. Je mourrai sans elle.*

Un cri guttural résonna dans la cage d'escalier et son corps trembla d'angoisse. Son cœur était en feu et il ne supportait plus la douleur. Des sanglots secs et étouffés le secouèrent.

Pour la première fois de sa vie d'adulte, Richard pleura.

Le temps s'écoula. Un calme nouveau s'installa. Son désespoir fit place à la détermination et à la concentration. Il se leva et repartit. Il tournait à gauche dans le couloir quand Jeremy sortit précipitamment, regardant à droite et à gauche.

« Richard, » cria-t-il. « Nous avons une touche. »

Moins d'une heure après l'identification, Morris et son équipe s'étaient mobilisés et ils filaient maintenant dans la circulation de Londres, sirènes hurlantes, en direction de la maison de Wickeham pour appliquer un mandat. Après qu'Interpol eut identifié un certain Bogdan Ljubic comme l'homme qui avait enlevé Gabriela, Morris avait travaillé à une vitesse impressionnante, exhumant de faux visas, des permis de travail, des antécédents judiciaires et des dossiers fiscaux en un temps record. Ils avaient découvert que Monsieur Ljubic était un ancien militaire de l'armée yougoslave, avait de vagues liens avec le KGB, avait été impliqué, soupçonné sans qu'on puisse le prouver, dans plusieurs meurtres à travers l'Europe, et était depuis environ deux ans au service de Wickeham.

« Wickeham est un citoyen britannique. Il a des droits. »

Richard se fichait complètement des droits de Wickeham. L'insigne de police de Morris entravait ses actions, mais Richard n'avait pas ce problème, et il se foutait complètement des droits de Wickeham. L'homme avait scellé son destin au moment où son gorille avait attrapé Gabriela.

« Je reconnais cet air, Richard. Je vous ai bien averti que nous devions nous conformer en tous points à la loi, souvenez-vous. Pas d'idioties, sinon nous perdons le procès et il sort libre. »

« Ici, c'est différent, » dit-il, regardant par la vitre. *Merde, c'était différent.*

« Je suis sérieux. » Morris se tourna dans son siège à l'avant pour regarder Richard. « Vous ne dites rien, vous ne faites rien. Je vais gérer les choses. Nous n'avons rien sur Wickeham à part l'emploi éventuel d'un clandestin, et il déclarera qu'il l'ignorait, en sachant que les tribunaux lui donneront une tapette sur la main, une amende et un sévère avertissement, « ne recommencez pas ». Nous voulons mettre ses fesses en prison. »

« Je serai sage, » dit Richard, sans le penser. D'après l'expression de Morris avant qu'il se retourne, il ne le croyait pas non plus.

« J'espère ne pas devoir vous arrêter aussi. »

Richard garda le silence. Morris avait raison de ne pas lui faire confiance. Il ne se faisait lui-même plus confiance, à ce stade. Il avait toujours le cœur blessé, l'estomac contracté, et il avait l'impression que son cerveau était une boule de coton dans un espace réduit avec trop d'eau. Malgré tout, un objectif implacable, déterminé et froid le poussait. Il avait ressenti la même chose avant de rencontrer Gabriela. Il alimenterait et utiliserait à son avantage cette absence d'émotion. Richard comprenait que se laisser consumer par sa rage et sa douleur n'aiderait pas Gabriela. Toutefois, il saisirait n'importe quelle occasion pour pulvériser l'homme qui l'avait kidnappée, celui qui avait utilisé contre elle le pistolet paralysant. Celui qui lui avait fait du mal.

Il avait envie de le faire souffrir.

Quand ce serait fini et qu'elle serait de nouveau en sécurité dans ses bras, cet homme et son patron ne feraient jamais plus de mal à personne. Il connaissait ce genre de salopards à qui ils avaient affaire. Même vaincus et en prison, ils concevraient une vengeance et engageraient quelqu'un pour mener à bien cette vengeance. C'était dans la nature de cet animal. Et, comme les animaux, il faudrait les abattre définitivement. Il s'en chargerait.

CHAPITRE VINGT-CINQ

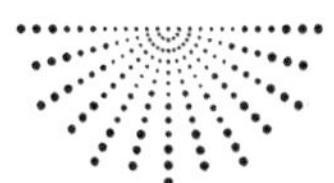

Gabriela devait aller aux toilettes. C'en était au point de l'inconfort.

Elle se sentait redevenir elle-même après s'être vautrée dans le désespoir et l'auto-commisération jusqu'à ne plus avoir de larmes, jusqu'à ce que ses yeux soient gonflés et ses paupières brûlantes. La colère était revenue. Elle se mit à élaborer des plans.

Il fallait qu'elle parte.

Elle alla à enjambées saccadées à la porte de métal et se mit à la frapper avec le talon de sa botte. Bien qu'ils fussent dans un endroit retiré, Gabriela savait que Wickeham ne prendrait pas le risque de la laisser sans surveillance. Il y avait forcément quelqu'un. Elle leva encore la jambe et donna deux rapides coups de pied dans la porte. Elle répéta l'action. Une fois, elle faillit basculer en arrière, mais fit un saut d'un ou deux pas et recommença à taper.

« Hé ! Hé ! Je sais que vous êtes là. » Elle frappa encore trois coups, maintenant plus furieuse. « Ouvrez cette satanée porte. Je dois aller aux toilettes. »

Elle arpenta la pièce, contrariée. Au moins l'activité lui

tenait-elle chaud. Elle retourna à la porte et se remit à taper sans relâche.

« Ouvrez. » Bang. « Cette satanée. » Deux autres coups de pied. « Porte. » Elle envoya à l'obstacle un dernier coup de pied de mécontentement.

« Votre salaud de patron n'appréciera pas de me voir dans l'état dans lequel je serai dans quelques minutes. » Elle changea de jambe. Donna un grand coup de pied. « Il faut que j'y aille. » Comment les Britanniques appelaient-il leurs toilettes ? « Je dois aller au cabinet. Ouvrez cette satanée porte ! » Un véritable désespoir ponctua ses derniers mots.

Elle s'appuya contre la porte, reprenant sa respiration, et tomba presque au sol quand la porte céda enfin.

« Tu es une sale emmerdeuse. » Un bras l'empêcha d'embrasser le sol, et une arme s'enfonça dans sa gorge. « Ferme ta gueule. »

« Quoi ? » se moqua-t-elle. « Vous avez peur que les voisins entendent ? »

L'homme la fit sortir de la pièce d'une poussée. Il avait la même taille qu'elle, il était mince, avec plusieurs dents de devant gâtées et l'haleine qui allait avec. Des cheveux blonds, un nez tordu. Probablement cassé dans une bagarre. Une cicatrice sur le menton.

« Notre patron nous a prévenus que tu étais une garce effrontée. » Il la tira à travers un hangar vide. Une enfilade d'escaliers métalliques bordait les murs, donnant accès à une multitude de fenêtres tout autour. Plusieurs chaînes pendaient de ce qui ressemblait à des poulies roulantes. Des creux dans le sol s'inclinaient vers le vide au-dessous du rez-de-chaussée. Tandis qu'elle lançait des regards curieux pour saisir le moindre détail, le coin évoqua à Gabriela l'immense entrepôt d'une usine automobile ou d'un garage.

L'homme la poussa dans ce qui ressemblait à un petit bureau aux vitres surplombant un atelier. Il ouvrit une petite porte et la tint ouverte. L'odeur qui en sortit était rance de vieille urine, d'excréments, et d'un relent métallique. Elle faillit avoir un haut-le-cœur.

« Voilà ton cabinet. »

« Vous n'êtes pas sérieux. »

L'homme haussa les épaules, lui lâchant le bras. Il secoua l'arme plusieurs fois en direction des toilettes.

« Ce n'est pas un appartement huppé ici. Vous voulez y aller, eh bien c'est ça. »

Gabriela se retourna. « Détachez-moi, s'il vous plaît. »

L'homme rit.

« Écoutez, » faillit-elle laisser échapper, « espèce de connard, » mais elle décida de jouer la jeune fille en détresse pour faire appel à sa personnalité macho. Elle inhala profondément et baissa les yeux. Quand elle sut qu'elle se maîtrisait, elle le regarda de nouveau, ses yeux implorant sa compréhension.

« S'il vous plaît. Je suis une femme. Je ne vise pas pour faire pipi. Cet endroit est immonde, si immonde que je ne pense pas que même un rat aille s'y soulager. J'ai besoin de mes mains. S'il vous plaît. »

Gabriela attendit. Son désarroi n'était pas totalement feint. Elle sautilla sur place pour renforcer son propos.

« Retourne-toi. »

Ces mots furent bienvenus après une attente interminable. Elle suivit son ordre avec empressement. Mais il ne fut pas doux. Il lui tira les bras en arrière et arracha la bande adhésive. Quand elle put ramener ses mains en avant, la brûlure et la douleur étaient si aiguës qu'elle crut qu'elle allait défaillir.

Penser à autre chose — au fait qu'elle était libre et que cette douleur signifiait sa libération. Tout en sentant des aiguilles brûlantes s'enfoncer dans ses muscles avec une précision de laser à travers un milliard de terminaisons nerveuses, elle était soulagée d'avoir enfin recouvré sa pleine mobilité. Pendant quelques instants elle fut en pleine négociation avec le Tout-Puissant sur ce qu'elle ferait s'Il la maintenait détachée, en sécurité, et s'Il aidait Richard à la retrouver. Quand la douleur qui la paralysait s'apaisa, elle regarda à l'intérieur des toilettes.

« Vous n'auriez pas sur vous des mouchoirs en papier ? »

L'homme s'esclaffa et la poussa à l'intérieur.

Les toilettes étaient tellement repoussantes qu'il lui fallut toute son ingéniosité pour se soulager sans se salir ni toucher quoi que ce soit. Respirer par la bouche n'aidait même pas à éloigner les miasmes de l'endroit. L'absence d'éclairage n'aidait pas, et elle dut maintenir la porte entrouverte pour qu'un peu de lumière filtre. Qu'elle doive garder aussi un œil sur l'homme, au cas où il se fasse des idées, n'aidait pas non plus.

Elle finit aussi vite qu'elle put, pensant que si c'était la dernière chose qu'elle pouvait faire, elle réglerait ses comptes avec ce salopard qui l'avait placée dans cette position. Du bout de sa botte, elle élargit l'ouverture de la porte, tenant sa jupe serrée entre ses cuisses, s'assurant qu'elle ne frôlait rien. Elle sortit rapidement de la pièce, frémissant de dégoût et de soulagement.

L'homme lui saisit le bras et la jeta de nouveau dans sa petite prison. Il claqua la porte avant qu'elle eût le temps de se retourner. Gabriela attendit.

L'homme était idiot de l'avoir laissée détachée.

Elle sortit le téléphone de sa poche.

Mais l'homme revint trop vite. S'il n'avait pas heurté la porte avec la chaise qu'il traînait, Gabriela aurait été démasquée. Sans l'allumer, elle fit tomber le téléphone à l'intérieur de sa botte et fit face à son geôlier.

Il s'assit près de la porte, l'arme à la main. D'un geste, il désigna le banc. Elle ne discuta pas, pas avec une arme pointée dans sa direction. Elle s'assit.

Il faudrait qu'elle trouve une autre occasion.

Le temps s'écoulait lentement. Gabriela se mit à somnoler. Entre le manque de sommeil, les chocs électriques et le froid, le sommeil lui tiraillait les paupières.

Elle se leva.

« Assieds-toi, » ordonna l'homme.

« J'ai froid. »

« Tant pis. »

« Il me faut mon manteau. »

Son geôlier haussa les épaules et pointa son arme en direction du banc.

« Prêtez-moi le vôtre, » lui dit-elle.

L'homme rit et se blottit dans sa veste de cuir.

« Ça ne m'étonne pas, » dit-elle en se mettant à faire les cent pas, tournant autour du banc d'un pas saccadé.

« Assieds-toi. Tu me colles le tournis. »

« Tant pis, » dit-elle. « Il faut que je me réchauffe. »

« Ne te fais pas d'idées. » Il agita son arme pour enfoncer le clou.

« Comment ? Avec une arme pointée sur mon visage ? »

« Espèce de garce insolente. »

Gabriela continua de faire les cent pas, se frappant les côtés et les bras pour rétablir sa circulation et se réchauffer.

Cet homme n'allait jamais aux toilettes ? Il était assis dans la même position depuis ce qui semblait des heures, ses petits yeux ne ratant aucun de ses mouvements. Il semblait habitué à ce type de travail.

Gabriela ne savait pas combien de temps s'était écoulé avant qu'il regarde sa montre, se lève et s'étire. Prenant sa chaise, il quitta la pièce et la verrouilla derrière lui.

Gabriela n'en croyait pas sa chance.

Elle sortit le téléphone et allait l'allumer quand elle entendit des voix. Elles se rapprochaient rapidement.

De combien de temps disposait-elle ? Ces téléphones prenaient habituellement tout leur temps pour s'allumer, et il fallait qu'elle sache, pour être absolument sûre que l'objet émettait. Elle ne pouvait pas courir le risque qu'ils découvrent le portable. Il valait mieux attendre la bonne occasion, qui lui laisserait davantage de temps pour vérifier les petites barres. Elle devrait peut-être même aller à différents endroits de cette pièce, probablement près des fenêtres, pour que cela fonctionne.

Gabriela souleva sa jupe et enfonça le téléphone entre le bas de son mollet et sa botte. Elle arrangea sa jupe, se redressa et fit face à la porte.

Elle s'ouvrit. Dans la pénombre qui gagnait, elle vit Wickeham franchir le seuil, suivi de son geôlier actuel et de la brute simiesque qui l'avait enlevée.

Elle n'aurait jamais eu le temps de faire fonctionner le téléphone avant qu'ils entrent.

Elle sourit.

Ce sourire sembla désarçonner Wickeham. S'attendait-il à une avalanche hystérique de pleurnicheries féminines ? Probablement. Quelques heures plus tôt, elle aurait été exactement ce à quoi il s'attendait. Plus maintenant, et elle en était heureuse.

« Vous feriez bien de me libérer avant que toute l'ire de Scotland Yard et de Richard s'abatte sur vous. »

« Personne ne peut me relier à votre disparition, » dit Wickeham.

« Richard le fera. »

« Franchement, vos gardes du corps incompétents ne m'intéressent pas. Mais ce qui m'intéresse est votre signature sur ce contrat de vente. Bogdan. »

Wickeham prit le porte-documents des mains de l'homme simiesque, le souleva et l'appuya sur les avant-bras de l'homme. Il l'ouvrit avec une minutie qui sembla à Gabriela plutôt répugnante. De ses faibles profondeurs, il sortit une liasse à l'allure très officielle et un stylo. Avec la même minutie, il referma le porte-documents et posa dessus le contrat.

« J'ai été attentif à toutes les éventualités, surtout à une future plainte pour escroquerie. »

« Vous voulez dire extorsion, » laissa-t-elle échapper.

« Vous êtes une femme plutôt désagréable, Madame Martinez. Si je n'admirais pas autant votre travail, j'aurais pris moins d'égards. »

« Vraiment ? Voyons, m'intimider au téléphone, payer quelqu'un pour m'agresser chez moi, menacer de kidnapper mes enfants, agresser mon garagiste, saboter ma voiture, et maintenant me faire enlever par ce singe à votre service. Quel euphémisme ! »

Wickeham l'ignora, bien qu'elle vît que sa réponse le contrariait. « Le contrat possède les cachets appropriés, et dès que j'aurai votre signature je le daterai et je mettrai en œuvre le transfert de propriété. »

Il enclencha le stylo et le lui tendit comme si c'était un fait accompli.

« Non. »

Il y eut un moment d'incompréhension qui amena Wickeham à baisser le stylo. Il parut se ressaisir, et il lui tendit de nouveau le stylo.

Elle secoua la tête pour insister sur ce qu'elle allait dire. « Non, je ne signerai pas. »

« Comme vous voulez. » Il remit le contrat et le stylo dans le porte-documents, et le referma.

« Dimitri. Donnez-moi votre arme. »

Tandis que son geôlier s'exécutait, Wickeham fit un mouvement de la tête en direction de Bogdan, un signal silencieux que l'homme interpréta sans instructions verbales. Pendant ce temps, Wickeham se retira vers la porte, la valise dans une main, l'arme dans l'autre. Il était évident qu'il n'avait pas l'intention de se souiller les mains avec ce qui allait venir.

Nous y revoilà, pensa Gabriela, se souvenant de son corps meurtri il y a quatre ans. Au moins Heinige avait eu le courage de faire lui-même son sale boulot. Wickeham déléguait ce privilège à d'autres.

Dimitri et Bogdan se mirent à la traquer depuis des directions opposées.

Ne montre aucune peur. Ne montre aucune peur, se répéta-t-elle sans cesse en commençant à s'éloigner d'eux.

La danse macabre revêtit des mouvements bizarres dans le crépuscule qui s'installait. Gabriela se maintint au centre de la pièce, pivotant et feintant, tentant de conserver la même distance entre les hommes et elle, du moins autant qu'elle le pouvait, sans exposer son flanc. Si l'un d'eux venait derrière elle ou l'attrapait, elle serait à leur merci. Elle voyait dans les yeux de l'homme simiesque qu'il avait déjà fait cela et que cela lui avait plu. Il était peut-être plus costaud, mais elle était plus rapide. Mais l'autre était agile. Elle avait un problème. Si elle pouvait aller vers Wickeham et réussir à passer à côté de lui. Mais elle se rappela que lui aussi était fort. Elle l'avait senti quand il l'avait saisie à la soirée promotionnelle à l'hôtel des ventes.

« Dimitri. » Le ton de Wickeham exprimait qu'il était las de son jeu.

Dimitri se précipita vers elle. Elle attendit, comme on le lui avait appris dans les cours d'autodéfense. Il était presque sur elle quand elle fit rapidement un pas de côté et le poussa en avant avec toutes les forces qu'elle put rassembler. Cela accéléra son élan. Il s'écrasa contre le mur de brique. Il tomba au sol, complètement sonné.

Elle n'avait jamais été aussi contente d'avoir pris ces cours de défense. Elle n'avait jamais été aussi contente d'avoir continué à pratiquer ces gestes avec Spike. Gabriela fit demi-tour pour s'éloigner de Dimitri, mais Bogdan saisit son poignet droit. Il la poussa en avant. Elle leva le bras, sachant qu'il ne prendrait pas cela comme une menace.

Elle plongea sous son bras et le tordit. Quand elle fut derrière lui, son corps et son bras forcèrent Bogdan, ainsi que son bras, à se tordre. Elle impulsa une violente secousse vers le haut, l'entendit gémir de douleur, et sourit. Il la relâcha, mais tourna sur lui-même, balançant déjà son bras tendu comme une chauve-souris tentant d'attraper une balle de baseball. Elle était prête, sachant qu'elle ne pouvait pas laisser ce bras l'atteindre, ou elle perdrait connaissance. Elle plongea. Il vit son mouvement, et inversa son swing. Elle plongea de nouveau, mais sauta immédiatement vers le haut, près de lui, et elle lui écrasa la paume sur le nez.

L'homme hurla.

Zut, mais ça a fait mal !

Elle haletait et allait s'éloigner quand elle sentit du métal froid pressé contre sa colonne vertébrale.

Gabriela avait oublié Wickeham et son arme.

Mince.

« Ça suffit, ces jeux, » dit Wickeham. « Dimitri. »

Dimitri, qui avait fini par recouvrer ses esprits, la saisit, la tira vers la chaise, et coinça ses bras derrière le dossier de la chaise. Elle se cambra pour relâcher la tension.

Wickeham s'approcha avec le contrat. « Signez. »

« Non. » Elle lui cracha à la figure.

Il la gifla.

Gabriela sentit le goût du sang sur sa lèvre fendue.

« Signez. »

« Non. »

Wickeham recula. Le visage de Bogdan surgit devant elle. Son sourire craquelait les endroits où le sang avait coagulé après le coup qu'elle lui avait donné. *Seigneur, il allait savourer ça.* Ayez pitié de la femme qui a provoqué les mauvais traitements de cet homme.

« Signez, » répéta Wickeham

Gabriela le regarda. « Non. ».

Bogdan la frappa au ventre. Assez fort pour qu'elle le

ressente, mais pas assez pour mettre sa vie en danger. Ils allaient prendre leur temps, la frappant et la torturant à des endroits où ce ne serait pas visible.

« Signez. »

« Allez au diable. »

Un autre coup, cette fois dans les côtes. Sous la douleur, la respiration de Gabriela se mua en halètements d'agonie. Un autre coup au ventre, plus dur cette fois. Elle regarda son bourreau en face. Juste avant que le coup suivant l'atteigne, elle dit : « Je vous rendrai la pareille. »

La sonnerie d'un téléphone portable figea tout le monde un instant.

Oh, mon Dieu. Oh, mon Dieu. Ce n'était quand même pas son téléphone qui sonnait ?

Mais Bogdan sortait le sien de la poche de sa veste. Il regarda l'identifiant et répondit.

Gabriela avala d'énormes goulées d'air. Un flot de mots sortit de la bouche de Bogdan ; cela ressemblait à du russe, mais ce n'était pas vraiment du russe. Le corps de Gabriela la faisait souffrir. Elle respirait lentement, ses côtes protestant et la brûlant. Elle retint sa respiration et expira lentement.

Bogdan s'approcha de Wickeham après la brève conversation. Son langage corporel criait l'urgence. Il ouvrit son téléphone portable, enleva la batterie, et chuchota quelque chose à l'oreille de son patron. Elle entendit police et perquisition. Le visage de Wickeham exprimait la stupeur et la fureur après le rapide briefing.

Il la saisit par le cou et la tira, approchant son visage du sien. Gabriela essaya de ne pas flancher.

« Vous allez signer ce putain de contrat, maintenant. »

Gabriela le regarda dans les yeux et murmura doucement : « Allez vous faire foutre. »

Wickeham la regarda fixement. Pour la première fois, Gabriela se rendit compte qu'il la voyait vraiment, la jaugeant comme elle-même et non comme un stéréotype avec qui il avait traité précédemment. Elle savait qu'il ne pouvait pas aller plus loin dans la torture. Il avait besoin d'elle, et en état de santé suffisant pour qu'elle signe sans que sa signature puisse être mise en question. Il manquait de temps. Les enchères avaient lieu dans trois jours, et aujourd'hui la lumière du jour avait commencé à décliner pour de bon. Et si ses déductions étaient correctes, Richard et Morris étaient sur sa trace et l'information que Bogdan avait rapportée n'augurait rien de bon pour lui. Il avait été si certain qu'ils ne pourraient pas le relier à son kidnapping. Eh bien, on dirait bien qu'ils avaient fait le lien.

Elle sourit.

Wickeham fit demi-tour et se dirigea vers la porte.

« Bogdan, faites-la changer d'avis. Laissez son visage et sa main droite intacts. Il ne faut pas que vous y touchiez. Utilisez votre gadget. »

Les traits de Gabriela prirent une expression déterminée en regardant Bogdan s'approcher. Elle avait enduré les douleurs de l'accouchement. Elle pourrait endurer cela.

Elle entendit la porte claquer au moment où elle sentit le premier coup.

CHAPITRE VINGT-SIX

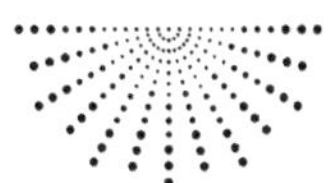

Ils étaient de retour dans le bureau de Morris. Ils n'avaient rien trouvé. Aucun signe de Wickeham, de son gorille ni de Gabriela.

Une domestique effrayée à l'accent slave les avait introduits dans la maison après que Morris lui eut montré le mandat et son identifiant. Elle avait couru au téléphone et avait parlé à quelqu'un sur un ton hystérique pendant qu'ils fouillaient les lieux. Ils avaient ratissé l'endroit, sans le moindre résultat.

Richard n'en pouvait plus. Jeremy jurait entre ses dents sans discontinuer. Morris donnait frénétiquement des ordres comme un sergent d'armes. Bryce, furieux de n'avoir pas une seule photo exclusive à publier, s'était excusé, et était sorti pour se prendre quelque chose à manger.

« Des pistes sur des propriétés commerciales, Williams ? » cria Morris depuis sa porte.

« On les a toutes contrôlées, Monsieur, » répondit une jeune policière sans s'arrêter de travailler. « Rien à signaler. »

« Roberts. Des appels téléphoniques ? »

« Aucun. Le téléphone est soit éteint soit en zone blanche. »

« Pouvez-vous étendre vos recherches à d'éventuelles propriétés de la mafia russe ? » demanda Richard.

« Les Stups le sauraient peut-être. » Morris souleva son téléphone et composa un numéro. « Ian ? J'ai besoin d'un service. »

Richard écouta tout en continuant à arpenter le petit bureau. Qu'ils aient trouvé une maison vide l'inquiétait. Où diable avaient-ils pu emmener Gabriela ?

Un des officiers techniciens frappa à l'encadrement de la porte au moment où Morris raccrochait.

« Nous avons vérifié les caméras de surveillance autour du cabinet médical près de la maison du suspect, Monsieur, mais nous n'avons rien. »

« Et l'observation de terrain ? »

« Un accident de voiture a pris de court notre équipe avant que nous puissions mettre les choses en place. La circulation a été bloquée. Quand notre unité secondaire a pu se mettre en position, le suspect était parti. »

« Merde. » Il était temps que Richard demande des petits services. « Jeremy, allons-y. »

Morris l'attrapa par le bras et l'arrêta dans son élan. « Qu'est-ce que vous faites, bon Dieu ? »

« Je ne sers à rien ici. Je ferais mieux de sortir, pour demander quelques services. »

« On ne pourra pas utiliser ça au tribunal, Richard. »

Richard donna un coup de pied dans la chaise que Jeremy venait de libérer. Elle s'écrasa contre le mur. Le silence se fit dans le bureau.

« Des pistes, Morris, » dit Richard, la voix basse et glacée. « Il nous faut des putains de pistes. En ce moment nous avons peau de balle. Certains de mes anciens contacts en savent peut-être plus que votre personnel. Je peux travailler en tandem avec vos agents des Stups. Des mouchards peuvent nous obtenir les renseignements plus rapidement. Quelqu'un a pu entendre quelque chose – une embauche récente, un emploi potentiel. » Il fixa Morris. « Il faut que je fasse quelque chose. N'importe quoi. Vous feriez de même si c'était votre femme. » Morris lui retourna son regard.

« Allez-y. Je réfléchirai plus tard aux aspects juridiques. »

Richard fut dehors avant que les derniers mots résonnent dans le bureau. Son téléphone était collé à son oreille avant qu'il entre dans l'ascenseur.

« Maurice. »

Il y eut une courte pause, puis un bref *Merde*. « Dites-moi. »

« Le salopard l'a enlevée. » Ses mots faillirent l'étouffer. « Il faut que je la retrouve. »

« Que puis-je faire pour aider ? »

Richard fit à Maurice le compte-rendu de tout ce qu'il savait.

« Un ancien de l'armée yougoslave, vous avez dit ? »

« Oui. Je sais que votre banque de données est plus complète. »

« Moins discriminatoire, » répondit Maurice.

« Mon ami, je manque de temps. Des pistes. » Richard n'avait pas besoin de dire à son ami que le temps était compté pour que Gabriela soit retrouvée en vie. « Il me faut des pistes. »

« Je m'y colle. Attendez mon appel. »

Richard fit les cent pas sur le trottoir, passant en revue son ancien réseau du Renseignement en attendant que Maurice le rappelle. Mais il était sorti du circuit du Renseignement depuis trois ans, et il n'était pas près de parler à Seldon. Richard lui serait redevable, et il jurait de ne jamais retomber entre les griffes de son salaud d'ancien patron.

Putain.

Son téléphone sonna.

« Dites-moi. »

« Vous vous souvenez de Liebowitz ? »

Richard se souvenait de l'agent juif américain avec qui ils avaient travaillé lors de sa dernière mission à Paris.

« Ouais. »

« Contactez-le. Il est sur le terrain et a entendu des rumeurs. Je vous ai envoyé son numéro. Il attend votre appel. »

« Je ne sais pas comment vous remercier, mon ami. »

« Bof. Récupérez-la seulement saine et sauve. »

Il était trois heures du matin. Richard était enfermé dans une petite salle de conférence que Morris avait transformée en centrale de commandement. Un tableau blanc était couvert d'une multitude d'écritures, de photos et de points d'interrogation : un visuel du crime, des pistes, et toutes les informations ou questions sur leur enquête.

« Certains de mes contacts m'ont fait faux bond, » dit Richard à Morris. Mais Maurice avait réussi. « Mais l'un d'entre eux m'a donné le nom d'un moins que rien qui serait une piste envisageable. » Liebowitz avait été une mine de renseignements sur ce type.

Après avoir aisément ouvert la porte du logement de ce moins que rien, Liebowitz avait prié Richard de les tenir informés, Maurice et lui. Richard savait qu'ils leur seraient utiles, surtout qu'ils pouvaient toujours travailler à la limite de la légalité.

« Vous pouvez exploiter ceci pour les empreintes digitales. » Il poussa avec son stylo une enveloppe qui contenait de l'argent. « J'ai essayé de ne pas y mettre les miennes, mais on ne sait jamais. »

Morris sortit de sa poche un gant de latex. Il l'enfila, puis examina l'argent et l'enveloppe.

« Comment avez-vous obtenu ceci ? »

« Disons que j'ai été invité sur les lieux. »

« Merde, Richard… »

« Il n'y a aucune preuve d'intrusion par effraction. Aucune preuve de ma présence. »

« Qui est ce type ? »

« Un voyou nommé Dimitri Karzhov. Il propose des services de blanchiment. Il fait des petits boulots, payés seulement en liquide. Ma source m'a dit qu'il se raconte dans la rue que quelqu'un d'important offrait un emploi facile de baby-sitter. D'autres ont confirmé que ce Dimitri a accepté. C'est son type d'emploi. »

Morris se mit à gribouiller l'information sur le tableau.

« Cela concorde avec les rumeurs de la rue, » dit un homme que Morris avait présenté comme l'inspecteur détective Ian Millet, des Stups. Il ouvrit un dossier et passa une photo à Morris. « D'après la description de votre suspect, ce garçon ne correspond pas vraiment à votre kidnappeur. »

Morris examina la photo et secoua la tête. « Trop maigrichon. Et blond, aussi. » Il passa la photo à Richard, qui la passa à son tour à Jeremy et à Bryce.

« Ce n'est pas notre homme, » dit Richard, écœuré. « C'est probablement ce Dimitri. » Et après avoir assisté à la manière dont Gabriela avait repoussé son agresseur chez elle, elle aurait pu affronter ce type. Il n'était probablement que le baby-sitter.

« La plupart de ce que j'ai obtenu de mes sources. » Bryce ouvrit son bloc sténo et tourna quelques pages, fournissant des bribes de sa propre enquête. « Des réponses évasives, avec les conneries habituelles sur les activités de la mafia russe. » Il sortit les pages pliées qui étaient accrochées à son bloc. « Un vrai boulot de dissimulation, les conneries de reporter je‑protège‑mon‑territoire‑et‑mes‑sources. Quoi qu'il en soit, l'un d'entre eux m'a donné accès à quelques-uns de ses articles sur l'activité criminelle. Il a fait des copies de la microfiche. Et a surligné les endroits qu'il a mentionnés. » Bryce les poussa vers Morris.

« J'ai aussi une liste, » dit Millet, sortant une autre feuille de papier. « J'ai barré les deux que nous avons pu éliminer pour l'instant. Mais leurs propriétés sont dispersées à travers la ville et au-delà. Nos ressources sont limitées. Même en ajoutant vos hommes, cela prendra du temps de tout perquisitionner. »

« Le mot se répand sûrement que nous sommes sur une piste, » dit Morris. « Ma crainte est que, quand cela parviendra à Wickeham, ils la déplacent de là où il la détiennent en ce moment. »

« Il a déjà été averti, » dit Richard avec certitude. « Vous vous souvenez de l'employée de maison ? »

« Elle a passé cet appel hystérique après notre arrivée, » ajouta Jeremy. « Elle parlait en russe ou dans une sorte de dialecte. J'ai reconnu quelques *da* et *niet* dans ses divagations. »

« Je serais hystérique moi aussi si mon patron me battait comme plâtre, » dit Richard.

Le silence complet s'installa dans la pièce.

« Qu'est-ce qui vous fait penser ça ? » demanda Bryce.

« La femme portait les traces d'un œil au beurre noir. Un léger œdème et une décoloration jaunâtre sous l'œil gauche. Des contusions sur les poignets. Dieu sait combien d'hématomes elle cachait sous son uniforme. Sa démarche était lente, et elle a grimacé plusieurs fois. Son nez était également tordu. Probablement cassé il y a longtemps. Elle reculait quand nous nous approchions, mais n'a pas montré la même réaction quand vos officiers femmes se sont approchées. Elle sert de punching ball à quelqu'un, et je parie que c'est ce Bogdan. »

« Cela ne m'étonnerait pas, » ajouta Morris. « C'est probablement aussi une clandestine. » Il se tourna vers Ian. « Mariage pour la citoyenneté, peut-être ? »

« C'est plutôt du trafic d'êtres humains, » dit Millet. « Des promesses utopiques, contre une rétribution. Mais une fois que ces femmes arrivent, la réalité et l'enfer commencent. Il y a actuellement plus d'une centaine d'affaires. Plus que notre département ne peut en traiter. Celles qui ont de la chance obtiennent l'équivalent de la servitude avec mauvais traitements. Quant aux autres… » Il haussa les épaules. « Elles ont moins de chance. »

« J'ai vu ça pendant ma période à l'armée en Asie du sud-est, à l'époque, » dit Bryce. « Sale commerce. »

« Vous avez pu tracer l'appel ? » demanda Richard à Morris ; mais il connaissait d'avance la réponse.

« Non. L'appel n'a pas duré assez longtemps. Anir a essayé mais n'a pas pu capter de signal clair d'antenne spécifique. Aucun signal non plus du téléphone que la femme a appelé. »

« Y a-t-il des propriétés dans cette liste qui partageraient cette zone de relais ? » Richard tapota les copies de l'article et la liste des propriétés. Il ne voulait penser maintenant qu'à des solutions pour trouver Gabriela. S'il ne trouvait pas, des visions de son visage et de son corps meurtris il y a quatre ans referaient surface. Il se pourrait qu'elle soit dans le même état, ou pire. Et s'il laissait ces visions de torture envahir son esprit, il ne se contrôlerait plus.

Millet étudia la liste. « Ces deux-là sont des propriétés abandonnées dans le grand virage vers l'embouchure de la Tamise. »

Morris regarda la liste. « Celle-ci est près de fait de Fiddler's Reach, à Grays, » dit-il, montrant une adresse qu'il reconnaissait. « Je ne reconnais pas l'autre. » Il tapota une autre adresse. « Celle-ci est au nord-est de Londres, vers Walthamstow. »

Millet encercla d'autres adresses dans les deux listes, les marquant toutes de chiffres identiques correspondants. « Ces quatre-là figurent aussi dans les deux listes. »

Morris pressa un bouton sur le téléphone et demanda Hays. « Nous devrions nous concentrer d'abord sur les propriétés vides ou abandonnées, » dit-il.

« Je le ferais plutôt sur des endroits en activité, » dit Millet. « C'est le modus operandi habituel. Davantage de camouflage dans des endroits animés. Davantage de cachettes pour la planquer à l'insu de tout le monde. »

« Ça fait beaucoup à couvrir, » dit Richard. « Nous aurons trop peu d'effectifs. Et nous manquons de temps. »

Hays entra. Morris lui tendit les copies. « Je veux tout ce que vous avez sur ces propriétés, y compris par la surveillance et par satellite. »

« Je m'en occupe. »

Richard adressa un signal à Jeremy en frappant son poignet droit de sa main gauche. C'était leur signal silencieux pour sortir de là, quelque chose que Richard avait appris des Français.

Jeremy haussa le sourcil, mais se leva pour aller chercher la voiture.

« Vous partez ? » demanda Morris, soupçonneux.

« Il faut que je me rafraîchisse, que je me mette plus à l'aise, » répondit Richard tandis que Jeremy disparaissait. « Un pantalon de costume et une chemise ne remplacent pas une tenue de chasse. J'ai aussi besoin d'une douche et d'un café. »

« Nous avons… »

« S'il vous plaît, Morris. Il me faut du vrai café. »

Morris sourit.

« Je serai de retour dans une heure au plus. Appelez-moi… »

« Je vous appellerai dès que nous saurons quelque chose. »

Avant d'atteindre l'ascenseur, Richard saisit un stylo et du papier sur un bureau vide. Une fois à l'intérieur, il nota les adresses des entrepôts qu'il avait mémorisées. Il fit un signe de tête à l'officier de service dans le hall d'entrée, signa le registre de sortie, lui dit qu'il allait revenir, et quitta le bâtiment. Il se mit à arpenter le trottoir, attendant l'arrivée de Jeremy.

« N'essayez pas de m'avoir, » dit une voix familière derrière lui.

Richard se retourna face à Bryce.

« Vous êtes après eux. »

Richard resta coi.

« C'est drôlement con de faire ça tout seul, vous savez. »

« Je vais seulement chez moi. »

« Arrêtez ces conneries. Et moi, je suis le Père Noël. » Bryce secoua la tête. « Non, sérieusement, mon gars, vos hormones protectrices de macho brillent dans vos yeux comme des supernovas. » Il fixa Richard, son expression cynique s'évanouissant. « Je ferais la même chose, vous savez. »

« Ah oui ? »

« De la façon dont vous aimez cette femme ? » Bryce vit la réaction de Richard. « Oui, je le ferais. »

Richard se retourna. Jeremy amenait la limousine près de lui.

« N'y allez pas seul, » avertit Bryce. « Laissez-moi vous accompagner. On aura de meilleures chances à trois. »

Richard réfléchit. « Retrouvez-moi chez moi dans une demi-heure. »

Bryce regarda la limousine s'éloigner. S'arrêter au feu, à peine deux rues plus loin.

Zut, où diable avait-il laissé sa voiture de location ?

La soudaine explosion de métal s'entrechoquant le fit sursauter.

Mais bordel !

Les officiers de police en service devant les barrières qui bloquaient l'entrée de Scotland Yard se mirent à crier. D'autres entrèrent en courant dans le bâtiment, d'autres parlèrent dans des walkie-talkies en courant vers le lieu de l'accident.

Bryce courut et prépara son appareil photo. Il se mit à mitrailler, le bras en l'air. Il vit la limousine presque enveloppée d'un faisceau de lumière dirigé par un énorme SUV. Le conducteur du SUV sauta dehors. Il y eut d'autres crissements de pneus. Un autre SUV noir s'arrêta de l'autre côté de l'Intersection, à un endroit permettant d'accéder aux personnes dans la limousine.

Bryce continua de mitrailler. Encore un pâté de maison. Il vit trois gorilles sortir, laissant leurs portière ouvertes. L'un d'eux força la porte du passager avec une barre de métal pendant que les deux autres plongeaient à l'intérieur. Ils sortirent Richard. Il semblait inconscient. En quelques secondes, ils l'eurent tiré et jeté à l'intérieur du SUV, se démenant comme des rats derrière le corps inerte de Richard. Deux secondes plus tard, le SUV avait disparu, laissant des traces de gomme sur l'asphalte et l'odeur acre de pneu brûlé dans l'air.

Bryce haletait quand il parvint à l'intersection. Il n'arrivait pas à croire à ce à quoi il venait d'assister. Il continua de mitrailler sans cesse jusqu'à ce que le SUV fût hors de vue. Il entendit des sirènes se rapprocher mais n'avait guère d'espoir qu'elles rattrapent la voiture.

Malgré un point de côté, il courut là où Jeremy, en sang, était affalé sur le volant, l'airbag qui s'était déployé maintenant aplati contre son torse. Il prit d'autres photos. Quelqu'un cria pour appeler un infirmier. Quelqu'un d'autre vérifia que Jeremy n'était pas mort, mais seulement blessé.

Bryce n'attendit pas plus longtemps. Il retourna en

courant au bâtiment de Scotland Yard. Morris et plusieurs autres officiers se précipitèrent pêle-mêle vers lui.

« Mais qu'est-ce qui s'est passé ici ? »

Bryce s'arrêta, la respiration spasmodique et saccadée. « Ils l'ont enlevé. Ils ont Richard. J'ai tout sur mon appareil photo. »

« Merde. »

Tout le monde comprit les implications de ce qui s'était passé. Avec Richard entre les mains de Wickeham, Gabriela n'avait aucune chance. Wickeham avait maintenant un atout de négociation pour la persuader de vendre ce manuscrit.

CHAPITRE VINGT-SEPT

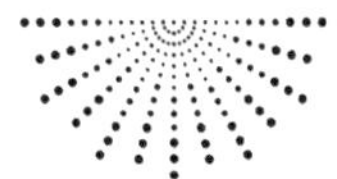

Le temps prenait des proportions antagonistes pour Gabriela. Les minutes de torture semblaient des heures. La douleur aiguë mettait une éternité à redescendre au niveau d'une pulsation supportable. Les premières séries de coups avaient été suivies de discussions étouffées et énervées à l'extérieur de sa chambre de torture. À partir de ce moment, le pistolet électrique était devenu l'instrument de choix.

La dernière session avait été violente. Le salopard électrisait des parties de son corps déjà sensibles et meurtries, ajoutant au niveau de douleur avec chacune de ses contractions musculaires. Ce Bogdan avait érigé sa violence en méthode scientifique. Et après chaque session, Wickeham entrait, arrogant dans sa certitude qu'elle signerait.

Elle n'avait pas signé.

La dernière fois, cela l'avait énervé royalement.

Gabriela regarda sa montre. Cinq heures du matin. Ils prenaient habituellement une heure au plus entre leurs séances de brutalités. Mais cette fois, plus d'une heure s'était écoulée et il n'y avait aucun signe d'activité de l'autre côté. Cela n'augurait probablement rien de bon pour elle.

Dimitri était simplement assis sur sa chaise et la regardait, l'air ennuyé. Il savait qu'elle n'était plus une menace pour lui.

Elle essaya de se lever, mais tout son corps brûlait comme le feu de l'enfer. Elle étouffait. Elle força ses jambes à soulever son corps et, une fois debout, elle chancela. Fit quelques pas hésitants vers le coin. S'appuya contre le mur avec son bras droit.

Elle vomit, et le regretta au moment où les muscles de son ventre furent secoués de spasmes de douleur convulsifs.

« Dégueulasse. »

Elle se retourna en entendant Dimitri, et le vit se lever et quitter la pièce. Il avait des haut-le-cœur. Il était évident qu'il était sensible à ses vomissements.

C'était la deuxième fois qu'elle vomissait. Son souffle était âcre de la bile qu'elle ne pouvait pas rincer de sa bouche. La lampe que ces salauds avaient apportée pour voir les détails de leur torture n'éclairait pas ce coin. Gabriela espéra que les parties plus sombres de son vomi n'étaient pas des traces de sang.

Elle retourna au banc en titubant. S'assit, avec l'impression que toutes les Furies déchiraient sa chair, et avança lentement la main vers sa botte. Il était toujours là. Elle tâtonna à l'intérieur avec ses doigts, mais le portable glissa vers sa cheville, devenant difficilement accessible. Elle se courba à la taille, mais la douleur la paralysa. Elle perdit le souffle et il lui fut impossible de bouger.

Du temps. Elle espérait que Dimitri lui laisserait suffisamment de temps pour hisser lentement le téléphone, pour le sortir. Elle irait dans le coin le plus sombre de la pièce, allumerait le téléphone en priant Dieu qu'un relais de télécommunication proche capterait son signal.

Gabriela déplaça sa jambe dans une position plus confortable, dans laquelle elle pourrait accéder à sa botte et au téléphone sans exercer trop de contrainte sur son corps.

Chaque action lui donnait l'impression d'être un escargot avançant par millimètres plutôt que par centimètres. Elle passa un nombre démesuré de précieuses secondes à se reposer, davantage qu'elle l'aurait souhaité.

La lumière éblouissante exposait ses actions, elle le savait, mais il fallait qu'elle tente sa chance. Elle devait aider Richard à la trouver. Sinon, elle était fichue.

Gabriela ne pouvait plus guère maintenir cette position avant de perdre connaissance. La sueur s'accumulait et dégoulinait de son front, à la fois sous l'effort et sous la douleur dans son ventre et dans ses côtes.

Mais elle finit par positionner le téléphone. Elle le sortit et se leva, serrant les dents de douleur. Elle alla au coin où elle avait vomi, et se pencha à la taille pour que son front puisse s'appuyer sur le mur froid. Elle appuya. Attendit cinq secondes. Rien. Elle n'était pas certaine d'avoir appuyé sur le bouton du volume ou sur le bouton de marche. À ce moment, elle appuya sur n'importe quel bouton dans l'espoir de mettre en marche ce satané machin.

Une autre pression du doigt fut cette fois suivie d'une infime vibration. Si cela pouvait marcher ! Seigneur, comme elle l'espérait ! Elle se redressa et s'efforça de réprimer une nausée, tant elle souffrait. Elle se déplaça et regarda l'écran.

Rien.

Bon Dieu.

Attends. Elle ferma les yeux, et regarda de nouveau l'écran. Ses yeux ne la trompaient pas. Le machin était allumé.

Gabriela se redressa prudemment, lentement, et se retint de pleurer. Elle avait réussi. Elle avait réussi.

Elle se pencha de nouveau en avant, dissimulant ses gestes, et négligeant sa douleur du mieux qu'elle pouvait. Elle ne voyait pas bien les chiffres parce que le clavier n'était pas éclairé et que son corps bloquait le peu de lumière dans ce coin de la pièce. Elle tâtonna pour trouver les chiffres. Elle s'assura que son pouce était au bord du téléphone, entre L'écran de plastique et les chiffres légèrement en relief. Elle le bougea lentement. L'arrêta quand elle sentit deux bords. Le fit glisser en arrière. Appuya. Compta jusqu'à cinq et pria pour que la numérotation abrégée fonctionne.

Un numéro un apparut à l'écran. Elle faillit pleurer en le voyant. Maintenant, le bouton d'appel. Elle fit effectuer à ses doigts la manœuvre inverse. Appuya. L'écran du téléphone clignota et elle vit le message d'appel. Ses yeux se remplirent de larmes. Avec précaution pour ne pas aggraver sa douleur, elle leva le téléphone vers son oreille.

« Allô ? » chuchota-t-elle. « Allô ? Il y a quelqu'un ? »

Seule la tonalité lui répondit. Personne ne décrochait.

À l'extérieur de sa cellule, elle entendit Dimitri jurer contre quelqu'un. Il était très près.

Prenant soin de ne pas éteindre le téléphone, Gabriela le mit dans la poche de sa jupe. Elle avait fait tout ce qu'elle pouvait. Maintenant, c'était à Richard de venir la sauver.

MORRIS AVAIT un gâchis sur les bras, et il était vraiment soucieux. Son supérieur l'avait engueulé pour cette dernière déconvenue et ce manque de compétence, le menaçant à tout bout de champ de le rétrograder.

Pour l'instant, il s'occupait de la scène de la collision. Bryce était resté au Yard avec Hays, passant en revue tous ses clichés. Jeremy discutait avec le secouriste, assis dans l'ambulance du NHS, une poche de glace sur la tête. Les hommes de Morris prenaient des photos, mettaient des indices dans des sachets, et relevaient des empreintes partout. Le laboratoire vérifiait les enregistrements des caméras de surveillance du coin.

« Inspecteur détective. »

Le ton pressant retint son attention. Un téléphone portable sonnait.

Morris courut presque vers l'homme.

« Quand a-t-il commencé à sonner ? »

« Il y a un instant, Monsieur. »

Morris fit le lien. Écouta. « Gabriela. Gabriela ! »

Il n'entendait presque rien.

« Taisez-vous tous. Fermez vos gueules. Il faut que j'entende. »

Il écouta. Du bruit ambiant étouffé. Un raclement de botte, et une toux. Un juron étouffé mais très explicite. Une femme.

Gabriela.

Morris attrapa l'un de ses techniciens. « Dites à Anir de se mettre à tracer le portable de Richard et d'enregistrer aussi tout ce qui y parvient. » Il le poussa en avant et le suivit presque à la même vitesse, tout en écoutant et en espérant qu'elle resterait en ligne.

Du temps s'écoula encore. Elle était soulagée de ce répit, mais avait des doutes quant à ses causes. Elle sombra dans une somnolence intermittente. À un moment, elle faillit tomber du banc.

Elle somnola de nouveau, mais se réveilla quand des bruits commencèrent à filtrer par la porte close. Ses muscles se raidirent. Elle reconnut le ronronnement d'un moteur de voiture, des claquements de portières. Dimitri quitta son poste. Puis l'enfer sembla se déchaîner à l'extérieur. Des hommes criant, des grognements bruyants, encore des cris.

On aurait dit une lutte.

Se pouvait-il ?

Encore des jurons, encore des grognements. Une accalmie. Le cliquetis de chaînes que l'on bouge.

Silence.

« Hé, hé. » Elle cria en s'accroupissant un peu. La tête baissée, elle dirigea ses paroles suivantes vers le téléphone. Elle espéra que sa voix était suffisamment claire et forte.

« Dimitri. Bogdan. Wickeham. Qu'est-ce qui se passe là dehors ? »

Les petits sommes lui avaient permis de recouvrer une partie de son énergie. Son corps lui faisait toujours un mal de chien, mais elle parvenait à gérer.

« Hé, bande de connards. » Gabriela n'avait jamais été aussi grossière de sa vie. Mais elle savait aussi qu'ils s'y attendaient après les maltraitances qu'elle avait subies. « Répondez-moi, Wickeham, espèce de kidnappeur lâche et pleurnichard. Qu'est-ce qui se passe là-bas dehors, putain ? »

S'il te plaît, Richard, pensa-t-elle, *s'il te plaît enregistre ça. S'il vous plaît, faites que les micros de ce portable soient assez puissants pour capter ma voix*. Si la police enregistrait, elle leur fournissait la preuve de son enlèvement, ainsi que les noms de ses ravisseurs. *S'il vous plaît, faites que le signal soit assez puissant*.

Le verrou à l'extérieur de la porte cliqueta. Bogdan franchit le seuil en premier. Gabriela fut bouche bée. L'homme saignait de la bouche et du sourcil droit. Son œil en dessous était gonflé, presque fermé.

Gabriela ne put s'en empêcher.

« On dirait qu'un poing est entré en collision avec vous, » dit-elle avec une douceur excessive.

Le message qu'elle lut dans ses yeux n'augurait rien de bon pour son avenir, mais cela lui remonta le moral. Quelqu'un avait essayé de lui coller une sacrée raclée.

Malheureusement, Wickeham fit ensuite son apparition, arborant un sourire de satisfaction. Ce n'était pas du tout bon signe pour elle.

« Bogdan, emmenez Madame Martinez auprès de notre invité. »

Invité ? Mais de quoi parlait Wickeham ?

« Ne me touchez pas, » dit-elle à Bogdan, se levant en restant à distance de lui. L'adrénaline avait afflué dès l'entrée de Bogdan, endormant un peu sa douleur.

Wickeham fit encore un signe de tête à Bogdan et l'homme s'arrêta. Bogdan braqua son arme sur elle tandis qu'elle s'éloignait, laissant à Gabriela la place pour franchir le seuil.

Gabriela regarda autour d'elle. Il y avait trois autres hommes dans cette zone. Ils se tenaient près d'une autre attraction, montant la garde autour d'un homme suspendu en l'air par les chaînes qu'elle avait vues en allant aux toilettes. Lesquelles chaînes entouraient ses poignets et maintenaient son corps à quelques centimètres du sol. Son corps se balançait légèrement comme un pendule, comme s'il avait été placé là récemment. En même temps, son corps se tordait en cercle à trois cent soixante degrés. Il devait ressentir une douleur atroce. Le menton sur la poitrine, l'homme semblait inconscient. De l'eau avait coulé et dégoulinait encore de son corps, l'arrosage assombrissant sa chemise blanche.

Wickeham regardait Gabriela, tel un homme affamé regarde son repas du lendemain. Qu'attendait-il ? Gabriela regarda encore l'homme suspendu. Elle écarquilla les yeux en s'approchant. Il y avait quelque chose de familier.

« Richard ? » demanda-t-elle, incrédule.

Le visage meurtri de Richard se releva. « Salut, mon ange. »

Oh, mon Dieu. Son cœur allait se briser. L'incrédulité céda cependant le pas à une telle férocité, à une telle rage, qu'elle en trembla. Elle n'avait jamais rien ressenti de tel.

« Espèce de fils de pute, » dit-elle. « Espèce de fils de pute. »

Gabriela s'en prit à Wickeham avec son poing, le prenant par surprise. Elle l'atteignit par deux fois, sur le menton et sur le nez, avant que Dimitri lui attrape un bras et Bogdan l'autre. Ils lui coincèrent les deux bras dans le dos.

Wickeham cracha du sang sur le sol ; son visage s'était mué en un masque d'incrédulité mêlée de colère.

« Bravo ! » dit Richard, souriant.

Gabriela savait que Wickeham n'avait jamais dans sa triste vie imaginé une mégère comme elle. Il s'était attendu à une femme effrayée, il s'était attendu à ce qu'elle capitule immédiatement. Il n'avait jamais eu affaire, semblait-il, à quelqu'un qui lui rendait les coups, et même plus.

« J'en ai assez de ces conneries, » lui dit-il, essuyant le sang de sa lèvre et de son nez avec un mouchoir qu'il avait sorti de sa poche. « Amenez-la ici. »

Dimitri et Bogdan la traînèrent près de Richard. Ils se regardèrent avec le souvenir des souffrances, le souvenir des blessures.

« Ça va ? » demanda-t-il, après une rapide inspection. Il ne voyait pas trop de contusions.

« Ouais. Et toi ? » Son visage portait les marques de coups récents. Mais d'après ce qu'elle voyait, il avait donné plus de coups qu'il n'en avait reçu. Tous les hommes, y compris Dimitri, témoignaient que les poings de Richard étaient entrés en contact avec leurs visages.

« Nous devrons comparer nos notes. » Il sourit.

Elle suffoqua et retint ses larmes. Seigneur, ils étaient dans un état !

« Puisque vous avez été aussi peu coopérative, » commença Wickeham, « j'ai apporté de quoi vous persuader à la table de négociations. »

« Je ne signe pas. »

« Madame Martinez, vous gâchez vraiment le plaisir de négocier. Mais peu importe. Vous allez revenir sur votre décision. » Il contourna Richard. « Vous voyez, Bogdan aime tant son petit jouet électrique. Il le teste depuis un moment, en écartant les électrodes pour obtenir les meilleurs résultats possibles. L'eau va encore améliorer les effets. » Il fixa Richard. « Je me demande combien de temps il survivra ? »

Gabriela ne put que le regarder fixement. « Vous n'oseriez pas. »

Il pivota, avec une violence qui le déséquilibra presque. Il alla vers la chaise avec le porte-documents ouvert. Il sortit de nouveau le document et le lui fourra sous le nez. Sa main tremblait.

« Signez. »

Il avait dû voir le refus dans son regard, car il se retourna, sa main écrasant le coin du document. « Alexeï. »

L'homme le plus proche de Richard sortit une petite boîte. Elle entendit le crépitement avant de hurler.

Richard était secoué par la douleur et l'électricité qui explosait à travers toutes les cellules de son corps. C'était comme si tous les atomes qui le constituaient étaient devenus nucléaires, étaient devenus incontrôlables dans l'explosion, transmettant une secousse d'énergie si puissante qu'il crut que son cœur allait exploser. Les chaînes qui le maintenaient en l'air lui brûlaient les poignets. L'eau amplifiait chaque seconde d'exposition. Il fut pris de convulsions incessantes, jusqu'à ce qu'il pensât qu'il allait perdre connaissance.

Gabriela luttait comme une forcenée pour se dégager de l'étreinte des bras qui la retenaient, sans se soucier de ses blessures ni de la douleur. *Oh, mon Dieu. Oh, mon Dieu. Ils étaient en train de le tuer.*

Richard s'effondra, haletant et luttant pour retrouver son souffle. Alexeï enleva le pistolet paralysant.

Elle devint complètement folle, tantôt pleurant, tantôt appelant son nom, tantôt jurant après Wickeham.

« Si vous voulez que j'arrête, signez. » Wickeham lui tendit le stylo et le contrat.

« Gabriela, » dit Richard dans un murmure rauque. « Non. »

« Cessez de me faire perdre mon temps, » dit méchamment Wickeham. « Signez ce satané contrat. » Il désigna la ligne mentionnant son nom. Elle le lut pour la première fois. Regarda Richard. Se tourna pour regarder Wickeham. Regarda de nouveau la ligne de signature portant son nom.

« Ne jouez pas au con avec moi. Je sais ce qui se passe dans votre esprit calculateur. Alexeï. »

L'homme s'avança. De l'électricité statique crépita dans l'air.

« Non. » Elle le hurla presque. Elle regarda Richard. « Attendez. »

« Gabriela, non. »

« Libérez-le, ou je ne signerai rien. »

Wickeham fit un signe aux hommes. L'un deux saisit Richard par les chevilles pendant qu'un autre relâchait le mécanisme, faisant lentement descendre son corps jusqu'à ce qu'il repose sur le sol. Les hommes reculèrent de quelques pas, leurs armes pointées sur Richard.

Gabriela lutta pour s'échapper, mais les bras la maintenaient sans merci. Elle cessa de lutter dès qu'elle vit Richard remuer, jurer et s'étouffer. Il se leva avec une infinie prudence, mais saisit immédiatement ses genoux pour s'appuyer, et respira difficilement.

« Je veux votre promesse que vous nous libérerez, » dit-elle à Wickeham. « Indemnes. Sinon, je ne signerai pas. »

« Je ne suis pas idiot. Quand la transaction sera effectuée et que j'aurai le manuscrit en ma possession, alors j'appellerai Alexeï et je vous libérerai. »

Mon cul. Elle savait que dès qu'il aurait mis ses mains avides sur le manuscrit, il fuirait la ville et donnerait l'ordre de les tuer.

Wickeham tendit de nouveau le contrat et le stylo.

« Gabriela, mon cœur. Non. » La poitrine de Richard lui faisait mal. Sa respiration était de plus en plus pénible. Putain, ç'avait été violent. « Il ne nous laissera pas sortir d'ici vivants. »

Gabriela le savait, mais elle ne pouvait pas laisser Richard se faire torturer à cause de son œuvre, aussi précieuse et importante fût-elle pour l'association caritative et pour les enfants qui bénéficieraient de l'argent. Elle n'aurait pas sa mort sur la conscience.

Elle tendit la main et saisit le stylo.

Wickeham eut un sourire triomphant. « Bogdan. »

Bogdan avança vers la chaise, ferma le porte-documents et le tint pour Wickeham comme un bureau improvisé. Wickeham posa le document dessus et fit signe à Dimitri de faire avancer Gabriela.

« Ici, et ici, s'il vous plaît. »

Gabriela regarda de nouveau son nom imprimé. Souleva le stylo.

« N'espérez pas me tromper. J'ai un fac-similé de votre signature. » Il lui montra une copie d'un vieux document. Où diable cet homme s'était-il procuré cela ? Il faudrait qu'elle ait une conversation très sérieuse avec son avocat.

« Non, Gabriela. »

Le regard qu'elle lui adressa débordait d'amour et de quelque chose que Richard ne parvenait pas vraiment à identifier.

« Fais-moi confiance. » Elle n'ajouta rien de plus.

Gabriela signa son nom sur les deux pages et rendit le stylo à Wickeham.

Le sourire était triomphant. « Excellent. Bogdan, avec moi. Dimitri, Alexeï, amenez-les dans la pièce. »

Ils retournèrent en boitillant avec différents degrés de douleur dans la pièce où elle avait passé tant d'heures. Ils regardèrent la porte se fermer et entendirent le verrou s'enclencher.

Ils s'attirèrent l'un vers l'autre sans parler. Il s'embrassèrent comme si le monde s'était arrêté et que le temps leur appartenait de toute éternité. Elle se fondit en lui. Elle se fichait d'avoir mal ou de se tremper contre les vêtements de Richard. Elle voulait ne faire qu'un avec lui. Il resserra son étreinte. Elle grimaça. Il la relâcha immédiatement, mais garda ses mains sur ses épaules. Il avait besoin de sa proximité.

« Quels sont les dégâts ? »

Gabriela releva son chemisier. Des hématomes et des brûlures étaient visibles. « Des coups. Des décharges électriques. L'homme a le poing et la décharge électrique faciles. »

Richard ferma les yeux. Son corps souffrait de la collision et de ses muscles meurtris. Une douleur gagnait ses bras. Il avait envie de tuer. De tuer.

« Pas aussi méchant que les décharges que tu t'es pris. » Elle se mit à explorer le corps de Richard. « Ça va ? »

« Comme un circuit électrique grillé. » Richard prit son visage entre ses mains. Il ne se sentait vraiment pas bien. « Je t'ai dit combien je t'aime ? »

« Pas du tout assez. »

Il l'embrassa tendrement.

Des bruits de coups leur parvinrent. Il semblait à Richard qu'on utilisait une sorte de bélier. Des cris de « Police ! » Et de « Rendez-vous ! » suivirent, on les hurlait sans cesse. Des bruits de détonations parvinrent à leur pièce.

Des coups de feu.

« Viens. Tout de suite. »

L'urgence du ton galvanisa Gabriela.

Richard attrapa un coin du banc et entreprit de le traîner. Gabriela comprit et souleva l'autre extrémité. Ses côtés la brûlaient et elle avait envie de crier de douleur, mais

Richard avait besoin de son aide. Avec une efficacité étonnante, ils placèrent le banc en travers de l'entrée. Un peu de guingois, mais cela ferait l'affaire.

Richard contourna l'obstacle et tira Gabriela vers le coin le mieux protégé de la pièce. Au passage, il donna un coup de pied à la lampe. L'ampoule se fracassa à son impact sur le ciment, les plongeant dans l'obscurité. Seul un filet de lumière filtrait sous la porte. Ils seraient au moins invisibles à quiconque entrerait et essaierait de les utiliser comme otages. Et le banc les ferait trébucher et les ralentirait.

D'autres coups de feu. D'autres cris. Richard l'attira dans ses bras, veillant à ce qu'elle soit protégée.

La porte fut ébranlée.

« Je t'aime, » lui dit-il.

« Je t'aime, moi aussi, » chuchota-t-elle.

Elle sentit les muscles de Richard se raidir, elle sentit qu'il l'enserrait dans une étreinte encore plus protectrice.

La porte s'ouvrit.

Il y eut un choc.

« Nom de Dieu. »

La lumière de l'extérieur inonda la pièce. En se retournant, Richard vit Dimitri étalé à moitié sur le banc et à moitié sur le sol.

« Ne bougez pas, » ordonna-t-il, en bougeant pour neutraliser cette menace. Avant que Dimitri pût se relever, Richard le traîna sur le sol et se mit à califourchon sur lui. Il allait lui envoyer un uppercut quand Morris, portant un gilet pare-balles avec sur le devant l'inscription **POLICE** en grands caractères blancs, pénétra dans la pièce.

« Joli piège. » Il sourit, fit signe à plusieurs officiers de prendre la relève de Richard, et enjamba le banc. Deux autres suivirent. Ils repoussèrent l'obstacle.

Richard se leva avec effort pendant que les officiers menottaient Dimitri et l'emmenaient.

« Comment nous avez-vous trouvés ? » demanda Gabriela.

« Nous sommes connectés depuis votre appel. »

« Bon Dieu, j'espère que vous avez enregistré tout cela, parce que je ne veux pas revivre cette merde. Plus jamais. »

« Pour le moins, » dit la voix joyeuse de Morris.

« Gabriela a besoin de secours. » dit Richard à Morris.

« Richard aussi, » coupa-t-elle.

« Ils sont déjà en route, » dit Morris. « Quelques minutes après nous. »

Bryce entra, et mitrailla, les aveuglant de son flash.

« Éloignez ce truc de mon visage, » dit Gabriela sur un ton meurtrier. « Qu'est-ce que vous foutez ici ? »

« En fait, il est avec nous. Il répertorie tout, y compris les blessures, en attendant que notre équipe légiste arrive. »

« J'ai conclu un marché avec lui, » lui dit Richard.

« Tu as quoi ? »

« L'exclusivité en échange de mon engagement de ne plus jamais vous suivre, » dit Bryce sans sourire.

« Où est Wickeham ? » demanda Gabriela. « Vous l'avez pincé ? »

« Envolé, » lui dit Morris. « On l'a mis sous surveillance pour l'instant. Et aussi sur écoute téléphonique. S'il fait un geste, ou tente de fuir, il sera arrêté avant qu'il ouvre sa porte d'entrée. »

« Ce salaud ne partira pas sans le manuscrit. » Le souffle manqua à Richard.

Gabriela fronça les sourcils. Richard avait l'air pitoyable, pâle et un peu haletant. Il semblait souffrir. Il se mit à se frotter le bras et il eut un accès de transpiration, malgré le froid.

« Qu'est-ce qui ne va pas ? »

« Désolé, mon cœur, c'est juste cette saloperie de… »

Il fut submergé par la douleur. Les traits de Richard se crispèrent. Son cœur s'agita frénétiquement comme de la gelée et sauta à la corde. Il s'effondra lentement sur Gabriela.

« Richard ? » Gabriela le saisit. « Richard. »

Elle tomba avec lui.

« Non… non… non… non… non ! »

Elle hurla comme une possédée. Richard s'effondra sur le sol à côté d'elle. La peau de Richard était d'une blancheur de craie et était froide au toucher à cause de la transpiration.

« Où est cette ambulance, bordel ? » cria Morris.

Gabriela empoigna le devant de la chemise de Richard et le secoua.

« Richard. Richard. Bon Dieu, regarde-moi. » Elle le gifla. « Maudit sois-tu, Richard Harrison. » Gabriela le frappa sur la poitrine. « Relève-toi. »

Quelqu'un essaya de l'éloigner du chevet de Richard.

« Foutez le camp ! Éloignez-vous de moi. » Gabriela poursuivit ses caresses saccadées et paniquées sur le corps de Richard.

« Richard. » Elle le secoua et l'embrassa.

Elle ferma les yeux. Son corps fut secoué de sanglots devant son absence de réaction.

« Ne me laisse pas. »

Elle le berça, le balançant au rythme de ses pleurs.

« Non. »

Plus doucement.

« S'il te plaît. »

Cela ne pouvait pas arriver.

« Oh, mon Dieu. Oh, mon Dieu. »

Gabriela fit courir un doigt sur le visage de Richard.

« Je t'aime. » Sa voix s'abîmait dans le chagrin. Elle toucha son nez, caressa ses lèvres. « S'il te plaît, s'il te plaît, ne pars pas. Ne me laisse pas seule. »

Elle se retourna sans voir personne. Elle ne se rendit

pas compte que quelqu'un appuyait des doigts sur la carotide de Richard.

« Il a un pouls. Très faible, » dit quelqu'un.

Elle n'arrivait plus à respirer, la poitrine oppressée.

« Qu'est-ce que je vais devenir ? » Ses paroles sortirent comme un vagissement.

Le monde s'arrêta pendant un moment. Son chagrin et ses larmes étaient devenus sa seule réalité. Puis la colère l'envahit au point qu'elle claqua des dents.

« Maudit sois-tu. Comment tu as pu me faire ça ? A notre fils ? Tu es un sacré égoïste. Exactement comme Roberto. »

Elle lui frappa la poitrine.

« Comment oses-tu te défiler comme ça ? »

Elle empoigna sa chemise et faillit presser son visage contre le sien.

« Ne t'avise pas de me quitter en mourant, Richard Harrison. » Sa voix était à vif. Pleine de colère et de désespoir. Elle martela la poitrine de Richard. « Ne t'avise pas de me quitter en mourant, ou, ou alors, je te jure que je vais te mettre Seldon aux trousses pour toute l'éternité. »

Elle sentit une pression imperceptible sur son bras.

« Harcèlement, harcèlement, » dit la voix enrouée. « C'est ça, mon avenir avec toi ? »

Gabriela se mit à le secouer pour de bon, ses sanglots les faisant trembler tous les deux pendant qu'elle s'accrochait à sa main comme si elle pouvait lui impulser sa force de vie par osmose.

Le monde s'estompa, le temps n'avait plus de sens. Elle repoussait toutes les mains qui tentaient de l'éloigner de Richard. Sa respiration se synchronisait sur le souffle court de Richard. Elle lui massait les bras, essayant de maintenir son flux sanguin.

Quand Bryce se décolla de Richard pour faire place

aux secouristes, elle devint enragée. Elle s'en prit à lui et le heurta au menton.

« Aïe, Madame Martinez. » Il la serra par derrière entre ses bras. « Laissez les secouristes l'examiner et le stabiliser. »

Elle cessa de lutter en voyant un homme et une femme s'avancer et se mettre au travail sur Richard avec rapidité et efficacité.

« Il est en fibrillation et sa tension artérielle est irrégulière, » dit l'un d'entre eux.

« Qu'est-ce que cela veut dire ? » demanda-t-elle à l'un des secouristes. « Qu'est-ce que cela veut dire ? »

« Madame, s'il vous plaît. Il faut que nous l'emmenions à l'hôpital, sinon il ne s'en sortira pas. »

Elle se tétanisa. Les secouristes empaquetèrent Richard et le chargèrent sur leur civière et dans l'ambulance à une vitesse impressionnante.

« Quel hôpital ? » cria presque Morris.

« Saint Matthews. »

Morris se précipita vers elle. « Je sais où cela se trouve. » Il la tira vers la voiture de police et ouvrit la portière. Elle entra péniblement, ses pleurs devenus des hoquets, Bryce à ses côtés.

La voiture s'ébranla en moins de cinq secondes.

« Il va s'en sortir, Madame Martinez. » Morris regardait son visage dévasté, et fut bouleversé par les violentes émotions de Gabriela. Il se pencha et lui pressa la main.

« Il va s'en sortir. Vous allez voir. Il va s'en sortir. »

Elle pria Dieu qu'il s'en sorte. Elle ne pensait pas être capable de survivre à sa perte.

Quand ils parvinrent à l'hôpital, Gabriela était en panique. Un aide-soignant tenta de l'empêcher de faire irruption dans la zone où les médecins travaillaient sur Richard, mais Morris lui montra son identifiant de police et fit entrer Gabriela.

Debout dans un coin du box, elle regarda les infirmiers relier Richard à des moniteurs cardiaques, à des brassards de tension artérielle, à des témoins de pouls, et à un intra-veineuse. La voix de Morris lui parvenait à travers les rideaux, dirigeant l'enquête depuis ici. Bryce se glissa à ses côtés, à l'insu de tous sauf de Gabriela.

« Comment va-t-il ? » demanda-t-il.

Gabriela sembla émerger d'un profond abîme. « Ils l'ont stabilisé. » Elle écouta les signaux acoustiques de son rythme cardiaque maintenant régulier rythmés avec les signaux visuels sur l'écran. Il y a quelques instants ce signal visuel allait dans tous les sens, tant ses battements de cœur étaient irréguliers. À chaque silence, elle mourait un peu.

« Je suis content, » dit Bryce.

« Où est Jeremy ? Il faut que je lui raconte. »

« Il est dans un autre hôpital, pour une commotion cérébrale. »

« Comment ? »

Elle souffla bruyamment. Elle avait sursauté à cette nouvelle, et ses muscles et ses côtes furent en feu, lui rappelant brièvement ses propres blessures. Elle était encore en haut de la vague d'adrénaline, mais elle ralentissait, prête à s'arrêter. Quand cela se produirait, elle souffrirait davantage.

Bryce relata l'enlèvement, comment Richard avait fini entre les mains de Wickeham, comment Jeremy s'était blessé, et comment Morris avait fini par les localiser.

Le téléphone. Elle avait oublié le téléphone.

Elle le sortit. L'écran affichait une collection insensée de chiffres, mais il était toujours allumé.

« Et c'est vrai ? Ce que Richard a dit ? »

« Sur mon engagement à vous laisser dorénavant tranquilles, votre famille et vous ? »

Gabriela acquiesça.

« Ouais. Je ne suis pas un monstre, vous savez. Je ne fais

que gagner ma vie. Après cela, » et il désigna la silhouette couchée de Richard, « je vous laisserai tranquilles. »

Gabriela ne fit pas de commentaire. Seuls ceux qui étaient les victimes de Bryce et de ses semblables pouvaient comprendre à quel point ceux de cette espèce pouvaient être des monstres.

« Je vous accorderai votre exclusivité. » Elle le congédia en se retournant pour regarder Richard. Il était si pâle, il semblait si faible.

Morris entra. « Ils vont l'accueillir sous peu. »

Elle lui passa le téléphone.

Morris le regarda et, sans commenter, le mit dans la poche de sa veste.

« Comment va Jeremy ? » demanda Gabriela en adoptant une position plus confortable. Elle avait horriblement mal aux côtes.

« Il jure comme un charretier. Il est soulagé. Il veut venir. » Morris entreprit de l'escorter hors du box, mais Gabriela résista.

« Je reste. »

Morris soupira. « Vos blessures ont besoin d'un contrôle, et je dois coincer Wickeham avant qu'il apporte ce contrat chez Christie´s. »

« Laissez-le. Et ce dont j'ai besoin, c'est une douche, de nouveaux vêtements, et un truc codéiné. » Elle regarda Morris et, bien que grimaçant, elle tint bon.

« Qu'est-ce que vous entendez par Laissez-le ? » dit Bryce, que le flegme de Gabriela laissa perplexe.

« Inspecteur, je veux être là quand vous l'arrêterez la main dans le sac, pour ainsi dire. » *Il faut que j'y assiste.*

Morris observa son visage. Il fit signe à un médecin de venir, expliquant qu'elle avait également besoin d'un protocole de triage mais qu'elle refusait de quitter le chevet de Richard.

Le médecin regarda Gabriela et acquiesça. Il donna des

ordres à son infirmière pour qu'elle mette en route le contrôle préliminaire de ses paramètres vitaux.

« Si le docteur donne son accord… »

« Je vais très bien, » répliqua-t-elle. On lui plaça un brassard de tensiomètre sur le bras.

« Si le docteur donne son accord, » insista Morris, « alors, et seulement à ce moment, je vous permettrai de m'accompagner. »

« J'ai peut-être mal, mais je suis en ambulatoire. Aïe, » se plaignit-elle à l'infirmière qui pompait comme si les muscles et les tendons de son bras étaient escamotables. « Il faut que je sois là quand vous arrêterez ce salaud. » *Je pourrai m'effondrer après.*

Morris examina son expression obstinée et la dureté de son regard. « Je vais aviser Hollister de vous apporter des vêtements de rechange. Avec Hays, elle sera chargée de votre protection. »

« Pourquoi sous garde protectrice, Inspecteur ? »

« Par sécurité. Jusqu'à ce que nous ayons Wickeham et Ljubic en garde à vue. Je passerai vous prendre plus tard. Nous obtiendrons alors la garde à vue de Wickeham. Je suis sûr que Richard voudrait que vous y assistiez. »

Oui, il aimerait. Gabriela se dirigea avec raideur vers le lit dès que l'infirmière eut ôté le brassard. Elle plaça son index au creux de la main de Richard, celle qui ne portait pas de tubes. Elle caressa la courbe de l'intérieur de sa paume.

Oui, Richard serait content. Mais il serait encore plus contrarié parce qu'il ne pourrait pas y être pour assommer ce salopard.

CHAPITRE VINGT-HUIT

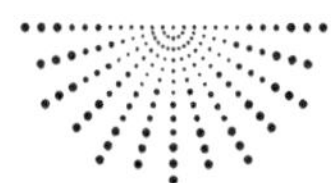

Wickeham apposa sa signature finale sur le contrat
avec une petite fioriture. Il avait dormi pendant environ
quatre heures après avoir quitté l'entrepôt, avait pris un
bain juste après s'être levé, et avait fini de s'habiller méticuleusement vers l'heure du déjeuner. Il n'était pourtant pas
satisfait. La garce l'avait forcé à mettre du correcteur sur
son menton et sur sa lèvre fendue pour dissimuler les meur-
trissures occasionnées par son poing.

Elle le paierait, ainsi que la violation de son domicile
par le CID, et le fait qu'il allait devoir disparaître pendant
un moment. Peu importe. Il se dissimulerait avec panache.
Des années auparavant, en prévision d'une telle éventualité,
il avait acheté une maison secondaire au Vietnam, où l'extradition n'existait pas. Mais Madame Martinez paierait
quand même pour ce déplacement et pour la perturbation
de ses affaires au Royaume-Uni. Outre le fait qu'il posséde-
rait son manuscrit, elle paierait de sa vie.

Wickeham sourit. Bientôt, le manuscrit lui appartiendrait légalement. Quand les imbéciles du CID se
rendraient compte de ce qui était arrivé, il serait à mi-

chemin de sa destination. Ses hommes de loi géreraient le reste.

Entretemps, il termina son déjeuner. Il appela le bureau du directeur de Christie's, prit rendez-vous pour finaliser la vente et la commission dans la demi-heure. L'homme avait semblé un peu troublé par la requête de Wickeham, mais peu importait. Tout était en ordre, dans le délai prévu. Il aimait que les choses fonctionnent ainsi.

Il attendit que sa femme de charge enlève le couvert du déjeuner. D'une humeur exceptionnelle, il plaça le contrat finalisé dans son porte-documents, sortit et entra dans sa voiture qui attendait. Il indiqua à Bogdan le meilleur itinéraire possible pour éviter les embouteillages sur la route de l'hôtel des ventes. Il était maintenant plutôt impatient de revendiquer son butin, de quitter le pays avec lui, et de se débarrasser des deux nuisances que ses hommes gardaient.

Ensuite, en route pour le Vietnam, il pourrait se vautrer dans sa bonne fortune.

À son arrivée à l'hôtel des ventes, Wickeham fut introduit avec courtoisie dans un bureau luxueux et se vit offrir des rafraîchissements, qu'il déclina poliment. Il s'adossa dans un fauteuil confortable et attendit.

« Votre requête m'a laissé plutôt perplexe. » Le directeur se tenait raide, un regard désapprobateur sur le visage tandis qu'il entrait.

« C'est compréhensible. C'est compréhensible. Mais Madame Martinez m'a vendu le manuscrit pour la somme spécifiée dans le contrat de vente, vous comprenez, et j'ai ici le document pour le prouver. »

« Madame Martinez n'a jamais fait connaître son souhait de vendre en dehors de l'enchère. »

Wickeham sortit le contrat et le plaça dans la main tendue du directeur.

« Je comprends, mais elle a dit qu'une crise familiale lui

forçait la main et, puisqu'elle était au courant de mon intérêt précédent à acquérir la pièce, elle m'a contacté. »

« Je ne peux absolument pas stopper une enchère à aussi brève échéance, ou sans son consentement écrit. Le coût pour annuler cet événement deux jours avant sa programmation est impossible, sans parler du coup donné à notre réputation. »

Les lèvres de Wickeham s'incurvèrent en un sourire poli, mais ses yeux avaient un dur éclat.

« Madame Martinez ne pouvait plus retarder la vente. Ceci, » Wickeham désigna le contrat, « est son consentement écrit pour me transmettre la propriété. » Il regarda le directeur lire la première page, puis la suivante, et finalement examiner de près les signatures.

« Tout est en ordre, j'espère ? » demanda-t-il, confiant dans la réponse. Ses hommes de loi avaient créé un document imparable.

« Je suis vraiment désolé. » Le directeur le regarda. Il tapota l'endroit où la signature de Gabriela était visible. « On vous a trompé. Je ne peux pas vous remettre le manuscrit. »

« Que voulez-vous dire par là, vous ne pouvez pas me remettre le manuscrit ? » Le sourire de Wickeham était à moitié poli et à moitié tremblotant. Cela lui coûtait de réfréner son incrédulité et sa colère. « Ceci est un contrat de vente contraignant. Dûment signé en présence de témoins. »

« Mais c'est là le problème. Madame Martinez n'a pas signé ceci. »

« À quoi jouez-vous, monsieur ? Parce que cela ne m'amuse pas. »

« Cette transaction est sans valeur, » dit le directeur plus énergiquement, poussant le contrat vers Wickeham à travers son bureau.

Les yeux de Wickeham s'étrécirent. « Tenter de déposséder un client de son acquisition légitime est une faute grave de la part de Christie's. Mes avocats seront ici dans l'heure. »

« Vos menaces ne m'impressionnent pas. Par contre, vous êtes en train d'essayer d'escroquer cet hôtel des ventes, d'émettre des revendications scandaleuses, et de présenter une fausse signature. Votre tentative d'escroquer cette institution est passible de poursuites judiciaires. »

« Fausse signature ? » Wickeham se leva. « Madame Martinez a signé ce document. J'y ai veillé. En présence de témoins, comme il se doit. » Wickeham criait presque.

Le directeur, dont l'expression montrait qu'il en avait assez, sonna son assistant.

« On ne va pas me renvoyer comme un vulgaire voleur, » avertit Wickeham. « Je suis le propriétaire légitime du manuscrit. »

« Vous avez entendu cela ? » dit le directeur dans le haut-parleur.

Wickeham ne se laisserait pas congédier.

« Madame Martinez a signé… »

« En fait, non, je n'ai pas signé, » dit Gabriela depuis le seuil de la porte.

Wickeham resta bouche bée de stupeur.

Morris entra en levant haut son identifiant, un sourire satisfait sur le visage. Deux autres officiers de police suivaient.

« Arnold Wickeham, vous êtes en état d'arrestation pour vol, enlèvement, coups et blessures, coercition entre autres. Vous n'êtes pas tenu de parler, mais cela pourra nuire à votre défense si vous ne mentionnez pas, quand on vous interrogera, des faits auxquels vous aurez recours plus tard au tribunal. Tout ce que vous pourrez dire pourra être retenu contre vous. »

« Qu'entendez-vous par là, vous n'avez pas signé le contrat ? » Wickeham se mit à se débattre contre l'étreinte des officiers qui l'arrêtaient. « Je vous ai vue signer. Nous vous avons tous vue. »

Gabriela, qui était entrée très précautionneusement pour ne pas trop solliciter son corps, se tenait près du directeur de l'hôtel des ventes et regarda Wickeham que l'on emmenait vers la porte.

« Attendez, Morris. Je veux qu'il entende ceci. »

Avec des gestes lents, et heureuse d'avoir été bourrée d'antalgiques, elle tendit la main vers le contrat. « Puis-je ? »

Le directeur acquiesça, et elle prit le document sans valeur, tourna les pages jusqu'à ce que la signature apparaisse, et retourna la page pour que tout le monde la voie.

« Ceci, » elle montra son nom, « n'est pas ma signature, Wickeham. C'est-à-dire pas ma signature légale. »

Le visage de Wickeham s'altéra. Malgré la douleur, Gabriela ressentit une immense satisfaction. Son seul regret était l'absence de Richard. Il aurait adoré coller une raclée à cet homme qui avait généré tant de chaos dans leur existence. Elle regrettait elle-même de ne pouvoir de nouveau frapper Wickeham. Elle se ferait trop mal.

« Quand mon mari a ouvert sa société et que ma carrière a décollé il y a quatre ans, nous avons créé des entreprises différentes pour des raisons fiscales. La mienne était une SARL sous mon nom de jeune fille. Toute transaction légale en relation avec ma carrière doit porter cette signature, sinon elle est nulle et non avenue. Le directeur, ici présent, le sait. »

Elle sourit à Wickeham. Ses lèvres s'incurvèrent dans une expression mauvaise, satisfaite et presque dédaigneuse.

« Je vous ai donné mon autographe, Monsieur Wickeham. C'est ce que vous avez exigé et ce que vous avez mérité. »

« Vous mentez. » Il lutta alors avec force pour se libérer.

« Non. Vous avez exigé une signature, et je n'étais pas disposée à échanger la vie de Richard contre mon œuvre, » dit-elle. « Il vaut beaucoup plus pour moi qu'un millier de ces manuscrits. Mais vous, dans votre cupidité, vous m'avez offert l'issue qu'il me fallait. Quand à la fin j'ai vu le contrat et que je me suis rendu compte que tout était au nom de Gabriela Martinez, j'ai su que vous vous étiez couillonné vous-même. »

Elle fit quelques pas douloureux en direction de Wickeham, mais resta hors de sa portée, au cas où.

« Vous êtes un homme mauvais. Je suis heureuse de savoir que vous allez pourrir en prison. »

« Ce n'est pas terminé, » dit-il tandis que les officiers de police entreprenaient de le tirer hors de la pièce.

« Si, c'est terminé, » répondit-elle, et elle fit une pause. « Vous auriez dû continuer à le demander gentiment, vous savez. J'aurais peut-être réfléchi à la vente. »

Morris regarda Wickeham se faire accompagner hors du bureau.

« Vous l'auriez fait ? » demanda-t-il, de la curiosité dans le regard.

« Nan. Jamais de la vie. » Elle avait le souffle court, et la douleur qu'elle ressentait finit par se refléter sur son visage et dans ses yeux. « Maintenant, cela vous ennuierait-t-il beaucoup de me conduire à l'hôpital avant que je ne m'évanouisse ? »

LE TÉLÉPHONE sonna près du lit d'hôpital de Richard. Il roula sur lui-même, l'atteignit maladroitement, et répondit. Il avait l'impression que sa langue était en coton, et il articulait difficilement.

Satanés médicaments. Il en sortirait bientôt, une fois de plus. Peut-être même d'ici vingt-quatre heures, cette fois.

« Vous n'arrivez vraiment pas à quitter les lits d'hôpitaux, n'est-ce pas ? »

« Maurice. »

« Gabriela est-elle de retour au bercail ? »

« Oui. Un des hommes de Morris a dit que ses côtes sont contusionnées, mais pas fracturées. »

« Et ses organes vitaux ? »

« Pas en danger. Son torse et sa peau, par contre, ne sont pas en grande forme. Certaines surfaces portent des brûlures au premier degré dues aux effets du jouet électrique de ce salaud, » répondit Richard. « Elle devrait être bientôt de retour. Elle a accompagné Morris pour l'arrestation de ce fils de pute. »

« Elle voulait y assister, hein ? »

Richard sourit et essuya la sueur sur son front.

« Vous n'auriez pas voulu ? »

Maurice pouffa de rire. « Exactement comme avant. Elle voulait entendre directement de la source, et frapper le salopard. »

Richard pouffa. « Elle l'a déjà frappé. Deux fois. »

Maurice rit de bon cœur. « Une sacrée bonne femme. »

Ouais, c'est sûr que c'est une sacrée bonne femme. Ma femme maintenant.

« J'ai communiqué avec des gentlemen ici sur le Continent, que cela intéresserait énormément de mettre la main sur la bande de l'ex-Yougoslavie. Ils avaient perdu leur trace depuis un moment. Des dispositions ont déjà été prises pour les extrader du Royaume-Uni, et pour les leur remettre en mains propres dans un jour ou deux. »

Les lèvres de Richard s'incurvèrent. Cela tombait à pic. Il n'avait pas ressenti cette joie mauvaise depuis longtemps.

« Quelque chose est prévu pour le deuxième mec ? » demanda Maurice.

Richard savait que Maurice parlait de Wickeham. Il

entendit le bruit que fit Maurice en expulsant la fumée de ses poumons.

« C'est un citoyen britannique. Il a des droits, et toutes ces conneries. On ne peut rien faire contre lui maintenant. Quand on me laissera sortir, je veux emmener Gabriela hors d'ici, la réunir avec sa famille. Quand j'aurai fait ça, je m'occuperai de lui. »

« Pourquoi ne me laissez-vous pas me charger aussi de ce petit problème ? »

« Maurice… »

« Bof, » dit Maurice, la voix teintée d'ironie. « Nous savons tous les deux que cet homme ne vous lâchera jamais. » Il y eut une pause. Les propos suivants furent totalement dénués d'humour. « Ne vous salissez pas les mains avec ce mec, Richard. Vous êtes retiré des affaires pour de bon, et vous ne devriez pas commencer une nouvelle vie avec son sang sur les mains. Gabriela ne mérite pas ça. De plus, cela ne me gêne pas. »

« Non, ça ne relève pas de votre responsabilité. »

« Je suis redevable à Madame Martinez, » dit Maurice, écartant l'objection de Richard. « Récupérez, mon ami, et veillez à ce qu'elle arrive chez elle à bon port. Prenez soin d'elle. Soyez heureux, pour une fois. Faites d'autres bébés. Je vous appellerai quand le travail sera fini. »

CHAPITRE VINGT-NEUF

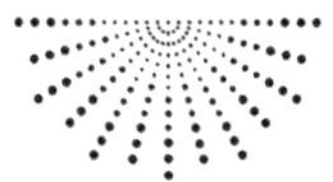

Deux jours plus tard, la salle des enchères de Christie´s était bondée. Austère par sa couleur et élégante par les articles exposés pour l'auction, la grande salle était de forme rectangulaire et de dimensions gigantesques. Tous les enchérisseurs locaux étaient assis face à un pupitre de merisier près duquel, sur un podium surélevé, deux employés supervisaient la vente aux enchères de derrière leurs écrans d'ordinateur. Un grand téléviseur en circuit fermé était accroché au mur derrière leurs têtes. Toutes les enchères s'y afficheraient quand les ventes démarreraient.

C'était le début de la soirée. Gabriela se tenait à côté de Richard, Jeremy, ses agents et son cousin au fond de la salle. Ils avaient trouvé un espace privé près du vidéaste qui enregistrait la séance de ce soir. Devant elle, des doubles portes blanches séparaient la salle à parts égales, de sorte que l'aménagement de la partie droite était l'image miroir de la partie gauche, sans pupitre. Des balustrades en merisier massif traversaient toute la longueur des côtés de la salle, à droite et à gauche. Cela séparait les représentants d'enchérisseurs anonymes ou étrangers de ceux qui étaient dans la salle.

« Chérie, pourquoi ne t'assieds-tu pas ? » dit Jean-Louis, la voix maintenant teintée d'impatience. Il oscillait entre joie, impatience et anxiété, selon ce qu'il imaginait des sentiments de Gabriela.

« Il est de meilleure humeur qu'il y a deux jours, » chuchota Richard en gloussant.

Gabriela soupira. Après avoir appris qu'elle récupérait de ses blessures à l'hôpital, Jean-Louis avait fait irruption dans la chambre comme une Walkyrie vengeresse, Julien et le père Ramirez sur ses talons. Il avait éclaté en larmes en la voyant, et avant qu'elle s'en rende compte il avait failli la déshabiller devant tout le monde, y compris Richard, Hollister et Hays, pour faire l'inventaire de ses blessures. Si Julien et son cousin ne l'avaient pas arrêté, au milieu de ses propres récriminations, c'eût été un moment gênant. Le rire amusé de Richard s'était fondu dans le chaos du moment.

« La dernière enchère de ce soir est le lot numéro six, » commença le commissaire-priseur.

« En fait, mes côtes protestent moins si je suis debout, merci, » dit-elle à Jean-Louis.

« Tu devrais être à l'hôpital, » chuchota le père Ramirez. Ses yeux reflétaient encore l'horreur de ce qu'elle avait vécu. Il regarda Richard. « Vous aussi. »

« Faites-moi confiance, *padre*. J'ai connu de pires souffrances. » Richard regarda son garde du corps. « Et vous, Jeremy ? »

« Des petites blessures insignifiantes, patron. Ça ne mérite pas l'hôpital. »

« Et moi je n'ai que des contusions aux côtes, les amis. Les soignants ont été efficaces. » *Cela, et les deux journées de repos que j'ai eues.* Ironiquement, elle était reconnaissante à Wickeham. Elle savait que cela aurait été bien pire s'il n'avait pas eu besoin qu'elle soit en suffisamment bon état pour signer son fichu contrat. Sinon, le cogneur yougoslave n'aurait pas retenu ses coups. « Je peux gérer. »

« Des contusions aux côtes, des brûlures au premier degré, et des hématomes dignes d'un Picasso, » dit Jean-Louis, écœuré. « Oui, tu peux gérer la station debout. »

« Je n'avais jamais entendu cette analogie avec Picasso, » dit Jeremy. « C'est pas mal. »

« Salaud, » dit Jean-Louis.

« Jeremy, mon gars, » dit Richard, tapotant l'épaule de son garde du corps. « On vient de vous traiter de salaud. »

Gabriela sourit.

Jeremy sourit aussi. « Plein d'autres salauds l'ont déjà fait. »

« La vente de charité pour le *Livre d'heures* de la célèbre artiste Gabriela Martinez va commencer, » dit le commissaire-priseur à l'assemblée. L'homme parlait calmement, d'une belle voix britannique de baryton. « L'article est exposé en ce moment dans la salle à ma droite, et sur les écrans au-dessus. »

Le regard de Gabriela parcourut la salle, qui bourdonnait des voix étouffées et enthousiastes de plus de deux cents enchérisseurs à l'annonce du début de la vente. Sa joie, en cet instant, aurait été parfaite si elle n'avait pas repéré April. Flanquée de son père et d'Edmund, elle était assise vers le milieu de la pièce, son regard froid fixé sur Gabriela.

« Qu'est-ce qu'on fait, pour elle ? » chuchota-t-elle à Richard, très mécontent de la présence de cette femme. April n'en avait pas encore fini avec elle, elle en était sûre. Son instinct le lui disait.

« On s'en est occupés avec Hollister et Hays, » dit Jeremy. « Morris a donné l'ordre de l'évacuer de force si elle tente quoi que ce soit. » Morris avait aussi promis d'assister à la vente avec sa femme.

« Je doute qu'April s'y risque, après ce qui s'est passé, »

dit Richard sur un ton dénué d'émotion. « Mais si elle le fait, elle ne recommencera plus jamais. »

Gabriela le tira par le bras. Quand il se pencha, elle l'embrassa sur la joue. Elle avait entendu parler de la déconfiture à la chaîne de télévision après son enlèvement. Elle leur avait également rapporté les paroles d'April et son obsession pour Richard.

« On va gérer ça ensemble, » dit-elle.

Richard sourit. « Je t'aime. »

Elle l'attira plus près.

« Moi aussi, je t'aime, » dit-elle à voix basse, ses mots parvenant à peine à Richard. Eu égard à la susceptibilité sacerdotale de son cousin, Gabriela ne voulait pas qu'il entende ses paroles, du moins pas avant que son divorce ait été prononcé.

« As-tu parlé à Spike ? » demanda Richard, scrutant la pièce. « Est-il de retour à la maison ? »

« Non. Il a promis qu'il nous appellerait dès qu'il atterrirait. »

« Voilà Michael, » montra Jeremy.

Gabriela vit Morris pénétrer discrètement dans la salle. En repérant l'entourage de Gabriela, il se fraya un chemin vers eux.

« Suis-je en retard ? » demanda Morris, un peu essoufflé.

« Ça va juste commencer, » dit Gabriela.

« Le Yougoslave a finalement été extradé ? » demanda Jeremy.

Gabriela sentit l'attention de Richard s'éveiller.

« Deux officiers d'Interpol ont rempli aujourd'hui les papiers d'extradition, » dit Morris. « Il est en route pour le Continent pour subir son procès. »

Gabriela se pencha vers Richard. « Qu'est-ce que tu me caches ? »

Pour la première fois depuis quatre ans, Gabriela fut

incapable de lire le message derrière l'expression de Richard. Ça avait été pareil en France, dans la maison sécurisée.

« Je n'ai rien à dire, » dit-il. « Où est votre femme, Morris ? » demanda Richard.

« Les jumelles sont malades. Elles ont la fièvre depuis le début de la matinée. Elle vous adresse ses salutations et ses regrets. »

« Chut, chut, » dit Julien avec une insistance qui fit se retourner des têtes. « Vous discuterez plus tard. »

« Les enchères démarrent à deux cent mille, » annonça l'homme au pupitre. « Deux cent mille. »

Les enchérisseurs dans la salle se calmèrent. Les représentants, alignés le long des murs, se vissèrent leurs téléphones à l'oreille, leurs assistants vigilants et concentrés.

« Deux cent mille de ce côté de la salle. Deux cent un mille. »

Et cela commença. Cinq minutes plus tard, elle était sous le choc.

« Neuf cent mille. Neuf cent mille ici au téléphone. »

Un enchérisseur leva la main, demandant en silence du temps pour consulter son client au téléphone.

« Juste une seconde ? » plaisanta le commissaire-priseur. « Bien sûr. »

La salle explosa de rire.

Après une pause, l'homme près du pupitre reprit. À la différence des enchères aux États-Unis, le commissaire-priseur ne semblait nullement pressé et ne butait pas sur des mots inintelligibles prononcés à toute allure. L'homme était déterminé à vendre, mais il n'était pas pressé. « Attention maintenant. Neuf cent mille ici au téléphone contre toute la salle. »

Un petit drapeau de forme elliptique se leva sur la gauche. Et les enchères reprirent.

Quand tout fut terminé, l'enchère finale vint précisément de Taiwan. Un riche industriel avait déboursé un million six pour le privilège de posséder son œuvre. Ses agents étaient aux anges. Frank semblait devoir se pincer, le visage incrédule.

Morris allait tapoter le dos de Gabriela pour la féliciter, mais s'arrêta. Il sourit, lui prit la main et la serra.

« Extraordinaire, Madame Martinez. Carrément extraordinaire. »

La salle commença à se vider. Son cousin la prit par les épaules et la serra. « Merci, Gaby. Merci. »

« Pas la peine de me remercier. » Elle lui donna un léger baiser sur la joue. « Ces enfants le méritent. »

« Ils n'ont pas mérité ta souffrance, » dit-il, ému.

« C'est terminé. Nous avons gagné. »

Quand son cousin la lâcha, Richard la prit par la taille, l'attira avec d'infinies précautions, et l'embrassa. Les joues de Gabriela s'embrasèrent, mais elle lui rendit son baiser. Elle ne put s'en empêcher. Tout le monde savait maintenant qu'elle divorçait de Roberto. Elle pouvait enfin se détendre, jouir de son succès, de sa liberté et de sa paix. La guérison physique suivrait son cours, avec pour un moment l'aide d'antalgiques. La vie retournerait à la normale avec un bonus en plus… Richard.

« Mon Dieu, chérie. » Jean-Louis saisit son visage et l'embrassa sur les deux joues. « Tu es extraordinaire. »

« Oh, oui. » Elle sourit.

« Extraordinaire, oui. Et aussi belle et intelligente, » ajouta Julien, imitant Jean-Louis avec ses baisers.

« Pour ne pas dire maligne, » dit Richard.

« Je suis une amélioration du modèle de 1993, » plaisanta-t-elle.

« Je n'arrive toujours pas à croire que vous ayez eu raison de ce crétin avec quelque chose d'aussi simple, » dit Morris.

« J'aurais fait n'importe quoi pour voir sa tête quand

elle lui a dit qu'il n'avait que son autographe. » Richard ne put s'en empêcher. Il eut un sourire mauvais.

« Je ne pensais pas que cela me profiterait de dire à Wickeham que son contrat ne valait même pas du papier toilette. »

« Ah, patron ? » Le ton de Jeremy les alerta.

Gabriela se retourna. La salle des ventes était maintenant presque vide. Mais Lord Cranfield, Edmund et April étaient toujours là. Il s'approchaient. Gabriela sentit le même frisson d'avertissement que quand Wickeham s'était approché d'elle à la réception promotionnelle.

Quelque chose de mauvais par ici arrive…

« Elle n'oserait pas, » dit Richard, d'une voix menaçante qui était très familière à Gabriela.

Jeremy, Morris, Hollister et Hays encadrèrent Gabriela. Jean-Louis, Julien et son cousin se tenaient sur le côté, assez près pour aider au besoin. Richard se tenait en silence à côté d'elle.

« Félicitations, Madame Martinez. » Lord Cranfield tendit la main. Gabriela la serra. Il était évident que cet homme ignorait les manigances de sa fille.

« Merveilleux événement. Pour une belle cause. Vous devriez être heureuse. »

Gabriela observait April. La femme était silencieuse, et son attitude était presque douce. Mais son regard la démentait, surtout quand Richard entoura de ses bras les épaules de Gabriela.

« Très, » répondit-elle. Son portable sonna. Gabriela regarda l'identité de son correspondant et sourit. « Voulez-vous bien m'excuser un instant, s'il vous plaît ? Je dois prendre cet appel. »

Richard fit un signe de tête à Jeremy et à Hollister, qui firent barrière autour de Gabriela qui s'écartait. Hays resta debout à côté de Gabriela, vigilant.

« Assisterez-vous à la réception Clarke demain ? »

demanda April à Richard. Elle se mit à se tortiller quand Richard la regarda avec un dégoût patent.

« Je crains que non. »

Le regard de Lord Cranfield alla du visage de sa fille au visage dur de Richard. « Vous allez-vous faire rare maintenant ? »

« Je crains que oui. » Lord Cranfield semblait avoir tiré quelques conclusions par lui-même.

« Dommage. » Lord Cranfield serra les mains à la ronde et emmena sa fille hors de la salle. Edmund, qui d'ordinaire ne souriait pas trop, n'avait jamais semblé aussi heureux.

« Bon débarras, » dit Jean-Louis.

Espérons-le, pensa Richard.

« Les enfants sont rentrés à la maison, » dit Gabriela, de retour. « Spike est soulagé, surtout que Lupe va prendre le relais. »

« Une belle conclusion à cette superbe soirée, » dit Richard en l'étreignant.

Ils quittèrent la salle.

Au-dehors, l'air était froid et piquait. Le trottoir, ainsi que la rue, était vivement éclairé par les projecteurs de la bâtisse. Gabriela respira profondément. Elle aimait les vues et les bruits de cette ville animée autour d'elle. Elle allait demander à Richard où ils iraient fêter l'événement lorsqu'elle repéra April qui traînait à quelques pas de l'entrée du bâtiment. Elle était debout sans Edmund, serrant contre son visage le col de son manteau d'hermine. Elle semblait attendre quelque chose, se raclant d'un ongle la lèvre inférieure.

Elle les dévisageait.

« Mais qu'est-ce qu'elle fiche ici ? » demanda Gabriela, un peu perturbée par la proximité de cette femme. Bon sang. Très perturbée.

« Ignore-la, » dit Richard. « Elle attend probablement que son joujou masculin amène la voiture. »

Logique, mais Gabriela ne croyait pas vraiment qu'April puisse agir logiquement. La femme avait l'air plutôt arrogant, contrairement à son attitude dans la salle des ventes.

« Êtes-vous un certain Monsieur Harrison ? »

La voix inconnue prit tout le monde par surprise. Un homme que personne ne connaissait, un appareil photo de bas de gamme pendu à son cou, attendait la réponse de Richard.

Richard regarda l'homme avec méfiance. « Qui le demande ? »

Prenant la question de Richard pour une affirmation, l'homme tendit une enveloppe de papier kraft ordinaire. « Pour vous. »

Morris prit l'enveloppe des mains de l'homme avant que Richard pût le faire. Il l'examina, la retourna. « Pas d'adresse ni de nom. »

« Wickeham, vous pensez ? » demanda Gabriela.

« C'est possible, mais j'en doute. » Richard accepta l'enveloppe que Morris lui tendit. Il regarda Gabriela. « Bryce n'a pas dit qu'il nous enverrait des copies de ce qu'il publierait ? »

Quand elle était à l'hôpital, Gabriela avait fini par donner à Bryce l'exclusivité qu'il voulait. Elle ne l'avait jamais vu aussi heureux.

« Ouais. Mais je n'aurais jamais pensé qu'il le ferait aussi vite. »

Richard ouvrit l'enveloppe. Jeta un coup d'œil à l'intérieur. « Des photos. »

« Montre-nous. » Elle se pencha ainsi que tout le monde, tandis que Richard sortait les photos et les faisait tomber sur l'enveloppe.

Il se figea.

Tout le monde se figea également.

Les photos montraient aux yeux de tous les corps nus d'un homme et d'une femme en plein acte sexuel, la femme au-dessus, appréciant sa chevauchée.

Gabriela regardait fixement. La femme avait la tête rejetée en arrière dans un abandon et dans un plaisir farouche pendant que l'homme souriait, la tenant tandis qu'elle le chevauchait. Gabriela regarda de plus près.

Son cœur fit un bond. Seigneur Dieu, c'était Richard. Ses entrailles se liquéfièrent et le sang battit dans ses oreilles. La femme était clairement April. Son regard retourna au visage souriant de Richard.

Gabriela fronça les sourcils.

« Putain, » dit Richard. « La sale garce. »

Gabriela leva les yeux. April regardait, de l'intensité dans sa pose et de l'attente dans son expression.

Richard jura, et allait déchirer les photos et l'enveloppe quand Gabriela arrêta sa main.

« Attends. »

« Mon ange, c'est des conneries. » Son regard était angoissé.

« Cette femme est complètement tarée, » dit Jeremy.

Morris était sans voix. Les autres membres du groupe, gênés à des degrés divers, détournaient le regard de Richard.

Elle prit les photos des mains de Richard.

« Mais qu'est-ce que tu fiches ? » Richard essaya de lui arracher les photos, mais Gabriela l'en empêcha.

« Fais-moi confiance, » dit-elle.

« Madame Martinez, » commença Morris, mais elle le fit taire.

Gabriela examina la photo du dessus. Au premier regard, cela ressemblait au visage de Richard. Mais elle était artiste. Elle connaissait les proportions corporelles, ayant étudié pendant des années l'anatomie humaine. Elle avait aussi couché avec Richard. Elle connaissait chaque contour de son torse, de ses bras et de son corps voluptueux.

Elle se mit à glousser de rire.

« Gaby. » Son cousin était consterné par sa réaction et gêné par ce qu'ils voyaient tous. « Ce n'est pas drôle. »

« Doux Jésus ! Ça l'est. » Ses gloussements se muèrent en rire.

« Madame Martinez ? » Le ton de Jeremy était hésitant, comme s'il pensait qu'elle avait fini par succomber au stress des derniers jours.

« Gabriela, arrête. » Richard était mécontent.

Mais elle ne pouvait pas s'empêcher de rire, sauf quand la douleur dans ses côtes y mit fin.

« C'est vraiment à mourir de rire. Inopérant, mais désopilant. » Gabriela lança un coup d'œil à April. La femme était comme pétrifiée. Il était évident qu'elle s'était attendue à une autre réaction.

« Ce n'est pas toi, » dit-elle à Richard en s'adressant ensuite à April. « La prochaine fois, choisissez quelqu'un de moins maigre qu'Edmund. » Elle se remit à rire.

« Montre-moi ça. » Richard lui arracha la photo des mains. Il regarda fixement. « Eh bien, que je sois damné. »

« Gaby, comment tu… » Après un regard au visage de Gabriela, son cousin décida de demeurer dans l'ignorance. « Laisse tomber. »

Jean-Louis et Julien s'étaient rapprochés. Il se joignirent au groupe, scrutèrent la photo encore un moment, et secouèrent la tête, d'accord avec l'évaluation de Gabriela. « Oui. Ce n'est pas Monsieur Harrison. »

Morris regarda attentivement la photo. « Je peux faire analyser cela par mon labo. Et voir si votre visage a été surimprimé sur celui-là. Si c'est le cas, je peux engager des poursuites. »

« Vous pouvez aussi poursuivre pour diffamation, patron, » dit Jeremy, content.

« Vous voulez que je l'arrête ? » dit Morris assez haut pour qu'April l'entende. Tout le monde se retourna face à elle. La femme semblait prête à défaillir.

Bien fait pour elle, pensa Gabriela. *La pétasse.*

Une voiture s'arrêta à côté d'elle. April ouvrit la portière sans attendre qu'Edmund fasse le gentleman. Elle plongea littéralement à l'intérieur.

« Vous voulez que je l'arrête ? » Morris regarda la voiture s'éloigner à vive allure. « Diffuser de la pornographie dans l'intention de faire du chantage est un délit. »

Richard secoua la tête en signe de dénégation et mit les photos dans l'enveloppe. Il tendit le tout à Morris.

« Pourquoi ne les garderiez-vous pas ? Si elle tente quoi que ce soit, nous discuterons de poursuites judiciaires. » Il s'approcha et attira Gabriela dans ses bras. « Viens ici. »

Richard l'embrassa comme si le monde s'arrêtait.

« Merci, » murmura-t-il.

« Pourquoi ? »

« Pour avoir cru en moi. »

Gabriela sourit et lui rendit son baiser.

CHAPITRE TRENTE

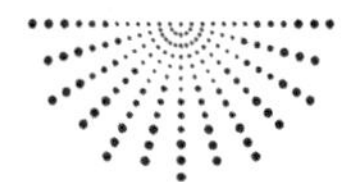

Gabriela avait prononcé ces mots environ vingt minutes plus tôt, et Richard attendait toujours que les docteurs partent et qu'elle se montre. Il se leva et commença à faire les cent pas dans la salle de séjour de la maison de la belle-mère de Gabriela. Jeremy et Spike secouèrent la tête.

« Qu'est-ce qui la retient ? » demanda-t-il, plutôt contrarié.

« Les dernières réunions ont duré plus longtemps, » lui dit Spike. « Soyez patient. »

Ils étaient arrivés à l'aéroport cet après-midi. Seul Spike savait qu'ils étaient de retour. Plus tôt ce matin, à deux heures pour être précis, Gabriela avait reçu un appel urgent de chez elle, qui demandait qu'elle rentre immédiatement. Il n'avait pas demandé quelle était l'urgence. Il savait seulement que cela concernait Roberto. Richard avait simplement pris les dispositions nécessaires pour qu'ils partent ce matin, sans poser davantage de questions.

« J'y retourne. »

Spike maugréa, exaspéré, mais il se leva. « Je vais parler à Maureen. Je reviens tout de suite. »

Spike alla à la chambre de Roberto. Les docteurs se parlaient à voix basse. Maureen, l'infirmière de jour, prenait soin de son patient, mais ses yeux débordaient de larmes.

« Que se passe-t-il ? »

Maureen secoua la tête. Elle désigna la cour où Gabriela était assise, au bout de la propriété.

Spike fit demi-tour et quitta la chambre. Il s'arrêta au bord du couloir, mais n'entra pas dans la salle de séjour. « Vous feriez bien de revenir. C'est Roberto. »

Richard le suivit, Jeremy non loin derrière. *Mais qu'est-ce qui se passait, bon Dieu ?* « Qu'est-ce qu'il a Roberto ? »

« Préparez-vous. »

Se préparer ? Mais bon Dieu ?

Richard entendit d'abord, puis respira l'air aseptisé, avec une autre odeur. Spike se tenait près de la porte ouverte. Il fit signe aux hommes d'entrer.

Ce qui accueillit Richard le laissa pétrifié de stupeur.

« Ben putain, » laissa échapper Jeremy derrière lui.

Richard fixa le corps sur le lit. Il reconnut ses traits, mais rien d'autre. Ce qu'il avait face à lui n'était pas ce que Gabriela avait laissé entendre après son agression ici chez elle. L'homme que Richard avait connu, et dont il avait été jaloux avant qu'ils partent pour Londres, était un tas de chair avariée. L'homme qui gisait ici était un mort enchaîné sur terre par des instruments humains.

« Il est comme ça depuis l'accident, » dit Spike. « Il est en état de mort cérébrale. Depuis qu'ils ont amené ici. Madame Martinez gère cela et tout le reste depuis des mois. »

« Pourquoi ne me l'a-t-elle pas dit ? » chuchota Richard.

«Elle ne l'a dit à personne. Absolument personne, à

part la famille proche. Il fallait qu'elle garde secret l'état de Roberto pour continuer de faire tourner l'entreprise. Il faut qu'elle obtienne la validation du brevet avant qu'elle l'ébruite. »

Richard se retourna face aux docteurs. « Que diable lui avez-vous dit ? »

Ce fut Maureen qui répondit.

« Le traitement ne fonctionne pas, ne fonctionne plus. Tout est en train de s'éteindre lentement. Ils lui ont demandé d'enlever les tuyaux et de supprimer l'assistance respiratoire. » Elle se mit à pleurer vraiment. « Pauvre Madame Martinez. Et aussi ses pauvres enfants. »

« Où est-elle ? »

Maureen lui indiqua l'extérieur.

Richard l'aperçut, ouvrit la porte et sortit.

ROBERTO ÉTAIT MOURANT. Les médecins avaient donné leurs dernières consignes. Cela semblait logique, humain même. Alors pourquoi Gabriela avait-elle l'impression qu'ils venaient de lui demander de tuer son mari ?

Gabriela était assise sur le banc au bout de sa propriété, celui qui offrait une vue magnifique sur l'océan occidental et sur le ciel. Cette vue l'avait toujours revigorée. L'avait guérie. Et maintenant ? Maintenant elle avait perdu toute beauté et tout pouvoir de guérison. À cet instant, elle était anesthésiée, elle se sentait anesthésiée, et elle pensait qu'elle resterait éternellement enfermée dans l'immobilisme d'une statue de sel.

C'était le traumatisme, elle le savait.

Les médecins avaient été plus abrupts que d'habitude pendant la réunion. Il était inutile de poursuivre le traitement actuel, avaient-ils expliqué. Ils préconisaient l'arrêt des perfusions et de la respiration artificielle de Roberto pour laisser faire la Nature. Les minéraux et les calories injectés dans le corps de Roberto permettaient de maintenir ses organes ; l'air insufflé dans ses poumons oxygénait son sang ; mais son corps se dégradait régulièrement, cannibalisant ses muscles et ses tendons en dépit de tous les efforts. Le cerveau ne transmettait plus d'impulsions électriques. Roberto était déjà mort.

Elle avait écouté poliment et s'était excusée. Elle suffoquait à l'intérieur d'elle-même. Elle leur avait dit qu'elle reviendrait leur présenter sa décision.

Débrancher. Comment pourrait-elle faire cela ?

Ses yeux parcouraient l'horizon. Elle se délectait d'ordinaire de ce fond d'ors et de rouges qui se fondaient pour souligner les bleus pâles au bout de la terre. Pas aujourd'hui. Aujourd'hui, son regard était dirigé sur les nuages gris qui cachaient le soleil. Comment pourrait-elle faire cela à ses enfants ? Comment pourrait-elle éteindre la vie de leur père ? Comment pourrait-elle faire cela à l'homme qui avait été son ami, son mari et son amoureux pendant tant d'années ? Comment pourrait-elle faire cela à Roberto qui, malgré ses faiblesses, avait toujours été un homme bien, avait toujours subvenu à leurs besoins, en homme dévoué à sa famille ?

Seigneur. Oh, Seigneur. Elle devrait faire breveter son existence comme un parfait exemple d'héroïne de tragédie. Shakespeare en aurait pour son argent avec le récit de sa vie.

Elle se frotta le visage de ses mains lasses. Elle ne pleurerait pas. Non. Il lui restait de quoi se réjouir. Ses enfants étaient saufs. Elle était sauve. Richard était en vie.

Une douce brise chargée de l'odeur de l'océan caressait sa peau. Elle frémit et se pelotonna. Elle avait l'impression de porter sur ses épaules toutes les tragédies du monde. Ses côtes meurtries se rappelaient un peu à son souvenir. Au moins, elles étaient presque guéries.

Elle se demanda si son âme meurtrie guérirait un jour.

Gabriela se mit à pleurer.

Des bras la relevèrent. Elle se retrouva sur quelque chose de chaud. Des muscles forts l'enveloppèrent, la maintinrent.

Elle leva les yeux.

Richard.

« Pourquoi ne me l'as-tu pas dit ? Pourquoi ne m'avoir pas parlé de son état ? »

« Qu'est-ce que je vais faire ? » demanda-t-elle, ses paroles teintées d'un univers de détresse. « Il voulait tellement vivre. Il voulait que son entreprise réussisse. Il voulait voir ses enfants grandir, se marier. Qu'est-ce que je vais leur dire ? Comment puis-je faire cela ? » Ses larmes débordaient et tombaient, formant de petits ruisseaux sinueux sur ses joues. « Je ne sais pas quoi faire. »

« Tu vas y arriver, mon cœur. » Il embrassa son visage, goûta ses larmes, et il eut envie de hurler de douleur. « Tu es forte. Tu as géré une situation où la plupart auraient été écrasés par le poids de la responsabilité. »

Il l'embrassa de nouveau. « Mais il y a plus important, tu n'es pas seule face à ça. Tu n'es plus seule, » dit-il. « Quoi que tu décides, nous nous y attaquerons ensemble. Nous le dirons ensemble aux enfants. Je t'aime. Je t'ai retrouvée. »

De l'obscurité, quelque chose de brut surgit douloureusement du fond de l'âme de Gabriela. Il le vit. Il le sentit. Et il s'y prépara.

Un hurlement angoissant s'arracha de son corps, les vannes s'ouvrirent, et Gabriela s'effondra.

Elle pleura, pleura et pleura jusqu'à penser qu'elle allait se noyer dans ses larmes.

Richard cria pour rappeler Spike et Jeremy. Ils arrivèrent en courant.

« Elle va bien ? » demanda Jeremy sur un ton très préoccupé.

« Ça va aller. Je l'emmène à la poolhouse. Ne le dites à personne. » Il regarda Spike. « Débarrassez-vous aussi des médecins. Elle leur parlera demain. »

« Vous ne serez pas dérangés, » dit Spike.

Richard la souleva, l'entoura de ses bras, et la porta à la poolhouse. Jeremy se précipita devant eux, leur ouvrant les portes. Il les laissa finalement dans l'intimité d'une chambre.

Richard ferma la porte et posa Gabriela sur le lit. Il s'étendit à côté d'elle et la tint dans ses bras. Il la tint tout au long de ses pleurs interminables, à travers quatre années de souffrance dévastatrice contenue qui explosaient à présent. Il l'apaisa jusqu'à ce qu'elle soit épuisée, jusqu'à ce qu'il ne reste plus ni souffrance, ni culpabilité, ni peur, ni regret.

Elle tremblait, et tenta de s'écarter de lui. « Il faut que je parte. Je dois m'occuper des enfants. »

« Pas ce soir. Spike, Lupe et Jeremy vont s'en occuper à tour de rôle. Laisse les autres prendre le relais, pour changer. Je m'occupe de toi ce soir. »

Ses pleurs reprirent. Il la berça et la rassura pendant de longues heures. Quand elle finit par se calmer, Richard l'emmena à la salle de bain. Il fit couler la douche et la déshabilla avec précaution.

Gabriela se tenait simplement au milieu de la pièce, incapable de se mouvoir, la léthargie gagnant chaque pore de son corps, contente que quelqu'un ait l'énergie de s'occuper d'elle. Elle s'assit quand on le lui demanda, souleva le pied quand on le lui ordonna, leva le bras quand on l'y invita. Elle avait l'impression d'être un chiffon qui s'effilochait à force d'être pressé.

Quand elle fut nue, Richard contempla son corps. Elle n'avait pas besoin d'un miroir pour savoir ce qu'il voyait. Son corps était une carte d'hématomes jaune verdâtre qui s'estompaient, avec des croûtes brunâtres indiquant les endroits où la brute lui avait appliqué le pistolet paralysant plus longtemps que nécessaire.

« Seigneur Dieu. »

Il posa l'index sur la croûte sur son flanc et se mit à explorer chaque meurtrissure et chaque brûlure sur son torse. La peau de Gabriela tressaillit sous le parcours de son doigt.

« Je vais tuer ce salopard. »

« Ça a toujours eu l'air pire que ce que j'ai ressenti, » murmura-t-elle.

Les yeux de Richard lui montrèrent qu'il connaissait son jeu.

« Vraiment, Richard. Grâce à Wickeham, Bogdan a retenu ses coups pendant les premières séances. Il lui a ensuite ordonné de n'utiliser que le pistolet paralysant. Ça n'a pas non plus été facile à supporter. »

Un nouveau moment de souffrance profonde se refléta dans ses yeux. « Tu as subi pire que ça. » Elle se mit à pleurer.

Richard se déshabilla, l'enveloppa de ses bras et la berça. Il la guida lentement vers la douche et y entra avec elle. Il lui lava les cheveux avec d'infinies précautions, les rinça avec de longues caresses, et la savonna, la touchant aussi délicatement qu'un bébé. Il l'embrassa encore et encore, essayant d'effacer ses souvenirs douloureux avec sa bouche, avec ses mains, avec le savon, et avec l'eau. Il l'essuya tout aussi précautionneusement avec la serviette, l'enveloppa dans une autre serviette sèche, et la ramena au lit.

Gabriela dormit du sommeil épuisé de ceux qui ont été anéantis, Richard à ses côtés la tenant entre ses bras.

Le téléphone de Richard sonna juste avant l'aube.

« Ai-je interrompu quelque chose ? » demanda Maurice en gloussant.

« Allez vous faire foutre, mon ami. »

« Je ne crois pas que c'est ce que vous avez à l'esprit ou dans votre lit. » Il gloussa plus fort.

Richard se leva du lit. Il sortit de la chambre, mais laissa la porte entrouverte. « Vous avez des nouvelles pour moi ? »

« Le premier colis a été capturé et disloqué. Il ne reverra plus la lumière du jour. »

« J'espère que ce salopard a souffert. »

« Oh oui, avec plus de brutalité qu'il n'en a exercé. » Il y eut une pause. « L'autre colis a aussi été expédié. »

« Des détails ? »

« Il vaut mieux que vous ne le sachiez pas. Soyez seulement sûr qu'il ne menacera plus jamais la future Madame Harrison. Considérez cela comme mon cadeau de mariage. »

« Merci, Maurice. »

« De rien. Amusez-vous bien. Vous avez quatre années à rattraper. »

Richard raccrocha avec dans les oreilles l'écho du rire de Maurice.

Il retourna auprès de Gabriela. Oui. Il avait quatre années à rattraper. Il la réveilla avec ses baisers, la débarrassant de la serviette. Il la pénétra lentement. Peau contre peau, cœur contre cœur, il lui fit l'amour, lui témoignant de son désir. Elle s'effondra entre ses bras, sachant que c'était définitif, que ce serait le début de quelque chose de durable.

ÉPILOGUE

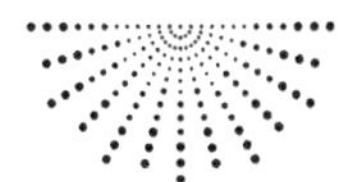

Monterey Bay, juin 1998

« GABRIELA, MA CHÉRIE. VIENS. »

« Laisse-moi encore une minute, » cria-t-elle. Elle agença les hortensias dans le vase, déplaçant les tiges jusqu'à ce qu'elle obtienne une composition à son goût.

« Les enfants sont vraiment enchantés, Roberto, » dit-elle. « Tu devrais voir la maison où nous allons vivre. La maison est en brique chaleureuse, entourée par une terrasse en demi-lune, une piscine, et une vue sur le lac à tomber. La maison est sur un acre paysagé, avec encore un acre de chaque côté. Il y a plein d'arbres là-bas.» Elle épousseta le lettrage sur la plaque. « Tu l'aurais adorée. »

« Ma douce, » dit Richard, en s'approchant par derrière. « Si nous ne partons pas maintenant, nous allons rater l'avion. Les enfants ne tiennent plus en place. D'ailleurs, » il se pencha vers elle qui était agenouillée près de la tombe de Roberto. « Je ne crois pas que Spike puisse les garder une minute de plus. »

Gabriela pouffa. Elle finit d'épousseter la plaque, enleva des mauvaises herbes, et lui tendit la main.

« Il me faudra aussi l'autre pour te soulever, » dit Richard.

« Très drôle. »

Celle qui était sa femme portait un enfant. Richard l'avait persuadée et suppliée jusqu'à ce qu'elle cède. Ce serait son dernier enfant, l'avait-elle averti. Point final. Mais Richard s'en fichait. Il voulait vivre ce qu'il avait raté avec Luisito. Caresser ce qui grandissait à l'intérieur de Gabriela. Se délecter de la voir changer, de sentir cette vie qui était à moitié à lui et à moitié à elle.

Richard la souleva, la fit tourner et l'étreignit par derrière. Il adorait toucher le renflement de son ventre, tendu par leur enfant et bougeant avec les mouvements de l'enfant. Il adorait poser son oreille sur son ventre et écouter.

« Comment va-t-il aujourd'hui ? »

« Ce serait bien fait pour toi si c'était une fille. »

Il n'avait pas voulu connaître le sexe de l'enfant. Il voulait avoir la surprise. Et comme il ne ratait jamais un rendez-vous médical ni une échographie, elle ne connaissait pas non plus le sexe.

« Tu vas bien ? » demanda-t-il, son souffle caressant l'oreille de Gabriela.

Gabriela savait ce qu'il voulait dire.

«Oui, » répondit-elle. « Je l'ai pleuré bien avant qu'il meure, Richard. Il fallait juste que je lui fasse mes derniers adieux. »

« Je suis content. »

Il l'embrassa doucement sur les lèvres, lui prit la main et la guida à travers le cimetière vers la voiture qui attendait, vers leur avenir.

FIN

NOTE DE L'AUTEUR

Chers lecteurs,

Merci à tous de m'avoir permis de vous emmener à travers les histoires à couper le souffle de Gabriela et de Richard. Comme vous avez lu leurs histoires dans *Maudite Monnaie* et *Maudit manuscrit*, j'espère que vous avez ri, frémi et pleuré autant que je l'ai fait en les écrivant. Ce fut un sacré périple, mais tellement merveilleux.

Et maintenant, l'histoire suivante… celle du détective Nick Larson.

Je vous serais reconnaissante également si vous pouviez amener d'autres lecteurs à apprécier aussi ce livre.

Recommandez-le. Faites connaître ce livre en le recommandant à des amis, à des cercles de lecture, sur les réseaux sociaux et les forums de discussion.

Faites-en la critique. Dites à d'autres lecteurs pourquoi vous avez aimé ce livre en en faisant la critique sur votre revendeurs favorites. Contactez-moi sur mariaelenawrites.com pour vous tenir au courant de mes dernières publications et présentations. Je serai ravie de votre visite.

Encore une fois, merci de votre soutien.

Maria Elena Alonso-Sierra

REMERCIEMENTS

Un roman ne sort jamais du néant, et je souhaite remercier ceux qui m'ont aidée et conseillée à travers ce parcours.

À mon mari, Rolando, pour son soutien et son amour sans faille. Merci, mon amour.

À Anita, de Mumm's the Word : Services d'Edition et de Critique (www.anitamumm.com), pour m'avoir guidée au fil de cette suite. Elle a veillé à ce que je reste fidèle à Gabriela et Richard à travers ses excellentes suggestions.

À Toni Lee, pour toutes ses incroyables corrections. Elle a réalisé un travail vraiment extraordinaire. Sans elle, je n'aurais pas pu publier un roman impeccable et professionnel.

Mes remerciements vont aussi à mon ami Leo Cabanas. Merci d'avoir été le bêta-lecteur le plus enthousiaste qui soit.

À ma sœur, Victoria Saccenti, pour n'avoir jamais cessé de croire en mon histoire. Merci, ma sœur, d'être toujours à mes côtés. Je t'aime.

À ma merveilleuse amie, Dany Mater Thelliez, pour son immense talent de traduction. Merci, merci.

Enfin, à ma défunte mère, Elena del Cueto. Elle n'aura pas pu voir le produit fini, mais je suis sûre qu'elle sourit depuis le Ciel.

À PROPOS DE L'AUTEUR

Maria Elena Alonso-Sierra vit avec son mari en Floride et a été danseuse professionnelle, chanteuse, journaliste, et professeur de littérature. Elle possède une maîtrise de littérature anglaise, se spécialisant dans la romance française du XIIe siècle. Toute sa vie, elle a vécu dans de nombreux pays, y compris la France, où se situe son premier roman.

Connectez-vous à son site internet :

mariaelenawrites.com